国联密档

牛茂杰　王建学　著

辽宁教育出版社
·沈阳·

图书在版编目（CIP）数据

国联密档037/牛茂杰，王建学著. --沈阳：辽宁教育出版社，2024.7.--ISBN 978-7-5549-4256-7

Ⅰ. I247.5

中国国家版本馆CIP数据核字第2024LN9814号

国联密档037

GUOLIAN MIDANG 037

出 品 人：张　领

出版发行：辽宁教育出版社（地址：沈阳市和平区十一纬路25号　邮编：110003）

电话：024-23284410（总编室）　024-23284652（购书）

http: // www.lep.com.cn

印　　刷：辽宁鼎籍数码科技有限公司

责任编辑：赵姝玲　于　薇

封面设计：李英辉

版式设计：熊　飞

责任校对：黄　鲲

幅面尺寸：170mm × 240mm

印　　张：24.75

字　　数：340千字

出版时间：2024年7月第1版

印刷时间：2024年7月第1次印刷

书　　号：ISBN 978-7-5549-4256-7

定　　价：60.00元

本书是以 *2009* 年确定的 *1919* 年至 *1946* 年国联档案，世界历史记忆名录中“真相”为题材创作的长篇历史小说，并得到联合国日内瓦总部图书馆的大力支持。

目录

楔子

冷风鞭子似的抽打在人的脸上。屋顶上不时被风吹落下来的雪粒子，为凄冷的空气又增添了几分寒意。

几天前，国联大会对李顿调查团的报告书进行了表决，除了弃权的泰国，出席大会的44个国家中，42个国家投了赞成票。日本在国联颜面扫地，处境孤立，不得不宣布退出国联。

奉天大和旅馆戒备森严。二楼的一间屋子里，关东军驻奉天特务机关长土肥原贤二扶着腰间的指挥刀，暴怒地吼道："混蛋！'天剑一号'、我部攻击北大营的战绩报告、我战地记者拍摄的现场照片、我们和军部往来的电文怎么会统统落到李顿调查团的手里？"关东军的高级参谋板垣征四郎、作战参谋石原莞尔、谷木斋藤，站在那儿一声不敢吭。

"都哑巴了吗？"土肥原贤二拔出战刀，"咔嚓"将盆里的樱花砍得散落了一地："大日本和关东军的脸让你们丢尽了！"他"哗啦"把刀插进了刀鞘，余怒未消地挥了挥手把他们轰了出去。谷木斋藤转身往外走的瞬间，眼前出现了一个女人。

这个女人叫三河由美，身材高挑，皮肤白皙，两道弯弯的眉毛下一双亮晶晶的眼睛。她来奉天是谷木斋藤的主意。

大和旅馆从1929年建成后便成了日本关东军驻奉天特务机关的一处秘密场所。关东军的高级参谋板垣征四郎、作战参谋石原莞尔、谷木斋藤多次在这里策划武装侵占中国东北的计划。1931年为发动事变而制定的《柳条沟计划》也就是后来被本庄繁提议命名的“天剑一号”作战计划，也是在这里秘密完成的。从那一刻开始，大和旅馆像一架隆隆作响的战车，开足了马力，虎视眈眈地准备随时将广袤的东北大地碾压在身下。这里岗哨林立，警卫森严，外人很难靠近一步。谷木斋藤和石原莞尔、板垣征四郎十分清楚，他们的密谋，即使是内阁和军部那帮家伙，也不能让他们过早地知道，以减少掣肘。为此，谷木斋藤在挑选服务生上更是动了一番心思。旅顺大和旅馆的三河由美不但能说一口流利的汉语，而且做事胆大心细，干净利落。谷木斋藤又通过日本军部秘密调查了一番，三河由美的父亲三河太郎日俄战争时期，是一名出色的军人，在沙河会战中他的分队被俄军包围后，以身殉国。

三河由美也没有让他失望，每一件事都做得很用心，很得体。谷木斋藤提议经理让她做了领班。他无论如何没有料到，她将自己同军部在事变前后往来的电文，随军记者拍摄的照片，自己留在旅馆的《柳条沟作战计划》偷偷地翻拍下来。

三河由美被戴上手铐的那一刻，并没有感到惊恐。她像往常跟益善堂的大夫刘毅出门约会一样，举起被铐住的双手，把散乱在鬓角的一缕头发捋顺，站到窗前，看着这座已经熟悉的城市，眼前浮现出二十多年前，风雪中那场日俄血战；父亲腿上、胸口上深浅不一的伤痕；大沙河边上那座孤零零的泥土房以及那对善良的夫妻。她转过身来，凝视着谷木斋藤狰狞的面孔，眼前又出现了奉天街头一颗颗血淋淋的人头，被无辜枪杀弃尸街头的平民。她对这场战争充满了厌恶，她想如果自己做的这些能够阻止战火的蔓延，把那些战争狂人的嘴脸公之于天下，无论遭受什么样的刑罚，她都不后悔。谷木斋藤凶狠地瞪着三河由美，扬起手来“啪啪”给了她两个嘴巴：“混蛋！”

谷木斋藤不知道，三河由美叫三河惠子，她的父亲，那个“以身殉国”的通信兵三河太郎还活着，他回到日本后的名字叫刘刚。

第一章 雪夜突围

纷纷扬扬的大雪下了整整一天，到处白茫茫的一片，所有的路径都被覆盖起来，到了黄昏，四周更加迷蒙浑浊了。刺骨的西北风夹杂着雪片扑打在脸上，让人睁不开眼睛，密集的枪声和炮弹刺耳的爆炸声不停地在远近响起。从 1904 年 11 月开始，日俄沙河会战进入白热化，双方像两头发狂的困兽，相继投入了大量兵力，要置对方于死地。

日军第四军第六师团少尉加藤信义，奉命率领他的分队去切断俄军一个连从于家洼子南面突围的退路，然后向奉天俄军的阵地后方迂回。想不到他们迷路了。

爬上一个陡坡，加藤信义揉了揉被风雪抽打得生疼的眼睛，借着微弱的天光看到了一条被冰雪覆盖的河床。上面的积雪被风吹得堆起一道道雪棱子，强劲的寒风掀起的一团团雪雾，与空中不停飘落的雪花交织在一起，在宽阔的河床上肆虐。他命令大家停下来，让通信兵三河太郎打开地图，结果他大吃一惊。他们正在向相反的方向行进，而且前面不远就是俄军的阵地。

“妈的，这该死的鬼天气！”他让三河太郎收起地图，带领士兵们快速向后撤去。然而一切都晚了，入夜后，他们在一个只有几户人家的村子里被俄军包围了。

灰突突的天空，像一张巨大的棉絮笼罩在头顶上，狂舞的雪片箭镞一样从四面八方飞来，雪地上反射出阴冷的白光，寒冷让人更加难耐，士兵的手脚被冻得僵硬起来。加藤信义不敢停留，决定突围。很快，派去查看敌情的三河太郎带来了让他沮丧的消息：“加藤队长，除了南面沙河一线，其他三面都发现了俄军。”加藤信义让三河太郎拿出地图，仔细查看了自己的位置后，决定冒险向沙河方向转移。他从屋子里出来，让每个士兵查看了自己携带的枪支弹药。黑暗中，看不清他的面色，只听他用僵硬的声音说道：“效忠天皇的时候到了。三河太郎、朝来野起志夫带一个小队从北面出击，剩下的人跟我走。”

雪停了，俄军的炮弹一发接一发落下来，村子四周不断腾起一股股烟柱，三河太郎和朝来野起志夫带着十几个人踏着厚厚的积雪向北冲去，顷刻之间枪声大作，加藤信义知道三河太郎与俄军交上了火，带着其余的士兵快速离开了村子，向沙河方向退去。

三河太郎带着他的小队迅速窜进村口一条壕沟，向俄军的阵地投掷手雷，以吸引俄军的注意力，掩护加藤转移。克鲁涅维奇上校在没有弄清日军兵力的情况下，命令所有的机枪同时开火，立即遭到了对方猛烈还击。

克鲁涅维奇很快判断出日军拼命阻击的目的是准备突围。于是他带领士兵不顾一切地冲向壕沟，想一举歼灭这一小股日军。很快，双方展开了白刃战。一个个子矮小的日军士兵端起上了刺刀的步枪与俄军的一个大个子展开了格斗，几个回合，就被那个俄军士兵一刀刺下去，当场毙命。朝来野起志夫的左臂被子弹击中，他狂叫着向一个俄军大兵冲去，被对方一枪撂倒了。三河太郎的大腿被弹片击伤，血流如注，他倚靠着壕沟，一枪将冲过来的一个俄军士兵打倒，又一个俄军士兵扑过来，他再次扣动扳机，发现子弹打光了。眼前刺刀和马刀在相互碰撞，他用尽最后的力气举起枪托向一个俄军士兵砸去，那个俄军士兵用马刀把他的枪托挡开，他想再把枪举起来，由于失血过多，身子一歪，像摊泥一样倒在了地上……

当他醒来的时候，天已经蒙蒙亮了，空中又飘起雪花，四周死一般的沉寂。他挪动了一下身子，向壕沟外张望，他和朝来野起志夫带来的十几个士兵横七竖八地倒在雪地里，已经死去。

村子里的房屋冒着黑烟，散发着刺鼻的焦煳味。他从挎包里掏出绷带，把伤口包扎起来。觉得喉咙里痒痒的，渴得要命，他抓起一把雪放到嘴里，想到远在日本的妻子，不满一岁的女儿，又想到离开家的时候妈妈含着泪，说不管怎么样你也要活着回来。他慢慢地向前挪动身子，艰难地爬出了壕沟，朝远处的一处茅草房一点点地爬去。

睁开眼看天亮了，刘占元在炕上坐起来。昨天夜里枪炮声闹得他一宿没睡好。他不到一岁的儿子头天下晌病了，他合计赶早去镇里请个郎中来给孩子瞧瞧。推开门，外面白皑皑一片，一低头，发现雪地里趴着一个人。

“欣茹，快来！”妻子闻声穿好衣服跑出来，刘占元蹲下身，发现是一个负了重伤的日本兵。

“快，搭把手，把他抬到屋里去！”

刘占元和妻子把三河太郎抬到炕上。刘占元让妻子赶紧去外头盛来一盆雪，这时，儿子的哭声让刘占元想起来还要去镇里请郎中，忙将日本伤兵身上的衣服解开，夫妻俩用手使劲地在三河太郎的身上揉搓起来。过了半个时辰，见他冻僵的身子缓了过来，刘占元便急三火四地出门去了镇上。请了郎中回来，先是给儿子看过，说是感染了风寒，并无大碍。开过药方，郎中过去看了看躺在炕上的三河太郎，说："这人伤得不轻。"郎中让刘占元帮着掰开他的嘴，给他灌下麻沸散。待麻药的劲力上来，郎中取出了他腿里的弹片。又上了药，包扎好，说："没事了，今儿个要不是你找我过来，伤口一化脓，人怕就活不成了。"刘占元心怀忐忑地叮嘱道："这事儿千万不能跟外人说。"

"放心吧。"郎中穿上棉袍走了。

对这个日本兵，刘占元想等他伤好些了，就打发他走，去郎中那给儿子抓药，顺便也抓了几服治枪伤的药回来。

第二天早上，三河太郎苏醒过来。董欣茹喂他喝了几口水。过了半个时辰，又把小米粥盛了半碗，喂给三河太郎吃下去。

刘占元四十多岁年纪，租了村子里杨七的几亩地种，又在沙河边上开垦了几亩荒地，一家人勉强糊口。平时住在村里他爹留下的两间老房子里，为了打鱼方便，他在河堤下边又盖了两间茅草房，每到夏秋，就搬到茅草房来住，到河里打了鱼拿到镇上卖掉，用来补贴家用。头些天他的老丈人、丈母娘为躲避战乱来到他家，他将两个女儿留给老人，自己和妻子带着不满一岁的儿子来到河堤下的茅草房里住下来。这些外国大兵在他的家门口厮杀，打得天昏地暗，老百姓跟着遭殃，四处躲避，日子雪上加霜。他恨这些日本人和俄国人，嘀里嘟噜地说着听不懂的外国话，硬是跑到这大清的地盘上往死里掐。你们死活咱管不着，老百姓招谁惹谁了，整天提溜着个心，不知道啥时候倒霉捎带着就把命搭上，上哪儿说理去。头天晚上他半夜起来撒尿，听见于家洼子那头响了好一阵子枪声，"这帮狗日的，又他娘的干上了。"他推开门看雪还在下，关上门上炕睡了，想不到这个日本伤兵找上门来，让他着实犯了难。

几天后，三河太郎已经能半躺半坐了。他说的话刘占元和妻子听不懂，交流只能靠打手势，刘占元跟妻子说他能活动了就赶紧让他走。董欣茹边哄着儿子睡觉边叹着气说："他伤得这么重，你让他上哪去？"

刘占元一听急了："怎么着，跑咱这地界儿跟那些俄国人干仗，杀人、放火、抢地盘，还有功了，大鼻子、小鬼子没一个好东西。再说，咱自个儿的日子过得有初一没十五的，再添这么个大活人，咋养活？"

董欣茹是镇上董裁缝的大女儿。她父亲的手艺在这一带远近闻名，来找他做衣服的推不开门。他不像那些土财主，有俩钱儿就整天琢磨着置地、盖房子、纳小妾，他出钱在镇上开办了一个学馆，花钱请来了奉天城里的先生，他的两个闺女、一个儿子都在学馆里念过书。"光有钱有啥用，一个白帽子还不是空来世上走一遭儿。"董裁缝逢人常常这样说。他给女儿起名也是费了一番脑筋的，他希望自己的女儿生活能够欢欣快乐，无忧无虑。慢慢地欣茹长大了，董裁缝将女儿许配给东街开饭馆的邹老板的大儿子。让董裁缝懊悔不及的是，那小子从小衣来伸手、饭来张口，仗着家里有钱，吃喝嫖赌，寻花问柳，坑蒙拐骗，什么缺德事儿都干，董裁缝一气之下，毁了婚约，与邹家断绝了来往。

邹家的大儿子人送绰号"邹彪子"，二虎吧唧的，满脑子歪歪道儿，觉得好好一个媳妇被董裁缝半道儿生生给拆散了，心有不甘，在几个狐朋狗友面前发誓要找董裁缝算账。董裁缝为人厚道，手艺又好，邹彪子一直寻不到空子下手，眼睁睁地看着董欣茹嫁给了下河村的刘占元。

刘占元念过几年私塾，婚后两个人相敬如宾。董欣茹给刘占元生了两个女儿、一个儿子，刘占元尽管肯在地里的农活上下力气，日子过得还是捉襟见肘。董欣茹知道男人说的是实话，到处兵荒马乱的，凭空添了这么个大活人，是得赶紧想个法子。

在董欣茹的悉心照料下，三河太郎的伤眼瞅着一天比一天见好。董欣茹合计，日常交流老是这么比画也不是个事儿，便开始教他说汉语。三河太郎学起来十分认真，很快便磕磕绊绊地可以跟刘占元夫妇交流了。

转过年来，这天晚上吃过饭，刘占元指着三河太郎，说："你伤好得差不多了，是不是该走了，要是让村里人知道，招来俄国兵就麻烦了。"

三河太郎跪在地上磕了一个头，说："我家里也有父母、妻子、孩子，我是被逼着来当兵的。等伤好了我再不想去打仗了，回国还当我的邮差。"

董欣茹说："你们来中国造了多少孽，你知道吗？冲这个我们不该管你，看你还年轻，不忍心见死不救，我相信你说的是实话，别再干那些伤天害理的事儿了。"

三河太郎又磕了一个头，流着泪说："我答应你们，决不再做对不起中国人的事儿。"

渐渐地，三河太郎可以帮助刘占元干些简单的杂活了。董欣茹想，这孩子年纪轻轻的就来中国打仗，枪子儿炮弹不长眼睛，没死就是命大，也怪可怜的。就把结婚时娘家陪送的一枚戒指当了，想用当来的钱给三河太郎当盘缠，再过几天等他腿好利索了，就让他走。

刘占元住的地方离村里有好几里地，比较偏僻，平常没人过来。自打有了三河太郎，刘占元更是格外加小心。他不知道俄国人什么时候就会冒出来，弄不好走漏了风声就坏了。

自打董欣茹嫁给了刘占元，邹彪子老是觉得便宜了这个庄稼把式，有事儿没事儿过来溜达溜达，痒痒地想占董欣茹的便宜，一直没找到下手的机会。这天他去烟馆抽大烟，听边上的一个人说刘占元偷摸儿养了一个日本伤兵，把烟枪一扔，想立马去俄国人那报信儿，他暗想，这可是一石俩鸟儿的买卖，弄好了整几个赏钱儿花不说，这俄国佬要是把刘占元给抓走了，那小娘们儿就是我的了。他脑袋又一转个儿，要是这么冒蒙儿去报信，万一整岔劈了人家就更说我彪了，我可不干那傻事儿，整明白了再说，省得让人笑话。

打那以后，一连几天，他每天都偷偷跑到刘占元住的茅草房前后踅摸，果然发现有个一瘸一拐的年轻人，在帮着刘占元干这干那，他这才颠儿颠儿地跑到俄国人那里报了信儿。

俄军的骑兵连长泡特金立刻派手下的几个骑兵和一个懂些汉语的翻译跟邹彪子来找刘占元要人。

傍晚，三河太郎跟刘占元去地里送粪回来，远远地看见门口站着几个俄国大兵，刘占元心里“咯噔”了一下，知道走漏了风声，他让三河太郎躲起来，一个人进了家门。邹彪子乐了，用手指着刘占元跟俄国大兵说：“日本人就在他们家。”那个翻译上前一步：“把人交出来！“

“什么人？”

“你跟我装糊涂是不，那个日本伤兵在哪呢？”

“我没见过什么日本伤兵。”

骑在马上的指挥官用手里的战刀一指刘占元，几个骑兵上来把刘占元打了一顿。里外搜查了一番，一无所获，带着人走了。

原来，俄军的那个连长看仗越打越窝火，想把那个日本伤兵抓来出出气，听回来的人说没抓到人，摇摇头也就算了。

俄国大兵走了，董欣茹扶起丈夫，刘占元的腿被打断了，身子一动，疼得直冒冷汗。三河太郎从外面回来，帮着把刘占元抬到炕上。三河太郎见刘占元为了掩护自己被打成这样儿，跪在地上磕了一个头，说：“爸爸，儿子让您受苦了。”刘占元听三河太郎叫他爸爸，以为听错了，转过头来见三河太郎匍匐在地上，嘴里还在不停地喊他爸爸，轻轻摇了摇头，叹了口气，转过脸去，没有说话。

到了开春种地的时候，日俄的仗打完了，俄国人大败而退，生活恢复了平静，人们再不用提心吊胆、躲躲藏藏地过日子了。刘占元让三河太郎趁早回日本老家：“日子消停了，我这日子你也看到了，吃了上顿儿没下顿儿的，你回家跟你媳妇、孩子好好过日子吧。”

"爸爸，刘毅还小，地里的活儿我看你一个人也忙不过来，等过几年弟弟大点儿了我再走。"三河太郎执意留了下来。

打完场，树上的叶子眼瞅着掉光了，风也渐渐凉起来，一早一晚，背阴的河汊子上已经结了一层薄冰。

早上，刘占元和三河太郎打算把泊在河里的船拖到岸上来。两个人来到河边，刚才还晴朗的空中，大团的黑云眨眼的工夫从四面八方翻滚着压了过来，河套里随即起了风。忽然，渔船被吹得猛烈摇晃了几下，岸上的缰绳随即"啪"地断了，眨眼间，船离开岸边，转了半个圈，朝河心飘去。刘占元来不及脱裤子，一纵身跳进河里去拉船，两只脚被河里的水草和烂泥缠住，动弹不得。他弯腰去摘缠在腿上的水草，一个浪头打来，呛了几口水。这时船越飘越远。刘占元急了，躬身用力想把腿从烂泥里拔出来，不想接连又是几个浪头劈头盖脸地打来，呛得他蒙头转向。三河太郎见风浪越来越大，刘占元被困在翻着泡沫的水里无法脱身，忙脱掉衣服跳进河里，两只手用力抓住刘占元的衣服把他拖到岸上，又返身一个猛子扎进水里，从河心里拉回了渔船。等两个人把船重新固定好，三河太郎已经冻得浑身发抖，脸色青紫，一头栽倒在地上。刘占元给他穿上衣服，搀扶着他回到家里。晚上，三河太郎发起烧来，刘占元去镇上请了郎中来，吃了好几服药，三河太郎才慢慢地好起来。

这天吃过晚饭，三河太郎觉得身上不再那么难受了，从炕上下来，"扑通"跪倒在刘占元和董欣茹面前，说："爸爸、妈妈，我这一病，让您二老受累了。"刘占元叹了口气，说："那天要不是你生拉硬拽地把我从河里救上来，我也许活不到今天了。起来吧，你这个儿子我认了。"

三河太郎慢慢转过身来又给董欣茹磕了一个头："妈妈！"

董欣茹抚摸着三河太郎的头，哽咽着好久说不出话来。

第二章 南下广州

很快，一年过去了，徐徐的秋风在河面上撩起细碎的波纹，清朗的空中，一行大雁鸣叫着向南飞去。刘占元把地里的苞米、大豆、谷子收到场院里，趁着天还暖和，下河打鱼去了。

三河太郎的伤已经好利索了，闲下来，便时常呆呆地坐在岸边想心事。刘占元的儿子刘毅，已经两岁多了，刘占元给儿子起名字时是想将来儿子不管干什么事都要有百折不挠的毅力。他也给三河太郎起了一个中国名字叫刘刚，希望他回到日本后，做人刚强正直，扶危济困，好自为之。三河太郎很喜欢这个小弟弟，时常带他玩。刘占元有了三河太郎这样一个帮手，地里的活儿轻松了不少。好歹大鼻子和小鬼子偃旗息鼓，不再打仗了，他的老丈人和丈母娘也回家去了，董欣茹除了忙着做家务，就是用心照料三个孩子。邹彪子因为欠了一个地痞的赌债，被捅了几刀，扔到河里，他爹花钱雇了几条船一连找了好多天，总算在下游的一个沙滩上发现了儿子的尸首。看着儿子身上的伤口，邹掌柜心如刀绞，买了口上好的棺材把儿子埋了。

三河太郎清楚地记得自己的家乡也有这样一条河，河里有大大小小的石头，夏天有数不清的小鱼在石头缝隙间游来游去，他和村子里的孩子光着屁股在河里游泳抓鱼。那些小鱼滑溜溜的，没等他下手就游走了。

他的父母都是农民，当兵前，宫崎县的邮电所招乡邮员，他报了名，成了一名在乡下送信送包裹的邮差。这是个风里来雨里去的苦差事，但三河太郎并不在乎这些，认真投递每一封信件和包裹，几年后，邻村的西本夫妇看他做事踏实、认真，就把自己的姑娘信子嫁给了他，婚后一年他有了自己的女儿三河由美。

他应征入伍是被迫的，从来到中国那天开始，对战争便有一种本能的恐惧和厌恶。战场上炮火无情，他亲眼看到身边活生生的战友战死沙场。还有那些惨死在炮火中和横遭掠掳失去家园的中国平民，他们的遭遇同样给三河太郎强烈的刺激。他不愿再当兵打仗，为天皇卖命，他想回家，但在威逼利诱之下，又不得不去拼死冲杀，否则等待他的是严厉无情的军法。

他时常庆幸那次突围时自己负了重伤活了下来，他打心里感谢刘占元夫妇。刘占元夫妇像对待自己的孩子那样照顾自己，他们身上善良、豁达的品性，让他懂得了什么是人性，也让他懂得了战争是对人性的泯灭和扼杀。而他自己不仅是战争的牺牲品，更是亵渎、泯灭人性的罪人。他希望这个世界不再有掠夺、侵略和战争，他在心里暗暗发誓，一定要报答这对心地淳朴、善良的中国夫妇，将来为中国的百姓做点事儿。如果能以此赎罪，也是对自己身心的一种解脱。

这些日子他一直想给妻子写封信，告诉她自己还活着，但他知道国内对他们这些军人的信件检查得很严格，他不想给妻子和父母找麻烦。于是，不得不放弃了写信的念头，每天闷头干活，以此来冲刷对家乡和亲人的思念。

刘占元夫妇看出了三河太郎的心思，一再催促他给家里写信过去，三河太郎说："我想写，怕给父母、妻子带来麻烦。"董欣茹合计了合计说："你可以给你七大姑八大姨写嘛，让他们转给你爸爸妈妈。"

于是三河太郎以刘刚的身份给他姨妈写了一封信，姨妈接到信，立刻将信送到三河太郎的母亲那里。三河太郎的母亲和父亲知道儿子还活着，大哭一场，他们将信交给了信子。信子拿到信，立刻回到自己的屋里，望着窗外清冷的月光，想起三河太郎走时依依不舍的样子，潸然泪下，她明明收到了军方的战亡通知书。难道我是在做梦吗？她转过身来看着熟睡中的女儿，回想起他们在一起生活的那些日子，再也无法入睡。突然听到三河太郎的母亲在门外说："信收好喽，千万别让人知道。"她答应了一声："知道了。"忙把信从头到尾又看了一遍，拿到灶屋划火烧掉了。

很快到了 1907 年的夏天，刘占元说啥硬是要"撵"三河太郎走，让他回日本与家人团聚。三河太郎长跪不起，说："爸爸，那个日本的三河太郎早已经死在战场上了，如今我是你的中国儿子刘刚，我不走，我要跟你一块种地、打鱼，把弟弟妹妹们抚养大，我还要给你和妈妈养老送终。"

董欣茹在一旁说："起来吧，我和你爸爸合计过了，你再这么待下去也不是个事儿，上次那只戒指当的钱还给你留着，够你回日本的盘缠了，你先去广州，省得引起外人的猜疑。记住了，从今往后你就是一个地地道道的中国人了，这样会少惹麻烦，也好早一天跟你家人团聚。"

三河太郎摆了摆手，说：“钱够我去广州路上用的就行了，剩下的留着二老过日子吧，弟弟、妹妹还小。”

他慢慢从地上站起来，看着刘占元由于风吹日晒黝黑的脸膛，说：“人类为什么要互相残杀呢？你们知道吗，我的那些战友在我身边一个个倒下，我的心里有多难过？他们那么年轻，却为了天皇和国家的利益葬身在荒郊野岭。我有幸活下来，成为你们的儿子，你们让我看到了中国老百姓仁慈、博大的胸怀。请二老放心，无论我走到哪里，只要还有一口气在，我就要为这个世界的和平做一点儿事。”

第二天天刚亮，刘占元夫妇就起来了，他们给三河太郎准备好了路上吃的，董欣茹又煮了十几个鸡蛋，放到他挎包里。

一轮金灿灿的太阳从青纱帐后面一点一点爬上来，天际布满了一片片绯红的云霞，河面上浮动着牛乳一样薄薄的雾气。三个孩子还在睡着，三河太郎打点好行囊从屋子里出来，“扑通”跪在地上重重地磕了三个头，眼里含着泪，说：“爸爸、妈妈，我走了，我永远忘不了二老的大恩大德。”刘占元将三河太郎从地上扶起来，送他渡过沙河。三河太郎只身南下去了广州。

第三章 江边救女

来到广州后，三河太郎找了家旅馆住下来。董欣茹给他的盘缠来广州的路上差不多花光了。他试着去拉了几天黄包车，腿上的旧伤一跑动就疼痛难忍。无奈，他找到一家中餐馆去洗盘子。老板娘是个镶着几颗金牙的胖女人，见他年轻能干，把原来刷盘子的女人辞掉，他每天从上午十点干到深夜一两点钟，不停地把一摞摞的碗和盘子端到后厨，再一个个地洗刷干净。时间不长，因过度劳累病倒了，躺在床上浑身散了架似的疼痛难忍，好几天爬不起来。病好后，他不得不离开这家餐馆另寻生计。

这天傍晚，他上街去找活干，在一条弄堂里，几个烂仔把他拦住了，伸手朝他要钱："哎，小子，有银子没有？给点儿，肚子饿了。"他气呼呼地想，我都勉强糊口，哪有钱给你们，转身想走开。几个烂仔起哄不让他走，用他听不懂的粤语一边骂他，一边朝他身上吐口水。又拉又拽地将他逼到一个垃圾桶旁边，按他的头往垃圾桶里塞，他怕暴露自己的身份，不想惹事儿。几个烂仔以为他是个孬货，嘻嘻哈哈地想好好作弄作弄他。“来呀，闻闻，这味道好吧？”三河太郎实在忍不下去了，军人的血性让他瞬间变成了一头暴怒的狮子，他瞪起一双让人生畏的眼睛，很快就把几个烂仔打得喊爹叫娘，四散奔逃了。

天气渐渐开始转凉了，傍晚，他没有心思再去找活计，穿过一条马路来到江边，江水无声无息地从他脚下流过，夕阳的余晖中，江面上像散落着无数颗晶莹剔透、闪闪发光的珍珠。一扭头，他发现不远处的石头上有个人坐在那儿，看样子已经很长时间了。他好奇地走过去，见一个年轻的女子，呆呆地望着江水出神。三河太郎不知道她为什么一个人坐在这里，又不好张口问，便走开了。

第二天他在街上逛来逛去，看到一家报馆招人，他心想，再这么待下去，就得去要饭了，于是进去报了名。从报馆出来走不多远，他又来到江边，想看看那个女人还在不在。让他意外的是，远远地，他就看见昨天那个女人，仍旧默默地在那里，一动不动地望着江水出神，走近了，听她嘴里在不停地说着什么。三河太郎想看个究竟，便在离她不远的地方坐下来。

不知不觉，散落在江面上的天光暗了下去，女人站起身，梳理了几下头发，将身上的风衣脱下来放到地上，一步步向江心走去。不好，莫不是她要寻短见？三河太郎心里一惊，“呼”地从地上跳起来，几步冲到那个女人跟前，一把抓住她的胳膊，大声道：“你不要这样。”女人一面拼命想从他手里挣脱开，一边哭着大声说：“你不要拦我！”三河太郎用力把她从水里拉上来：“你干吗要去死？”女人失声痛哭起来：“我没法活了。”三河太郎拉住她的手没有松开，过了一会儿，女人低下头，抽泣着说：“你不知道，我家里遭了大难。”

天很快黑透了，江风带来了阵阵凉意，“跟我回去吧。”三河太郎捡起地上的风衣，披在女人的身上。女人抹了一把眼泪，跟在三河太郎后面回了旅馆。

关上门，三河太郎问她：“吃饭了吗？”女人摇了摇头，说：“我不饿。”

女人长得白白净净，个子不高，看上去却匀称清秀，目光里透着一种单纯和质朴。三河太郎给她倒了一碗水，待她平静下来问：“咋了，干吗不想活了？”女人眼圈红了，长长地叹了口气，说：“我姓瞿，叫瞿花，父母就生了我这么一个女儿，今年虚岁十七了。我父亲在番禺乡下开了一家染坊，村里的一个保甲看上了我母亲，被我母亲拒绝后，怀恨在心，硬说我父亲是革命党，把他抓起来下了大狱。母亲找到那个保甲要人，保甲趁机奸污了她。母亲要上县衙告他，一天夜里，他来骗母亲说准备找人说情把父亲放出来，要一百两银子。母亲把银子拿给他，左等右等不见父亲回来，去问那个保甲，保甲说快了，就这一两天的事儿。他怕事情败露，母亲去县衙告发他，几天后，保甲偷偷地来到我家，把母亲活活掐死了。母亲死后，他又盯上了我，有一天他到我家来说要带我去见父亲，把我带到他家里，对我拳打脚踢，糟蹋了我。我没脸见人，在家里待不下去了，只好一个人来到了广州。”

三河太郎听了，咬着牙说：“我跟你回去，找那个混蛋算账。”瞿花盯着三河太郎愣住了。

“怎么，你不相信我？”

瞿花抹去眼角的泪水，疑惑地问：“你为什么要帮我？”

“因为你是中国人。”

“你不是中国人？”

“我是日本人。”

三河太郎将自己在中国人的帮助下死里逃生的经历讲给她听。瞿花流着泪说：“我要活下去，跟你一起找那个坏蛋算账，给我妈妈报仇！”

很快，三河太郎和瞿花离开广州，一道回到番禺的乡下。瞿花从小帮着父母在染坊干杂活，对染坊的活计一点不陌生，不到一个月，染坊重新开张了。

那个保甲听说瞿花回来了，心想，这回我看你还往哪躲。他跑来一看，瞿花身边多了一个年轻的男人，他虽说心里痒痒的，不敢贸然下手，假惺惺地盘问了三河太郎几句，悻悻地走了。

三河太郎让瞿花去番禺县衙击鼓喊冤，告保甲。知县钱万来当即差捕快将保甲锁到衙署。别看这小子一肚子花花肠子，到了县衙大堂，不待用刑就如实招来，被判了斩立决。

不久，瞿花的父亲从大狱里被放了出来，父女相见抱头痛哭。第二天，瞿花和父亲带着三河太郎来到母亲的坟前，坟头上已是荒草萋萋，瞿花跪在地上悲痛难抑。瞿花的父亲思念妻子，更是久久地不愿离去。

这年的冬天，瞿花的父亲病了，尽管三河太郎跟瞿花煎汤喂药悉心照料，老人的病还是日渐沉重。这天晚上，瞿花的父亲把两个人叫到跟前，他抚摸着瞿花的头，拉着三河太郎的手，说：“我怕是不行了，你们俩就一块过日子吧。”三河太郎跪在地上磕了一个头，说：“我家里还有妻子孩子，我不能让瞿花受委屈。”瞿花的父亲叹口气，扭过头去默默垂泪，转过天来咽了气。

三河太郎帮助瞿花料理了她父亲的后事，打消了回日本的念头，决定留下来帮助瞿花打理染坊的生意，等赚了钱，再做回日本的打算。

岭南的春天来得早，二月刚过，田间地头就到处开满了各种各样的野花，柔软和煦的风在河塘的水面上掀起片片涟漪，一群群的鸭子“嘎嘎”叫着，下到水里找食吃。染坊后面的树上，伯劳鸟整天欢快地鸣叫着。

早上吃过饭，三河太郎将晾晒好的布匹拾掇起来，正要去井里挑水，瞿花拦住了他。三河太郎放下扁担，说：“镇上的张先生昨天来过了，头午我去把账跟他结了。”瞿花脸红了，依偎着他说：“你娶我吧。”

三河太郎知道瞿花喜欢他，有一次他挑水时不小心腿上磕破了一个口子，瞿花不再让他干重活，天不亮就起来，把染锅的水挑满了再去做饭，每天给他换药，擦洗伤口。他也渐渐喜欢上了这个心地淳朴、善解人意、吃苦耐劳的姑娘。可他一直下不了决心，不知道有一天回到日本如何面对妻子、父母。

到了夏天，染坊的生意越做越好，夜里睡不着，三河太郎望着窗外黑乎乎的夜空想，我就这样回去，一旦被政府和军部发现，恐怕妻子再领不到抚恤金了，自己的父母也会受牵连。不如答应瞿花，尽管愧对妻子，回日本却不会引起外人的怀疑，这样妻子可以继续靠抚恤金度日，把孩子养大，父母也会原谅他的。

瞿花见他想开了，定下日子，去父母坟前拜祭了回来，摆下几桌酒席，请来街坊四邻，就算和三河太郎办了喜事。村子里的人没人知道她的丈夫是日本人，只知道她男人叫刘刚，老家是东北奉天的。

1910 年春天，瞿花生下一个女孩，三河太郎给他取名字刘北芳，日本的名字叫三河惠子。瞿花曾上过几年私塾，时常教惠子读李白的诗：“朝辞白帝彩云间，千里江陵一日还。两岸猿声啼不住，轻舟已过万重山。”惠子听不懂，睁大了眼睛，一副认真的样子看着妈妈，逗得三河太郎哈哈大笑。

1911 年，辛亥革命爆发，清王朝被革命党人推翻，男人剪掉了头上的辫子，三河太郎再也不用天天戴着假发遮遮掩掩了。他理了一个分头，人看上去比原来精神利落了不少。三河惠子也一岁多了，见了他就张开小手让他抱，每当这个时候他都别提多开心了，将女儿高高地举过头顶，逗得惠子“咯咯”地笑个不停。瞿花看着父女俩亲昵的样子，心里甜滋滋的，她想多赚些钱，把女儿养大，将来送她去最好的学校读书。三河太郎却常常做梦，梦里妻子站在他面前，问他惠子是谁，他张口结舌，答不上来。瞿花过来叫她姐，她看也不看瞿花一眼，背过身去不理她。三河太郎拉着女儿三河由美的手，让她喊惠子妹妹，三河由美从他怀里挣脱出来，做着鬼脸儿羞他。他不知道如何是好，从梦中醒来，见瞿花搂着惠子在香甜地睡着，扭过头去，听外面下起雨来，雨点儿落在窗户上，发出“噼噼啪啪”的声响，他想起自己的家乡延冈。小的时候，他和小伙伴们在雨中奔跑嬉闹，河里平时游得飞快的鱼在雨中会慢下来，他和伙伴们能抓很多的鱼回家。他的思绪回到了遥远的故乡，再也睡不着了，他坐起来，穿上衣服轻手轻脚下了地，去染坊里开始了一天的忙碌。

瞿花看他时常坐在那发呆，知道他想回日本了。晚上，待惠子睡下了，她将头深深地埋在三河太郎的怀里，说：“我跟你回家。”三河太郎知道瞿花说的是心里话，在妻子的脸颊上轻轻吻了一下，将她紧紧地搂在怀里，高兴地说：“我早就盼着这一天了。”

1912年春天，三河太郎和瞿花变卖了全部家当，带着三河惠子转道香港，回到了日本。

第四章 回归故里

信子做梦也没想到三河太郎真的回来了。自从收到三河太郎的那封信，她在内心深处，就天天盼着丈夫能回到她的身边，她需要他，女儿更不能没有父亲。记得有一天三河由美哭着跑回来，问她："别人有爸爸，我为什么没有爸爸？"信子将女儿揽在怀里，流着泪说，你爸爸去了一个很远很远的地方，要好久好久才能回来。信子后来才知道，三河由美看到小伙伴们都有爸爸带着玩，就好奇地问："你们爸爸是哪来的？"小伙伴嘲笑说她是野孩子。她不知道什么叫野孩子，也不敢去问妈妈。一天，几个女孩子不再跟她玩了，她跑去问，小伙伴嘻嘻地笑话他，说跟没有爸爸的孩子玩也会变成野孩子。她终于忍不住回去问妈妈 . 信子知道女儿心里委屈，但她不敢跟三河由美说她爸爸还活着，她知道一旦被人知道三河太郎没死，给他们一家带来的将是一场灾难，这让她感到非常苦闷。她一面想着有一天能和三河太郎团聚，一家人在一块快快乐乐地生活，女儿也不会再被说成是野孩子，一面又不得不一次次地打消这个念头，那样一来，三河太郎的军功会被取消，她和女儿也不能再去领抚恤金。更要命的是因为他们隐瞒了实情，政府和军部一定会送他们一家进监狱。

1911 年，她听做律师的姨夫讲，中日交流不断扩大，有大批的中国人来日本留学、经商。她有一种预感，三河太郎很快就会回来了。

她去跟三河太郎的父母说："三河太郎怕是很快就会回来了。"两位老人尽管天天思念儿子，可现实是残酷的，儿子回来了，儿媳妇和孙女怎么办呢？

1912 年春，三河太郎带着瞿花和三河惠子辗转回到了日本延冈，三河太郎找了一家客栈住下来。待一切安顿好，他在一天深夜回到了家中。

他敲开门，信子愣住了，以为是在做梦，她用手狠狠掐了一下自己的胳膊，感到了疼痛。片刻后她一把将三河太郎拉进屋子，关上门，扑在三河太郎身上，她想放声大哭，又怕有人听见，只是不停地流泪。三河太郎看着熟睡中的三河由美，用手轻轻抚摸着女儿稚嫩的脸蛋，眼前浮现出中国东北那个风雪呼号的夜晚和那场残酷的厮杀。他想，如果没有那对中国夫妇，他也许再也看不到信子和女儿了。战争是不讲人性的，对中国人来说，他是灾难和战乱的制造者，对自己的父母、妻子、孩子，他又是战争的受害者。他尽管活着回来了，却无法与亲人正大光明地团聚，仍要忍受骨肉分离的痛苦和煎熬。他不敢过多停留，去见了父母一面，就不得不依依不舍地匆匆离开了自己的家。

他在熊本县安顿下来，1913 年夏天，他以中国人刘刚的身份在一所小学做了一名教员。瞿花每天在家里操持家务，照顾孩子，空闲时去附近的餐馆打零工，用来贴补日常的开销。不久，三河太郎以刘刚的身份申请加入了日本国籍。他觉得滑稽，要不是那场战争，他也许就是一个普通的日本邮差，而发生在中国东北的那场日俄大战让那个日本邮差三河太郎死去了，他像重新托生了一回，十多年后竟成了一个中国人。战争中往往会发生很多不可思议的事情，像这种残酷的现实算不算战争孕生出来的黑色幽默呢？这越发加深了他对给了他第二次生命的那片土地的眷恋。他负责教授的是中文和地理两门课程，每每讲到中国，他会倾注自己的全部感情，学生们也往往被他生动的讲解所打动，对那片古老神奇的土地心驰神往。他希望两国人民通过正常的交往互相了解，世世代代友好相处。

时间像山上的泉水飞快地流逝着，不知不觉三河惠子已经 6 岁了。在她的记忆里，印象最深的是家门口附近的那片森林，爸爸经常带她去林子里采蘑菇，看野兔在草地上飞快地奔跑。但她怎么也没想到，有一天爸爸会把她送到另一个家里，她更没有想到自己还有另一个妈妈。

1916 年，惠子放暑假的时候，三河太郎让瞿花去信子那里把三河由美接了过来。瞿花见到三河由美的那一瞬间，愣住了，她和妹妹惠子长得太像了，甚至连走路、奔跑的姿态都一模一样。她不相信还会有这种事情发生，她将三河由美带到家里，让三河由美叫三河太郎舅舅，那年三河由美 13 岁，两个孩子很快玩到了一块儿。一个多月后，三河由美要回去上学了，瞿花送她走时，惠子和她难舍难分，非闹着跟姐姐去看姑妈。当信子看到三河惠子时，也惊讶地睁大了眼睛，要不是三河由美比惠子高出半个头，她真的以为面前的惠子就是自己的女儿。

送走三河由美，三河太郎萌生了一个念头，他想让惠子去信子那里，等惠子长大后，以三河由美的身份去中国，如果刘占元夫妇还活着，让惠子替他在两位老人跟前尽孝，给两位老人养老送终。瞿花知道了三河太郎的想法，为自己这一生能找到这样一个有情有义的丈夫感到庆幸。1917年，日本大正六年，她将三河惠子送到信子那里，三河由美则来到了“舅舅”家里。

1920年，三河由美17岁，三河惠子10岁，三河太郎向两个女儿讲述了那段尘封已久的往事，惠子第一次看到了爸爸身上留下的疤痕。三河太郎严肃地对两个孩子说：“记住，今天爸爸跟你们说的事儿，绝不能跟外人说，懂吗？”三河由美用力点了点头，三河惠子却似懂非懂，但她第一次看到父亲那样严肃地和她说这番话，知道这是应该保守的一个秘密。从这天开始，三河由美知道自己再不是野孩子，她不仅有了自己的爸爸，还多了一个中国妈妈。三河惠子从怯生生喊信子妈妈那一刻开始，也知道了面前的姑妈是自己的另一个母亲。

覆盖在阿苏山顶的云变薄了，变淡了，秋天来了。轻柔的风拂弄着山脚下大片大片的灯芯草。1929年日本爆发了经济危机，一个接一个缫丝厂停工，数百万蚕农陷入绝境。国内市场日渐萧条，粮食价格一跌再跌。日货在中国市场又不断遭到抵制，大量商品积压。为了化解危机，日本军部和关东军策划要武装入侵中国东北，煽动说满蒙是日本的生命线。这一年，19岁的三河惠子用姐姐三河由美的名字，应召来到中国的旅顺，成为大和旅馆的一名服务生。

第五章 只身赴华

读中学的时候，三河惠子的地理课老师经常给他们讲满洲。说起旅顺，老师便总是绘声绘色地告诉他们那里有一望无际的大海，有秀美丰饶的海湾，有不冻港和各种各样的鱼鳖虾蟹。

来到旅顺大和旅馆后，每到休息的时候，她便和大关行江、八木洋子、栗原富枝去看海。几个女孩子光着脚丫儿尽情地在沙滩上嬉戏，弯着腰捡拾各种各样的贝壳，累了就去岩石缝隙里捉小螃蟹。与其他女孩子不同的是，惠子经常会站在礁石上眺望远处升腾缥缈的烟霭，凝视着海上星星点点的船帆。长大后，她曾经听父亲不止一次地说起过那场旷日持久，极为惨烈的奉天会战。她知道这里就是父亲曾经跟沙俄拼杀过的地方。要不是刘占元夫妇救下父亲，父亲早已葬身在这块土地上了。或许正是这个缘故，她的内心深处比其他女孩子多了一份特殊的情愫，她要找到刘占元夫妇，替父亲尽孝。

这天下午，一名关东军的年轻军官来到旅馆，带班的大关行江告诉她，这是关东军少佐，刚刚升任第三十七联队大队长的谷木斋藤。晚上大关行江把她叫到自己的房间里，指派她来接待谷木斋藤。当惠子转身准备离去的时候，大关行江盯着她，嘴角带着一丝让人捉摸不透的笑意，说："你的运气不错。"惠子不知道她说这话是什么意思，转身出去了。大关行江把门关好，回过身来从抽屉里拿出花名册，在三河由美的名字下边，带着醋意用铅笔重重地画了一条横杠。

大关行江出生在一个小职员的家庭，母亲漂亮、风流，常常抱怨自己的丈夫没有本事，赚钱少。她凭借自己的姿色，经常跟一些有钱的男人打得火热。大关行江受母亲影响，对出入这里的日本军官格外留心，她第一次见到谷木斋藤就被这个帅气的年轻军官吸引住了，她打定主意，好好侍奉他，日后从他身上一定能捞到好处。大关行江没有看错，很快，谷木斋藤升任关东军作战参谋。但谷木斋藤对她一直不冷不热，对三河由美却很感兴趣，并指名让三河由美来接待他，这让大关行江大为失望，又无可奈何。

很快，惠子发现，谷木斋藤不苟言笑，脸总是绷得紧紧的，冷冰冰的没有任何表情，一双眼睛看人半睁半闭，让你觉得深不可测。他每天起得很早，让惠子给他准备一盆冷水，冲过冷水浴，他会骑上马，让惠子跟着他在路上狂奔半个时辰。他交代惠子除了打扫屋子，被单床单每天要换新的。他刮胡子像打仗，三下五除二，就会把胡子刮得干干净净，让惠子觉得不可思议，在惠子眼里他是个让人难以揣测的怪人。

在接下来的日子里，谷木斋藤经常来大和旅馆。这天晚上，天气闷热，没有一丝风，谷木斋藤见惠子放好洗澡水，换了床单准备出去，伸手把她拦住了。惠子不由自主地往后退了退。谷木斋藤用冷森森的目光盯着她，伸手抓住她的胳膊："你的父亲叫三河太郎？"惠子脑袋"嗡"的一声，额头立即沁出一层冷汗，心想，莫非他知道我父亲还活着？但她很快告诉自己，不可能，他们要是知道父亲还活着，早就把她抓起来了。她轻轻舒了口气，回答道："是的，他叫三河太郎。二十多年前已经以身殉国。"

谷木斋藤从心里喜欢上了面前这个娉婷婀娜，散发着青春女孩迷人气息的年轻服务生，生性多疑的他为此专门调查过了，在军部的功勋簿上，明确地记载有她父亲通信兵三河太郎的名字和军功。他无论如何想不到三河太郎还活着，更没有料到他刚才无意中的问话，竟让三河由美险些失态，露出马脚。他慢慢地松开手，示意她可以走了。惠子从屋里出来，手心儿里已经全是汗了。她不知道谷木问这话是什么用意，但她提醒自己，今后在这个军官面前，要处处谨小慎微，否则，一旦给自己惹来祸端，爸爸的愿望就会落空。

谷木斋藤走到窗前，解开纽扣，想凉快凉快，从窗外吹进来的风带着腥味，黏糊糊的，让他感到更加闷热难耐。他坐下来，扭开风扇，不想屋子里立刻像飞进来一群苍蝇蚊子，到处都是“嗡嗡”的声响，他愈加燥热心烦。他干脆关掉电风扇，四仰八叉躺在沙发上，闭上了眼睛。

他是冈山县胜田郡广户村村长的儿子，从小就梦想着当一名军人。从他如愿以偿地从陆军大学毕业开始，就发誓要在军界出人头地，干出一番光宗耀祖的事业，让那个老村长可以到处炫耀，也让他的名字永远留在冈山这片土地上。

1927 年的“东方会议”确定了一个解决满蒙问题的方针，把中国的满蒙地区从中国分离出去，成为在日本保护下的“特殊地区”，以武力保护日本在华利益，特别是在东北的特殊利益。谷木斋藤一直在关注满蒙动向，他敏锐地意识到，这是一架可以给他带来更高荣耀和地位的阶梯。除此之外，作为刚刚上任的日本关东军作战参谋，他还渴望成为一名出色的特工头目，正是因为这个原因，他比别人更清楚自己应该干什么。一个月前他在大和旅馆暗中建立了特务组织，领班大关行江、服务生八木洋子是他第一批秘密发展的特工。很快，他发现三河由美身上有很多一般女人不具备的东西。一次带她出去骑马，在一处山崖的下边，她骑的那匹马被一块离地有半尺高的石头绊了一下，那匹马受惊狂奔起来。但她没有慌乱，一只手往后拉紧缰绳，另一只手死死拽住辔头，俯身贴在马背上，直到那匹马跑累了，一点点慢下来，她才从马背上跳下来，这让军人出身的谷木斋藤也不得不佩服她过人的胆量。她做事心细，每天晚上澡盆里放好的水都不凉不热，为了不让澡盆旁边的脚垫滑动，还会在脚垫下面再铺上一条湿毛巾。知道他早餐喜欢吃带腥味的烤鱼，她都是自己去厨房，每次拿到餐桌上，经她动手烤的鱼都是一面焦脆，一面鲜嫩，十分可口。他伤风咳嗽，三河由美每天早晚都把他准备吃的药放在床头，从来没落下过。时间长了，他不知不觉更加喜欢上了三河由美。

这天夜里，谷木斋藤与新上任的关东军司令官畑英太郎，参谋板垣征四郎、石原莞尔就“满蒙问题”进行讨论。他有意让三河由美端茶倒水。板垣征四郎挥舞着拳头，说：“我们已经无法再相信张学良，据我们掌握的情报，他支持杜重远、阎宝航、高崇民成立了东北国民外交协会，到处说我们在东北的活动是侵略行为。”石原莞尔一拍桌子，说：“那个车向忱更不是个东西，组织了一个什么国民常识促进会，到处煽动抵制日货。”谷木斋藤站起来，握紧拳头，提高了嗓音说：“满蒙是大日本帝国的生命线，早晚有一天我们要武装占领满蒙，让全世界知道，满蒙并不是中国的领土。”

讨论结束，已经是第二天的凌晨。惠子打扫过房间，给谷木斋藤放好了洗澡水，准备出去，谷木斋藤一把攥住她的胳膊，两只眼睛凶狠地逼视着她：“今天晚上我们的谈话你都听到了吧？”惠子莫名其妙地愣了一下，说：“是的。”谷木斋藤没再说什么，反手把门锁死，几下就将她身上的衣服扒掉。惠子知道，在这个年轻的军官面前，所有的反抗都是徒劳的，她默默地替他解开了衣服扣子。第二天谷木塞给了惠子一大笔钱，冷冷地说：“你是我的人了，知道吗？你要是对我三心二意……”他用手在下颏抹了一下，挥挥手让惠子去了。

这年年底，惠子在谷木斋藤的安排下从旅顺来到奉天，成为刚刚建成的奉天大和旅馆的服务生。此时惠子已被谷木斋藤发展为手下的特工，她的领班依然是跟她一块从旅顺来的大关行江，但惠子并不知道大关行江的特工身份，私下里两个人仍是要好的姐妹。

很快，惠子发现谷木斋藤经常喝得醉醺醺的，还时常会把一些机密文件“落”在桌子上，每次惠子都小心翼翼地将文件收好，从不多看一眼。这天他进到谷木斋藤的房间里，发现桌子上放着一份《解决满洲方策大纲》，她的心跳止不住加快。她定了定神，像往常一样收拾好房间出来，瞥见大关行江快速躲进旁边的屋子里。她心里一惊，这才意识到谷木斋藤醉酒是假的，是有意试探她。

谷木斋藤心里清楚，从现在开始，他们在这里策划的每一件事情，绝不能让外人知道，他身边的人必须要忠诚、可靠，否则出了事，他无法交代。他不得不承认，从见到三河由美的那天起，他就打心里喜欢上了这个姑娘。她胆大心细，说一口流利的汉语，将来要实现自己的计划，少不了要与中国人交往，三河由美是他可以利用的一颗棋子，他粗暴地占有了她，是为了让她死心塌地，对他不再有二心。但他仍不放心，出于职业习惯，他故意将一些重要的文件“落”在桌子上，是想看看三河由美是不是凡事替他着想。大关行江观察了多次，向他报告说，三河由美从不多看一眼，每次都把材料收好。其实她放在那不动，也无可挑剔，她这样做显然是怕其他的服务生看到，说明三河由美很细心，这让谷木斋藤十分满意。

惠子知道了谷木斋藤的用意，也更加处处谨慎，她不想因为自己的大意，让父亲失望。她下决心，无论如何要找到刘占元夫妇，离开这里，在他们床前尽孝，替父亲报答两位老人的救命之恩。

第六章 下河寻亲

1930 年春天，惠子决定去下河村寻找刘占元一家。

此时，她已经知道大关行江是她的上级。二月初的一天深夜，大关行江在她的房间里，向她交代了必须遵守的纪律，希望她效忠天皇，成为一名合格的特工。惠子心里清楚，从那天夜里开始，她的一举一动都在大关行江严密监视和控制之下了。为了不引起大关行江的怀疑，惠子向她动情地讲述了发生在二十多年前的那场已经写在教科书里的残酷战事，她流着眼泪诉说了她的通信兵父亲，为了效忠天皇，在那个风雪交加的夜晚，为了掩护战友突围，与沙俄骑兵浴血拼杀的往事，惠子说她想去凭吊父亲作战牺牲的战场，作为帝国军人的后代，她要像父辈那样随时准备以身报国。大关行江被打动了，准了她的假。

中午，三河惠子穿了一件淡蓝色的旗袍，围了一条浅红色丝巾，挎着一只棕黄色的小巧皮包，从苏家屯火车站出来，要了一辆黄包车，告诉车夫去下河村，便坐在车上，尽情欣赏起周围的景色来。她还是第一次到中国的乡下来，她听父亲说中国东北人烟稀少，到处是连绵的群山和无边的旷野。她坐在车里，抬头望去，目力所及的地方，是大片大片的阡陌田畴，刚刚从地里破土而出的禾苗，呈现出大片醉人的新绿。从远处吹来的风，带着泥土清香的气息，天地尽头，浮动着一层薄薄的雾霭，蓝得像水一样的天空中游动着缕缕白云。惠子情不自禁哼起妈妈经常唱给她听的一首歌："天上日月伴星辰，走到天涯莫忘根，华夏千年在东方，龙腾九天我是中国人。"

黄包车夫拉着她进了一个村子停下来，说："这就是下河村。"她从车上下来，付了钱打发车夫走了。她从小跟着爸爸、妈妈学汉语，她不说，谁也不会知道她是日本人。站了一会儿，她转过身来有些茫然，不知道该去哪里。这时，一群孩子围拢过来，好奇地打量着她，也许他们从来没有见过打扮得这么漂亮的女人，也许他们村里很少有陌生人来，孩子们叽叽喳喳地嬉笑着，伸出手来跟她讨吃的。她从包里掏出几角钱给他们，问一个大一点的男孩子："刘占元家在哪住？"孩子们你看看我，我瞅瞅你，摇着头不说话。过了一会儿，那个男孩子用手指了指前面不远处的几间茅草房，把她带到了自己的家里。

进了院子，从屋里走出一位鬓发斑白的花甲老人。惠子上前躬身问："老人家，刘占元在这个村里住吗？""你是说那个老裁缝的女婿吧。"惠子听父亲说起过奶奶的父亲在镇子里裁制衣服是一把好手，说："是啊。"老人用手指了指远处一棵高大粗壮的老槐树，说："你看，那是他家的老宅，他儿子是学医的，听说在奉天城里开了家诊所，几年前刘占元把他家老房子卖了，搬到城里住了。"惠子失望地在院子里站了一会儿，不得不带着失落告别了老人。

从下河村回来后，惠子四处打听刘占元一家的下落，一直杳无音信。

大和旅馆是一座带有西方古典风格的建筑，无论是转角处精巧的八角形塔楼，还是大堂外台阶两侧欧式的拱形廊柱、西洋式灯杆，都彰显出它的奢华、气派。出入这里的都是关东军少佐以上的高级军官，惠子却不喜欢这里。每当她走在木质的旋转楼梯上，脚底下踩着用来防滑的牛皮，她都会想到她铺在浴缸脚垫下面的毛巾和谷木斋藤那张冰冷的面孔。更让她感到厌烦的是，她来这里四五个月了，每天晚上吃饭前都要听经理长谷川的训话。长谷川不厌其烦地告诉她们，在大和旅馆做服务生很荣耀，但她根本听不进去，要不是为了寻找刘占元一家人，她想立刻离开这里。

时间长了，惠子了解到，长谷川出生在东京，曾是南满洲铁道株式会社地方部的一名课长，1929 年 5 月被任命为大和旅馆的经理。除了冗长的训话，他平时寡言少语，对手下的领班和服务生不冷不热。他思维缜密，观察细腻，每天晚上训话结束后，都要对主管和当班服务生的工作进行一番讲评，让你不敢有丝毫的懈怠和疏忽。慢慢地惠子发现，长谷川除了喝酒，没有什么别的嗜好。但长谷川有个毛病，酒后一着急生气就会休克，躺在地上眼睛发直，两只手捂着胸口，不停地大口喘气。开始见他痛苦的样子，年轻的女服务生常常不知所措，去找来医生，时间不长他就又恢复了常态。

这天惠子打扫完房间，刚坐下来打算喝口水，长谷川走过来，直截了当地说："你汉语说得好，能不能替我找个中医大夫。我这病没少瞧西医，总是时好时坏，我来中国后，听说中国的中医已经有上千年的历史，我想看看中医有什么办法治我的病。"惠子非常厌恶长谷川，不想答应他，踌躇了片刻，转念一想，我何不借这个机会，多跑几家诊所，也许能遇到刘毅叔叔。她站起来给长谷川深鞠一躬，说："好吧，我会尽力的。"

也许惠子的骨子里流淌着中国人的血脉，她对中国的旗袍情有独钟。在她看来，与和服不同，起源于满族的旗袍结构简洁、紧身合体，其中蕴含了特殊的美感，穿在身上不但可以衬托出东方女性典雅含蓄的神韵，还增添了女人的妩媚、端庄。每次出门，她都要刻意打扮一番，穿上旗袍风姿绰约地走在街上，像是一个十足的中国女人。

一个多月过去了，她一连走了几家诊所，都没有找到能治疗长谷川的大夫。这天，她来到南关一家挂着“益善堂”招牌的诊所，迎面厅堂里供奉着一尊李时珍的半身雕像，两侧悬挂着一副对联。上联写的是：人有稀奇病；下联是：院藏绝密方。惠子心里一动，见诊室的门开着，里面坐着一个年轻大夫。她走过去轻轻敲了敲门，那个大夫从脖子上摘下听诊器，用手指了指对面的凳子：“你来看病？坐吧。”惠子坐下来，面前的大夫二十五六岁年纪，方方正正、白白净净的一张脸，两道浓眉下，一双眼睛像秋天池塘的一江水，透明无瑕。惠子简单说明了来意，他略一沉吟，断然地说：“抱歉，本诊所不给日本人看病。”惠子看他一点没有通融的意思，不好再说什么，临走前，她像以往一样，轻声道：“恕我冒昧，向您打听一个人。”对面的大夫示意她坐下，说：“你找的这人姓什么，叫什么？”

“姓刘，叫刘占元，二十多年前住在苏家屯的下河村。”

对面的年轻大夫听了，睁大了眼睛，目不转睛地看着惠子，半天没有说话。惠子见他这样直勾勾地看着自己，一时有些手足无措，面红耳赤。年轻大夫慢慢站起来，出去吩咐对面药房的伙计：“大鹏，你去门口坐会儿，不要让外人进来。”然后回身关上门，走过来拉起惠子的手，问：“你爸爸叫三河太郎？中国的名字刘刚？你是三河惠子？”

惠子被他问愣了，她的心几乎跳到了嗓子眼儿。她声音颤抖地道：“你是刘毅叔叔？”

“是啊，你爸爸走的时候我才三四岁，后来听我父亲说，你爸爸在广州再次成了家，有了你。”

惠子不顾一切地扑到刘毅身上，哽咽着说：“叔叔，我从日本来中国就是为了找你们一家啊。”

刘毅轻轻擦去她脸上的泪水："这里不是说话的地方，你先回去，过几天你来，我请你到小津桥吃老边饺子。"惠子按捺不住内心的激动和兴奋。多少天了，她一次次地寻找，一次次地失望而归。她讨厌长谷川，能不能找到给他治病的大夫，她并不在乎，她只想能早一天见到刘毅，就立刻离开大和旅馆，去服侍爷爷、奶奶，替爸爸尽孝。与刘毅道别后，她带着说不出的兴奋和喜悦回到旅馆。

送走惠子，刘毅吩咐伙计周大鹏早早地停诊关门了。惠子的到来，勾起了他对往事的回忆。他站到窗前，看着街上不多的几个行人，想起十二岁那年，一个四十多岁，颏下留着一缕长髯的私塾先生，满怀悲愤地向他们讲述了日本在中国进行扩张，要求袁世凯承认"二十一条"的野蛮行径。先生声泪俱下地说："这是要灭亡中国的不平等条约啊！你们要好好学习，将来掌握一技之长，让我们的国家别再受列强的欺辱。"先生的话深深打动了他，他立志长大当一名医生，不但治病救人，也让自己的国家早日摆脱积贫积弱的境地，变得强大起来。后来他如愿以偿地考入奉天医科大学，毕业后，又遍访杏林名医，开办了益善堂诊所。由于他对中西医都有很深的造诣，很快他的诊所声名鹊起，找他看病的人越来越多。

一天下午，一个穿西服戴礼帽的青年男人开门进来，像老熟人似的跟他打招呼："怎么样啊，刘大夫，这两天有空去我家坐坐，我母亲天天念叨你，说你把她多年的腰疼病治好了，老人家要当面谢你呢。"刘毅抬头看了看站在面前的年轻人，并不认识。这时他发现窗外站着两个人，不时贼眉鼠眼地往里瞅两眼，暗想，一定是这个年轻人被什么人跟踪，遇到了麻烦。于是他站起来拉起那个年轻人的手，熟络地说："快坐，有日子没见你过来了，你母亲的病好利索了吗？"那个年轻人坐下来，两个人热火朝天地聊了起来。过了一会儿，窗外站着的两个人见屋里两个人聊起来没完没了，仰起头来看了看挂在门口的招牌，悻悻地走了。

见那两个人离开了，刘毅走过去，拉上窗帘，回过身来冲那个年轻人说："没事儿了，一会儿从我的后门儿走。"那个年轻人用感激的目光看着刘毅，说："谢谢你。半年前我带母亲来你这儿看过病，要不是你今天帮忙就麻烦了。"

刘毅把那个年轻人带到后面一间装药材的屋子里，问："他们是什么人？"那个年轻人说："是两个日本便衣特务，今天我们去小河沿散发传单，号召民众抵制日货，被这两个家伙盯上了。"刘毅不便多问，天黑后，让那个年轻人从后门走了。

隔了半个多月，天擦黑的时候，那个年轻人又来了。两个人简单寒暄了几句，那个年轻人自我介绍说："我叫卫民，是东三省官银号业务部副主管。上次化险为夷，多亏了你出手相助，你要是愿意，可以去南关奉天基督教青年会看看，那里有不少像你这样有学问、有见识、有抱负的年轻人。"刘毅听了喜出望外，满口答应下来。他从报纸上看到关东军频频制造事端的消息，吞并东北的野心已昭然若揭，一直想找一些志同道合的人一吐心中块垒，探讨怎样改变国家贫困衰败的出路。

他不知道，卫民是一名中共党员，经常在奉天基督教青年会召集青年知识分子，在一起阅读进步书刊，评论时政，讨论国家命运，探讨青年出路，开展反帝爱国的新文化活动。

在卫民的介绍下，刘毅在青年会很快结识了钟铭、辛浦、田敏、常理、黎抱诗、俞广源、尚云陵等一批进步青年，大大开阔了视野，成为青年会的骨干，他带头抵制日货，并为诊所定下一条规矩，不给日本人看病。

上初小的时候，刘毅从父母那里知道，自己还有一个叫刘刚的日本哥哥。惠子的到来让他一时不知所措。战争在人类社会的发展进程中，如同由利益和私欲滋生孕育的一颗毒瘤，它一旦被沾满欲望的利剑打开，带给这个世界的是无穷的灾难和痛苦。但无论战争多么残酷、无情，都无法泯灭人性固有的良知。那个从死亡边缘擦身而过的日本士兵多少年来竟一直没有忘记寻找自己的救命恩人。

他找到卫民，向他讲述了那段往事。卫民沉思良久，说："你知道吗？去年夏天日本关东军曾经组织了一次北满参谋旅行，带队的就是那个到处宣扬满蒙是日本生命线的关东军高级参谋板垣征四郎，而这次所谓旅行的目的，就是妄图用武力占领满蒙。根据我们内线了解到的情况，大和旅馆是板垣征四郎和石原莞尔、谷木斋藤一批关东军少壮军官和特务首脑经常聚会活动的地方，如果能利用三河惠子，多了解一些关东军的动向，对我们来讲不失为一件好事。"

刘毅站起来握紧了拳头，说："日本人隔三岔五地搞演习，我看这里头就大有文章，说不定是他们想利用这种障眼法，搞突然袭击。"

卫民沉思了一会儿，说："你分析得有道理，少帅派兵调停中原大战，东北防务空虚，日本人很可能钻我们的空子。你可以答应惠子，给这个经理看病，利用这个机会获取一些有用的信息，也许对我们会有一定的帮助。"

两个人谈了很久，不知不觉夜已经是深了。卫民拉开窗帘向外望去，到处漆黑一团，死气沉沉。卫民重新把窗帘拉严，两个人谁也没有说话，两只手紧紧地握在了一起。

第七章 根治顽疾

长谷川听说，三河由美找到了一位奉天城里有名的中医大夫，能治他的病，这就像搬掉了压在他心口窝上一块沉重的石头。从打有了这个毛病，每次当他从昏迷中苏醒过来，都是一身的冷汗，他不想这么早就离开这个世界。他的妻子温柔贤惠，女儿聪明伶俐，一家人在一起的时候总是其乐融融，生活给他带来的快乐和美好，让他格外地留恋这个世界。更何况他从一个小小的课长，能当上大和旅馆的经理，虽算不上平步青云，但平时那些趾高气扬、难得一见的关东军军官和巴结都巴结不上的各方要人，成了他这里的常客，让他不但有了向人炫耀的资本，还常常觉得自己的身价也水涨船高地跟着提升了。

记不清多长时间了，他总是做噩梦，担心自己倒下就再起不来了。他想戒酒，但两天不喝酒就百爪挠心般地难忍难耐，心里火烧火燎地像被无数只蚂蚁在啃噬。他一次次地去看医生，各种各样的西药片吃下去不少，还是经常犯病，显然，三河由美给他带来了一线希望。在服务生面前，从不苟言笑的他，这次竟呵呵地笑着，夸赞了三河由美几句，让三河由美尽快带他去诊所找那个刘大夫。惠子看长谷川兴奋难抑的样子，半天没有说话，长谷川不解地问："怎么了，有什么为难的地方吗？"三河由美轻轻地摇了摇头，说："那个刘大夫说了，不给日本人看病。"没等三河由美的话说完，长谷川"啪"地一拍桌子，瞪圆了眼珠子："八嘎！你告诉他，找他看病是抬举他，不来，我就把他捆来！"

惠子微微一笑，说："中国有句话叫作'宁为玉碎不为瓦全'。你就是绑了他来，他不给你看也没用。"

长谷川一屁股坐到椅子上，像泄了气的皮球，两眼失神地看着惠子，顾不上总经理的面子，带着祈求的口吻说："三河由美，帮帮我，我不想死，我相信你会有办法的。"惠子看着长谷川绝望的眼神，有些不忍，心里软了下来，咬着嘴唇说："好吧，我再去试试看。"

见三河由美出去了，长谷川立即叫来了大关行江。他面无表情地说："我让三河由美给我找个中医大夫，你给我听好了，从现在开始她从这里出去的行踪都交给你了。你知道，这里是关东军军官和国内上层幕僚住宿、聚会、活动的地方，弄不好出了事儿，我们都没有好果子吃。你要给我看紧了，不许有任何差错。"

大关行江鞠了一躬，说："经理放心，我知道该怎么做。"长谷川满意地说："你放心，我不会亏待你的。"他拿出一摞钱，塞给大关行江，摆摆手，让大关行江出去了。

下午，惠子穿了一件浅绿色带暗花的旗袍，挎着一个精致的棕色皮包，来到刘毅的诊所。刘毅正在给一个十多岁的孩子看病，见她风姿绰约地从外面进来，用手指了指对面的凳子："哟，刘小姐来了，稍坐片刻。"惠子嫣然一笑，在候诊的凳子上坐下，抬起头来情不自禁地仔细地打量起这个父亲的小弟弟，自己叫他叔叔的人来。只见他前额宽阔，鼻梁挺直，鬓角与下颏几乎连成一片的胡子刮得干干净净，人显得精明利落。过了一会儿，他开过药方递给孩子的母亲说："吃完药要是不好，再带孩子过来。"

孩子的母亲三十多岁，穿着一条满是补丁，已经看不出颜色的粗布裤子。她伸出两只皮肤粗糙，没来得及洗干净，还沾着泥巴的手，颤巍巍地接过药方，伸进怀里摸索着去掏钱。刘毅摆了摆手，说："不用给钱了，你去带孩子取药吧。"那女人听了"扑通"跪在地上，磕了个头，眼里含着泪水，说："你救了我的孩子，我该咋谢你呀。"刘毅让她起来，说："不用谢，孩子的病好了比啥都强。"那个女人拉起孩子，千恩万谢地出去了。

刘毅走过去关上诊室的门，回过身来半真半假地问惠子："我不是说了吗，不给日本人看病，你怎么又来了？"惠子上前拉住刘毅的手，说："大哥，不，刘大夫，我们经理说了，你不去他就让人把你绑了去。"

"哦？你们日本人真霸道，你知道中国人也不是软骨头！"

"那我怎么办？你们中国人讲悬壶济世，说的不就是以医技普济众生吗？"

刘毅被她说笑了："看来你知道的还真不少，可你们日本人从甲午战争开始，一次次地欺辱我们，还让我去给这些强盗看病，难道我就不受良心的谴责吗？"

惠子见刘毅铁了心不打算出诊，坐下来说："好吧，你不去，我也不能强求，你不是答应请我吃老边饺子吗？"

惠子并不知道刘毅已经跟卫民商量过了，想利用给这个经理看病的机会，及时获取一些关东军的动态，提供给中共满洲省委。他只是担心如果轻易答应惠子，会让那个经理产生疑心。

"好，你等我，关了门儿咱们去小津桥。"

晚上，刘毅穿了一身浅灰色西装，打了一条深蓝色的领带，与惠子一块儿来到小津桥老边饺子馆。两个人找了个靠里边的位置坐下，跑堂的伙计满脸堆笑地过来："二位，来什么馅的饺子？"刘毅脱下西服上衣，挂到衣帽架上："虾仁、猪肉、羊肉各来一盘。"

"好嘞！虾仁、猪肉、羊肉一样一盘儿，这就来喽！"伙计把搭在肩膀上的手巾拿在手里擦了擦桌子，下去了。

不一会儿热气腾腾的饺子端了上来。这时惠子发现门口有个人影一晃就不见了，她认出来，那人是大关行江。

惠子没有看错，大关行江见三河由美跟刘毅坐下来，闪身从饺子馆里出来，回到大和旅馆向长谷川报告说，三河由美和那个中医大夫在老边饺子馆吃饭。长谷川一声不响地在地上走了几步停下来，说："你干得不错，我这病你也知道，她要是真能把那个大夫请来，其他的都好说。"大关行江带着几分巴结，说："是的，把她交给我，你放心就是了。"长谷川拿出一沓钱塞给大关行江，挥了挥手，见大关行江出去了，他转过身来倒了一杯酒，一扬脖儿喝下去，立刻感到周身有一阵说不出的舒畅。他好久没有像现在这样，如同小时候渴望得到一样非常喜欢的东西，盼着早一点见到那个有名的中医大夫。

老边饺子馆里坐满了顾客，惠子用筷子夹起一个饺子放到嘴里嚼了嚼，说："真香。小的时候妈妈经常说东北人包饺子好吃。"

"你要是愿意听，我给你讲讲老边饺子的来历，让你这半个中国人也长长见识。"

"好啊，我洗耳恭听。"

刘毅把一个饺子放进自己面前的碟子里，用筷子转了一个圈儿，说："老边饺子的创始人叫边福，清道光八年也就是1829年，他从河北迁居来到咱们奉天。"

"这么说到现在有一百年了。"

“是啊，刚开始的时候，只是搭了一个俗称马架子的小摊床，现做现卖，到了同治七年，边福的儿子边得贵子承父业，将过去普通的煸馅改为汤煸馅，吃到嘴里松散易嚼，味道鲜美，形成了独具一格的特有风味。老边饺子也从此声名远扬。”

“真想不到，包饺子还有这么大的学问。”惠子听得入了迷，又夹起一个饺子放到嘴里，细细地品味了一番说：“还真像你说的那样，越嚼越香。”

刘毅吃了几个饺子，放下筷子，说：“你回去告诉长谷川，我可以去给他看病，但必须要晚上，诊所关了门才行。”

惠子有些意外地看着刘毅，“这么说，你答应了？”

“是啊，你爸爸让你不辞辛苦来中国找我们一家，我不能眼看着你得罪了那个经理，袖手旁观啊。”

惠子抓住刘毅的手，说：“你真不给他看病，我想他也不会把你怎么样。你知道吗？他就会把气撒在我身上，他要找我的毛病还不容易，到时候我的日子就难过了。”

刘毅夹了一个饺子放到惠子的碟儿里，说：“是呀，看在你父亲的份儿上，我不但要给他看病，还要把他的病治好。”

惠子起身，走过来孩子似的扑在刘毅的怀里，开心地笑了。

吃过饭，刘毅送惠子回旅馆。两个人要了一辆黄包车，过了大西边门，惠子让车夫停下来，说：“我们下来走走吧。”她挽着刘毅的胳膊，仰起头轻声说：“大哥，我还没来得及告诉你，我爸爸让我给爷爷、奶奶带了一笔钱，说是留给爷爷、奶奶养老的。”

刘毅转过头来看着惠子，说：“你不是叫我叔叔吗？”

惠子脸一红，说：“是啊，可你别笑话我，从那天在诊所知道了你就是我要找的刘毅叔叔，就把你当成大哥哥了。”

“哦，为什么？”

“我喜欢你。”

两个人向前走了没多远，惠子眨动着一双大眼睛，扭过头去问：“叫你大哥你不愿意吗？”

刘毅心想他们之间既然没有血缘关系，从年龄上该叫他哥哥，便应允下来。惠子朝刘毅身边靠了靠，说：“我已经想好了，不再当那个服务生了，去伺候爷爷、奶奶。”刘毅扭过头去看着惠子说：“我爸爸两年前就去世了，妈妈去年也走了。我妈妈活着的时候经常跟我提起你爸爸，一直惦记他，你有这份孝心，我爸爸、妈妈就知足了。”惠子惋惜地叹了口气，说：“要是爷爷、奶奶活着多好。”“是啊，见到你，他们不知道有多高兴呢。”

惠子眼角闪着泪花，说：“爸爸一直想给爷爷、奶奶写信，怕被人查出来，给家里人惹麻烦。”

他们谁也没有再说话，走了一段路转过前面的路口就是大和旅馆了。两个人站下来，夜色水一样充盈到周围的每一个角落里，空中半弯新月，将淡淡的清辉倾泻到两个人的身上。惠子转过身，面对着刘毅说：“我来奉天后，听说这里遗存有很多名胜古迹。”

“是的，这里是一座千年古城，有着悠久的历史文化。”

“休息的时候，我去图书馆查阅过史料，你有空带我去转转好吗？”

“你既然有这么大的兴趣，我一定带你去一一游览，百闻不如一见嘛。”

“好，那咱们就说定了。”惠子跟刘毅挥挥手道别走了。

那晚长谷川听大关行江说，三河由美和那个大夫一块去饭馆吃饭，便一直有些进退两难。他怕上头追查下来，不好解释，不想让三河由美再去跟那个中国大夫交往，可那个大夫真要说死不给他看病，他也没办法。他来中国这么多年，知道中国的这些知识分子骨子里“士可杀不可辱”的观念根深蒂固。想来想去他拿定主意，只要让大关行江盯紧点，不出大格，上面追问下来好交代，又能把自己的病治好，睁一只眼闭一只眼也就算了。

第二天下午，惠子来到他的办公室，绘声绘色地将她怎样再三游说这个中国医生，怎样请他吃饭，详细描述了一番。长谷川半信半疑地听她讲完了，问：“说了半天，他答应给我看病了？”

“是啊。”惠子看着长谷川急不可待的样子，抿着嘴笑了笑说。

“过两天你带他过来。”长谷川挥了挥手让惠子出去了。

经过刘毅两个多月的精心治疗，长谷川的病情有了明显好转。一次，刚刚从旅顺大和旅馆调来的八木洋子不小心把水洒在石原莞尔的裤子上。晚上长谷川把八木洋子找到办公室，忘了自己刚刚喝过酒，大发雷霆。大关行江担心他旧病复发，守在门外，听屋里长谷川把杯子摔在地上，不停地大声训斥八木洋子，急忙去叫来值班的医生。两个人等了半天，最后看到八木洋子灰头土脸地从房间里出来，急忙开门进去，见长谷川正跷着二郎腿坐在沙发上慢条斯理地喝水，才松了一口气。长谷川从沙发上站起来，在地上走了几步停下来，说：“这个中国大夫还真行，要不是你们进来，我都忘了自己这个老毛病了。”

大关行江见长谷川脸色红润，神志清醒，没再说什么，转身和医生出去了。长谷川也十分高兴，他想请刘毅吃顿饭，表达一下自己的谢意。

刘毅听说长谷川要请他吃饭，犹豫不决，他去基督教青年会，找卫民商量。卫民想了想，当天晚上把钟铭、辛浦、田敏、常理、黎抱诗、俞广源、商云陵召集到一起，把刘毅给长谷川看好了病，长谷川打算请他去吃饭的事儿说了一遍，让大家给出出主意。

钟铭从椅子上站起来，说：“诸位都知道，张学良为东北大学题写了‘急起直追’的校训，眼下东北的民族工业和军事工业发展得很快，我想日本人不会坐视不管。”

俞广源摘下帽子，心急如焚地说：“据我所知，关东军一些青年军官在加紧策划武装入侵东北的计划，我们不得不防啊。”

卫民沉思片刻，说：“的确，种种迹象已经表明，关东军想一口吞下满蒙，大和旅馆是关东军军官和土肥原贤二这样的特务头子住宿、聚会、活动的地方，如果刘毅能够取得那个经理的信任，我想并没有坏处。”

于是，大家都赞同刘毅去赴宴，利用这个机会接近长谷川。接着，几个人又研究了一番如何开展识字运动的办法，直到深夜才各自离去。

过了几天，晚上，长谷川专门让厨师做了一桌上等日本料理，惠子带着刘毅来到旅馆的一间餐厅里。长谷川将刘毅让到上座，惠子站在下首给两个人的酒杯里斟满酒，长谷川端起酒杯，说：“我还是第一次请中国人喝酒，用你们的话说，先干为敬。”说着仰起脖子把一杯酒喝了下去。刘毅见他果然好酒量，也端起酒杯一饮而尽。长谷川竖起大拇指：“爽快，你的大大的好，我们是朋友了。”

“你喜欢喝酒，过几天我送你两瓶万龙泉烧锅酿造的纯粮白酒怎么样？”

“好啊，我来奉天多年，平时喜欢喝点儿，听说这家酒厂已经有上百年的历史了。”

“哦，这么说我这酒给对人了？”

“那是，我对酿酒还有些研究，听说万龙泉的发迹有龙王相助。”

刘毅带着几分惊讶，夹了一块寿司放到自己的盘子里，看着长谷川道：“没错。看来你对酿酒还真下了功夫。”

长谷川“啪”地一拍桌子：“是啊，快，说给我听听。”

“话说清朝康熙初年，一位关内的商人在奉天小东门外一块空地上建起了一家酿酒作坊。他哪里知道，院子里那口深井的水又苦又涩，根本就不适于酿酒。”

“这不白忙活了吗？”长谷川带着几分遗憾咂着嘴说。

“谁说不是呢，这位商人一时进退两难。”

“不行再换个地方。”长谷川急着说。

刘毅看着长谷川涨得通红的脸：“你说对了，正当这位商人打算另寻新址时，一位受过他接济、姓敖的公子听说了这件事，来跟这位商人说，他祖辈都会看风水，可以去看看这口井到底能不能用来酿酒。”

“这怕就是那位龙王吧。”

“还真让你猜着了。两个人一块来到作坊门前，敖公子举目观察了一番对商人说，这里东临大清皇室发祥地长白山的尾脉天柱山，依我看就用‘万龙泉’作字号怎么样？商人点头称是。敖公子又用手指了指东边隐隐约约起伏逶迤的山峦说，你看，这里正处盛京城东边龙口之地，咱们就用‘老龙口’作牌号吧。商人听了又是连连点头。两个人来到那口深井前，敖公子探头朝井里瞅了瞅，回头冲着商人说，这不明明是口甜水井嘛。”

“怎么样，我说遇见龙王爷了吧。”长谷川一副自鸣得意的样子，打断刘毅说。

刘毅见长谷川眯缝着眼睛，被他讲的吸引住了，站起身来，用手比画着，绘声绘色地接着说：“也该着这位商人发财，只见那位敖公子一纵身跳了下去，站在一旁的商人顿时大惊失色，刚想找人下去打捞，忽闻井中‘咔嚓’一声巨响，一股水柱喷涌而出，直冲云霄，眨眼化作一朵白云，敖公子站立在云端，高声道，我乃东海三太子，辽河小龙王。话音未落，已驾云而去。从此‘龙吐天浆’的传说流传开来。”

“好，今晚这酒喝得有味道！过瘾！来，干一个。”长谷川听得入了神，大声说。

惠子见两个人相谈甚欢，便不停地给两个人斟酒、夹菜。待酒足饭饱，刘毅从旅馆出来，已经是深夜了。

长谷川精明过人，那天晚上看到惠子和刘毅眉来眼去的样子，知道两个人好上了。在跟刘毅的接触中，长谷川发现他不但医术高超，而且天性善良，处世豁达，俩人相处得很融洽。但以他对中国知识分子的了解，百思不得其解，一身傲骨的刘毅为什么会答应给他看病？直到有一次看到三河由美穿着旗袍从外面回来，才发现这个女人的美貌足可以让一个男人神魂颠倒。于是，他恍然大悟，刘毅一定是坠入情网了。一个男人为了自己喜欢的女人，是什么事儿都能做得出来的。这反倒让他有些心神不定，担心三河由美会给他惹来麻烦。可翻过来调过去地又仔细地想了想，刘毅不过是个给人看病的大夫，他既然喜欢了三河由美，我何不送个顺水人情，也算对她的一份报答，再说有大关行江这个眼线，三河由美完全在他的掌控之下，过多的担心岂不杞人忧天。想到这，他打消了顾虑，倒了一杯清酒，仰起脖子喝了下去，走到穿衣镜跟前，看着自己心满意足的样子，忍不住笑了起来。长谷川想不到，他由此给自己惹来了祸端。

第八章 湖中救人

已经过了清明，铺天盖地的寒气，仍没有让人感到多少春天的气息。空中翻滚的乌云，把阳光严严实实地遮挡起来，冷风中几只乌鸦扇动着麻木的翅膀，在空中飞舞了几下，又恹恹地落到不远处的树枝上。

刘毅坐在黄包车上，用围巾把自己的脸包裹得严严实实，他已从卫民那里得悉，日本军政界要人，右翼团体中的军国主义者倾巢出动，在竭力煽动战争的狂热情绪。在基督教青年会，他们最近谈论最多的是关东军能不能实施武装占领满蒙的行动。身为医生，从人道主义出发，他希望中日两国能够和平相处，不想看到日本用战争这种极端的方式转嫁危机，但从种种迹象判断，日本关东军已经磨刀霍霍，准备行动了。

惠子每到休息的时候，便来诊所找他，两人去逛街、吃饭，俨然一对恋人。刘毅从惠子火辣辣的目光中，能感受到她对自己炽热、真挚的情感。但她毕竟是日本人，面对中日随时可能燃起的战火，他不想在这种时候让她走进自己的生活，又不忍心去伤害她。刘毅左右为难，拿不定主意，便将自己的想法说给卫民听，卫民立即向中共满洲省委特科做了汇报。满洲省委特科认为惠子与一般的日本女人不同，她不仅有中国血统，更重要的是，她对中国人没有敌意，一旦需要，可以为我所用。

卫民找到刘毅，告诉他可以跟惠子发展下去，保持恋人关系。刘毅听后既没有觉得意外，也没有感到兴奋。照理说，他已经到了谈婚论嫁的年龄，只是每天忙于给病人看病，没有在这上头用心思，一来二去就耽搁了。在跟惠子的交往中，发现她不仅做事缜密，而且心地善良，对中国人有着一种天然的亲近感。从他的内心讲，他并不是不喜欢这个姑娘，但关东军蠢蠢欲动，面对中日之间的这场随时可能出现的危机，他想先放下自己的终身大事，尽其所能，为这个城市，为这个民族做点事。

这天惠子休息，早早地来到诊所，让刘毅带他去清昭陵看看。刘毅给惠子倒了杯水，说："等我一下，今天约了几个病人。"

刘毅忙完，已经快中午了。刘毅带着歉意，道："对不起，让你久等了。"两个人出门要了一辆黄包车，穿过市区，又走了一段路，在昭陵门前从车上下来时，惠子无意中回头，发现一个熟悉的身影一晃儿进了路边的树林不见了，她知道，她跟刘毅在一块儿，长谷川不放心，但毕竟刘毅治好了他的病，他也不好过多阻拦，让大关行江暗中"关照"她，也是迫不得已的事。惠子觉得长谷川做这个经理也不容易，于是心里有了几分释然。扭过脸去看了看刘毅，见没有注意她，挽着他的手进了公园。

园内古松参天，草木吐绿。惠子好奇地转过头去，问刘毅："这是谁的陵园？这么大，这么气派。"刘毅用手指了指远处若隐若现的红墙和石牌坊，说："这是清初关外陵寝中最有代表性，保存最完整的一座帝王陵墓建筑。"

惠子仰起头来看着一棵古松问刘毅："你看，它至少有上百年了吧？"

“是呀，这座陵墓建成已经有三百多年了，墓的主人叫皇太极，是个很有作为的开国皇帝。”

惠子转过头去看着不远处的一泓湖水，含情脉脉地挽起刘毅的胳膊，柔声道：“我们去那边走走吧。”

两个人漫步来到湖畔。阵阵微风在水面上掀起层层波纹，如同有无数条小鱼儿在下边游动。岸边刚刚泛绿的垂柳，倒映在水中，又为湖水增添了几分妩媚。惠子依偎着刘毅，说：“这里太美了，可惜我不是诗人。”

刘毅正想说什么，一抬头，发现不远处一个男人抱着一个孩子正一步步地向水的深处走去，他忙推开惠子，快步向那个男人跑去。到了近前，只见那个男人有四十多岁的样子，胡子拉碴，脸上脏兮兮的，像是好多天没洗过了，他怀里抱着的是个看上去不到一岁的小男孩，这时在他怀中已经睡着了。刘毅说了声“不好”，脱掉裤子，跳进水里，过去一把拉住那个男人，大声道：“你这是干吗，不想活啦？”那个男人抬起头来，目光呆滞地看着他，一声不响。

“有啥想不开的，再说孩子还小，不该跟你去死，走，有话上去说。”

那个男人还是没动地方，惠子急了，冲着那个男人道：“亏你还是个爷们儿！寻死觅活的，什么大不了的事儿？”

那个男人叹了口气，这才十分不情愿地被刘毅拉着上了岸。

惠子接过他手里的孩子，刘毅穿上裤子问那男人：“好死不如赖活着，遇到什么难处了？”

那男人眼圈红了，伸出舌头，舔了舔干裂的嘴唇，沉默了半晌说：“我破产了，媳妇也跟人跑了，债主三天两头地来要钱，我实在活不下去了。”

“你做什么生意？”

“我在小北边门外卖缸。”

“那你怎么落到这步田地？”

"哎，说出来不怕你笑话，我二十岁那年娶了个媳妇，一直没有给我生养，被我娘打跑了。"

"这可是你娘的不是。"惠子不满地说。

"我三十七岁那年又找了个比我小十多岁的乡下女人，过门儿的头几年还挺好，后来不知道怎么跟一个来买缸的男人勾搭上了，这不，生下孩子不到一个月就没影了。我去找那个男人，哪承想，那小子找了一伙儿人，把我没卖出去的几十口缸砸了个稀烂，还把我打了个半死，十多天我才从炕上爬起来。买卖做不下去了，人家来要债催得又紧，逼得我实在没活路了。我一想，这孩子活着也跟我遭罪，不如一块儿死了算了。"说着，那个男人捂着脸"呜呜"地哭起来。

刘毅拍了拍他的肩膀，问："你叫什么名字？"

"姜翰东。"男人抬起头说。

"你欠人家多少钱？"

"五十块银圆。"

"好，你先带着孩子回去，明天去大南关的益善堂找我，我替你把账还上，每个月我再给你两块银圆过日子。"

那个男人愣愣地，半信半疑地看着刘毅，嘴张了张，一句话也没说出来。慢慢地从地上站起来，从惠子手里接过孩子，"咕咚"跪在地上磕了个头，眼里流着泪："多谢了！"看着刘毅和惠子走远了，他才站起来，一步一回头地走了。

两个人重新朝陵寝走去，惠子扭过脸去，说："你这人真是一副菩萨心肠，我爸爸总是跟我说起爷爷、奶奶，说他们心地善良，看来，你跟爷爷、奶奶一样，都是好人。"

"医者仁心，救人一命胜造七级浮屠嘛。"惠子被这个男人深深吸引。她折下一根柳枝拿在手里，朝前走了一段路，带着几分羞涩，情意绵绵地问："大哥，我给你做媳妇你愿意不？"

刘毅淡淡一笑，没有说话。两个人走到陵寝前停下来，刘毅指着那座高大精美的石牌坊说："皇太极是个了不起的帝王，他提倡满汉一体，禁止大兴土木，鼓励农耕，开创了崇德之治，还与蒙古族联姻，使满蒙成为最亲密的臣属关系，满蒙一家早在二百多年前就已经成为无可争辩的史实载入史册，你们日本的政客和关东军中的那些少壮派军官，硬是煽动说，满蒙不是中国的领土。"

惠子透过石牌坊眺望着方城高耸的角楼，半晌说："这是一群失去理智的狂人。他们已经搞了一个'占领满蒙计划'，很可能要挑起事端。"

刘毅掏出怀表看看时间不早了，说："我们该回去了。"

从陵园里出来，惠子说："大哥，哪天你再带我去东陵公园看看好吗？我查过史料，那里是这位皇太极父亲的陵寝，还有其他帝王陵墓没有的一百单八磴。"

刘毅在惠子的脑门上轻轻点了一下，说："上次我以为你不过说说而已，没想到你对这里的名胜古迹真的这么感兴趣，我看照这样下去，用不了多长时间，你就是个地地道道的本地人了。"

惠子娇嗔地拉着刘毅的手说："我本来就是半个中国人嘛。"

刘毅忍不住仰头大笑："也是。好，咱们去宝发园，我带你尝尝少帅褒奖过的四绝菜。"

惠子孩子似的跳了起来，不管不顾地在刘毅的脸颊上吻了一下。

果然，过了没多久，卫民就从中共满洲省委那里得到确切消息，日本关东军加快了武装入侵东北的步伐。在基督教青年会按惯例举办的座谈会上，卫民的目光在钟铭、辛浦、田敏、常理、黎抱诗、俞广源、商云陵、刘毅几个志同道合的伙伴身上停留了片刻，心情沉重地说："你们知道吗？日本陆军省已经计划要从根本上解决满蒙问题，准备武力吞并东北。"

常理“砰”的一拳砸在桌子上：“日本人看来是要动真格的了！”

商云陵咬着嘴唇在地上踱了几步停下，说：“日本关东军对东北觊觎已久，奉天首当其冲。”

卫民不无忧虑地说：“不知道少帅是怎么想的，日本人已经蠢蠢欲动，再不加紧东北的防务，说不定日本人就会乘虚而入啊。”

“关东军可能已经在调兵遣将，奉天岌岌可危。”辛浦接过卫民的话说。

几个人忧心忡忡，卫民从怀里掏出一包黄连，给每个人沏了一杯苦水，说：“来，从现在开始，我们每次聚会，喝下这杯苦水，以此明志，一旦需要我们的时候，我们要为国家、为民族尽一份力。”几个人端起水杯一饮而尽。

窗外隐隐约约传来隆隆的雷声，一场风雨眼看着就要来了。

第九章 惊天密谋

谷雨过后，寒气仍在肆虐。关东军作战参谋、奉天特务机关副机关长谷木斋藤坐在汽车上，从抚近门进来，绕过钟楼，望着不远处的那座红墙掩映的皇家宫殿，忍不住心中一阵窃喜，心想，等着瞧吧，用不了多长时间，这里就是我们大日本帝国的天下了。看着车窗外面四平街上同益成、中和福茶店、萃华金店、泰和商店、内金生鞋店，一家挨一家的商铺，他真想探出头去，告诉街上的行人，这些店面、商铺，不日就受我关东军管辖了。这时汽车颠簸了一下，他瞥了一眼张氏父子府邸内大青楼尖状的屋顶，心里发出一阵冷笑：你张学良不是要息兵罢战、休养生息吗？还搞什么东北新建设，抵制日货，到时候，你建的那些工厂、铁路、官银号、兵工厂就统统归我们所有了。到那一天，你哭恐怕都来不及了。

正当他想入非非的时候，汽车驶过“浪速广场”，在大和旅馆门前停下来。一个站岗的卫兵过来拉开车门，他从车上下来，进门后快步来到二楼的 201 房间。板垣征四郎、石原莞尔已经在等他。他解下皮带，满脸兴奋地一屁股坐到沙发上。惠子进来给他们倒上水，退了出去。

板垣征四郎端起茶几上的水喝了一口，说："告诉你们一个好消息，我们制定的处理满蒙问题的方案，已经得到司令部的认可。"

石原莞尔兴奋地挥舞着手臂："这么说，在非常情况下，我们有自行决定，拿下张学良政府的权力了。"

板垣征四郎拍了拍茶几，说："是的，到时候奉天将作为我们的首战区。"

谷木斋藤端起水杯喝了一口水，说："诸位都知道，奉天不仅是东北的政治、经济、文化中心，还是张学良东北军主力的驻地，到时候我们要集中兵力，给他们来个先发制人。"

惠子敲敲门进来倒水，待惠子出去后，石原莞尔抬起头来对谷木斋藤说："从现在开始，要挑选一些可靠的人，我们要在这里制订下一步的行动计划，不能走漏半点消息。"

谷木斋藤站起来，说："这件事交给我吧。"几个人一直谈到深夜，才各自回房间歇息。

第二天上午，谷木斋藤找来长谷川，指了指沙发示意长谷川坐下，长谷川没敢动地方。谷木斋藤声音不大，冷冷地问："三河由美跟那个中国医生经常出去约会，你知道吗？"

长谷川松了口气，神情木然地说："大关行江一直在暗中盯着她哪。"

谷木斋藤满意地摸了摸下巴，"我知道那个医生治好了你的病。这个刘大夫，将来对我们有用。你去把大关行江给我找来。"长谷川很快带着大关行江进来了，谷木斋藤挥了挥手，让长谷川出去。他拉过大关行江坐到自己的大腿上，捏了一下她的脸蛋，绷着脸，说："三河由美交给你了，你是她的上级，出了问题，我饶不了你！"

大关行江娇滴滴地在谷木斋藤的额头上吻了一下："看你凶巴巴的样

子，能把人吃了，放心吧，我的眼里揉不下沙子。”说着两个人相拥在一起。

谷木斋藤仍不放心，深夜，他站在窗前，看着街灯在地上投下的一团团光亮，他重新把大关行江、八木洋子、三河由美几个服务生在脑子里挨个过了一遍，既然在石原莞尔面前夸下海口，就不得不格外小心。大关行江和八木洋子忠诚老实，唯有三河由美胆大机敏，心思缜密，他最担心的就是在她身上出问题，弄不好，给他捅了娄子，他没有办法向土肥原贤二、石原莞尔几个人交代。他想再让八木洋子演一出戏。他看看怀表，走过去拉严了窗帘，没等坐下，随着一声轻微的门响，八木洋子闪身从外面进来了，她回手轻轻地把门关好，坐到了谷木斋藤旁边，谷木斋藤如此这般向八木洋子交代了一番。

长谷川那天从谷木斋藤的屋里出来，不知道该不该告诉三河由美，少跟那个中国大夫来往。最近一段时间，他发现土肥原贤二、石原莞尔、板垣征四郎、谷木斋藤三天两头地到旅馆来，几个人在 201 房间里一谈就是半夜，他觉得气氛有些异样。想来想去，还是拿不定主意，不知这话该不该跟三河由美说。谷木斋藤话说得很明白，那个中国医生到时候会有用，倘若他硬是让三河由美跟刘毅断绝往来，到时候谷木斋藤怪罪下来，怕也不好交代。琢磨来琢磨去，他只好找来大关行江，重新严厉地叮嘱一番。大关行江已经从谷木斋藤那里知道了他们对三河由美不放心，长谷川有些进退两难。她觉得好笑，一个中国大夫就把你们搞成这样，至于吗？但这也让她对三河由美不得不另眼相看。他发现三河由美不论干什么事，都比她和八木洋子多了个心眼儿，谷木和长谷川的多疑，也许并不是没有道理。不过，她还有另外的小算盘，如果真的能抓住惠子的小辫子，把她打发走，谷木就是我的人了。她看出谷木斋藤日后一定会飞黄腾达，她如果能傍上谷木，不但能得到重用，还可以捞到大笔的金钱。到那时候，自己再不是一个宾馆的小服务生了。

惠子也从谷木斋藤、石原莞尔几个人的举动中觉察到气氛的异常。每次她去201房间送水倒茶，几个人便不再说话。他们像是在酝酿什么重大的不可告人的事情。这天她去打扫谷木斋藤的房间，桌子上放着几张纸，她快速扫了一眼，发现上面写着一行字——“关东军占领满蒙计划”。这更加证实了她的判断，这几个年轻军官在密谋一件大事，并准备实施了。她不动声色地从房间里退出来，转身去关门，八木洋子突然从边上的一间屋子里出来，伸手抓住了她的胳膊，嘴角现出一丝冷笑，道：“站住！”惠子愣住了。八木洋子用力抓住她的手腕，一把将她拉进屋去，关上门，厉声问：“你都看到了什么？”惠子摇了摇头：“我什么都没看见。”“你撒谎，桌子上的文件是怎么回事，是不是你拿出来的？”惠子这才明白过来，她大声争辩道：“胡说，我进去的时候文件就摆在那了。”“不对吧，你是不是想把它送给你的那个中国医生？”惠子伸手抓起桌子上的一个水杯，朝八木洋子砸去：“你这是栽赃，我不活啦，死给你看！”说着冲到窗前伸手去拉窗帘。八木洋子没有看到三河由美有一点慌乱，过去一把拉住她，绷着脸，说：“好了，今天的事不许跟任何人透露一个字。”惠子一甩手，怒气冲冲地拉开门出去了。

惠子并不知道，日本陆军省和参谋本部刚刚成立了一个核心委员会，专门研究如何处理满蒙问题。谷木斋藤、石原莞尔、板垣征四郎已经按捺不住了，经常通宵达旦在201号房间开会。

这天深夜，几个人讨论了《对满蒙方案》后，惠子进来给每个人倒了一杯咖啡。惠子出去后，石原莞尔看了看谷木斋藤，说：“我们的计划不能让任何人知道，陆军省老是让我们隐忍自重，我们不能听他们的。”

板垣征四郎喝了一口咖啡说：“张学良坐镇北平，东北防务就是个空架子，再不动手，恐怕就没机会了。”

石原莞尔站起来，说：“是啊，优柔寡断，一旦走漏了消息，就可能坏了我们的大事。”说完他站起来，在地上踱了几步，说：“我必须再说一遍，出入这里的人要可靠，其他人都好说，三河由美经常跟那个中国医生有来往，我看还是不能大意。”

“那个刘毅医术高明，在奉天城里很有名望，拿下奉天后，我们需要这些人跟我们合作，三河由美是我手下的特工，我已经让八木洋子试探过了，你们要是还不放心……”谷木斋藤冲着石原莞尔诡谲地一笑：“我就让她把你‘杀’了怎么样？”

“我们干的这件事将来会惊天动地，还是小心为妙，既然你让我‘死’，我嘛，宁愿‘死’一回。”石原莞尔坐下说。几个人一直商讨到天亮，才分头离开大和旅馆。

第二天晚上，谷木斋藤把惠子叫到自己的房间。他毫无表情地看了惠子一眼，摆摆手，让她坐到椅子上，用手抬起惠子的下颌，冷冰冰地问：“怎么样，想我了吧？”

惠子不知道该怎样回答，半天没有作声。谷木围着惠子转了一圈，坐到沙发上，嘴角挂着一丝冷笑：“哑巴了？说话呀？”

说实话，谷木斋藤对石原莞尔有些不满，八木洋子那天跟他说过，三河由美以死证明自己对他谷木的忠诚，想不到石原莞尔还是疑神疑鬼。那天散了会，他想，既然你们不放心，干脆打发三河由美回旅顺去算了。但三河由美的一颦一笑，服侍他的细致入微，都让他割舍不下这个女人了。更何况他还想利用三河由美做诱饵，让那个刘毅装点门面，为我所用。于是那天他跟石原莞尔赌气，让三河由美去“杀”了他。

惠子自从喜欢上刘毅后，从心里对谷木斋藤有说不出的厌恶，她不情愿地点了点头。谷木斋藤从沙发上站起身，从兜里掏出一个纸包放到桌子上，用阴冷的目光看着惠子，压低了声音说：“我不想再见到那个石原莞尔了。”说着用手指了指桌子上的纸包：“找机会你把里面的东西放到他的水杯里，两天后那个家伙就去见阎王了。”说完喉咙里发出一阵令人毛骨悚然的干笑，接着从兜里掏出厚厚一沓钞票放到惠子的手里：“全看你的了，记住，事成后，我还会给你一笔钱的，可你要是把事儿给我办砸了，我也一样会让你在这个世界消失，明白吗？”

惠子额头沁出一层冷汗，两条腿不由自主地微微发抖。她想问谷木斋藤，为什么要杀了石原莞尔？张了张口，话到嘴边又咽了回去。作为特工，她心里清楚，这种事对她来说，知道得越少越好。她伸手拿过纸包，说：“我会让你满意的。”谷木斋藤目光贪婪地伸手将惠子紧紧地抱住，疯狂地撕扯掉她身上的衣服……

深夜，惠子回到自己的房间，大关行江早已经睡熟了，黑暗中，不时发出轻微的鼾声。惠子和衣躺到床上，没有一点睡意。她想离开这里回日本的家，又想去找刘毅，跟他远走高飞。她思绪纷乱，不知如何是好，翻身坐起来，下地拿出那个纸包，一种从未有过的恐惧，让她的心里像揣进个小兔子“怦怦”乱跳。

她不想去干这种杀人害命的事，那样一来，自己一生的清白就被毁了，她就再没有脸去见自己的父母。她想把这包药喝下去，一死了之。转念一想，那样事情就闹大了，谷木斋藤、板垣征四郎这些人能放过她的家人吗？三河由美姐姐和她的妈妈就会被牵连进来，到那个时候，自己的爸爸、妈妈也活不成了。她轻轻地把那个纸包重新放好，起身拉开窗帘的一角，天已经亮了。

下午，谷木斋藤、石原莞尔、板垣征四郎和她从未见过的一个军官来到旅馆。她像往常一样，把茶叶放到壶里，过了一会儿挨个儿把茶水倒进杯子里。她看着剩下的一个空杯，忐忑不安地从贴身的衣兜里掏出那个纸包，轻轻地打开，见里面是一撮白色的粉末。她的心急速地跳起来，喉咙里像塞进一块脏兮兮的抹布，感到阵阵恶心和窒息。她平生第一次做这种见不得人的事，觉得有无数双眼睛盯着她，让她无地自容。她将那包白色的粉末放进杯子里，端起水壶往里倒水，心几乎跳到了嗓子眼儿，觉得身子软软的，周身的血液凝固了一般，无法站立，她不得不咬着嘴唇，深深吸了一口气，强迫自己镇定下来。猛然间，她心一动，想起刚才看到几个人亲密的样子，恍然醒悟，这恐怕又是谷木对自己的试探。她暗暗地骂了一句："混蛋！"端起水杯，敲敲门进了房间。几个人正争论着什么，她装作迈不开步的样子，把有"毒"的那杯茶水放到石原莞尔面前，看了石原莞尔一眼，转身退了出来。

石原莞尔待惠子出去后，端起水杯一饮而尽，抬起头来，走到谷木斋藤面前，道："这茶水好甜啊。不错，你这一招儿让我们都放心了。"

板垣征四郎摇摇头，说："这只能说明她对你的服从。"

谷木斋藤心里升起一丝不快，该做的我都做了，你们还要怎么样？他不满地看了板垣征四郎一眼，说："只要她对我们忠诚，其他的都在我的掌控之下，我想不会有问题。"

接着，几个人开始秘密研究制定《柳条沟计划》，他们对发动侵略东北的战争已经急不可待了。

晚上，惠子吃了两口饭，就再也吃不下去了。她回到房间里，拉上被子蒙住头，嘤嘤地哭起来。大关行江进来，走到床前，掀开被子，冲惠子诡秘地一笑，从兜里掏出厚厚一摞钱放在她床头上，说："这是谷木斋藤让我给你的。"惠子看也不看，伸手把那沓钞票"哗啦"一下划拉到地上，捂着脸"呜呜"地哭起来。大关行江不由分说地伸手将她拉起来，口气严厉地说："看你，哪有一点特工人员的样子，给我下地，把钱捡起来！"

惠子擦擦眼泪，慢慢地从床上下来，将散落在地上的钞票一张张拾起放到床上。大关行江满意地拍了拍她的肩膀："谷木说你干得不错，他对你很满意。"

惠子盯着大关行江的脸，明知故问道："告诉我，为什么要杀了那个石原莞尔？"

大关行江表情严肃地说："你经常出入201房间，他们准备要干一件大事，至于说为什么要杀掉那个石原莞尔，你去问谷木好啦。"

惠子赌气地瞪了大关行江一眼，出去了。大关行江看着三河由美的背影，心中暗想：自己想把谷木当靠山，但在谷木斋藤手里，自己不也跟三河由美一样，是一颗小小的棋子儿，任他玩弄摆布，稍有不慎，说不定哪一天，他对自己不感兴趣了，还会像一只蚂蚁，被他踩死。这棵大树靠得住吗？她心中不禁涌起一种莫名的悲哀，捶打着自己的脑袋，发出一阵歇斯底里的狂笑："哈——哈——哈！"

窗外树上的几只黄雀被惊得"呼"地从树上飞起来落到窗棂上，瞪着惊恐的眼睛看着屋里这个发疯的女人，叽叽喳喳地叫了几声，仿佛在嘲笑她，扇动了几下翅膀，又扑棱棱地飞走了。

第十章 天剑出鞘

刚入夏，天气出奇地闷热起来，悬在空中的太阳，像在喷火，树叶在烈日的炙烤下，蜷缩成一团。“浪速广场”上，几个日本女人撑起遮阳伞，躲避着翻滚的热浪。

大和旅馆201房间里，惠子沏好了一壶冰茶，在地面泼上水，拿来冰块装到盘子里，放在桌子上，屋子里立刻有了些许凉意。天刚擦黑，奉天特务机关长土肥原贤二，关东军作战参谋、奉天特务机关辅助官谷木斋藤，关东军高级参谋石原莞尔、板垣征四郎先后来到旅馆，谷木斋藤立即派人将周围严密封锁起来。

惠子给每个人倒上冰茶，转身出去了。土肥原贤二脱下外衣，从公文包里拿出陆军省的《解决满洲方策大纲》和关东军参谋部刚刚制定完成的《关于对参谋本部昭和六年度形势判断之意见》，看了几个人一眼，说：“你们都知道了吧，在解决东北的问题上，陆军省和关东军的看法不一致。”

板垣征四郎跷着二郎腿说：“外务省和军部早就惦记上满蒙这块肥肉了，可这帮家伙像中国的小脚女人，生怕步子迈大了，摔跟头。”

石原莞尔从桌子上拿起那份陆军省的大纲，一边用手指敲打着，一边带着几分讥讽说：“板垣君说得对，那帮混蛋想吃鱼，又怕鱼刺卡了嗓子，让我们再忍一年。我看，一天也不等了，既然都想把东北这块肥肉吃到嘴里，还是早点动手。”

谷木斋藤撇了撇嘴说：“石原君说得对，机会不是等来的，我们要创造机会，抢这个头功。到时候，让那些政客和军部的老爷们吃醋去吧。”

土肥原贤二满意地扫视了几个年轻部下一眼，说：“张学良跟他爹比，还是嫩了点，南京的蒋介石为了让这个小六子出兵帮他平定中原大战，封了他一个陆海空军副总司令，允诺他主持华北的军政。这小子禁不住诱惑，不管不顾地把东北的十万精锐调入关内，目前辽宁省仅有两个步兵旅和一个骑兵旅、炮兵旅，武器装备十分低劣，这对我们武力占领东北简直是天赐良机。”

几个人听了土肥原贤二的分析，频频点头。板垣征四郎站起来问谷木斋藤：“你那个《柳条沟计划》搞得怎么样了？”

谷木斋藤笑了笑，从公文包里抽出地图和几张纸，说：“我早就想动手了。”

说着他展开地图，用蓝色的铅笔在标有柳条沟的地方画了一个圈，又在附近的南满铁道上用红色铅笔重重地画了一条线。然后抬起头来，看着土肥原贤二，将另外几页纸铺开，用铅笔指点着地图，说：“我计划在这里制造一个东北军炸毁我南满铁路的现场，我们的部队以此为借口，趁机对北大营展开攻击，进攻一旦得手，立即占领奉天。”

土肥原贤二眯着眼睛看着地图上标出的两根铁轨，沉默了好一会儿，道：“我们要在很短的时间内调动大量兵力来对付北大营的守军，拿下奉天我看把握不大。”

说着他用手指点着用蓝色铅笔圈起来的柳条沟问谷木斋藤：“你为什么选择在这个地方动手？”

谷木斋藤擦了一把额头上的汗，喝了一口冰茶，说：“这里距离东北军主力驻地北大营不到八百公尺。”说着他招呼几个人围拢过来，用手里的铅笔在地图上画了一个圈儿，继续说：“你们看，这里不但距离北大营非常近，铁路与兵营之间还是一片很大的开阔地，我想，在这里动手很容易把脏水泼到东北军身上。而且这里的地形对我们发动突然袭击、展开进攻也十分有利。”

石原莞尔看着土肥原贤二说：“我们已经研究过了，我驻扎在柳条沟的独立守备队分遣队，在这个位置就可以用最短时间到达攻击地点，虎石台我部同时乘火车快速南下。”他两只手形成了一个钳状，“这样我们就可以给他来个南北夹击，形成合围之势。”

“好！”土肥原贤二兴奋地摸着下巴道。

谷木斋藤见他和板垣征四郎、石原莞尔制定的作战计划得到土肥原贤二的认可，心里也十分得意。他用铅笔轻轻敲打着桌子上的地图，诡秘地说：“这里是东北军出入北大营必经之地，我已经派人调查过了，东北军的士兵曾经在铁路上放置过障碍物，想干扰列车运行，发泄对我们的不满，我们完全可以利用这一点，让东北军结结实实背上这个黑锅。”

土肥原贤二听了摇了摇头，沉思片刻说：“南满铁路沿线我们把守严密，外人很难靠近，到时候张学良和南京政府要是抓住把柄，把事情捅到美、英、德几个国家那里，我们就没办法跟外务省和军部交代了。”

板垣征四郎挥动着手臂说：“管他呢，这也怕那也怕，干脆就像陆军省说的那样，继续等待机会，要是等到关内大战平息了，张学良把精锐部队撤回来，我们再想动手就晚了。我们几个已经想好了，找几个中国人当替死鬼，事后要是哪个国家的人问起来，我们就把现场从柳条沟这里南移几华里，找一个在他们看来防卫松懈的地方，重新布置一下，这样谁也都无话可说了。”

土肥原贤二见几个少壮军官已经按捺不住，急于动手了，说：“我看这个计划的代号叫‘天剑一号’怎么样？”

几个人你看看我，我看看你，没有说话。土肥原贤二仰起脸，带着傲视天下的口气，说：“你们这个柳条沟作战计划一旦成功实施，还将有助于我大日本帝国天皇陛下大陆政策的推行，并且是一个绝好开端。我们还会以此为突破口，占领东北和整个中国，进而称霸世界。”几个人都伸长了脖子，神情亢奋，跃跃欲试，恨不得明天就拿下奉天城。

很快，土肥原贤二将这个绝密计划报给了关东军司令官本庄繁，关东军司令部立即批准了这个以“天皇之剑”为代号的“天剑一号”绝密作战行动计划。

战事已经一触即发，而远在关内的东北军精锐却仍按兵不动，张学良由此出尽了风头。他却全然不知，东北的大好河山即将落入魔掌，东北民众将面临一场空前劫难。

骄阳毒辣辣地悬在空中，空气热得烫手，似乎划根火柴就能点燃。

第十一章　奉天陷落

地里的高粱红了，谷子黄了。1931 年 9 月 18 日，入夜后，奉天城北柳条湖村的人们忙碌了一天，跟往常一样，歇息了。秋风带着如水的凉意，从树梢上掠过，几只乌鸦不知道受到什么惊吓，扑棱棱地飞起来，“嘎嘎”叫了两声，又落到树枝上没了声息，四周重新陷入死一般的沉寂。

住在村东头的柳明良二更天起来喂牲口，他下地点上油灯，披了件夹袄，提着马灯来到院子里的牲口棚里，将铡好的草料搂到簸箕里，站起身倒进牲口吃草的槽了里。一回身，突然看到不远处的南满铁路上，亮起团刺眼的火光，接着传来“轰”的一声巨响，脚下的地都跟着颤动了一下，正在低头吃草的那头骡子，惊恐地扬起脖子“咴咴”叫起来。柳明良也吓了一跳，心想，这三更半夜的不睡觉，作什么妖儿？他放下簸箕，又给那头骡子饮了些水，正准备回屋睡觉，从北大营方向传来一阵紧似一阵的爆豆似的枪声。他心里合计，这下坏了，是不是日本人跟少帅的东北军干起来了，他吓得忙去关院门。住在村子南头卖大缸的姜翰东三步并作两步地走过来，黑暗中看不清他的脸色，只听他惊慌地大声道："柳大哥，快，我家房子给震塌了，孩子埋里头了。"柳明良大吃一惊，顾不上关院门，提溜着马灯跟着姜翰东深一脚浅一脚地来到他住的院子。见房子的西北角塌下来一大块，柳明良把马灯挂到拴牲口的桩子上，跟姜翰东忙不迭地用手搬开塌落下来的房梁和泥土瓦块。柳明良伸手一摸，摸到了炕上的孩子，急声道："快，孩子还有气。"两个人从一根房梁下将孩子慢慢地拉出来，姜翰东拿来马灯，凑到孩子脸上，见儿子脸色煞白，鼻子里在往出流血，呼吸微弱，一时不知如何是好。从北大营传来的枪炮声一阵紧似一阵，空中还不时有炮弹呼啸着从头顶掠过，震耳欲聋的爆炸声让两个人心惊肉跳，柳明良也是束手无策。

这时，在兵工厂做工的肖阳快步走了过来，问："咋啦？"姜翰东抱着孩子，带着哭腔道："我儿子快不行了，咋办啊！"柳明良站在边上也急得直跺脚。肖阳脱下夹袄盖在孩子身上，抬头见北大营方向火光冲天，骂道："妈的，我就知道，这关东军三天两头地搞演习就不是什么好事儿，刚才睡得好好的，轰隆一声把我震醒了，这回八成儿是玩儿真的了。我回去给孩子弄点儿水去。"说着转身大步流星地走了。

柳明良叹了口气，说："咱村儿里那个郎中去城里他闺女家串门走了三四天了，你不是认识益善堂的刘大夫吗？不行等天亮了赶紧进城找他给瞧瞧吧。"

这时肖阳提溜着一个水壶，拿着一个碗回来了。几个人勉强给孩子喂了点水喝下去。好不容易盼到了天亮，柳明良回去跟老伴儿打了声招呼，就跟姜翰东奔了城里。

眼看着到了小北门，忽然几个担着菜筐赶早进城卖菜的菜农没命地跑了过来，嘴里喊着："不好了，日本人开枪杀人了！"一个女人拉着两个孩子，也跌跌撞撞地往回跑，嘴里一迭声地凄惨地叫着："孩子他爹啊，孩子他爹，你死了我们娘俩儿咋活啊！"

两个人抱着孩子不敢再往前走。远远地看去，城门楼子上架着机关枪和小钢炮，城门楼子下边站着四五个端着枪的日本兵，枪上都上着明晃晃的刺刀，离城门不远的地方，横着几具尸首。两个人正不知如何是好，一个年轻人被两个日本兵拦住去路，他刚说了几句什么，边上的几个日本兵不由分说地将他五花大绑地捆上带走了。

柳明良转过头来看着姜翰东，说："看来今儿个是甭想进城了。"姜翰东低头看着怀里的儿子，一咬牙："妈的，豁出去了！"柳明良一把没拉住，姜翰东抱着孩子走了。没走多远，姜翰东就被两个日本兵拦下了，姜翰东用手指着怀里孩子，说去城里给孩子看伤。一个日本兵"八嘎"骂了一句，伸手给了姜翰东一个大嘴巴，把枪横过来，拦住了去路。

姜翰东不顾一切地想闯过去。一个四五岁的孩子从不远处的一户人家跑出来，好奇地想摸一下日本兵手里的枪，那个日本兵往后退了一步，随后扣动了扳机，随着一声枪响，孩子一声未吭倒在了地上，姜翰东被吓了一跳。他不敢再硬闯了，嘴里骂了一句："小日本，我操你八辈祖宗！"抱着孩子转身往回走。柳明良躲在路边的树后头也被刚才的情形吓得够呛，看见姜翰东抱着孩子回来了，悬着的心才放了下来。

两个人回来，刚进村子，一个孩子慌慌张张地迎面跑过来，冲着柳明良大声说："不好了，柳大叔，你家莹莹姐让日本人打死了！"柳明良听了心里"咯噔"一下，冲着姜翰东道："你先回去，我走的时候人还好好的呢，这是咋了？"说完迈开大步，急匆匆地走了。

一进院子，柳明良就听到屋里传来自己女人的哭声。他推开门进去，她女人从炕上下来，一把抱住他，哭得背过气去。他扭头见自己十七大八的闺女衣衫不整地躺在地上，胸口被刺刀捅了一个拳头大的窟窿，血流了一地。他的脑袋“嗡”的一声，两眼冒金星，蹲下身看着一早儿还好好的孩子，这会两眼圆睁，没了一丝气息。他站起来，抱起自己的媳妇，掐了半天人中，女人才缓醒过来。“咋回事？”女人抹了一把眼泪断断续续地说：“你刚走，从北大营那边下来几个日本兵，说是抓从军营里跑出来的东北军的士兵，进屋把咱儿子用绳子给捆上了，我说咱儿子不是当兵的，他们根本不听。闺女想跑，被几个日本兵按住，当着我的面糟蹋了不说，还攮了她两刀。唉，我不活了。呜呜——”女人号啕痛哭。柳明良把牙咬得“咯嘣嘣”直响，血往上顶，眼前一黑，险些跌倒，他用手扶着桌子，大口喘着粗气：“妈的，小日本，我操你八辈儿祖宗！”他问自己的女人：“咱儿子呢？”“让他们抓走了。”柳明良一屁股坐到炕上，用拳头把炕沿砸得“嗵嗵”山响：“妈的，小日本，我跟你没完！”他跟女人把闺女抬到炕上，女人打来水，一边给女儿擦洗，一边又忍不住“呜呜”地哭起来。

姜翰东抱着奄奄一息的儿子回到四面漏风的家里，把儿子放到炕上，打算收拾收拾一地的残砖碎瓦，再给儿子做口吃的。他刚把横在地上的一根檩子搬开，听见儿子声音微弱地哭了起来，急忙在衣服上蹭了蹭手，过去一看，孩子断了气。他大叫一声：“我的屎蛋！”俯身把孩子抱起来，不管不顾地吼道：“小日本，等着，我他妈让你给我儿子偿命！”

晚上，在东三省兵工厂上班的肖阳发现厂子被日本人占了，垂头丧气地从城里回来，跟拉黄包车的赵明安一块儿来到柳明良家。柳明良让女人找来姜翰东，几个人听了柳明良和姜翰东的遭遇，愤恨不已。肖阳掏出烟口袋，卷了一根烟划火儿点着，抽了两口，说：“娘的，日本人把厂子占了，饭碗算砸在这帮王八蛋手里了。”

姜翰东吃惊地看着肖阳问：“咋回事？这么说你没活儿干了？”

“可不是咋的，昨儿个半夜，一伙儿日本兵要进门，看门儿的不知道咋回事儿，不让进，这帮兔崽子开枪把守门的卫兵打死了不算，还他娘的用手雷炸开了大铁门，在宿舍里睡觉的弟兄光着腚，被他们开枪打死了好几十个，厂房也让这帮畜生毁了。”

柳明良“嗵”的一拳砸在桌子上：“我说昨儿个夜里，北大营的枪炮声响了一宿，闹了半天关东军这是占了咱奉天城啊。”

拉黄包车的赵明安从腰上解下烟口袋，用手把烟叶捻碎放进烟袋锅里，抬起头来说：“你们恐怕还不知道吧，昨儿个晚上春日町的酒店、大烟馆、窑子铺溜溜儿开了一宿。日本人把张学良的那些个飞行员都找去了，分文不要，随便吃喝逛窑子，可劲儿造，那些个日本婊子，打扮得跟妖精似的，那个浪劲儿把小伙子的魂儿都勾去了。”

“你咋知道是咱东北军的飞行员？”肖阳打断赵明安的话问。

“嗨，别提了，我们这些拉洋车的去了十好几个，到那不让走，天快亮的时候，一个个喝得离拉歪斜地搂着窑姐出来上了车，这帮小子嘴没把门儿的，说他们都是开飞机的，要不咱哪知道他们是干啥的。”肖阳在兵工厂是车间的技术员，经常跟各种各样的人打交道。听赵明安说完，冲着几个人分析道：“看来关东军早就在打咱奉天的主意了。”

说着话，眼瞅着就三更天了。肖阳和赵明安回去睡觉，姜翰东的房子住不了人，只好在柳明良家里将就了。

第二天天亮得很晚，牲口棚里那头骡子饿得“咴咴”直叫了，外面依旧黑乎乎的。乌云山一样压在头顶上，让人透不过气来。

远在北平的张学良这才知道，日本人真的动手了。但一切都晚了，关东军终于把那块垂涎已久的“肥肉”吃到了嘴里。

第十二章　苦水明志

早晨起来，刘毅拉开窗帘，见天阴沉沉的，院子外头，几只麻雀在树枝上惊恐不安地蹦来跳去。

他草草地洗了把脸，穿上衣服出了门。本打算像往常那样招呼一辆黄包车去钟铭家，想不到街上冷冷清清，半天看不到一个行人，那些平时在街上跑来跑去的黄包车夫也不见了。

昨天下午，他的诊所里闯进来几个荷枪实弹的日本兵，带队的是一个矮墩墩的日军军曹，横眉立目地赶走一个正在看病的中年妇女后，仰起脸，冲着刘毅叽里哇啦地一通大喊大叫。刘毅精通日语，听明白了，原来这几个日本兵粗暴地打断了他的正常行医，是让他关门停诊。刘毅用日语与那个日军军曹据理力争道："我这里是行医治病的地方，你封了门，病人去哪里看病？"那个军曹挥舞着手里的枪，粗鲁地打断了他，不想听他再说什么，扭头命令后边的几个日本军人把他和药房的伙计周大鹏带出来，逼着刘毅把门上了锁。一个日本兵不由分说地用封条把诊所的大门封上了。那个军曹瞪了刘毅一眼，带着几人耀武扬威地走了。刘毅朝地上啐了一口，忍不住爆了句粗口：“王八蛋！”

回到家里，他看到报箱的右上角有一个刚刚用粉笔写上去的“民”字，知道是卫民派人来过了。他朝左右看了看，见四下无人，快速地拉开下面活动的夹板，从里面抽出一张字条，果然是卫民让他去钟铭家里开会。

走在大街上，风凉飕飕的，他禁不住打了个冷战。街头到处是用沙袋和蒺藜网设立的路障，边上是端着枪、来回走动的日本兵，沿街的一家家店铺上着门板，店门紧闭，不时有一队队全副武装的日本军人列队在街上行进，枪上的刺刀阴森森地闪着冰冷的寒光。大南门外，设置了检查口，几个日本兵凶神恶煞般对来往行人逐一搜身盘查。让刘毅感到奇怪的是，盘查时，日本兵让每个男人必须摘掉帽子。离得近了，刘毅见一个日本兵发现一个男人头上有一圈戴帽子留下的压痕，不问青红皂白，“呼”地端起刺刀，“咔嚓”把这个男人捅倒在地，顿时，血流了一地。刘毅抬起头来，看着阴霾密布的天空，胸中充满了愤恨。

来到钟铭家，辛浦、田敏、黎抱诗已经先到了。他坐下不大会儿，常理、俞广源、商云陵、卫民也开门进来了。

卫民摘下帽子，神情凝重地看了几个人一眼，说：“《满洲报》《盛京时报》《奉天公报》上登载的消息你们都看到了吧？关东军悍然发动了‘满洲事变’！”

常理握起拳头，咬着嘴唇，声音低沉地说：“我的学生告诉我，日本关东军已经对奉天实行了军管，特务机关长土肥原贤二被推出来，做了奉天市长，看来关东军是早有预谋啊。”

商云陵从椅子上慢慢地站起来，走到窗前，用手指将窗帘拉开一条缝儿，向外面看了看，见没有什么异常，又重新把窗帘拉严，转过身来说：

“我来的时候,看到街头巷尾到处张贴着日本关东军司令官本庄繁的布告,上面宣称是中国军队首先挑衅，爆炸南满铁路，袭击日本守备队，日军进攻北大营，占领奉天城是为了自卫。我看这个布告是不打自招，大家想一想，如果不是关东军预先进行了策划和精心准备，何以一夜之间就能如此快速得手？”

卫民扫视了众人一眼，说：“我看了，布告都是石版印刷，我粗略算了一下，要印刷这些布告，最少要六七天的时间。这还不算，车站我一个朋友告诉我说，19号中午本庄繁才下火车，布告上他的大印是什么时候盖上去的呢？显然是关东军在编造谎言，用欺世盗名的伎俩掩盖他们发动‘事变’，野蛮占领奉天的卑鄙行为。”

田敏端起水杯喝了一口水，说：“我们必须立即行动，用事实来揭穿关东军的谎言,让奉天的民众,也让全国、全世界的人都知道日军发动‘满洲事变’完全是有预谋的行动。”

卫民看着刘毅说：“关东军中的一些军官经常出入大和旅馆，很可能是他们密谋发动了这一事件，你可以找惠子，如果能从她那里得到一些真实的东西，对戳穿日军的谎言会很有用处。”

“好吧，过两天我去找她。”刘毅答应说。

卫民拿出准备好的黄连，给每个人沏了一杯苦水，说：“来，喝下这杯苦水，咱们以苦明志，从现在开始，我们分头行动，搜集各种证据，就是拼上性命，也不能让日军的阴谋得逞！”几个人站起来，仰头把杯里的苦水一饮而尽，怀着满腔激愤分头离去。

第十三章 黑云压城

土肥原贤二绝没有想到，自己从特务机关长摇身一变，走马上任，成为奉天市市长。

晚上，大和旅馆第二餐厅灯火通明，谷木斋藤让长谷川做了一桌丰盛的东北口味的菜肴，土肥原贤二、板垣征四郎、石原莞尔几个人围坐在一起谈笑风生。板垣征四郎举起酒杯，道："从现在开始，奉天就是我们的天下了。"

石原莞尔解开衣服扣子，用手拍了拍胸脯，"本庄繁以关东军司令官名义发布的市政布告诸位都看到了吧，奉天市政公署全部是我们的人。哈——哈——哈！"说着他发出一阵粗野的狂笑。

谷木斋藤跟着一边笑，一边在空中画了一个大大的圈儿，道："以后奉天的事儿我们说了算了，我早就等着这一天了。来，这杯酒我敬土肥原君。"说着他将杯里的酒一口喝了下去。

土肥原贤二一直没有说话，见几个人手舞足蹈兴奋的样子，沉吟片刻，端起酒杯说道："你们恐怕还不知道吧，那个林久治郎总领事不同意我当这个市长，在他看来，市政机关必须由中国人组成，我们在背后指导，否则将有诸多不便。"

板垣征四郎将酒杯"啪"地往桌子上一蹾："放屁，甭听他的，这是我们的既定计划，不管谁说什么也不能随便改变！"

惠子敲门进来，将一盘熘腰花儿放到桌子上，土肥原贤二看了惠子一眼，带着几分得意说："我们把司令部迁到奉天，就是为了扩大战果，我们不但要占领奉天，接着还要占领东北。"

他喝了一口酒，看惠子出去了，接着说："不过事情并不像你们想得那么简单，陆军省也专门发来指示，认为直接实施军政是不适当的。"

谷木斋藤看着土肥原贤二，夹了一块宫保鸡丁放到嘴里，慢慢地咀嚼着问："那我们该怎么办？"

土肥原贤二手托着下巴，用手指着盘子里的熘腰花儿说："东北人形容一个人不轻易改变自己的主意，说这个人有老猪腰子。不过对陆军省的指示我们也不能硬顶，我看你们找一些中国人来，尽快建立一个亲日政权，也许并不是一件坏事。"

石原莞尔用手指敲打着桌子，说："我看那个赵欣伯就可以为我所用。"

"还有袁金铠、丁鉴修、于冲汉也是不错的人选。"板垣征四郎说这番话时，完全一副高级参谋的口吻。

惠子敲门，端着一盘糖醋鲤鱼进来，土肥原贤二瞟了惠子一眼，等她开门出去了，扭过头来看着谷木斋藤，说："那个中国医生就交给你了，这些人都是奉天上流社会有影响的人物，我们建立亲日政权，需要他们合作。"

谷木斋藤站起来，"明白。"土肥原贤二满意地挥了挥手，让他坐下。

谷木斋藤见酒喝得差不多了，叫来惠子把酒菜撤掉。土肥原贤二坐到椅子上，目光在几个部下的身上扫视了一遍，高深莫测又带着几分担忧说：“事情闹大了，你们知道，我们在爆炸地点布置的现场，很容易被识破。”

石原莞尔摇了摇头，说：“《盛京时报》不是已经刊登了消息，说是中国的正规军，从北大营方向冲入我南满铁路，实施爆炸行为，我守备军不得不开枪应战吗？”

土肥原贤二不以为然地摆了摆手，说：“本庄繁司令也已经多次说过，这一爆炸事件是中国方面有计划的行动，我军受到突袭，并非有计划所为。我想你们都清楚，中国人不是那么好糊弄的，他们一定会千方百计地调查事情的原委。据我们得到的可靠情报，国民政府蒋介石想依靠九国公约和国联对我们施压，一旦让中国人弄清事件的真相，把事情捅到国联大会上去，大日本帝国会颜面扫地。到那个时候，丢丑不说，我们会很被动。”

几个人听了，一时拿不出更好的主意来。谷木斋藤想了想，说：“要是能让刘大夫这样一些奉天知识界有头有脸的人物出来为我们说话，就不会有人怀疑，假的也就成真的了。”

板垣征四郎一拍桌子：“好主意，到时候就是国联真的插手，有他们出面做证，不怕他们不信。哈哈——”

凌晨，土肥原贤二先走了，板垣征四郎和石原莞尔也去房间歇息了。谷木斋藤回到 201 房间。他找来惠子，以特务机关长的身份，正式向惠子布置了任务。当惠子要转身准备出去的时候，他掏出厚厚一沓钞票放到惠子手里，一把抱住她，在她的脸上狂吻起来。

惠子真想翻过身来掐死这个恶魔。

第十四章 罪行昭然

一连十几天过去了，刘毅去诊所，见门上的封条还在，闷闷不乐地往回走。从鼓楼刚拐到四平街上，见一队日本兵停下，拦住一个已经上了年纪的穿马裤的男人。一个日本兵把枪一横，伸手左右开弓，给了老人两个大嘴巴，鲜血立刻从老人的嘴角儿流了出来。老人大声质问："你们凭什么打人？"另一个日本兵用手指了指老人穿的马裤："你的，军人的干活？"老人摇了摇头，那个日本兵端起上着刺刀的步枪，二话不说，狠狠地刺进老人的肚子。老人大叫一声，仰面倒在地上，顷刻间血流了一地。那个日本兵在老人身上擦了擦刺刀上的血，把枪背在肩上，大摇大摆地走了。

刘毅紧走几步过去，用手一摸，发现老人已经没有了气息，心里恨恨地骂道："畜生！"他慢慢地站起来，看着昔日繁华的四平街，店铺紧闭，行人寥寥，冷冷清清，暗暗发誓，要向世人揭露日军的暴行。

回到家里，他洗了洗手，坐到椅子上，端起水杯想喝口水，听到有人敲门。开门一看，外面站的人是从前找他看过病，曾担任东北军第七旅二营七连连长的王来福。刘毅忙把他让进来。王来福一屁股坐到椅子上，咬牙切齿地说："刘大夫，这日子没法儿过了，日军到处搜捕咱们东北军的人，他娘的，大街上见着穿军装的不是枪毙就是给抓起来了。"

刘毅给他倒了一杯水，气愤地说："怪不得刚才在四平街，一个穿马裤的老人被巡逻的日本兵用刺刀活啦啦地给挑了，这帮王八蛋！"

王来福搓着两只大手，两眼冒火，说："我的一个弟兄让他们抓去，打了个半死，非逼着他承认是中国军队破坏铁路，这不纯粹扯犊子吗？别人不知道，我还不知道，小日本的宪兵跑到北大营去撩扯站岗的哨兵，把人家鼻子里露在外面的毛儿生哧活啦地用洋火给燎了，上头有令在先，不许轻举妄动，哨兵连个屁都不敢放，还他娘的说咱们先行攻击，放屁！"

刘毅一拳砸在桌子上，道："谁不知道柳条湖沿线的南满铁路戒备森严，别说军人，老百姓靠近了都被赶走。一个住在柳条湖村的病人告诉我，他家的猪圈没关严，老母猪跑到铁路上，他眼看着被巡逻的日本兵开枪打死了，想把死猪拖回来，被日本兵暴打了一顿，躺了半个月没起来炕儿。"

两个人越说越气，王来福朝外面看了看，说："今天我来，是想跟你说件事。"他站起来把门关严，回过身来坐到椅子上，说："刘大夫，你还记得去年开春的时候，我带来让你看病的那个女人吗？"

刘毅想了想，拍着脑门，说："你是说凤鸣院那个春桃？"

王来福朝刘毅跟前探了探身子，压低了声音，说："昨儿个她上街买衣服，跑到我家说有个叫山本正二的关东军军官，喝多了酒说准备写一个进攻北大营的战绩报告。"

"那个女人是不是得了很重的胃病，吃我的汤药好了？"

"可不是咋的。"

刘毅想了想，说："眼下日本人到处说是东北军爆炸铁路，他们是被迫还击，你告诉她，不管想什么办法，一定把这份报告弄到手，日后对戳穿日军的谎言会有用处。”

刘毅在地上走了几步，停下来问王来福：“你会用照相机吗？”

“会，我手里就有一台莱卡相机。”

“到时候你用相机把报告上的东西翻拍下来给我怎么样？”

“好，这事儿交给我吧。我先回去了。”说完，站起来拉开门迈着大步走了。

王来福走后的第二天下午，药房的伙计周大鹏来到刘毅的家里，说诊所解封了。刘毅忙穿上衣服，两个人花了比平时多好几倍的钱，要了一辆黄包车来到诊所，一看，果然封条被揭掉了，门上贴了一张以“奉天地方自治维持会”名义写的字条，上面写着几个字：准许照常开诊。刘毅让周大鹏把字条揭下来，两个人开门进了屋子，没等周大鹏把屋子打扫干净，柳条湖村卖大缸的姜翰东从外面急匆匆地进来了。刘毅忙招呼他坐下，说：“姜大哥，你怎么来了？”姜翰东见诊所里没人，凑到刘毅跟前，说：“我们村里的人想请你去一趟。”

“怎么，谁有病了？”

“不是，小日本缺他娘的八辈儿德了，那天夜里明明是自个儿把自个儿的铁道给炸了，硬是到处扒瞎说是咱们东北军干的。大伙说请你过去听听那天晚上的事儿，不能就这么青天白日的，让这帮狗日的胡说八道！”

刘毅给姜翰东倒了一杯水，说：“好吧，一半天你把人都招呼齐了，我再带两个人过去，听听大伙儿都咋说。”

姜翰东没再说什么，急急忙忙地走了。刘毅开诊所当大夫，街面上认识他的人多，为不引起别人的注意，回家换了件衣服，立即去了卫民家里。卫民听后沉思片刻，说：“明天我们几个人在基督教青年会开个会，你去跟大伙儿说说。”

第二天下午，钟铭、卫民、刘毅先来了，卫民让夫人在门口一边弹琴，一边给大伙放风。时间不长，辛浦、田敏、常理、黎抱诗、俞广源、商云陵陆续走了进来。看人来齐了，卫民冲夫人点点头，郑美君轻轻地弹奏起赞美曲《我们是亲兄弟》。卫民招呼大家坐下，开门见山地说："中共满洲省委已经面向民众公开发表了《为日本帝国主义武装占领满洲宣言》，指出，这一事件的发生绝不是偶然的，是日本帝国主义者为实现其大陆、满蒙政策所必然采取的行动。我们必须立即行动起来，向世人揭露日本帝国主义这一野蛮的侵略行径。"

刘毅站起来，说："柳条湖村卖大缸的姜翰东昨天去诊所，说 18 号那天夜里，他们村里很多人都听到了南满铁路上巨大的爆炸声，他家的土坯房都给震塌了。他说找了几个村里的人，让我去听听他们怎么说。"

黎抱诗掸了掸长衫起身说："常言道，耳听为虚、眼见为实，关东军到处宣扬柳条湖附近铁轨被炸毁，是中国方面有计划的行动，关东军攻击北大营是因为中国军人的顽强抵抗。我们无论如何要尽快搜集证据，不能让关东军再到处骗人了。"

商云陵思忖了一会儿，说："南京的蒋介石把希望寄托在国联身上，我们搜集的这些材料，将来也许能派上用场。"

卫民站起来，挥挥手，冲着钟铭正想说什么，外面郑美君弹奏的赞美曲，突然变成了《脚步》。卫民知道有情况，立刻将手交叉放在胸前，做出正在祷告的样子，其他的人也跟着把双手放在胸前，口中念念有词："感谢神的诸多赐福，感谢神的引领。"

外面传来一阵杂乱的脚步声，几个全副武装的日本兵闯进来，带队的军曹用不容分说的口气，下令让卫民几个人立刻离开这里。刘毅上前在胸前画了一个"十"字，用日语问道："这是神的所在，我们正在接受神的赐福，为什么让我们离开？"

日军军曹恶狠狠地瞪着刘毅，两只手做出驱离的样子，喊叫道："八嘎，统统地马上滚！滚！"日军攻占奉天的第二天，关东军司令官本庄繁便密令在全城展开搜捕，凡军人、警察一律拘押、枪毙。

刘毅用手指着墙上耶稣的神像，说："你们这是对神的亵渎和不敬，我倒要请你们离开这里，否则神是不会饶恕你们的。"

日军军曹看屋子里的几个人，都在虔诚地祷告，知道与耶稣的聚会没有结束，这些教徒是不会离开这里的。而且这几个人都是知识分子模样，便一挥手，带着几个日本军人走了。外面，重新响起了郑美娟弹奏的《我们是亲兄弟》的赞美曲。

卫民站起来，对钟铭说："明天你跟我和刘毅一块到柳条湖村去一趟。"

钟铭点点头说："好吧。"

卫民又看了看刘毅，说："过两天，我给你送一些传单过去，你找人散发出去。"

"放心吧，我会想办法的。"

卫民转过身来，从抽屉里拿出黄连，照例给每个人沏了一杯苦水，几个人喝过苦水，相互击掌后各自离去。

刘毅和钟铭走到街上，见一辆挂着膏药旗的日军铁甲汽车，从大南门外开来，轰隆隆地朝大北门方向驶去。几个日本在乡军人手里拎着棒子，闯进一家看样子刚刚开张的酒馆，钟铭朝地上啐了一口唾沫，"强盗！"两个人分头快步离去。

第十五章 众说真相

云低垂着，空气中弥漫着一股呛人的土腥气。卫民和钟铭、刘毅坐在黄包车上，出城后没走多远，便向西上了通往柳条湖村的大道。

田野里毫无生气，看着焦黄的玉米叶子无精打采地随风摆动着，卫民心里像塞进一块石头，堵得出不来气儿。刚才他们出城时，在大北门遭到日军严格盘查。城门两旁日本关东军张贴的布告，有的已经被风掀开一角，蜷缩起来，几个学生模样的人看了一会儿，一个戴眼镜的年轻人，伸手想去把布告抚平，一个正在盘查行人的日本兵立刻端着枪跑过去，对那个年轻人一顿拳打脚踢后，端起枪来，“啪”的就是一枪。卫民咬着牙，真想上去狠狠揍那个日本兵一顿，问问他为什么枪杀无辜。但面对全副武装的日本兵，他只能在心里骂道：“混蛋！”走了一段路，看前后没人，卫民问前面拉车的车夫：“你叫什么名字？”

车夫回过头来："我叫赵明安。"

"今年多大了？"

"虚岁二十了。"

"家里还有什么人？"

赵明安放慢了脚步："有娘，还有一个妹妹。"

"你娘还好吧？"

赵明安没有说话。过了一会儿，问卫民："你们去柳条湖村走亲戚？"

坐在后面车上，一直在听两个人说话的刘毅，让车夫紧走了几步，对赵明安说："我们去姜翰东家。"

赵明安转过头来看了看坐在车上的刘毅，问："你是大南关益善堂的刘大夫吧？"

"是啊，我咋不认识你。"

"昨儿个姜大哥说了，一半天儿你们要过来。"说着他回过头冲着卫民道："走，有话回家说去。"

赵明安和两个车夫加快了脚步，眼看着过了高道口，就进村了，一辆日军的铁甲巡逻汽车从后面开过来，"嘎吱"一声在对面停下。从车上跳下两个日本兵，端着枪拦住了几个人的去路。刘毅、卫民、钟铭坐在车上没有动地方，另一个日本兵喊叫道："通通地下来，检查地有。"

赵明安冲着那个大喊大叫的日本兵，用手一指卫民说："我娘病了，这是我请的城里的大夫。"

那个日本兵上上下下看了看赵明安，厉声问："八嘎，你娘什么病的干活，请这么多大夫？"

刘毅不慌不忙地从车上下来，用日语说："他娘开始得的是肝病，后来肺子和肠道也出了问题，城里的医院被你们封了好多天了，再不治，人怕不行了。”

说着他转过身去，用手一指钟铭和卫民，说：“这两位都是盛京施医院的医生。”

“你的，下来！”那个日本兵伸手去抓卫民的衣襟，赵明安不顾一切地将身子一横挡在了卫民面前。那个日本兵见几个人身穿长衫，举止斯文，面色白净，说一口流利的日语，不像军人和警察，骂了一句，“八嘎！”和另一个日本兵转身上了汽车。见铁甲汽车隆隆地驶远了，赵明安和另两个车夫拉起车子，进了村子。

姜翰东见到刘毅、卫民、钟铭几个人，说：“人我都找好了，就等你们来呢。”说完带着他们几个人来到村东头的柳明良家。柳明良的老伴儿忙着下地去烧水，不一会儿，赵明安便把兵工厂的肖阳、东北大学的学生吴旺久找来了。大家坐在炕上，柳明良的老伴儿给每个人倒了一碗水，便坐在院子里，一边有一搭没一搭地纳着鞋底，跟两个车夫聊天，一边观察着外面的动静。

卫民站起来看了看屋里的人，说：“你们找我们来，有什么话就说吧。”

肖阳拿出烟口袋，卷了一支旱烟叼在嘴上：“我先说说。昨儿个我去厂里，看见门口站的全是狗日的日本兵，关东军的布告贴得满大街都是，说是中国军队破坏南满铁路，他们是自卫，那他们占咱的兵工厂干啥？我们车间管设计的主任前天到我家来，说日军把护厂的卫兵都给打死了，老鼻子枪械子弹都被他们装到车上拉走了。”

姜翰东从炕上骗腿下来，说：“那天晚上我搂着儿子刚睡着，就听‘轰隆’一声，跟打雷似的，动静老大了，我起来一看，吓坏了，我那间土坯房儿活啦儿给震塌了，要不是老柳大哥，我儿子当时就压死了。我在村里住了这么多年，日本人一天到晚地在铁路上巡逻，要不是日本人自己干的，谁敢跑到铁道上去放炸药。”

柳明良坐在炕沿上，说：“那天夜里我起来喂牲口，眼看着不远遐儿的铁道上冒出一团火光，跟着就是一声巨响，差点没把我那头骡子吓惊了。后来放羊的柱子告诉我，铁道上躺着好几个穿着东北军衣裳的死尸。我那几亩菜地就在铁道边上，少帅手底下那些当兵的，一个个让上头管束的，跟绵羊似的，借他个胆儿也不敢捅这么大的娄子啊。话又说回来，东北军就是想干这事儿，也不能在自己家门口下手啊，这不是不打自招吗？”

肖阳“啪”地一拍桌子：“妈的，我看纯粹是他们急着动手，忙三火四的，栽赃找错了地方。”

柳明良看了肖阳一眼，说：“让老肖这一说，我倒是想起来了，炸铁道的头十好几天夜里，我起来喂牲口，发现村子里的关东军，东一伙儿西一撮儿的，冲着北大营舞枪弄炮。开始我没在意，照老肖这么说，关东军这帮王八蛋，是早有打算啊。”

赵明安用手指着卫民说：“来的时候，这位先生问我，家里还有什么人。唉，我恨死日本人了，日本人占了北大营，跑到村子里抓东北军当兵的，我娘让日本兵给糟蹋了不说，还拿刺刀给挑了。家里养的一头羊和我妹妹都被他们抢走了。那些当兵的得罪你了，你‘自卫’咱不管，老百姓没招没惹你，你祸害咱干啥？”说着他的眼圈儿红了。

停了一会儿，他接着说：“你们不知道哇，那天晚上，春日町像过节一样热闹，大大小小的酒馆、窑子铺全是中国人。后来我一问，那都是东北军的飞行员，是日本关东军请他们去的，你说这日本人不是疯了吗，干吗花钱请他们吃喝逛窑子？这还不算，跟我一块儿拉车的一个兄弟告诉我，那天晚上，奉天大厦也全是这些开飞机的小伙子。我们这些拉黄包车的都知道，那地界儿的娘们儿都是日本军妓，别说中国军人，就是关东军那些个小沙拉弥子连门都进不去，你说这不明摆着有猫腻吗？”

吴旺久摘掉帽子，说：“我一个同学的父亲在《东北民众报》当编辑，已经好多天不能上班了。我去他家里，他告诉我说《东北民众报》和《东三省民报》，多家中国人开办的报馆不但被关东军查封了，这些军人还闯进报馆，野蛮地烧毁了稿件，砸毁了办公用品，绑架、毒打我办报人员，逼迫我报馆声明，除了日方消息，其他消息一律不予刊登。我看这明明就是做贼心虚，有意要隐瞒真相。”

看时间不早了，卫民担心回去晚了进不了城，站起来，说：“今天你们提供的这些情况非常好，谎言终究是谎言，我们回去后，会抓紧搜集证据，你们谁愿意跟我们一块来干这个事儿？”

姜翰东从炕上跳到地上，拍了拍胸脯说：“齐天武馆我有一帮弟兄，都是一身的好武功，到时候用得着我们的时候，我找几个弟兄过去。”

“好！”刘毅拉着姜翰东的手：“一言为定。”

卫民跟刘毅、钟铭同大伙儿拱手道别。赵明安招呼外面的两个车夫从院子里出来，让刘毅和钟铭、卫民坐到车上，不大一会儿就出了村子。

头顶的乌云像脱缰的野马翻滚着，风呼啸着将路旁的草屑、败叶、尘土卷到半空中，天地一片浑浊。几个人的胸中像压着一块石头……

第十六章 分头行动

从柳条湖村回来后的第二天下午，卫民把刘毅、钟铭、田敏、辛浦、常理、黎抱诗、俞广源、商云陵几个人找来，在他家里开了一个碰头会，卫民把去柳条湖村的经过从头到尾说了一遍。田敏听了，说："我们一分钟也不能再耽搁了，从现在开始，必须立刻行动。"

"搜集的证据最好要以彼之矛攻彼之盾，让日军无法狡辩。"做事一向沉稳的常理没等田敏的话说完，便抢着说。

"常理所言极是，若要人不知，除非己莫为，狐狸尾巴是藏不住的。"黎抱诗赞同地说。

辛浦站起来在地上踱了几步，停下来，用一只手托着下颌，说："关东军的巡逻队、装甲汽车、坦克炮车满街都是，在他们眼皮子底下干这种事，等于是在刀尖儿上跳舞，稍有不慎，就会搭上性命啊。"

钟铭握紧了拳头，道："照我说，大家都是好朋友，用不着藏着掖着，不想干的也别勉强。”

大家听了，一时谁也没有说话。过了一会儿，刘毅打破了沉默，说：“钟铭说得对，这是掉脑袋的事儿，我是学医的，早已看透了生死，我觉得如果能用我们的身家性命，给后人留下一份真实的史料，让这个世界不再有侵略行为和战争发生，这种付出和牺牲是必要的。”

“刘毅说得对，人活在世上，生命终归有结束的那一天，这场战乱不知道要吞噬多少人的生命，毁掉多少个家庭，造成多少财产损失，这是人类的一场劫难。我们搜集的证据能向世人敲响警钟，让人们知道，战争是反人类的，和平才是人类生存发展之道，无论杀头还是坐牢，我愿意做这个敲钟人。”俞广源显然已经下定了决心。

卫民站起来，神情庄重地说：“好吧，从今天开始我们就是生死与共的弟兄了。我们不怕死，不怕坐牢，但并不等于要蛮干，应该多动脑筋，以智取胜，保护好自己。况且，柳条湖村的姜翰东答应请武馆的弟兄来助我们一臂之力。”说完他一仰头儿，将杯子里的苦水喝了下去，说：“来，以苦明志，我们中国人绝不是好欺负的。”几个人跟着也把水喝掉。放下水杯，卫民冲几个人招了招手，道：“来，大家商量商量，说说我们该从什么地方下手。”

黎抱诗看了看卫民，说：“四平街老久华洗染店张掌柜是我多年的朋友，昨天他去我家，告诉我说，他看了街上张贴的本庄繁的布告，的确是石板印刷的，很耗费时间，如果不是事先就印制好的，是不会在‘事变’第二天就贴出去的。我们想办法把布告揭下来，去找他，让他出一份证言。如果真像他说的那样，布告事先已经印制出来了，就证明关东军发动这次事变完全是有准备、有预谋的。”

钟铭知道黎抱诗做事向来胆大心细，不会有问题，说：“抱诗说得对，日军做贼心虚，生怕有人在布告上面做文章，昨天我们去柳条湖村，路过大北门，我亲眼看见一个学生，用手想把墙上卷曲起来的布告抚平，平白无故地被日本兵开枪打死了，你要格外加小心。”

“放心吧，我会想办法的。”黎抱诗信心十足地说。

“以我的判断,这次事件他们一定会派随军录影记者去现场录影拍照。最好想办法把这些绝密的照片弄到手。”刘毅说。

卫民转过头去问刘毅道：“你不是说日军的一个叫山本正二的中佐正在给日本军部写一个进攻北大营战绩报告吗？如果把它跟那些照片放在一起，就是日军策划、发动‘满洲事变’最有说服力的实证。”

“是的，前天找我看过病的那个东北军的王连长去我家说起这事，我已经告诉他，设法用照相机把这份报告翻拍下来。”

卫民站起来说：“据我们内线掌握的情况，关东军的板垣征四郎、谷木斋藤、石原莞尔几个人很可能是事变的策划者和组织者，他们与关东军司令部、日本军部、外务省一定会有电报往来，要是这些电文我们能翻拍下来，日后公之于众，同样，无论日军采取什么方法辩解，都难以掩盖事实的真相。”

“好，我让惠子去试试看。”刘毅说。

卫民最后看了众人一眼，说：“要是没有其他问题，今天的会就到这儿，大伙分头准备一下，我相信，我们一定会成功。”

说完，他给每个人又倒了一杯苦水，几个人喝下苦水后，不约而同地握紧了拳头，齐声道：“我们一定成功！”

第十七章 山本失算

天刚黑下来，王来福便来到南满铁道附属地的春日町。街上比往日冷清了不少，宜春堂、向导社几家妓院门前也不见了那些打扮妖艳、搔首弄姿的女人。

王来福径直进了凤鸣院，老鸨子见是熟客，冲着楼上一努嘴，把脸伸到王来福跟前，一脸谄笑，带着一股子打鼻子呛脸的脂粉气，道："我们春桃天天眼巴眼望念叨你呢，快上去吧。"说完，老鸨子扭扭搭搭地走了。

王来福用手摸了摸放在挎包里的照相机，迈着大步来到楼上。春桃正坐在桌子边上弹琵琶，见开门进来的是王来福，轻轻把琵琶放到桌子上，站起来拉过王来福坐在身边，撒娇道："人家天天想你，你咋不来了？"

"自打奉天被日本人占了，我就没出过门。"

春桃拿起桌子上的水壶给王来福倒了一杯水，问："这么说你来找我是有事儿啊？"

“是啊，你上次去我那儿，不是说那个日本军官打算写一个进攻北大营的报告吗？”

“是啊。你问这个干啥？”

“我有用。今天我来找你，是想让你想法子帮着我把它翻拍下来。”说着他从包里拿出照相机。

春桃看着王来福沉默了半晌，端起水壶给自己倒了一杯水，回想起那天她听山本正二说要写一份进攻北大营的报告去邀功请赏，便把这件事告诉给王来福。当时她只是想让王来福弄个明白，他们那么大一座军营，怎么能被小日本儿一宿儿的工夫就占了。刚才听王来福说要把这份报告翻拍下来，她知道这样一来事儿就大了，一旦露馅儿自己就得进牢房，那个山本正二不会放过她的，更不会让她活着从牢里出来。她不想年纪轻轻的就死在日本人手里。她从心里喜欢坐在面前的这个男人，王来福已经答应赎她出来，她想净了身子好好跟王来福过几年快活日子，给他生养个一男半女，到那个时候，一家人和和美美在一起享受天伦之乐，该多好啊。要是早早就这么死了，不就白来世上走一遭了吗？

王来福不停地搓着两只大手，见她默不作声，一脸焦急的神色。春桃慢慢地喝了一口水，轻声问：“你真的喜欢我吗？”王来福不知道她咋冷不丁地问他这话，想也没想，道：“喜欢。”春桃拉过王来福的手，情意缠绵地说：“你想过没有？这事儿一旦露馅儿，我恐怕就活不成了。我不想死，我想跟你成家，给你生儿育女。”王来福伸手把春桃揽在怀里，抚摸着她的脸颊，好久没有说话，屋子静得能听到两个人的喘息。王来福咬着牙说：“日本人打下了北大营，又占了奉天城，这口气我咽不下去。”

春桃慢慢地抬起头来，眼睛一眨不眨地盯着王来福，轻声道：“是啊，换了我跟你一样。可你知道吗？我说的都是实话。”

“我信。”

春桃从王来福的怀里坐起来问：“你是不是以为我怕了？”王来福没

有说话，轻轻摇了摇头。春桃嘴角翘了翘，说："自古以来人没有不怕死的，可你放心，既然你说这份报告日后有用处，我无论如何帮着你把这份报告翻拍下来让你拿走，你看行吗？"

"你有什么打算？"王来福盯着春桃，不放心地追问道。

春桃仔细想了想，说："我从小跟行医的爷爷学会了针灸、推拿。那个山本正二来中国已经七八年了，他的部队一直驻扎在城北，别看他是个军人，对中国历史文化十分喜爱、痴迷。奉天大厦的日本军妓和春日町的那些日本女人他玩腻了，听说我琵琶弹得好，就来这里找我。当时我给他弹了一首《十面埋伏》，他听得高兴，抱着我在地上转了好几圈儿，从那以后他便成了我这里的常客。来的次数多了，闲聊时，知道我还会针灸、推拿，说他在一次演习时把腰扭伤了，半年了也不好。我给扎了两针，他觉得轻松了不少，后来每次来我这里喝过酒，都让我给他扎针、按摩，慢慢地他的腰就好利索了，他高兴得不得了。每次来了总是一边喝酒，一边听我弹琵琶，给我讲一些他们队伍上的事，要不我怎么会知道他在写一份战绩报告呢。我打算等他再来的时候，哄着他把报告拿给我看，他要肯拿出来，我就把他灌醉，再在他身上管睡觉的几个穴位行上针。你在我妹妹玉凤屋里等我，等他睡熟后，你过来把东西翻拍下来就走，你看这样行吗？"

王来福行伍出身，要不是在满洲里与苏军作战，负了重伤，他也许还在队伍上带兵打仗呢。听了春桃的主意，他也不知道有多大的把握，可他又想不出更稳妥的办法，只好说："行，就按你说的办。可你刚才说了，那个山本正二要是一旦知道了这件事，他会杀了你的。不行就别冒这个险了，我也不想让你死。"

春桃深情地看着王来福，说："有你这句话，我知足了。我刚才跟你说过了，不怕死是假的，可你知道吗？爷爷从小教我认字、读书，我是一个中国人，不能眼看着山河沦落、破家亡无动于衷。古语说得好，皮之不存毛将焉附，我一弱女子，沦落烟花柳巷，本已愧对先祖。如果这份报告能让世人看到日军强占我军营，涂炭生灵的暴行，也算为民族做了一点儿有益的事儿，死也值了。”

王来福想不到坐在他面前的这个女人能说出这样一番话来，让他不得不对春桃另眼相看。两年前，张学良在蒋介石的鼓动下，与苏联开战，想要收回中东路的经营权和管理权，结果一败涂地。作为一名铁血军人，他内心苦闷到了极点。一年前，他的妻子又暴病而亡，从那以后，他很少回家，整天在军营里与士兵们摸爬滚打。可他毕竟是个男人，时间长了，形单影只，难耐空虚、寂寞。听手下的一个排长说，春日町凤鸣院的丫头不但姿色出众，琴棋书画也各有千秋，于是他便经常于烟花柳巷排遣内心的孤独、苦闷。第一次看到春桃，他就被深深地吸引住了。她与一般的风尘女子不同，不但精于琴棋书画，还读过不少的书，两个人情投意合，每次见了面都难舍难分。后来他因伤离开了军营，凤鸣院愈加成了他经常光顾的地方。春桃见他言谈举止正直刚烈，是个顶天立地的男人，也从心里喜欢上了他，将一个女人的情爱都给了他，王来福不止一次想，要是有了钱，就给春桃赎身。有一天他见春桃胃病发作，痛得满头大汗，在床上打滚，问春桃，春桃说她这个胃疼的毛病，已经吃了好多药，不但没见好，还越来越厉害。王来福听了十分着急，在城里四处打听，后来听说益善堂的刘大夫是城里的名医，带着春桃来找刘毅。果然，几服汤药下去，春桃胃痛的毛病就好利索了。从那以后，春桃对王来福又多了一份感激之情。她知道王来福帮她出不了什么主意，一股脑儿说出了自己的打算后，便下楼要了酒菜上来，陪着王福来喝起酒来。几杯酒下肚，王福来像想起来什么，问：“那个山本正二什么时候来？”春桃端起酒杯轻轻跟王来福碰了一下，说：“我也说不好他什么时候来，就是来了能不能把你要的那个报告带在身上，也说不准。”

王来福放下酒杯，两眼直愣愣地看着春桃：“说了半天，这不还是没谱的事儿吗？”

春桃给他斟上酒，说："急啥，刚才我想好了，只要那个山本把报告拿来，我这里陪他喝酒，让玉凤妹妹去给你送信就来得及。就是委屈你了，这些日子在家待着哪也别去，要是到时候找不到你，误了事儿，可别怨我。"春桃将一个鱼丸子放到王来福的盘子里，王来福搓着两只大手说："好哇，我哪儿也不去，就在家里等你的信儿，你情愿搭上性命，我在家里窝几天算啥。"

不知不觉中，山本正二对中国女人和中国历史文化产生了浓厚的兴趣。他来中国已经快十年了，从一个少尉升为中佐，最初那种升官后的激动和亢奋，渐渐地淡化了，他开始放纵自己，喝酒、玩女人。时间长了，觉得奉天大厦那些日本军妓言语轻佻、妖艳媚俗，像一杯白开水，无滋无味儿了。一次来凤鸣院，老鸨子见他是个肯在女人身上花钱的主儿，就把春桃给了他。渐渐地，他发现中国女人身上那种温柔体贴、善解人意的天性，正是他所喜欢的。尤其是他边喝酒边听春桃弹琵琶，在他看来是人生一种美妙无比的享受。从春桃的指尖流淌出来的音符，急缓有致，时而如狂风大作、山摇地动，时而如溪水叮咚、玉盘落珠。让他在如梦如幻中，仿佛置身天外，飘然欲仙。

有一天，春桃看他行动迟缓，问他咋回事儿。他说腰在演习时扭伤了，始终没好利落，时不时就犯病。出乎他的意料，春桃对中医推拿、针灸还十分在行，更让他意外的是，在春桃的调理下，一来二去他的腰再没疼过。

9 月 18 日那天夜里，他接到了进攻北大营的命令后，立刻带领部队迅速向北大营发起了攻击，并很快占领了张氏父子苦心经营多年的老巢。这天夜里，他来春桃这里寻欢作乐，喝多了酒，带着几分炫耀对春桃说起那个夜晚发生的一切。春桃吃惊地瞪大了眼睛，半天没有说话。他看春桃在他面前呆愣的样子，更加得意起来，于是忍不住说，他还要给关东军司令部写一份攻占北大营的战绩报告，来邀功请赏呢。春桃将信将疑地摇着头说："你带兵打仗我信，舞文弄墨我不信。"山本生怕在春桃面前丢了面子，将一杯酒喝下去，红头涨脸地说："你要是不信，过两天我把写好的报告拿给你看。"春桃 咯咯地笑着说："你要是拿不出来，罚酒三杯。""好，到时候，我还想听你给我弹《十面埋伏》呢。"说着，山本将春桃紧紧搂在怀里。第二天春桃上街买衣服，就把这件事告诉给了王来福。

奉天的局势平稳后，山本正二奉命将攻占北大营的战斗经过纤毫不漏地记录下来，准备上报给关东军司令部，然后便一心等着接受嘉奖了。王来福和春桃商量后的第二天，山本正二带着写好的材料来到凤鸣院，打算让春桃看一眼，证明他山本没有说大话，第二天就把材料递上去交差了事。

跟往常一样，见他进门，老鸨子满脸堆笑颠儿颠儿地走过来拉着他的手，上下端详了半天，用半拉克叽的日语道："呦，听说你们日本人把小六子打了个稀里哗啦，把个奉天城说占就占了，真有你们的。"

山本厌恶地把手抽回来，"噔噔噔"上了楼。春桃在屋里听到山本和老鸨子在底下说话，急忙来到玉凤房里，让她去给王来福送信。玉凤简单梳洗了一下，急匆匆地走了。春桃回来，坐下气还没喘匀，山本推开门，带着一股风进来了。

春桃站起来，上前摘掉山本的帽子放到桌子上，扑到他的怀里，娇声道："这么长时间不来，我还以为你把我忘了呢。"

山本把皮包放到床上，说："看你说哪儿去了？这才几天啊，至于吗。你哪知道，这些日子整天在街上巡逻，搜捕东北军的军人和警察，饭都顾不上吃，哪有闲工夫逛窑子啊。"

"你们男人说话怎么这么难听？要不是活不下去了，谁愿意做这皮肉生意。"

"好了，好了，我的春姑娘，去要些酒菜上来，陪我好好喝点，再给我弹上一曲，今晚我要舒舒服服地过把当神仙的瘾。"

山本脱掉外衣，坐到椅子上，闭上眼睛哼起了日本小曲。春桃出去要了酒菜上来，站在椅子后面，给山本轻轻地揉捏起来。不大一会儿，楼下的丫头把酒菜送了进来，山本歪过头去，抓住春桃的手亲吻了一下，说：“来，用你们东北人的话说，把酒满上，咱们连干三杯！”

春桃偷眼看了看山本放在床上的皮包，心想，有门儿，他这是把王连长要的那个报告带来了，我无论想什么法子，先把他灌醉再说。她坐到对面的椅子上，端起酒杯抿嘴一笑，说：“你们日本关东军真有两下子，一宿儿的工夫就把少帅的老窝端了，你们真了不起。来，我敬你一杯。”说完把酒喝了下去。山本把酒也干了，放下酒杯，说：“你不是说我不会舞文弄墨吗？告诉你，给司令部的战绩报告我写完了，明天我就交上去了，说不定，我又要升官了。”春桃重新把酒给他斟满，站起来，一扭身坐到他腿上，仰脸看着他，带着几分不屑说：“你唬我。”山本在她的脸蛋儿上捏了一把，“你把皮包拿来。”春桃起身拿过皮包，山本从里面抽出几张纸来，上面密密麻麻地写满了日文。春桃把那沓纸拿过来，随手翻了几页。“我的春姑娘，拿倒了。”山本正二笑嘻嘻地拍了拍春桃的手。“你干吗笑话我，我又没学过日文。”春桃心里暗喜，她将山本面前的杯倒满酒，转身又从柜子里拿来两个酒杯放在桌子上，也都倒满酒，搂着山本的脖子，说：“你能文能武，我春桃从心里敬佩你这样的男人。来，我喝一杯，你喝三杯，不许耍赖。”

山本把身子一挺，“好哇，你先喝。”

春桃把杯里的酒喝下去，端起山本面前的酒杯送到他嘴边，“来，喝。”

很快，一瓶清酒就被山本喝了个精光。山本的脸由白变红，一把推开坐在怀里的春桃，说：“别光喝酒啊，来，弹琵琶我听。”

这时玉凤敲敲门进来了，春桃知道王来福到了。玉凤走到山本跟前，扭动着身子，娇滴滴地说：“怎么，来了就往桃子姐屋里跑，我那又没拴着狮子老虎。”山本一心想听春桃弹琴，不耐烦地说：“去、去、去，没工夫搭理你！”说完，冲着玉凤挥了挥手。玉凤知道没自己的事儿了，拉开门出去了。

春桃一块石头落了地，从墙上摘下琵琶，调了调弦，轻舒玉指，一曲《汉宫秋月》弹得如泣如诉、幽怨凄婉。山本曾听春桃讲过这首古曲的意境，这时摇头晃脑，沉浸其中，如醉如痴。一曲弹罢，春桃又拿出一瓶清酒来，山本已经有了几分醉意。春桃给山本跟前的三个酒杯重新斟满酒，端起自己的酒杯问山本："我弹得咋样？"山本连连说："好哇，好哇，长这么大，我还是第一次听一个中国女人弹这么美妙的曲子。"说着他在春桃的脸蛋儿上吻了一下。春桃嫣然一笑，"来，你不是想听《十面埋伏》吗？你把酒喝了，我弹给你听。""好啊，这首曲子我百听不厌。"山本把三杯酒一口气喝了精光。春桃手指一动，狂风大作，伏兵四起，战马嘶鸣，刀光剑影。山本一面连声叫好，一面倒上酒，一口气把三杯酒又喝了下去，大着舌头道："今晚我高兴哇，告诉你，春姑娘，明天我就要升官了。"说着身子一侧歪，跌坐在地上。春桃看山本已经醉了，放下手里的琵琶，扶着他躺到床上，很快山本就鼾声大作。春桃回过身来，快速从柜子里拿出银针，在山本的安眠、神门、内关、三阴交几个穴位行上针。转身开门咳嗽了几声。王来福听到春桃发出的暗号，来到春桃的房里，从柜子里拿出事先放在里面的照相机，迅速调整好光圈。春桃从山本的皮包里抽出那几张纸，王来福"咔、咔、咔"地拍摄起来。突然，山本翻了个身，眼睛睁得大大的，嘴里含糊不清地咕哝着："春姑娘，拿酒来！"王来福吓了一跳，屏住呼吸，蹲下身子，忙把那几页纸放了回去。春桃将山本穴位上的银针向下捻了几下，示意王来福可以继续，很快，十几页的报告就拍完了。春桃把那沓纸重新整理好，原封不动地放进皮包里。王来福也收起相机放进挎包，拉开门来到楼下，出门叫了一辆黄包车，直接去了刘毅家里。

春桃打算把针取出来，刚拔出两根针，山本一翻身坐了起来，两眼直勾勾地瞅着春桃，晃了晃头，吃惊地问："你干吗给我扎针？"

春桃想这会儿王来福已经出门走远了，镇定自若地说："你不是说这两天腰不舒服吗？"

山本瞪大了眼睛看着身上的银针半天没有吭声。突然他抓住春桃的手，“嘿嘿”冷笑了两声，道：“你在说谎吧，我的腰已经好了，你的明白？”

春桃不置可否地摇了摇头。山本用手指着身上的银针沉着脸：“我腰痛不假，可从来没见你给我扎过这几个穴位。你说实话，不然，我掐死你！”说着他张开两手掐住春桃的脖子，春桃脸一下子憋得通红。山本放开手，让春桃把身上的几根针取出来，穿上衣服下了地，一把抓过床上的皮包，从里面抽出那摞纸来，快速地翻看了一遍。他正想放回包里，又把手停住了。抬起头来凶狠地盯着春桃，“啪、啪”给了春桃两个大嘴巴：“八嘎！”说着他把那几页纸在桌子上摊开，逼问道：“说，这两页怎么颠倒了？”

春桃知道瞒不住了，用手帕擦了擦嘴角儿上的血，淡定地说：“你们日本人打下了北大营，又占了城，我虽是一柔弱女子，可我是中国人，不能眼看着你们在中国的地盘上杀人抢掠，为非作歹，我要让天下人都知道你们日本关东军的暴行。”

山本把那几张纸叠整齐，放进皮包里，阴沉着脸，说：“跟我走。”

“去哪？”

“宪兵队。”

山本拎起皮包，恶狠狠地拉起春桃下了楼。老鸨子看着不对劲儿，把嘴里的半截烟卷儿扔到地上，忙三火四跑过来，问：“这是咋啦？”

山本看了老鸨子一眼，“她是反日分子。”

老鸨子吓得一吐舌头，失声道：“妈呀，刚才还好好的，屁大点儿工夫咋成了反日分子了？”

“你给我闭嘴！”山本推开老鸨子，拉着春桃走了。老鸨子一跺脚：“我的妈呀，这下老娘可赔大发了！”

第十八章 东陵遇险

惠子接到谷木斋藤布置的任务，两三天没有睡好觉。她想去诊所找刘毅，又觉得不妥当，那里人多眼杂，有些话不好说。想来想去，灵机一动，想约刘毅一块去东陵公园走走。她来奉天后，就对这座清代陵园产生了兴趣。在中国，自秦始皇以下两千多年的皇朝历史中，建立过二百年以上大一统皇朝的只有西汉、唐、宋、明、清，而唯独清太祖努尔哈赤是少数民族。由他奠基的大清帝国，到康乾盛世时，已经成为当时世界上人口众多、幅员辽阔、经济富庶、文化繁荣、国力强盛的东方大国。作为有着一半中国血统的日本人，她想知道，当年那样一个强盛的帝国是如何走向衰败的，到今天任由一个弹丸岛国欺凌。还有她说不出口的是，对爱情的向往和憧憬，让她无法按捺少女那颗驿动的心，望着外面飘舞的雪花，十分渴望与刘毅在一起，去享受一番那冰清玉洁、踏雪嬉戏的浪漫。于是，她试探着跟刘毅说出了自己的想法，没想到刘毅爽快地答应了。

一早，刘毅和惠子坐上马拉轿车，来到抚近门。城门口盘查过往行人的日军，看到惠子手里盖有关东军司令部大印的通行证，挥手放行了。

坐在车上的刘毅身穿藏蓝色缎子面棉袍，外罩一件湖蓝色对襟狐狸领夹袄，头上戴一顶深灰色的厚呢子礼帽，鼻梁上架着一副金边墨镜。惠子穿了一件红色带牡丹花、貂皮立领的对襟棉旗袍，脖子上围着一条浅粉色的羊毛围巾。车子过了珠林桥，赶车的把式甩了个响鞭，那匹枣红马“嘚嘚”地跑起来。

刘毅将轿帘拉严，惠子将头轻轻靠在刘毅的肩上，两个人谁也没有说话。过了一会儿，车子颠簸了一下，刘毅挑开轿帘回头看了一眼，发现路上除了几个推着车子、挑着担子赶着进城卖菜的小贩，远远地一辆马拉轿车不紧不慢地跟在后面。他没有多想，见车子到了珠林寺，掀开另一侧的轿帘，扭过头去对惠子道：“你看，这就是我跟你说过的珠林寺。”

惠子两只手搭在刘毅的肩上向外看去，只见寺内古木参天，殿宇轩昂，用青砖砌筑的正门上方，挂着写有“珠林寺”三个楷书大字的匾额，她轻声问刘毅：“这里是贮存遗骨的地方？”刘毅点点头，说：“这座寄骨寺始建于后金，清朝乾隆年间，一位知县来到这里，见寺内占地宽广，肃穆幽静，大殿内佛像森严，对随行来的人说，死者尸骨皆父精母血，贵重如珠，就叫珠林寺吧。”

“这位知县说得对呀。”

“可这些日子，日本人到处抢掠奸淫，杀戮无辜，视生命为草芥，好端端的一座城，生灵涂炭，百业凋敝。”刘毅看着外面被白雪覆盖的道路愤然地说。

惠子凝视着从院墙里伸展出来的苍苍古松，说：“日本军人像失去了理智的野兽，不惜牺牲他人的生命，换取他们所说的国家利益，完全丧失了人性，我情愿背叛这个民族，和你一道，为了早日结束这场不义的战争做点事儿。”

又走了有半个时辰，车夫吆喝一声：“吁———”轿车在东陵公园门口停了下来。两个人从车上下来。举目望去，逶迤起伏的天柱山，在皑皑白雪的覆盖下像一条银龙，横卧在天宇之间。还没散去的雾霭，在松林和红墙金瓦间浮动缭绕。悬挂在松树枝上的白雪，像一朵朵盛开的梨花，迎风绽放。惠子和刘毅慢慢地收回目光，迎着寒风，手拉手一块进了公园的大门。

公园的守门人已经被日本兵赶走了，里面空荡荡的，见不到一个游人，只有一个穿着破烂的老人在捡拾地上的枯树枝。一株株高大挺拔的古松，像一个个气宇轩昂、披盔戴甲的武士，挺立在神道的两旁。惠子被眼前的景色所吸引，从挎在胳膊上的包里拿出一架小巧的照相机，不停地按起了快门。

“你什么时候学会照相了？”刘毅看惠子拍照时娴熟的样子，惊讶地问。

惠子把围巾向下拉了拉，说：“谷木斋藤在事变前的一个月，将大和旅馆和奉天地面上属于他手下的特务召集在一起，开办了一个训练班。我不但学会了使用照相机，还学会了驾驶汽车、摩托车，使用枪支，盯梢、投毒。”

“照这么说，你还真成了名副其实的女特务了，我得离你远点儿。”刘毅开玩笑道。

惠子拉过刘毅，站在一头石狮子跟前，说：“我可不愿意当特务。来，站好了，我给你拍一张。”刘毅一只手扶着狮子粗壮的大腿，一只手插到口袋里，道：“来吧，我看你是不是真的学会照相了。”惠子举起相机：“笑一笑。”刘毅绷着脸摇了摇头。听惠子按下快门，刘毅上前拉过惠子的手，说：“你让我笑，我笑不出来啊！”他用手一指身后的石头狮子，说：“拿破仑说中国是一头睡狮，我真的希望它早一天醒来，再不受人欺凌。”

惠子没有说话，扬起头看着矗立在古松之间的擎天柱。刘毅不知道她在想什么，说：“我相信，无论到什么时候，中华民族都是不会任人宰割的。”

“是啊，就像这座擎天柱一样，昂然而立。”

说着话，两个人来到一百单八磴台阶跟前。惠子举起相机拍了一张照片，转过头来，问：“我听你说过，这里所说的一百单八磴一共有一百零八个台阶，是明、清皇陵中独一无二的建筑形式？”

“是的，皇太极为了显示大清皇权的威严，认为他的父亲努尔哈赤是天上最大的星宿，其余的一百零八个天罡地煞星只能伏于他脚下。”

刘毅拉起惠子的手拾级而上。两个人没走几步，刘毅不经意间回头看了一眼，发现一个身穿军大衣的男人正快步朝他们这里走来，看样子不像是游人。他下意识地拉了一下惠子的衣袖：“小心！”没等刘毅话音落地，那个人已到近前，伸右臂从后面搂住了刘毅的脖子，向后一用力，趁势抬起脚来朝刘毅的腿弯处踹去，刘毅猝不及防，仰面倒在了地上。那人一跃骑在刘毅身上，从大衣的兜里“唰”地掏出一把锋利的匕首，恶狠狠地道：“你的良心大大的坏了。”刘毅想爬起来，那个男人挥舞着利刃，低声道：“你的反日分子的是？”站在一旁的惠子，见这个男人开口说的是日本话，知道这可能是关东军宪兵队雇来专门盯梢、刺探情报的日本浪人。用日语骂了一句：“混蛋！”上前想去把那个日本暗探拉开，不想他顺手抓住惠子的手腕，往怀里一拉，又猛地一松手，将惠子甩出去有一尺多远。然后转过头来，冲着刘毅眼露凶光，大声道：“起来，滚！”

原来三天前，卫民拿给刘毅一摞传单，刘毅让伙计周大鹏去柳条湖村找来姜翰东，把传单交给他，说：“你找人把这些传单想办法散发出去。我们不能再让关东军到处胡说骗人了。”姜翰东找来齐天武馆的拳师武占天，用了三个晚上把传单散发完了。俩人本以为神不知鬼不觉，不料给宪兵队雇来的一个日本浪人盯上了。他见这两个人每天晚上出了诊所来到街上，从怀里掏出花花绿绿的传单，东一张西一张贴到电线杆上、学校的墙上，撒到民宅的院子里，认定这两个人一定是反日分子。今天一早他见刘毅和一个漂亮女人一块从诊所出来，上了一辆马拉轿车，随后也叫过一辆马拉轿车跟了上来。心想，那两个撒传单的人，一定是这个大夫指使的。走了一段路，发现两个人出了抚近门，奔了东陵公园，暗想，这大冷的天，一男一女大老远的去逛公园，准没好事儿，也许是去拿传单呢。可刚才在城门口，他明明看到那个女的通行证上盖有关东军司令部的大印，他被搞糊涂了，这个大夫到底是什么人呢？他跟着过来，是想弄个明白，好再去高井那报告。结果见两个人进了园门一边走一边拍照，玩得十分高兴，没发现有什么异常，心想，是不是目标跟“丢”了？看看偌大的园子里空无一人，只有参天的古松和一片片的树林，顿生邪念，把盯梢儿的事儿忘到了脑后。心想，那些窑姐儿玩腻了，今儿个算我走运，遇上这么漂亮的小娘们儿，该着我换换口味了。于是，他打起了惠子的歪主意，看刘毅一副读书人的模样，心想，过去吓唬他一下，让他赶紧滚蛋，这个女人就归我了。打定了主意，他便冲过来，将刘毅摔倒在地，掏出匕首想让他留下女人，赶紧离开。刘毅和惠子并不知道这个日本浪人是想揩惠子的油占便宜。惠子被她推出去，摔了个跟头，从地上爬起来，捡起一根树枝，冲过去，劈头盖脸地朝那个日本浪人抡了过去。没等树枝落下，只听那个日本浪人“啊呀”一声大叫，从刘毅身上“霍”地蹦了起来。原来不知从哪飞来的一块石头正砸在他的脑袋上。惠子定睛一看，面前站着两个人，一个人她认识，是柳条湖村卖大缸的姜翰东，石头是前面那个一身拳师打扮的人扔过来的。那个日本浪人也是吃惊不小，抬头一看，心中暗喜，一时竟忘记了疼痛，这两个人不是夜里四处撒传单的那两个家伙吗？他捂着脑袋，挥舞着手里的匕首，不顾一切地“呀呀”怪叫着朝武占天刺去，想把武占天制服了带回去领赏。只见那人不急不缓，穿掌提脚，弓步分手，顺势躲过刀锋，一个双风贯耳又急又快，没等他躲开，已经被打倒在地。迟疑了片刻，他慌忙从地上爬起来，知道不是这个人的对手，抖了抖沾在衣服上的雪，又偷眼看了看惠子，咽了口唾沫，心里骂道：妈的，把老子的好事儿给搅了，等着，回去让高队长把你抓起来，非好好收拾收拾你个混蛋，出这口恶气。他恶狠狠地瞪了几个人一眼，恋恋不舍一步一回头地走了。

刘毅从地上站起来，拍打拍打手，惊喜地发现站在面前的有一个人是姜翰东，问："原来是你啊？"姜翰东一笑，用手指了指站在他边上的那个三十多岁的男人，说："这是奉天武馆的拳师武占天，我的好朋友。"

武占天一拱手，道："刘大夫的大名我早就听说了，幸会。"

刘毅转过脸看着姜翰东，问："你怎么知道我在这儿？"

"嗨，别提了，昨天晚上我俩撒传单回来，走到半道儿，发现这个日本浪人在盯梢，我们哥儿俩赶紧挠杠子了。回到家里一合计，怕给你惹来麻烦，一大早去诊所，正赶上你和这位小姐坐上车要出门，武占天多了个心眼儿，担心你有什么闪失，就叫了辆车跟在你们后头过来了。你别说，我们这趟还真就没白来。"

刘毅听后拱了拱手："我和惠子小姐谢过二位了。来，我们仨站在这，让惠子小姐给我们照张相。"惠子等仨人站好了，举起相机麻利地按下了快门。姜翰东待惠子放下相机，对刘毅道："我知道你来这里跟这位小姐有事儿，你们去吧，我们哥儿俩在这等你们。"

"好。"

说罢，刘毅拉着惠子，迈步上了一百单八磴的台阶。走了几步，刘毅停下来，问惠子："你现在是正儿八百的特工了，我想考考你，如何利用这里的条件传递情报？"

惠子思考片刻，把手里的相机放进包里，走到一侧墙裙下面一块看上去已经松动的青砖跟前，从地上拾起一根树枝，掏出一把匕首，把树枝的一头削尖，拿在手里，把青砖四周早已剥落得所剩无几的泥土剔除干净，用匕首将那块砖上下左右撬动几下，再一用力，将青砖抽了出来，俯身在台阶上一磕，那块砖应声断成两截。惠子又用匕首将半截青砖的里面掏空放回去，回手将剩下的半截青砖也原封不动地放到原处。刘毅明白了惠子的意图，往后退了一步瞅了瞅，说：“不错，不知道的人根本看不出破绽来。”他数了数，说：“这里正好是第十八个台阶，我们该永远记住‘九月十八’这个日子。我看这里远离市区，人员往来稀少，如果一旦需要，就把这里作为我俩一个秘密联络点吧。”惠子见刘毅一本正经的样子，不是说着玩儿，挽起刘毅的胳膊，说：“我听你的。”

两个人沿着台阶来到山上，在碑亭前停下脚步。刘毅慢慢地转过身来，用手指着远处冰雪覆盖下蜿蜒西去的浑河和两岸一望无际的阡陌田畴，感慨地说：“你知道吗？金亡之后，努尔哈赤经过三十多年的艰苦征抚，完成了鄂霍次克海、贝加尔湖、外兴安岭东北地区的大一统。”

惠子回头凝视着碑亭里矗立的那块高大的功德碑，说：“日本关东军把满蒙看作是日本的一部分，我看纯粹是为他们的侵略行径找借口。”

刘毅仰起头，看着空中的几片浮云，说：“努尔哈赤作为一代英杰，看到东北的千里河山如今被倭寇蹂躏，我想他一定会重整八旗子弟，把日本人赶进东瀛汪洋。”

“你说的对。山上风大，别着凉，咱们下山吧。”两个人循原路往回走，从树林里吹来的风钻进衣袖里，带来刺骨的凉意。惠子把蒙在头上的围巾紧了紧，说：“谷木斋藤、板垣、石原、土肥原都是一些狂人，他们打算利用一些中国人和东北的军政人员建立起傀儡政权，你是他们选中的人员之一。这次我来找你，就是要告诉你，他们让我做你的工作，为建立他们东北‘独立国’做准备。”

“我要是不干呢？”

“他们会查封你的诊所，把你抓起来。”

刘毅没有再说话。两个人从一百单八磴的台阶上下来，刘毅说：“这么远，难得来一趟，我带你去后山再转转。”

惠子高兴地朝刘毅身上靠了靠，说：“我真想咱俩在一起，再不分开了。”

“要是没有这场战争，我也许会娶你，眼下我哪能让一个‘日本’女人进门啊。”

惠子想了想，觉得刘毅说的是实话，拉起刘毅的手，两个人一块朝后山走去。爬上一座山坡，刘毅停下来对惠子说：“从种种迹象看，这次事变，完全是关东军有准备的行动，他们的随军记者为宣扬他们的战绩，我想一定会实地录影、拍照。”

两个人踏着厚厚的积雪一边走，刘毅一边接着说：“关东军声称这次事变是中国军队破坏南满铁道在先，你设法把这些照片翻拍下来给我，好吗？这样他们的谎言就不攻自破。”

惠子思索了片刻，说：“关东军的随军寺岛写真部，就设在大和旅馆的203房间，写真部的荒木部长跟我很熟，我想想办法，翻拍一些照片给你。”

刘毅转过脸去问惠子：“你知道努尔哈赤为什么葬在这里吗？”

惠子拉着刘毅的手摇动了几下：“快说给我听听。”

“据说努尔哈赤驾崩后，赫图阿拉城显佑宫的一位姓邢的道长遍访白山黑水，见这里背依大台山，前临浑河水，中有兴隆岭，正是两山夹一岗，辈辈出皇上的山势。”刚说到这，迎面来了几个男人，他们走到刘毅和惠子跟前站住了。走在前面的一个面色发黑，看样子有三十多岁的男人伸手把两个人拦下，喝道：“站住，把钱拿出来！”刘毅愣了一下，将惠子拉到身后，厉声问：“劫道犯法你们知道吗？”“妈的，饭都吃不上，眼看着大人孩了都快饿死了，还管得了那么多。”

站在他边上的一个戴着一顶破毡帽，穿一件油渍麻花铁路工作服的高个子“唰”地从腰里抽出一根大拇指粗细的铁棍儿，怒目圆睁道：“少啰唆，今儿个要是不给我们哥儿几个拿个仨瓜儿俩枣儿的，就打死你们扔到沟里喂野狗。”刘毅见这几个人不像拦路的劫匪，淡然一笑说：“钱好说，我想问问，你们是不是遇到了什么难处才出来劫道的？”

高个子听了叹了一口气，用手里的铁棍儿狠狠抽打了几下树上干枯的枝条，说："妈的，我们哥儿几个都是沈海铁路的扳道工，日子过得不算富裕，一家几口人还都有口饭吃。没想到，关东军硬是把铁轨给拆了，列车停运，饭碗砸了，三四天了，家里一个粮食粒儿也没了。"

刘毅听了，走过去把那个人手里的铁棍儿拿下来扔到地上，从怀里掏出几块银圆放到他手里，说："我身上就带了这点儿钱，用完了，你们去城里大南关的益善堂找我。"

那个领头的黑脸汉子两手一抱拳："多谢！"带着几个人头也不回地走了。

刘毅看着他们走远了，对惠子道："我们回吧。"惠子看着不远处一湾冰冻的湖水，咬着嘴唇，说："中日有着上千年的交往历史，两国应该和平相处。用战争这种残酷的手段达到掠夺的目的，完全丧失了人性！"

"事变后，日军任意侵入商店、民宅、工厂，有十多万工人被迫失业后流离失所，忍饥挨饿。"刘毅愤慨地说。

惠子的眼角有些湿润，她看着前面起伏的山势，带着几分遗憾说："你说的那个道长为努尔哈赤选择了一块绝佳的风水宝地，却无法预料几百年后，他横刀立马开拓的疆土惨遭涂炭。"

寒风扑打在脸上，惠子禁不住打了个冷战。刘毅将惠子揽在怀里，向下拉了拉帽檐低声说："谷木斋藤是关东军中的少壮派，是个战争狂人，你再想办法帮我搞到一些他与日本有关方面往来的电文，好吗？"

"只要对你们有用，我一定想办法。"惠子毫不犹豫地答应道。

说着话，来到了公园门口，见已是夕阳西斜，刘毅和惠子、姜翰东、武占天坐上马拉轿车径直回了城里。

第十九章 巧揭布告

刘毅将惠子送到大和旅馆后和姜翰东、武占天一块儿回到自己家里。刘毅知道两个人一定饿了，忙洗手做饭。几个人端起饭碗正要吃饭，黎抱诗带着一股寒气从外面走进来，手里拎着一个暖水瓶。刘毅站起来招呼道："呦，黎老师来了，吃饭了没有，我们这还没动筷儿呢。"黎抱诗摆了摆手："我吃过了，你们吃你们的。"刘毅用手指指姜翰东和武占天，说："这是我的两个朋友。"黎抱诗拱拱手，坐到椅子上，说："今天晚上我准备去小南门揭关东军的布告。"刘毅听了指着姜翰东和武占天说："让他俩跟你一块儿去吧。"黎抱诗看了看姜翰东和武占天，高兴地说："那敢情好了，多一个人多一分把握。"刘毅沉思片刻对黎抱诗道："日军的巡逻队一拨接一拨，巡逻车满街转，还花钱雇了不少日本浪人做暗探，你们不能冒冒失失地去。等吃了饭，咱们一块儿合计合计再说。"

天黑后，按照几个人商量好的办法，武占天回去找来师弟佟雷和自己的媳妇桂兰。佟雷换上了一身要饭花子穿的破烂棉袄，武占天在他媳妇的怀里塞了半个葫芦瓢，乍一看像个快要临产的孕妇。黎抱诗和姜翰东、武占天都是一副贫民打扮。刘毅又把家里的暖水瓶灌满开水，从厨房拿来炒菜用的抢刀让几个人带上。看看几个人准备好了，刘毅又再次叮嘱道："头几天在大北门，我亲眼看到一个东北大学的学生想把卷曲起来的布告抚平，被日本兵看到开枪打死了，你们千万要多加小心。"

说完，刘毅拉开门，见街上行人寥寥，冲着黎抱诗招了招手，几个人从屋里出来上了大街。黎抱诗和姜翰东装作回家的样子，漫不经心地朝小南门走去，武占天搀扶着媳妇跟在后面，隔不远，佟雷拄着一根棍子观察着周围的动静。很快他们一行人到了城墙根下，黎抱诗看看左右没有人，在一张盖有日军司令官大印的布告前停下来，武占天和他媳妇在附近做好随时接应的准备。佟雷也在不远处的马路边上蹲下身子，嘴里不停地叨咕着："行行好，给点吃的吧。"见一切按事先商定的准备好了，黎抱诗快速拔出瓶塞，举起暖瓶，热气立即在布告四周弥漫开来。姜翰东手里拿着从刘毅家里带来的抢刀，待黎抱诗把布告的边缘用热气洇湿后，借着路灯的光亮，一点点将布告的一角儿抢得翘起来。眼看着底下的一条边儿抢得差不多都翘起来了，一辆日军的巡逻摩托车从远处亮着灯开过来，蹲在地上的佟雷打了个呼哨，听到佟雷发出的信号，武占天扶着媳妇慢慢地往前走，以备随时接应。黎抱诗和姜翰东则拎着暖水瓶快步跑过来，姜翰东一骗腿儿骑在了佟雷的身上，用手薅着佟雷蓬乱的头发，嘴里喊叫着："让你偷东西，我打死你！"拳头雨点般落在佟雷的身上。佟雷一边哀求着"别打了，别打了"，一边挣扎着要从地上爬起来。黎抱诗装作拉架的样子，伸手去拽姜翰东。这时，日军巡逻的摩托车"嘎吱"一声在几个人面前停了下来，从挎斗里跳下一个端着步枪的日本兵，见几个人打得不可开交，吼了一嗓子：“八嘎，打架的不要。”姜翰东这才拍拍手站起来：“妈的，打死你个臭要饭的！”那个日本兵从上到下扫了几个人一眼，咕噜了一句：“八嘎！”转身上了摩托车，用手里的枪冲着黎抱诗和姜翰东比画了一下，大声道：“通通开路的有！”说着身子往后挪了挪，驾驶摩托车的那个日本兵一踩油门，“呜“的一声开着摩托车走了。

佟雷从地上起来，蹲下身子继续放哨，黎抱诗和姜翰东重新快步来到城墙下，打开暖瓶，发现里面的热气儿不多了。姜翰东拿过从刘毅家里带来的暖水瓶交给黎抱诗，两个人如法炮制，姜翰东很快将布告的另一侧也用抢刀抢开了。

天色渐晚，街上半天见不到几个行人，除了寒风吹动城墙上的枯草发出“沙沙”的声响，四周静得让人发毛。黎抱诗放下暖水瓶，打算用手一点点地把布告揭下来，没想到布告仍紧紧地粘在墙上。黎抱诗急中生智，从兜里掏出一条手绢，在上面倒上热水，刚想伸出手去擦抹布告后面的糨糊，突然听到远处传来皮靴踩踏在雪地上发出的“嘎吱、嘎吱”的声响。站在边上的武占天眼疾手快，拉了一下黎抱诗的手，顺手将布告重新贴好，快速地将地上的暖水瓶拿起来塞给他，转身推了一把站在身边的媳妇，低声道：“快躺下！”女人捂着肚子麻溜地躺倒在地，装作痛苦的样子，一边扭动着身子，一边嘴里发出阵阵呻吟。

这时，一队巡逻的日军走了过来，见地上躺着一个大肚子女人，边上有几个男人，站住了。一个日本兵用手里的电筒照了照武占天的媳妇，见女人捂着大肚子在地上翻滚，看样子要生产了，抬起头来，看黎抱诗和姜翰东怀里抱着暖水瓶，武占天拿着一床被子，厉声问：“什么的干活？”武占天装作一副着急的样子，结结巴巴地说：“难、难、难产，去找大夫。”

那个日本兵重新用电筒照了照躺在地上呻吟的女人，又朝四周扫了扫，骂了一句：“八嘎！”收起电筒，跟几个巡逻的日本兵走了。

“快，把手绢拿来！”姜翰东见巡逻的日本兵走远了，把已经冻得有些僵硬的手绢掏出来，从暖水瓶里倒了些热水浇在上面，递给黎抱诗，用抢刀轻轻地把布告一侧重新揭开，黎抱诗把手绢上的水拧干，再倒上一些热水，一点点地将布告后面的糨糊洇润开来。

天空中堆积起大片大片的乌云，仅有的一点星光被完全遮盖起来，风从城墙的垛口吹过，发出“呼呼”的声响。倒在手绢上的热水很快就冷冰冰的了，黎抱诗的手也被冻得像猫咬似的生疼。他顾不得这些，眼瞅着布告已经完整无损地揭下来一大半了，心里一阵高兴。就在这时，谁也没有发现，一个日本浪人正一步三晃地从一条胡同里朝他们这里走来。

冤家路窄，这个日本浪人白天去东陵公园盯梢不成，想占惠子的便宜，没想到被武占天扔来的石头把脑袋打了个包，挨了顿打。憋着一肚子气回来没处撒，仗着是日本关东军雇佣的暗探，去小南门外一家酒馆白吃白喝了半天，正醉眼蒙眬地想回去睡觉，打算天亮了去高井那报告，把那个大夫抓起来。一抬头，看到墙根下边影影绰绰地站着几个人。他急忙往前走了几步，发现几个人正在往下揭贴在墙上的关东军司令官的布告，心里一阵暗喜，这回可该着我去领赏钱了。他的酒当即醒了大半，从路边抓起一把雪，在脸上擦了擦，晃晃脑袋，顺着城墙根快步走了过来。

佟雷一扭头发现有个人影朝黎抱诗和姜翰东那里走去，急忙把两根手指放在嘴里，用力打了一个呼哨。黎抱诗和姜翰东、武占天听到佟雷发出的信号，发现有人过来，已经晚了。那个日本浪人借着路灯的光亮，看到墙上的布告已经被揭下来有一大半了，再一看面前站着的一个人，正是跟踪了好几天，白天又在东陵公园跟那个拳师坏了自己好事的家伙。心说，这回我看你还往哪跑。他狞笑着上前一把死死抓着姜翰东的衣襟：“你的，反日分子的是，跟我走，宪兵队的干活。”躲在暗处的武占天发现又碰上白天那个盯梢的日本浪人，来不及多想，上前照着他的手腕“啪”就是一掌。那个日本浪人“啊呀”一声大叫，疼得一吐舌头，不得已把手松开了。武占天拧手腕抓住他的衣襟往后一用力，跟着伸右脚使了个绊子，这小子“咕咚”摔了个仰八叉。武占天心中暗想，要是让他跑了，今天晚上就会前功尽弃，还得被抓到宪兵队挨顿打，能不能活着出来都很难说。于是，一不做二不休，俯身用两只手死死地卡住那个日本浪人的脖子，扭头冲着姜翰东道：“我对付他，你们麻利点儿。”那个日本浪人翻了翻白眼，昏死过去。黎抱诗把暖水瓶里剩下不多的热水一下子倒在手绢上，快速地在墙上擦抹起来。姜翰东紧随其后，把抢刀放平，让刀锋紧贴着墙砖移动，不大一会儿，布告就被完整地揭了下来。

黎抱诗把布告叠起来用一块布包好，武占天冲着佟雷招了招手，佟雷过来看了看躺在地上的那个日本浪人低声对武占天道：“妈的，留着这小子是祸害。”说着他用双手卡住那个日本浪人的脖子，不一会儿送他去见了阎王。武占天见旁边有个厕所，两个人拖起那个日本浪人，一使劲，把他扔到了粪坑里。这时远处又亮起一束手电的光亮，几个人来不及说什么，趁着漆黑的夜色分手后快速离去。姜翰东知道已经无法出城，独自去了刘毅的家里。

第二十章　春桃蒙难

奉天日本宪兵队看押所的监舍里，散发着阵阵腐烂发霉的酸臭和屎尿的腥臊味。春桃被带到这里快一个月了。

那天夜里，山本用绳子把她捆上塞到摩托车的挎斗里，她记得车子开了不大一会儿就停了下来，山本把她交给一个日本宪兵就开着摩托车走了。她先是被带到一间四壁没有窗户的屋子里，里面放着一张桌子、两把椅子。桌子旁边是一个木头架子，上面挂着几样刑具。桌子后面坐着一个敞着怀、腆胸叠肚矮墩墩的日本警察。他让那个日本宪兵解开她身上的绳子，简单问了几句，就让看守把她带走，扔进一间冰冷的牢房里。她将身子靠在墙上，并没觉得孤单、害怕，看着走廊里不时走来走去的看守，想，自己这样一副脏身子，做了一点中国人该做的事儿，就是死了也能见祖宗了。

山本把春桃交给宪兵队，心怀忐忑地连夜找到谷木斋藤，把事情的经过如实说了一遍。他原以为谷木斋藤会大发雷霆，谷木斋藤听了却半天没有说话。山本不知道谷木斋藤是怎么想的，垂手站在一旁，有些不知所措。

谷木斋藤看出了他的窘态，挥挥手让他坐下，说："眼下我们拿下了奉天，占领了吉林，用不了多长时间，东北就是我们的天下了，中国人就是拿到这份报告也无关紧要了。只是那天夜里，为了我们的计划不受干扰，我以奉天特务机关长土肥原君的名义，给旅顺的三宅光治参谋长和东京的陆军大臣南次郎发电报，瞒报、编造了当时的战况和一些事实，一旦让参谋长和那位陆军大臣知道我们欺骗了他们，他们会不高兴的。"

说到这儿，谷木斋藤摊开两手，说："当时我也是迫不得已，我想他们对一个冲锋陷阵的帝国军人不会多加指责。不过从现在开始，这件事你不要再对任何人说了。那个女人嘛，交给我好了。"说着他用手在下颌抹了一下，冷笑了两声，拿起酒杯，山本起身把酒给谷木斋藤斟满，谷木斋藤仰起脖子一饮而尽。放下酒杯，用赞许的口气对山本道："你是大日本帝国的英雄，你的报告我要交给本庄繁司令和南次郎大臣，我想，他们一定会为我们将士的勇敢无畏而感动涕零，肃然起敬的！"山本长长松了一口气，站起来"啪"地敬了一个礼。

谷木斋藤决定杀掉这个春桃，不过在动手之前，他想问个明白，是谁指使她窃取这份报告，得到这份报告交给谁，想干什么。

宪兵队的西田少佐接到谷木斋藤的命令后，并没有把这样一个靠出卖色相为生的低贱女人当回事儿，心想，用不着动硬，到时候一看那些刑具就会吓她个半死。他让手下的人去提审春桃，自己在办公室里一边听着留声机里的日本歌曲，一边自斟自饮起来。

春桃的老家在沧州府，十二三岁的时候，父母先后得病死了。一个人贩子见她有几分姿色，弹得一手好琵琶，又通文墨，觉得这是一棵摇钱树，便花言巧语，连哄带骗地把她带到奉天，卖给了北市场的妓院。开始她宁死不从，老鸨子让手下的人把她打得遍体鳞伤，被逼无奈，她只得强忍泪水，苟且偷生。

后来她遇到了王来福，一来二去两个人情投意合，王来福打算替她赎身，彼此相伴，厮守终生。一夜之间日军占了城，王来福也因伤解甲归田。从此她心灰意冷，再无所图。从她被山本带到宪兵队那一刻开始，她就再没想过能活着出去。她觉得死亡对她来说并不可怕，只是深更半夜，从走廊尽头的审讯室里，拷打犯人时发出的惨叫声，让她心惊肉跳，毛骨悚然。

牢门“哗啦”被打开了。一个看守大声道：“起来，跟我走！”

她慢慢地站起来，梳理了几下头发，把沾在旗袍上的草屑一点点掸掉，扽了扽外面的夹袄，从牢房里走了出来。看守给她戴上手铐，恶狠狠地道：“别磨磨蹭蹭的，走！”

春桃被带到走廊尽头的那间审讯室里。屋子很大，北面摆着一张老虎凳，南面放着一个铁架子，上面挂着皮鞭、烙铁，架子下面是一个用半截树桩做成的墩子，上面放着一个火盆，里面的炭火烧得正旺，火盆里插着两把已经烧红的烙铁。地中间放着一张桌子、几把椅子，桌子边上摆着一台用来给犯人用电刑时的手摇发电机，几根电线凌乱地散落在地上。桌子后面坐着一个长得白白净净，不胖不瘦，戴眼镜的日本宪兵，旁边站着两个手里拎着鞭子的打手。

那个戴眼镜略显斯文的宪兵让一个打手打开春桃的手铐，用流利的汉语问：“叫什么名字？”

“春桃。”

“啪——”他一拍桌子：“混蛋，我问你姓什么叫什么？”

“爹妈死得早，记不得姓什么叫什么了。”

“八嘎！”那个日本宪兵摘下眼镜，上前“啪啪”给了春桃两个嘴巴，转身坐到桌子后面厉声问：“说，你都干了什么？”

春桃看着从房顶垂下来的那盏刺眼的吊灯，一声不响。

“你个婊子，哑巴了！”那个日本宪兵再无半点斯文的样子，冲着一旁的打手：“给我打！”

两个打手上来像抓小鸡似的架起春桃，把她吊在架子上，挥手就是两鞭子。春桃身子一激灵，紧紧地咬住嘴唇，瞪起眼睛：“畜牛！”

那个戴眼镜的日本宪兵走过去，抬起她的下颌：“告诉我，是谁让你干的？”

“我什么也没干。”

“山本的那份报告你是不是找人偷拍过？”春桃抬起头来盯着那个日本宪兵摇了摇头。

“好，你不说是不？来，上老虎凳。”

两个打手把春桃架到老虎凳上，那个日本宪兵一阵狞笑：“告诉我，谁指使你干的，你把它交给谁了，你要它有什么用？”

春桃仍是一声不吭，他一摆手，两个打手开始用刑，春桃感到一阵撕心裂肺的剧痛，很快昏死过去。两个打手用凉水将她泼醒，那个日本宪兵凑到她跟前，冷冰冰地道：“怎么样，滋味不好受吧？你只要告诉我，是谁指使你干的，我立刻就放了你。你一个窑子娘们儿，何必自找苦吃呢？”

“放开我，我告诉你。”

那个日本宪兵冲两个打手努了努嘴儿，将春桃从老虎凳上放下来，架着她坐到凳子上。春桃端起桌子上的碗喝了一口水，仰起脸看着那个日本宪兵：“你说我是窑子娘们儿不假，可你别忘了，我是中国人。你们这些东洋鬼子，凭什么占了我们中国人的地盘？到处杀人，抢东西！”那个日本宪兵“呼”地站起来，大声道：“灌她的辣椒水！”春桃再次昏死过去。

西田在办公室里正喝得兴起，接到报告，说那个女人死不招供。“一个窑子娘们儿嘴还挺硬？”他立即来到审讯室。见刚刚苏醒过来的春桃已经奄奄一息，气急败坏地抓住她的头发，两眼冒火，道：“这里我说了算。

告诉我，你们要山本的报告有什么用？不说，就别想从这里活着出去。”

春桃抬起头来看着站在面前的西田，脸上现出一丝轻蔑的冷笑：“人活在世上，早晚有一死，我一个风尘女子，低人一等，命不值钱，要是能让更多的人知道你们犯下的兽行，死也值了。”

西田担心再用刑这个女人挺不住，让看守把她拖回了牢房。二十多天后，西田见春桃好得差不多了，再次提审了春桃。先是灌辣椒水，接下来上老虎凳，可是这个女人仍是一句话不说。

西田吼道：“把她衣服扒了。”说着从火盆里拿起一把烧红的烙铁在春桃面前晃了晃：“我可不想就这么送你上西天。”两个打手上来刚要扒春桃的衣服，那个戴眼镜的宪兵过来把西田拉到一边低声说：“这窑子娘们儿两三天没吃什么东西了，再用刑怕是顶不住了。人死在这里，要是传出去，这样一个肮脏的女人恐怕有损我大日本帝国的尊严，弄不好还会给我帝国的军人带来晦气。”西田想了想，说：“好吧，我去请示一下，看怎么处置这个女人。”说完出去了，那个日本宪兵让两个看守将春桃架回了牢房。

谷木斋藤听了西田的报告后，也是暗吃一惊，他没有料到一个妓女的骨头还这么硬。当西田出去后，他的心里不由生出一股凉意。作为趾高气扬、不可一世、可以任意杀伐的占领者，他觉得眼前这个世界非他莫属了。但面对这样一个卑微的妓女，他不得不承认，这个民族骨子里至死不屈的反抗意识，已经沉淀为枪炮和杀戮无法征服的一种意志。如何处置春桃？问不出口供，只有把她杀掉。

第二天晚上，惠子接到谷木斋藤的指令，让她找个僻静的地方将春桃做掉。她立即去了宪兵队看押所，西田去大西门抓人了，一个警察向她简单介绍了一下案情。回到大和旅馆，惠子想，刘毅正在四处搜集日军发动事变的证据，春桃这个案子一定与刘毅他们有关，要设法告诉他，把春桃救下来。不巧的是晚上她值班，出不去，第二天上午，她就要到宪兵队提出春桃去行刑。

谷木斋藤把杀掉春桃的任务交给三河由美，也是别有用意的。他越是喜欢三河由美，越是希望她对自己能够绝对的忠诚。他非常自信，如果三河由美暗中做手脚，是逃不过他的眼睛的。

眼看着天色渐晚，情急之下，惠子突然想起来，几天前长谷川便秘，让她去刘毅那开了一些泻药，于是她不管不顾地将一包药面儿倒进嘴里，又“咕咚咕咚”喝了几口凉水。果然，不大一会儿，肚子就“咕噜、咕噜”地叫起来。

她装作痛苦不堪的样子，让跟她值班的服务生去叫八木洋子。八木洋子忙跑了过来，见她趴在桌子上一边呻吟着，一边龇牙咧嘴地说：“我肚子坏了，这一会儿的工夫上三趟厕所了，哎哟、哎哟……”

“不行我去给你找医生吧。”

“快点，疼死我了。”八木洋子去了时间不长回来说：“医生又被长谷川找去喝酒了，谁知道什么时候回来。”

“哎哟、哎哟，这可咋办啊。”惠子心里有了底，更加大声地呻吟起来。八木洋子见她额头上冒出一层冷汗，一时没了主意。惠子抬起来头，装作一副疼痛难忍的样子，低声道：“你去给我叫辆黄包车，我去刘大夫那儿让他给我开点药，我实在挺不住了。”

八木洋子看着三河由美痛苦不堪的样子，也想不出别的办法，只得说：“好吧，我替你值会儿班，你快去快回。”

惠子忙披上一件棉大衣，捂着肚子，跌跌撞撞地下楼去了。

晚上王来福躺下睡了一觉，起来想去上厕所，听外面有人敲门。披上衣服打开门，吃惊地发现是刘毅诊所药房的伙计周大鹏，“这么晚了，你咋来了？快进屋。”王来福拉开灯，见周大鹏浑身是土，从炕上拿过笤帚，一边给他打扫，一边问："这是咋整的，弄得跟泥猴儿似的？"周大鹏定了定神儿，喘息着说："咳，别提了，我是偷着从城墙豁口爬出来的，吓死我了，小鬼子的巡逻队跟他娘走马灯似的，一拨挨一拨，要不是仗着腿脚利索，差一点就让日本人给逮着。"

王来福给周大鹏倒了一碗水递给他："什么事儿，这么急？"

"刘大夫让我来告诉你，明儿个日本人要杀掉凤鸣院的那个春桃。"

"真的吗？"

"这还有假。刘大夫说了，让你明天一早去东陵公园藏起来，带春桃来的是个女的，她只是做做样子，等她走了你再过去把春桃带走。"

王来福一拍大腿，"好哇，你回去替我谢谢刘大夫，今儿晚上你就在我这儿将就一宿吧。"王来福从炕柜里拿出被子，两个人熄了灯睡下了。

第二天天亮后，王来福送走了周大鹏，雇了一辆马拉轿车，急三火四地去了东陵公园。

惠子从刘毅那拿了一包止泻药回到旅馆，当着八木洋子的面把药吃下去，让她走了，剩下她一个人在值班室擦起枪来。眼看着天就要亮了，她把枪收好，倒了一杯热水拿在手里，心里想，谷木斋藤一定不放心让她一个人去做这件事，怎样把这场戏演得天衣无缝？思虑再三，觉得没有漏洞了，才倒在床上眯了一会儿。

吃过早饭，她换上一身军装，下楼开着摩托车去了宪兵队。西田得到谷木斋藤的指令，见三河由美的车到了，让人把春桃带了出来。惠子用绳子把春桃捆在挎斗的座位上，西田看了春桃一眼，摆了摆手，惠子驾驶摩托车离开宪兵队看押所，出抚近门，奔了东陵公园。

过了珠林寺，惠子朝后视镜里看了看，发现一辆摩托车远远地尾随在后面，知道一定是大关行江跟着来了。她故意放慢了车速，扭过头去见春桃一声不响，闭着眼睛似睡非睡的样子，轻声道："春桃，听着，我有话跟你说。”

春桃睁开眼睛扭过脸去，没好气地说：“我跟你们没什么话好说，你这是带我去哪？”

“东陵公园。”

“你们是想找个没人的地方杀了我？”

“是的。”

“畜生！”

惠子并没有理会春桃，看着前头的路面，说：“你的事儿，刘大夫都跟我说了，一会儿到了地方，我还像现在这样把你捆起来。记住了，绳子的扣儿是活的，只要抽开头儿，绳子就松开了。但不到万不得已，你不要打开绳子。”

春桃简直不敢相信自己的耳朵，以为是在做梦，用牙咬了一下舌头，疼得她一哆嗦。她带着几分疑惑问：“你为什么要救我？”

“你不要多问了，时间来不及了。到时候你要打起精神，跟着我走，到地方后，你要大声地骂我，我用手掐你的脖子，你要装死，装得越像越好，听到有人过来，屏住呼吸不要动。如果你我暴露了，听我的枪响后，不要管我，解开绳子去山上躲起来，会有人救你走的。”

摩托车在公园门口停稳后，惠子有意把钥匙留在上面，从车上跳下来，转过去，解开绳子，把春桃拉下来，重新把她捆绑好，回过头去发现远远地一辆摩托车也停了下来。“跟我走！”惠子冲着春桃吼了一嗓子，拉着她进了公园的大门。来到一大片树林里站下，惠子朝左右看了看，发现四周一个人也没有，只有几只喜鹊在树枝上跳来跳去，“唰”地从腰里拔出枪来，厉声道：“跪下！”春桃站着没动。惠子抬起脚来照着春桃的腿弯儿处踹去，春桃一下跪在了雪地上。躲在远处的大关行江将这一切看在眼里。

惠子见春桃跪在地上，想去掐她的脖子，手刚伸出去又缩了回来。转念一想，这么做，会让大关行江看出破绽来。于是她端起了手枪，可这枪朝哪里打呢？正在她犹豫的一刹那，早已躲在一棵松树后面的王来福发现惠子缩回手去掏出枪来，心里说了声：“不好”！一个箭步冲了出来，上前抓住惠子的手腕，用力一拧，把枪夺到手里，拉起春桃就往外跑。惠子心想，这下好了，我可以回去交差了。躲在一座石像后面的大关行江被眼前突如其来的情形惊得呆住了，愣愣地看着王来福拉着春桃出了公园大门，才想起来拔枪朝王来福射击。惠子为了拖住大关行江，靠在树上朝大关行江喊道：“大关，我的手腕子折了。”大关行江慌忙跑过来：“怎么了，让我看看。”惠子装作疼痛难忍的样子，呻吟道：“哎哟，这家伙真有劲，把我手腕子掰断了。”大关行江伸手在惠子的手腕上揉了揉，抬起头发现王来福和春桃已经没影了，大声道：“别让他们跑了，快追！”两个人从山坡上下来，拔腿朝公园门口跑去。

从公园大门里出来，惠子见王来福和春桃上了她的摩托车，打着火儿掉头朝来路开去。等两个人跑到大关行江开来的摩托车前，发动了车子去追，王来福带着春桃已经跑远了。大关行江举枪“啪、啪”朝王来福放了两枪，看摩托车转过弯去不见了，只得悻悻地把枪收起来，跟三河由美回了大和旅馆。

谷木斋藤接到大关行江的报告，觉得奇怪，怎么会走漏了消息？他第一个想到了三河由美，但他又摇了摇头。

作为高级特务，谷木斋藤有着敏锐的洞察力和超乎寻常的判断力。对那个妓女的去向，他不想再去追查。让他心里不快的是，难道三河由美跟那个男人串通好了，在演戏给他看。大关行江陈述的每一个细节，他反复推敲了多次。三河由美把车钥匙留在车上，是一时的疏忽，还是有意所为。记得他在训练班上曾经讲过，执行任务时，钥匙留在车上以便遇到紧急情况时能尽快脱身。但三河由美有充裕的时间行刑，而且，作为受过专门培训的特工，更应该清楚，这次执行任务，不会有紧急情况发生，没有理由把钥匙留在车上。想来想去，一个男人第一次杀人也难免惊慌失措，三河由美毕竟是个端茶倒水、收拾房间的女服务生，第一次杀人行刑，也许是一时慌乱，忘记拔出了钥匙，可那个男人显然是事先得到了消息，否则，怎么会不早不晚等在那。他决定把三河由美找来，问她是不是取药的时候，把消息透露给了那个刘大夫。如果她心中有鬼，一定会躲躲闪闪，不敢说实话。

第二天在自己的房间，他详细询问了八木洋子那天晚上发生的事情。八木洋子说三河由美拉肚子，去了刘大夫那里拿药，但很快就回来了，在值班室待到天亮。他让八木洋子把值了一宿班的三河由美叫醒。三河由美睡眼惺忪地进来，打了个哈欠，问："你找我？"谷木斋藤用阴冷的目光看着她，直截了当地问："我听八木说那天晚上你值班拉肚子，去那个刘大夫那拿药了，是不是你把消息透漏给了那个刘大夫？"

"我以为是什么事儿呢，人家睡个觉也不让。"惠子故作亲昵地拉着谷木斋藤坐下："是我告诉了刘大夫，我说天亮后我要去处理掉一个妓女，让他不管用什么办法，别再让我拉肚子。你是说我不该告诉他吗？"

"我问你，那个男的，怎么会不早不晚等在那儿？"

"这我就不知道了，那家伙的手真有劲，我的胳膊都差一点让他给掰断了，到现在还不敢动呢，不信你看。"三河由美把袖子撸起来，把半截白生生的胳膊伸到谷木面前晃动了几下。

惠子在从东陵公园回来的路上就想好了，春桃不过一风尘女子，在谷木斋藤那里无足轻重，而且他在春桃那里也没问出什么东西来，并不知道春桃翻拍这份报告干什么用。谷木一旦找到自己问起来，不如实话实说，省得他再生疑心，继续追查。谷木斋藤听了半晌没有说话，看来三河由美并没有隐藏什么，剩下的只有一种可能，是刘毅找人救下了那个女人。可刘毅又有什么必要深更半夜，冒险去找人救下这样一个风尘女子？更让他百思不解的是，即使刘毅找到人送信，夜里城门紧闭，城墙上又有一拨接一拨的巡逻队，他手下经过严格训练的特工，也很难翻墙而去，什么人能出城？是不是西田手下的警察跟这个窑子娘儿们好上了，为省下一笔赎金，事先得到消息后，花钱雇人救了她。那天夜里他听山本正二说过，这个女人不但颇有姿色，还弹得一手好琵琶。不过，他还是对三河由美多了几分戒心。

惠子以女人的细心和一个特工的嗅觉，知道谷木斋藤对她有了防备，暗暗地告诫自己，在这样一个到处是谷木斋藤耳目的地方，不能有一点疏忽。她想多为刘毅做点事，她爱他。

傍晚，刘毅回到家里，正打算做饭，王来福敲敲门进来了。刘毅一把拉过他来，把门关严，急着问："怎么样，春桃没事吧？"

"没事。就是好几天没吃饭，又受了刑，身子十分虚弱，将养些日子就好了。"

刘毅让王来福坐下："还没吃饭吧，我这就去做饭，你吃了饭再走。"

王来福摇摇头说："不了，我怕你不放心，过来告诉你一声，我这就回去了。"

"依我看，你把春桃娶过来吧。"刘毅见王来福忙三火四地要走，不知道哪天再见到他，把自己合计了好几天的想法说了出来。

"春桃是个好女人，为了我们的事儿甘愿受刑，宁可掉脑袋。我想好了，日后消停了，找个媒人把事挑明了，我俩一块好好过日子。"王来福看得出来，刘毅是诚心诚意想成全他们。

刘毅笑着说："我来给你当这个大媒人怎么样？"

王来福听了，兴奋地拉着刘毅的手摇晃着说："那再好不过了。"

“你看这样行不行，我出钱把你那两间房子拾掇一下，家具全都买新的。”

王来福看着刘毅感激地说：“自打我老婆死了，我就没动过再娶的念头，我一个军人，说不上什么时候就要上战场，我死了好说，留下人家孤儿寡母的咋过日子。没想到遇上了春桃，这次她死里逃生，我说要娶她，她怕我嫌她身子不干净，你说，我能嫌弃人家吗？”

“你说的对，有的人外表光鲜，内心龌龊。我觉得不管他是谁，干哪一行，做了多大的官，灵魂要是肮脏就一文不值。”

王来福站起来，“啪”地给刘毅敬了个礼，道：“刘大夫，我是个粗人，你这番话说到我心里去了。今后有用得着我王来福的地方，就是肝脑涂地我也在所不辞。我得回去了，有事让大鹏去找我。”说完，他拉开门，迈着大步走了。

刘毅关上门，才想起来，忘了把相机还给王来福了。那天夜里，他将里面的胶卷取出来，第二天一早就拿给商云陵去洗印了。

刘毅对烟花女子一向厌恶，也从不去这种地方消遣找乐，春桃不顾性命，帮着他们搜集证据，酷刑之下，不吐露一字实情，不得不让他对这个风尘女子另眼相看。他出钱帮助王来福拾掇房子，买家具，完全是出于对春桃的钦佩。

看夜已经深了，他洗了脸，脱衣服上炕，拉过被子睡了。

第二十一章 真相大白

上午，惠子坐着黄包车来到诊所，刘毅让周大鹏带惠子去了放药材的库房。过了一会儿刘毅开门进来，笑着说：“你救了春桃，真该谢谢你。让你在库房里等了这么半天，委屈惠子小姐了，没熏着你吧。”

惠子站起来扑到刘毅怀里，说：“看你说的。”刘毅拉过凳子坐下问：“你找我有事儿吗？”

“还记得我上次跟你说过的吗？奉天省地方维持会已经在四处招人了，谷木斋藤想让你加入维持会。”

跟惠子从东陵公园回来，刘毅已经跟卫民几个人商量过了，卫民认为刘毅可以借机了解关东军的一些动向，对搜集证据也有利。

刘毅想了想说：“也好，你回去告诉谷木斋藤，我可以答应他。”

惠子知道刘毅是为了应付谷木斋藤，扭过脸来说：“我去寺岛写真部的203房间看过了，他们的确拍了很多照片，这次来，我想跟你借样东西。”

“借什么？”

“照相机。”

“你手里不是有照相机吗？”

惠子将自己的打算说了一遍，刘毅听了思索片刻，道：“我看行，就照你说的办。正好王连长那架相机忘了还给他，还放在我家里，你等一会儿，我这就让大鹏回去取。”

很快，周大鹏去刘毅家里取了照相机回来，惠子拿上相机走了。谷木斋藤听三河由美回来说，刘毅愿意加入维持会，喜形于色，倒了一杯清酒仰起脖子一饮而尽，对惠子说：“我们要把满蒙建成我大日本帝国的乐土。”惠子心里道：真是狂妄，中国人岂是你随意摆布的。

那天夜里，商云陵把刘毅交给他的胶卷洗印出来，黎抱诗也将老久华洗染店掌柜的张振华写好的一份说明材料拿到了手。这天晚上，卫民将辛浦、田敏、常理、黎抱诗、俞广源、刘毅、商云陵找到钟铭家里。钟铭的爱人在客厅里一面弹钢琴，一面给他们望风。

卫民见人都到齐了，摘掉帽子放在桌子上，说：“今天把大家找来，有两件事，第一件事，刘毅拿到了山本正二为了邀功，宣扬他们所谓‘顽强抵抗’的精神，写给关东军司令部和日本军部的战绩报告。9月18日那天夜里，这个山本正二带领他的联队第一个冲进北大营，让云陵给大家念念，我们一块来听听他是怎么写的。”

商云陵摘下眼镜擦了擦，重新戴上，将打印出来的几张纸拿在手上，一字一句地念道：

“9月18日的夜里，月亮高高地挂在天上，几颗星星不停地眨着眼睛，秋风微微地吹动着地里的高粱，发出一阵阵轻轻的沙沙声。川岛中队的河本末守中尉，以巡视铁路为名，率领爆破小组摸到了柳条湖附近的铁路边，把准备好的黄色方形炸药放在了距北大营仅仅800米的铁路两边。夜里10时20分，河本引爆了炸药，只听一声巨响，铁轨炸弯了一段，但火车仍然可以通过。河本末守立刻跟他的行动小组一边喊着'抓人啊'一边朝北大营的方向射击，并用随身携带的电话机，向奉天城里我特务机关的高级参谋板垣征四郎报告说，北大营的中国军队炸毁了铁路，我军正在与敌人激战。板垣征四郎以代理关东军司令官、先遣参谋的名义，立即发出进攻命令。夜10时30分左右，河本中尉到达北大营南方700米的炼瓦烧厂附近，与比我军人数多数十倍的敌独立七旅六二〇团展开激战。我接到增援命令，为了保全我军以及保全国威，带领本部于晚11时50分在柳条沟下车，步行到北大营，会同第三中队展开攻击。经过与敌六二〇团士兵几个小时的顽强战斗，首先排除了抵抗，大约在次日5时30分将北大营东北地区全部占领。战斗中，我军埋葬敌人的尸体320具，步兵上等兵新国六三、上等兵曾子正男阵亡，多人负伤。本场战斗胜利的原因，归功于平时我部精到的训练。"

商云陵摘下眼镜，抬起头愤愤不平地说："关东军大造舆论，迷惑世人，企图将责任全部嫁祸给中国军队，在铁的事实面前，谎言不攻自破。"

钟铭站起来，说："云陵说得有道理，对于戒备森严的柳条湖铁路沿线及其附近地区，中国军队一直遵令不予进入。当晚事变发生后，少帅还专门给南京的蒋介石致电说，平日日军对于南满铁路保护甚严，凡有桥梁之处，莫不有日兵把守巡逻，日夜不懈。华人之行经此处者，虽便服亦受监视。至于军人，则盘查尤严，否则不许通行，华人便视此为畏途。在此种严厉状况下，我军何得轻至南满路，且我军对于日军向来极力避免冲突。”

卫民环视了几个人一眼，说：“这份报告很有价值，大家想想看，如果是中国方面有意破坏铁路，日军就不会在这么短的时间内调动大量兵力，迅速占城。从山本的这份报告中不难看出，柳条湖事件完全是日本关东军为了发动侵华战争制造的一个借口，其根本目的是将东北变成他们的殖民地。”

大家赞同卫民的分析。卫民接着说：”第二件事，是让黎抱诗将老久华洗染店掌柜写的一份说明材料念给大家听听。”

不待卫民说完，坐在一边的黎抱诗脱下棉袍，拿出四平街老久华洗染店掌柜张振华写的说明材料，举在手上说：“据张经理分析，《日本关东军司令官布告》确为石版印刷，石版印刷也称平版印刷，1797 年由德国人发明的。”

说到这，黎抱诗把桌子上的水壶、水碗拿开，在上面一边比画着，一边接着说：“据他讲，印刷时要选择一块光滑的大石板，再在石板上用油脂笔或蜡笔写上你想要印刷的文字，然后刷一层硝酸与树胶液的混合液，形成亲水层。”

“是够烦琐的。”常理扬起脸说。

“这还不算，还要在大石板上刷上水，利用油和水不混溶性，使得写在上面的文案产生排水性，而文字外的空白处，水则被吸附在化学混合液产生的亲水层上，这时再刷一层油墨，最后将白纸放在涂了油墨的石板上压平不能错位，这样印刷才算完成了。”

黎抱诗看着众人，停顿了片刻，掰着手指头，说：“张经理粗略算了一下，完成一张布告的印刷过程，最少要半个时辰。所以张经理认为，单就柳条湖事件后，日军迅速将布告张贴出来这一点看，就完全可以断定，这份布告早就准备好了。”

钟铭一拍桌子，说：“这也再次证明了日军发动柳条湖事件完全是有预谋的行动。”

卫民兴奋地说：“看来大家的工作很有成效，我相信我们的努力不会落空，终有一天会变成一把利剑，剥开日军的伪装，让真相大白于天下。”

卫民给每个人倒了一杯苦水，道：“来，饮下这杯苦水，我们要让日本人知道，他们可以占领一座城市，但绝不可能征服一座城市，更无法使一个民族屈服；他们可以消灭一个人的肉体，却不可能让一个人的灵魂匍匐在他们的脚下俯首听命。”

看看墙上的挂钟，已经是深夜了，众人像即将出征的战士，满怀斗志将杯里的苦水喝下去。借着沉沉的夜幕，伴随着钟铭夫人弹奏的《英雄波兰舞曲》分头离去。

第二十二章 铁证如山

晚上，大关行江去值班了，惠子一个人躺在床上，毫无睡意。她起身拉开窗帘，窗外无边的夜色，像从家乡那条河里流淌出来的，带着一股甜丝丝味道的河水，无声无息地在街上流动。

她一次次想给家里写信，又一次次放弃了，她不知道父亲、两个母亲和姐姐三河由美，眼下生活得怎样。战争让她的父亲不得不隐姓埋名，与自己的妻子、女儿不能相认。战争使她成为一名令人不齿的特工。战争视生命如草芥，她的心被无数次刺痛、流血。战争让近在咫尺的爱情成为看得见摸不着的水中月。她想，如果刘毅他们所做的一切能够让战争早一天结束，就是用自己的生命做代价来帮助他们，她都在所不辞。

她轻轻地拉上窗帘，躺到床上，思考着下一步行动的计划，渐渐袭来的困意让她在蒙胧中进入了梦乡。

第二天惠子值班，她照例去203寺岛写真部打扫房间，敲门无人应。

她用钥匙打开房门，拉亮灯，见桌子上、地上、床上，到处是一盘盘录影带和洗印出来的照片。她将录影带收拾起来，快速从怀里拿出相机，打开镜头盖拍起照来。刚拍了没几张，听有人转动门锁，惠子忙将相机放进怀里，不动声色地继续打扫屋子。

门一开，摄影记者吉冈邦彦进来了。他见惠子在收拾屋子，拉开抽屉，把包里的照相机掏出来放进去，锁好，转过身来眼睛一眨不眨地看着惠子，不怀好意地“嘿嘿”笑了起来。惠子被他看得有些发毛，扭身想出去。吉冈邦彦色眯眯地走到惠子跟前，用手在惠子的屁股上拍了一下，道：“你真漂亮，妈的，我快半年没闻到女人味了，告诉你，我好几天晚上做梦梦见你了，今天这屋里就我一个人，来，宝贝儿，让我亲亲你。”说着上前一把搂过惠子，在惠子的胸前乱摸起来。惠子一边躲闪，一边大声道：“放开我！”吉冈仍死死地搂着她不放，惠子扯开嗓子喊起来：“八木，快来！”吉冈伸手去捂惠子的嘴，无意间碰到了惠子怀里的照相机：“这是什么？”他一伸手把照相机从惠子的怀里掏出来，不由分说给了惠子一个嘴巴：“你是打扫房间，还是在偷拍照片？”

惠子擦了擦嘴角，说：“你也不问明白就打人。”吉冈也觉得自己做得有点过头了，缓和了一下口气，问：“你想干什么，这些照片是不能公开的，你知道吗？”

“知道啊。我爸爸在日俄战争中以身殉国，我妈妈知道关东军打了胜仗，占领了奉天城，高兴得不得了，让我拍些照片回去给她看。我哪有时间到处跑去拍照片，想把你们拍的照片翻拍下来，寄给妈妈，让她高兴高兴。”

吉冈邦彦听了，脸色阴沉着说：“混蛋，这是军事秘密，你没有得到部长的允许就翻拍照片是要进宪兵队的。”

惠子装作害怕的样子，拉着吉冈的胳膊哀求道：“我一个小服务生，整天就知道给客人端茶倒水，打扫屋子，哪知道你们这些事儿啊，算了，算了，哪天有空我自己去拍好了。”

吉冈用鼻子哼了哼，打开相机，把里面的胶卷抽出来，把相机塞到惠子手里，低声道："给我滚！"

惠子从房间里出来，心想，看来刘毅说的对，他们心里有鬼，知道自己做的事儿见不得人，才这样捂着盖着。

过了两天，吉冈邦彦跟随土肥原贤二去长春筹建"满洲国"，惠子打开寺岛写真部的房门，发现所有照片和录影带都被锁到大铁柜子里。她失望地摇了摇头，把屋子打扫干净后，锁上房门退了出来。

傍晚，惠子见写真部的部长荒木喝得醉醺醺的从外面回来，走过去帮他打开203号的房门。搀扶着荒木进了屋子，荒木一屁股坐到椅子上，醉眼蒙眬地问："三河由美，是你吗？"惠子点点头："是我。有什么高兴的事儿让你喝这么多酒？"

荒木一把拉过惠子坐在自己的腿上，大着舌头说："你个小丫头，告诉你，你可不许对别人说。本庄繁司令官专门给我们写真部签发了褒奖状，你说我能不高兴吗？"说着他在惠子的脸蛋儿上捏了一把，惠子把他的手推开，站起来佯装吃惊的样子，说："真的呀，你可别骗我。"荒木站起来，踉跄着走到铁柜子跟前，掏出钥匙，打开柜门，从里面拿出一摞照片放到桌子上，炫耀说："你看，这是我们进攻北大营的照片；这是9月18号那天夜里我们的工兵引爆炸药的照片；这是几个被打死的中国乞丐，换上中国军人的制服，用刺刀刺破军衣拍的照片；这是满铁向奉天集结兵力的照片；这是我军占领奉天陆军粮秣厂的照片。"荒木一边手舞足蹈地向惠子讲述着照片中拍摄的事件，一边紧紧地将惠子搂在怀里。惠子扭过头去，用手梳理了几下荒木蓬乱的头发，柔声说："来，为你庆功。"荒木松开手，惠子拿起桌子上的清酒，满满地倒了一杯，端到荒木面前，"你真是一员干将，不愧是我大日本帝国军人的骄傲，来，这杯酒你喝一半，我喝一半，我有话跟你说。"

荒木将杯里的酒喝下去大半，惠子接过荒木手里的酒杯将剩下的酒干了。荒木拍着惠子的屁股，竖起大拇指，“好，有什么话，说吧。”

“我妈妈写信来，说咱们一个晚上就把奉天城占了，说啥不信，让我拍些照片寄回去给她看。”

荒木没等惠子的话说完，就从椅子上歪歪斜斜地站起来，收起桌子上的照片，走到铁柜子跟前，将手里的照片放进去，又从下面抽出一摞转过身来交给惠子：“来，三河由美，你不是有照相机吗？你翻拍下来寄给你妈妈。”

惠子看了看，拍摄的都是一些无关紧要的场景，为了不让荒木起疑心，高兴地说：“我去取相机。”

惠子回到自己的屋里，拿出相机回到203号房间，发现荒木已经坐在椅子上睡着了，铁柜的门没锁，半开着。惠子心中暗喜，灵机一动，又麻利地回去取来刘毅拿给她的那架照相机，进门见荒木嘴角流着口水，鼾声大作。快速从柜子里拿出照片，“咔嚓、咔嚓”按起了快门儿。这时荒木的鼾声停了下来，身子扭动了一下，惠子忙用身子挡住照片，换了自己的相机拍起来。见荒木重新睡着了，惠子松了一口气。忽然听到外面有人敲门，惠子问：“谁呀？”

“我，大关行江，开门。”

惠子快速地将刘毅那架相机藏到了椅子后面，怕时间长了引起大关行江的怀疑，来不及收拾摊开在地上的照片，起身打开门，把大关行江让进来。大关行江朝四下看了看，盯着地上的照片和三河由美手里的照相机，嘴角露出一丝冷笑，没吭声。她心里清楚三河由美在干什么，她可以转身去谷木那里告发她，但她和三河由美是一根绳上的蚂蚱，就是把三河由美抓起来，她又能得到什么好处呢？而且她发现，谷木的心思都在三河由美身上，她有些恨谷木，如果不是谷木专门布置给她的任务，她不想再去为他做任何事情。况且写真部这帮家伙，见到她们这些女服务生就走不动道儿，三河由美要是暗中跟荒木有一腿，得到了荒木的允许，她岂不多此一举，得罪了三河由美和荒木。要是这里面真有问题，让谷木去收拾荒木好了。于是她装作什么也没看见，转过身来，摇晃着荒木的肩膀："醒醒，荒木，谷木斋藤让你去见他。"好半天，荒木才醉眼惺忪地看着大关，问："谁找我？"

"谷木斋藤要看本庄繁司令官的褒奖状。"荒木听了，忙站起来，整理了一下军装，喝了一口水，跟着大关行江走了。

惠子从椅子后面拿出相机，把最后几张拍完，把照片归拢起来放回到柜子里，从屋里出来，锁上房门，回到自己住宿的房间，迅速取出刘毅那架照相机里的胶卷，用油布包好，塞进自己经常穿的高跟鞋后面的窝窠里，用早已准备好的一块脏抹布把相机包起来，走出屋子，见只有一个服务生在值班，快步来到厨房后面一个平时没人注意的垃圾桶跟前，把相机放在了垃圾桶后面的角落里。她刚回到自己的房间，就听见大关行江在外面敲门："你去哪了，到处找不到你。"惠子打开门，问："有事儿吗？""谷木斋藤找你。"惠子听了一愣，说："好，我这就过去。"

惠子来到谷木斋藤的房间，见荒木坐在椅子上哭丧着脸，像是刚刚挨过训斥。谷木斋藤也是脸色阴沉，她不知道发生了什么事情。谷木斋藤一声不响地围着惠子转了一圈儿，停下来，突然厉声问："胶卷呢？给我拿出来！"原来大关行江带着荒木见到谷木，又改变了主意，她多了个心眼儿，担心一旦事情败露，谷木斋藤追查下来，自己知情不报，就是有意泄密，轻者被关禁闭，重者送她去宪兵队，弄不好进监狱也不好说。她害怕了，如实地向谷木讲了刚才她看到的一切。不料三河由美神情自若地说："好，我这就回去取。"谷木斋藤心想，莫非真像荒木说的那样，她翻拍照片是给她日本的妈妈寄几张回去看。他用冰冷的目光看着面前的三河由美，厉声道："你要撒谎，小心我毙了你。"

惠子淡然一笑："别说得那么吓人，我还没活够呢。"说完转身出去了。工夫不大，手里拿着一个胶卷进来交给了谷木斋藤，荒木的酒早就醒了，一脸惶恐地看着谷木斋藤。

谷木斋藤收起胶卷，鼻子里哼了一声，摆摆手让惠子走了。谷木斋藤转过身来，目光里透着不满，脸色阴冷地对荒木道："你去把它冲洗出来，如果不是你说的那样，就有好戏看了。"

很快，荒木就将胶卷冲洗出来了。他小心翼翼地将底片放在灯前仔细地看了一遍又一遍，直到确认三河由美翻拍的都是些无关紧要的东西，心里的一块石头才落了地。他用手巾擦了擦额头上的冷汗，从暗房里出来，把胶卷交给了谷木斋藤。谷木斋藤借着亮光一张一张地看过后，也没有发现任何问题，抬起头来对荒木道："我谅她也没这个胆儿，看来是我们多虑了。"不过作为一个老谋深算的特务头子，长期养成的敏锐嗅觉，还是让他觉得有什么不对劲儿的地方。他不想让荒木看出他内心的疑虑，挥了挥手让荒木出去了，脱下军服，让值班的服务生找来了惠子。

惠子进来站在地上轻声问："你找我？"谷木面无表情地用手指了指放在桌子上的胶卷，"这个就不给你了，我跟荒木交代了，你去他那里拿几张照片寄回去吧。""好吧，我想她老人家看了一定高兴。"谷木示意惠子坐下，打开抽屉，拿出一张纸，说："奉天省地方维持会已经开始代行省政府职权。"惠子看着谷木，吃惊地说："这么快啊。"

"这是维持会发布的宣言。"说着把那张纸推到惠子面前。惠子拿起来轻声念道："自事变发生后，军警逃避，官厅停止，商号闭门，金融滞塞，土匪乘势蜂起，人心异常恐慌，流离迁徙，去留为难，实有岌岌不可终日之势。赤子何辜，无所依赖，披缨往救，岂忍恝然？万不得已，乃由当地士绅组织地方维持委员会。"

谷木斋藤从惠子手里拿过那纸宣言，道："你去找那个刘大夫，告诉他，用不了多长时间，奉天的警务、教育、电灯、电报、电话都由我们来掌控了，他好好为我们干事，不会吃亏的。"

"好，我会把你的话转告给他，我想他一定愿意为关东军服务的。"

谷木阴沉的脸上露出一丝笑容，“好，我们的维持委员会需要更多像刘大夫这样的人。”说完他摆了摆手让惠子走了。

第二天下午，刘毅和惠子一块儿走进宝发园饭店的一个包间。刘毅摘下礼帽，脱下棉袍挂起来，惠子拿掉脖子上的围巾搭在椅子背上，两个人坐下，跑堂的进来，躬了躬身子，问：“二位来点啥？”

“四绝菜。”

“好嘞，您二位稍等，这就来喽。”跑堂的开门出去了。

惠子脱掉高跟鞋，从窝窠里拿出胶卷，交给刘毅，刘毅把胶卷放进西服里面专门缝制的一个夹层里。惠子又从包里拿出王来福的那架照相机，刘毅接过去，放进皮包里刚收好，跑堂的用一个大托盘，将四绝菜端了进来。他拿下搭在肩上的手巾擦了擦桌子，把托盘里的四样菜摆到桌子上，拉着长腔：“熘肝尖、熘腰花、熘黄菜、煎丸子。菜齐了，二位慢用啊！”

见跑堂的出去了，刘毅冲着惠子招了招手：“惠子小姐，还等什么，趁热吃，这四道菜可是奉天城的名菜啊。”

惠子拿起筷子，夹了一块外焦里嫩的煎丸子放进嘴里：“啊，真香。”

“好，今天咱们给他来个追踪蹑迹，听我给你说说这四绝菜的来龙去脉。”刘毅学着说书人的样子，一拍桌子：“话说宣统年间，有姓国的弟兄两个，闯关东从河北来到盛京城外落脚谋生，开了一家小饭铺，起名‘宝发园’。”

惠子瞧刘毅不伦不类滑稽的样子，忍不住“咯咯”地笑起来。刘毅扭过头去，“你笑什么？看我不像个说书的是不是？”

惠子调侃道：“你要是去说书卖艺，非砸了场子不可。”刘毅并不理会，用筷子在桌子上敲打了两下，接着绘声绘色说道：“这国姓弟兄时间不长就摸透了东北人的口味，用猪肝、猪腰、瘦猪肉和鸡蛋做原料，做出了色、香、味俱全的四样拿手菜。”

“还别说，这哥儿俩还真有两下子。”惠子夹了一块熘腰花放到嘴里说。

“算你说对了，这熘肝尖滑嫩，熘腰花脆嫩，熘黄菜软嫩，煎丸子焦嫩。”

“大哥，你这哪是说书，简直成了说快板儿的了。”

“别打岔，听我接着给你往下说，这天饭店里来了一位20来岁，身穿白色西服的年轻人，对每道菜细细品尝了一番后，说这四样菜以后可以称之为‘四绝’。你猜这人是谁？”说到这刘毅卖关子道。

“肯定不是老百姓了。”

“原来这位年轻人是大名鼎鼎的少帅张学良。”

惠子听罢把每道菜又细细地品尝了一番，对刘毅说：“后来咋样了？”刘毅用筷子在盘子边上敲打了两下：“欲知详情，且听下回分解。”惠子被他一本正经的样子，逗得又咯咯地笑起来。

刘毅朝里坐了坐，听了听外面的动静，对惠子说：“来，咱们一边品尝佳肴，一边说咱们的正事儿吧。”

惠子将嘴里的熘腰花咽下去，停顿了片刻，说：“谷木斋藤听说你答应加入奉天省地方维持会，非常高兴。”

“是啊，他们是让中国人做他们的傀儡，全省的政治、经济、治安一切大权全部由关东军司令部掌控，我们这些委员就是被人牵着线的木偶。”说着刘毅叹了口气，夹了一块煎丸子放进嘴里，愤懑地说：“维持会跟这煎丸子没两样，空有一层皮，里面稀软，可以让人随意揉捏。”

刘毅已经从卫民那里得到消息，奉天省地方维持委员会虽然代行省政府职能，但实际只能管辖日军占领区，而且是临时机构，并不是省级政权，关东军为了从根基上巩固殖民统治，正在拼凑奉天省政府。卫民让刘毅加入维持会，进入省政府是借机为满洲省委提供更多关东军的动态。

惠子对这些尽管一无所知，但她知道，刘毅答应谷木斋藤加入维持会，一定是有他的打算。她从跟刘毅见面的第一天起，就觉得他是一个有主见、有骨气、有想法，可以信赖依靠的男人。要不是因为中日之间的这场战争，她也许早已成为他的新娘了。她的脸不由得红了。她深情地看着眼前这个英俊的年轻人，想起那些不怀好意的日本男人，眼里流下泪来。

刘毅放下筷子，从兜里掏出手帕递给惠子："怎么啦？哪儿不舒服？"

惠子接过手帕，摇了摇头，柔声说："每次看到你，我都再不想回去了。"

"那个谷木看上去道貌岸然，却一肚子花花肠子，老是占我的便宜，我都恨透他了。寺岛写真部的那些随军记者，更不是东西，见到我们这些女服务生就动手动脚的不老实。他们的那个部长荒木，表面上很有教养，从不大声训斥部下，背后却是个色魔、虐待狂，我不止一次地被他欺负，你让我跟你走吧。"说着嘤嘤地哭泣起来。

刘毅站起来，走过去，用手擦去惠子的眼泪，轻声说："好妹妹，我知道你心里委屈，可眼下我不能带你走啊。爱情是美好的，追求幸福也是每个人的权利。说心里话，我非常喜欢你，也愿意你做我的妻子，但你都看到了，战争是不人道的，更是不讲人性的，关东军野蛮的侵略行径不知道要毁掉多少个家庭。我是一个中国的知识分子，日本人有意寻找借口，为自己的罪恶行径开脱，我虽然不能拿起枪来上战场，但我和我的同伴要用事实告诉人们，世界可能被蒙骗一时，但真相是掩盖不住的。我想你很清楚，我们做的这些一旦被日本人知道，就有性命之虞，这也是我不能娶你的另一个原因。"

惠子依偎在刘毅的怀里，说："你说的我懂，放心吧，不管受多大的委屈，我也要帮助你完成你们的计划。"

刘毅拉着惠子的手，目光中充满了爱恋，说："你真是个好姑娘。"惠子甜甜地笑了。两个人从饭店出来，刘毅要了一辆黄包车，送惠子回了大和旅馆。西斜的太阳在云层后面若隐若现，寒风阵阵，天眼看着就黑了。刘毅目送着惠子进了旅馆的大门，拉紧衣领，转身快步离开了空无一人的"浪速广场"，叫过等在那里的黄包车，把惠子拍摄的胶片送到了商云陵家里。

第二十三章 智取电文

岁暮天寒，奉天城里死气沉沉。凄厉的西北风，野狼的利爪一样，肆意撕咬着街上埋头而过的行人。下午，谷木斋藤让惠子把刘毅找到大和旅馆。在一间会客室里，谷木斋藤给刘毅让座，道："我听说你是奉天城里的名医，幸会。"

刘毅一抱拳："过奖。"说完撩衣襟坐到椅子上。谷木让惠子给刘毅倒了一杯热水，转过身来对刘毅道："刘先生学贯中西，悬壶济世，医人无数，令斋藤钦佩。"

刘毅不卑不亢道："救人一命胜造七级浮屠，可眼下我同胞饱受兵燹之难，倒悬之苦，我一七尺男儿，无路请缨，唯痛心疾首而已。"

谷木斋藤不想让他再说下去，正了正帽子说："这次请你来，是想告诉你，臧式毅已经就任'奉天省长'，奉天省地方维持委员会宣布解散。"说着，他从桌子上的皮包里拿出一份文件："这是奉天商民宣言。"刘毅拿过来看了看，里面的内容一看就是关东军伪造的：“我三省民众，应与蒋介石、张学良脱离关系。”刘毅把宣言放到桌子上，没说什么。

谷木斋藤接着对刘毅说道：“从今天开始，你已经是奉天省政府实业厅的一员了，我们想让你出任课长，考虑到诊所离不开你，只好让你屈就了。”

“悉听尊便。”

他不想再与谷木斋藤过多交谈，起身道：“谷木先生公务在身，诊所还有病人待我诊治，就不多打扰了。”

“也好，三河由美代我送送刘大夫。”刘毅戴上帽子，掸了掸棉袍，跟着惠子出去了。

晚上，谷木斋藤让八木洋子找来惠子。惠子一进门，谷木不由分说，一把将惠子抱起来扔到床上，笑嘻嘻地说：“今天你都听到了，可我告诉你，别看那个姓臧的当了省长，说了算的是我们派去的首席顾问金井章次，土肥原君还把宪兵队的横山正雄派过去，让他时刻不离臧省长左右，那个姓臧的一举一动都在我们的严密监视之下，奉天省的政治、经济、司法、交通大权仍由我们掌握。难得我今天高兴，找你来，是想让你陪我喝几杯。”

惠子从床上翻身坐了起来，厌恶地看了谷木一眼：“这么说，那个臧省长不过是个装点门面的傀儡而已喽。”

“你说的没错。去，你让厨房弄点菜来，我好长时间没有痛痛快快地喝酒了。”

惠子心想，今天晚上我干脆把他灌醉，打开他的保险柜，看看有没有刘毅要的电文。拿定主意，她把厨师招呼起来吩咐道：“谷木让你弄几个菜，他要喝酒。”厨师答应一声，起身去了厨房。惠子去自己寝室，把照相机揣到衣服兜里，到厨房把炒好的菜端到谷木的屋里，打开一瓶清酒，满满地给谷木和自己斟上，端起杯，说：“来，为了大日本帝国的国威，咱们连干三杯！”

“好，为开拓大日本帝国万里波涛，干！”三杯酒下肚谷木的脸红了。他拉过惠子，在惠子的脸蛋儿上吻了一下，凑到惠子的耳朵边上，说：“我的三河由美小姐，今天晚上别走了。”

惠子心里恨恨地骂道，你个混蛋。她扭过头去看着谷木斋藤，顺从地说：“看你，馋猫儿似的，咱俩今儿晚先喝个痛快。”

“你说怎么喝？”谷木见三河由美答应了，心满意足地拉起三河由美的手放到自己的大腿上，端起了酒杯道。

惠子起身又从柜子里拿出两瓶清酒放到桌子上，故意拿腔捏调地说：“好吧，请允许我先给咱们的大英雄拍几张照片，将来回去，向我的那些小伙伴们好好炫耀炫耀。”说着从兜里拿出照相机。

谷木斋藤也来了精神，大声道：“来，我坐在沙发上，你多拍几张，我也留着，将来让我的儿孙们记住，他们还有这样一个名留史册的前辈。”谷木穿上军装，在沙发上正襟危坐，惠子举起照相机给他照了几张照片，放下相机说：“你们男人喝酒讲究个行酒令，咱们今天喝酒唱《樱花》，谁唱错了罚酒三杯，怎么样？”

谷木从军多年，对这些哼哼呀呀、酸掉牙的东西从来不感兴趣，更别说让他唱歌了。他见惠子兴致正浓，不想扫她的兴，好让她晚上痛痛快快地服侍自己。于是他脱去军服，答应道：“来，你唱第一句，我唱第二句。”

“樱花啊！樱花啊！”惠子见他上套儿了，拍着手唱了起来。

不待惠子唱完，谷木就学着女人的腔调，接着唱道：“暮春三月天空里，万里无云多明净。”

“你唱对了，咱俩一块把这杯酒干了。”

谷木大笑，道：“告诉你吧，从小我就会唱这首歌。”

“那好哇，接着来。”

“如同彩霞如白云。”惠子唱罢看着谷木，谷木挠着脑袋，半天也想不起来接下来是什么词了。只好认输，连喝了三杯。

惠子咯咯地笑着，看着谷木把酒喝下去，心想，今天我倒要看你有多大的酒量。惠子从椅子上站起来，接着唱道：“芬芳扑鼻多美丽。”

谷木想也没想：“同去看樱花。”

惠子扭身坐到谷木的腿上，端起谷木面前的酒杯，道：“错了。应该是‘快来呀！快来呀’。罚酒三杯！”

谷木色眯眯地看着惠子：“好，我认罚。来，给我倒上。”

惠子把酒给他斟满，谷木搂着惠子，一连三杯酒喝下去，舌头大了：“怎、怎么样，我、我、我没耍赖吧。”

惠子恭维道：“我还从没听你唱过歌，你唱得还真好听。”

谷木斋藤自己倒了一杯酒，端到惠子面前，吹嘘道：“我、我要是不当兵，早就是全、全日本数一数二的歌、歌唱家了。”

惠子端起酒杯跟谷木斋藤碰了一下：“来，为被埋没的歌唱家干一杯。”

谷木仰脖把酒喝下去，趔趄地走到床前，含混不清地拉过惠子：“我、我、我的三河由美小姐，听我给你唱、唱、唱歌——”话未说完，一头倒在了床上。惠子拉过被子给他盖上。等了一会儿，看他睡熟了，把门锁上，坐到椅子上，听着谷木时断时续发出的鼾声，又有些不放心地站起来，走过去轻轻摇晃了谷木几下，见他没有反应，从谷木的身上解下钥匙，返身来到保险柜跟前，按照在训练班学习过的方法，顺时针旋转两圈半，再逆时针旋转 45 度，保险柜的铁门纹丝没动。惠子拔下钥匙，坐在椅子上，一时没了主意。看着谷木酣然的醉态，突然她记起来，特训班上，谷木斋藤去讲课时，曾经说过，在不知道保险柜密码的情况下，逆时针旋转 45 度后，必须再顺时针旋转 180 度。想到这，她心跳加快，将谷木往床里推了推，见他翻了个身，嘴里咕哝着：“樱花，我的樱花。”睁了睁眼，又睡过去了，从椅子上站起来，重新来到保险柜跟前，蹲下身去，竟然几下就打开了保险柜的柜门。里面果然有刘毅需要的电文，她调整好光圈，快速将电文翻拍下来。然后把文稿按原样放好，关上保险柜的铁门，抬头看了一眼仍在酣睡的谷木，站起来擦了擦额头上的汗，把钥匙重新挂到谷木的皮带上，麻利地取出胶卷，轻手轻脚地打开房门，回到自己住的屋子。大关行江去值班了，她把胶卷包好，塞进鞋跟的窠里，又蹑手蹑脚地回到谷木的房间里，合衣躺在谷木的身边睡下了。

上午，谷木将一张委任状交给惠子，让她送给刘毅。她叫了一辆黄包车去了刘毅的诊所，把翻拍有电文的胶卷和委任状一块给了刘毅。晚上，八木洋子找到正在值班的惠子，脸上带着几分惶恐，说："谷木斋藤发火了，让你过去。"

惠子心里"咯噔"一下，心想，坏了，这个混蛋一定是发现了什么不对劲儿的地方。为了不让八木洋子看出她瞬间的慌乱，她站起来咳嗽了两声，镇定自若地来到谷木住的房间里。发现谷木一脸怒气。惠子站在门口，轻声问："你找我？"

谷木一言不发，眼露凶光，上来左右开弓，给了惠子两个嘴巴，惠子两眼冒金星，身子晃了晃，差点跌倒。

原来谷木斋藤天快黑的时候去保险柜取一份文件，吃惊地发现自己暗中做过记号的密码锁被人打开过，他立刻想到了三河由美，气不打一处来，但他不知道三河由美为什么要打开保险柜，而且电文被翻动过。眼下，他们已经开始筹建奉天省政府，三河由美作为一名特工，不会不知道这是些早已经过时的电文。但他必须要问个明白，而且三河由美趁他醉酒的时候打开他的保险柜，是他绝不能容忍的。他恶狠狠地逼问道："告诉我，为什么在我喝醉的时候打开了保险柜，翻看我放在里面的电文？"

惠子揉了揉火辣辣生疼的面颊，平静地说："我听说大关一直在私下打我的小报告。”

“混蛋，你撒谎！”他拿起桌子上的手枪，“哗啦”，顶上了子弹。鹰隼一样的眼睛逼视着惠子，厉声道：“你不说实话，就别再想活着从这里出去！”

惠子看着谷木火冒三丈，气势汹汹的样子，眼眶红了，说：“你不知道，大关行江里外看不上我，说要不是我碍事，你早跟她上床了。她多次找碴儿，跟别人说要赶走我，让我去做随军妓女，我害怕真的有那一天，我还怎么去见为国捐躯的父亲，如何跟母亲交代。这些天我看她在你这里出出进进，晚上做噩梦，常常被吓醒。我猜想，她写给你的报告也许锁在你的保险柜里，我想看看是真的还是假的。我实在想不出更好的办法，又不能当面问你，只好做一回贼了。我知道你会生气，可就是让你打我骂我，也比去做下贱的随军妓女强啊。”

谷木听了惠子说的话，解开衣服上的扣子，大口地喘着粗气。他觉得三河由美说的不假。他也早就从大关行江的眉来眼去中看出她有意想跟自己亲近，但他除了偶尔在她身上发泄一下欲火，对这个女人并没有多少兴趣。大关行江也曾几次跟他说过，三河由美不可靠，是她把消息透露给那个刘大夫，才使得春桃死里逃生。那天在203寺岛写真部，三河由美翻拍照片也违犯了组织纪律。他心里清楚，大关行江打三河由美的小报告，除了执行他的命令，表现对他的忠诚，也掺杂着一个女人的嫉妒，看他喜欢惠子，想把惠子撵走，把自己从三河由美那里夺过来。但有些事情，他不能跟大关行江明说，他在没有抓到三河由美的确凿把柄前，不能听风就是雨。况且，作为一个男人，他实在舍不得让三河由美离开自己，他从三河由美身上获得的满足，让他像抽大烟一样，离开三河由美就失魂落魄。再说，关东军已经实现了吞并满洲的计划，这些往来电文，大多是当时发布的一些命令，时过境迁，已无秘密可言，三河由美窃取这些电文又有什么用呢？也许真的像她说的那样，是看看有没有大关行江打给他的小报告。看着面前像一株玉兰亭亭而立，一颦一笑都让他魂不守舍的女人，他不愿再多想下去，把惠子拥在怀里，缓和了一下口气，说："你给我听好了，我不想再看到你干这种蠢事了。"

惠子用手抚摸着谷木的脸颊，说："看你刚才的样子，像老虎似的，简直要把人家吃了。"

"你应该明白，这里是禁地，出了问题就会受到军法处置。"

"我知道了。你放心，我再不会干这种傻事了。"

"别再疑神疑鬼的了，你去哪我说了算，今天晚上我让八木替你值班，你陪我。"

惠子满肚子的不情愿，一时又找不到借口脱身。

谷木斋藤跟惠子亲昵了一会儿，伸手拉灭了电灯，房间里顿时一团漆黑。要不是从窗帘的缝隙间透进来一缕街灯昏黄的光亮，惠子仿佛被扔进一口密不透风的棺材里。阵阵窒息让她恨不得变成厉鬼，将身边的这个色魔一口吞掉。

第二十四章 共赴国难

商云陵在暗房里，小心翼翼地将刘毅送来的胶片放进显影液里，一边轻轻拉动着，一边看着墙上那盏暗房灯萤火虫般的光亮，想，他们几个人在做一件很了不起的事情。他们虽然职业不同，但面对侵略者凶残的铁蹄，他们志同道合，就像这盏灯的光亮，尽管十分微弱，但最终他们的付出，一定会像黎明前那道微明的曙色，撕破厚重的黑暗，将侵略者野蛮无耻的嘴脸，公之于光天化日之下。

上午，他接到卫民通过报箱夹层送来的通知，让他晚上去钟铭家里开会。下午，他把惠子翻拍的照片和电文洗印出来，又将电文翻译成中文，打印了一份，然后仔细地将照片和文稿放进皮包的一个特制的夹层里，随便吃了点东西，拿出刘毅从省政府开的通行证，出门叫了一辆黄包车去了钟铭家。

商云陵进门坐下时间不长，卫民、刘毅、辛浦、田敏、常理、黎抱诗、俞广源都到了。昨天夜里，卫民已经向中共满洲省委做了汇报，中共满洲省委指示卫民，要继续想尽一切办法搜集证据，让更多的人知道，九一八柳条湖事件的发生，不是偶然的，是彻头彻尾的侵略行为。而且，日本帝国主义正在加快侵略步伐，关东军司令部为拼凑“满洲国”，制定了《新国家组织大纲》，并谎称建立“满洲国”是东北人民的自发要求。因此，要号召、动员更多的民众在中国共产党的领导下，认清并揭露日本帝国主义的阴谋和谎言。

客厅门口响起钟铭夫人弹奏的《夜空的彼岸》。卫民环视了一下众人，脱下棉袍，说：“诸位辛苦了，今天把大家找来，是想让你们看看，刚刚搜集到的关东军随军记者拍摄的照片和他们策划这一事变的往来电文。”说着，卫民从商云陵手里拿过照片：“你们看，这是日军在铁路爆破地放置的尸体，在他们的身上见不到一点血迹，如果是当场被打死，他们的身上，还有周围地上，怎么可能没有一点痕迹。”

他换了一张照片，说：“这是关东军随军记者在关东军司令部门前，秘密拍摄的用来伪造现场的日军军帽和事先准备好的十几截儿已经截断的枕木。”

他指着另一张照片：“这是被炮火轰炸后残垣断壁的北大营和营房内遍地尸横的现场。”

卫民不停地继续更换着手里的照片：“这是日军占领北大营第七旅司令部后士兵在门前拍摄的。”

“这是日军绘制的奉天附近战斗经过要图和日军占领东大营后的照片。这张要图上清楚地标明，19 日午后 2 时 30 分左右，日军第二师团的第十六、第二十九联队完成了对东大营的占领，并将各营房焚毁。如果像日军说的那样，炸毁南满铁道是北大营士兵所为，他们为什么第二天就迫不及待地占领了东大营。唯一的解释是，夺取东大营后，奉天就彻底失去了对其武装抵抗的阵地，他们可以大摇大摆、毫无顾忌地占城了。”

停顿了一下儿，卫民又拿起几张照片，你们看：

“日军登上小西门城墙，正向城内射击。”

“日军进入城区，攻进商埠地。”

“日军占领我东北电信管理局。”

“日军占领辽宁省政府。”

“日军占领辽宁省财政厅。”

“日军占领城内的中国银行。”

“日军占领东三省兵工厂。”

“日军占领东塔机场。”

他的眼圈有些发红，哽咽着再也说不下去了。

商云陵长期从事社会活动，对政治、经济、军事都有很深的研究。他慢慢地从椅子上站起来，在地上走了几步停下来，一边打着手势，一边说：“我在洗印时，每一张照片都仔细地看过了，作为一个中国人，深感创巨痛深。从单纯的军事学角度来看，这是一起突发的局部军事事件。日军在发现有军人爆破铁道后，采取相应的军事行动，击毙敌人，以保护行车安全，完全是必要的。但从这些日军记者拍摄的现场照片看，他们炮轰北大营，并快速调遣重兵，强行攻占我营区，大肆屠戮我东北军士兵，就已经远远超出局部军事冲突的范围。更何况动用武装军事力量，占领市内街区，我方通信、金融机构，以及政府部门、商埠要地、兵工厂、飞机场，这显然已经远远不能用‘自卫’来解释这种军事行为的必要性和合理性了。这种无限制的军事行动升级，已经变成赤裸裸的野蛮侵略，这是对一个国家的主权的粗暴践踏，是利用军事手段实现扩张，用武力侵占别国领土，获取他国利益的无耻行为！”

刘毅从桌子上拿起商云陵翻译的电文，说：“关东军的板垣征四郎、谷木斋藤、石原莞尔、土肥原贤二在给本庄繁的电报中也一览无遗地暴露了他们的侵略野心。谷木斋藤多次在电文中提出，‘应举我军主力向奉天附近集中，一举对准奉天军事中枢，加以重大打击，制敌于死命，力求在最短时间内给予解决’。”

卫民给每个人倒了一杯苦水，说道：“日本帝国主义像一只贪得无厌的饿狼，妄图一口把东北吞掉。关东军司令部为拼凑‘满洲国’，最近又制定了《新国家组织大纲》，并谎称建立‘满洲国’是东北人民的自发要求。从现在开始，我们来搜集这方面的证据，以彼之矛攻彼之盾，让狐狸原形毕露，无处藏身。”

刘毅沉吟了片刻，抬起头来，说：“昨天省政府的人告诉我，日本人准备在奉天以及各县召开市民大会，开展所谓的‘促进建国运动’。我打算去找姜翰东，让他找几个人过去开会，回来后把事情的经过如实地记录下来，我想，到任何时候，这都是无法抵赖的实证。你们说是不是？”

钟铭接过刘毅的话说：“一个在市政府教育处供职的朋友，前天来我家，告诉我说，他们建立的所谓新国家国名为‘满洲’，‘元首’称‘执政’，年号‘大同’，‘国都’设在长春，改称‘新京’，‘国旗’为红蓝白黑满地黄五色旗。关东军作为幕后导演，正在自编自导有史以来最无耻的一幕丑剧，妄想把东北变成他们的殖民地。我们都是热爱和平、有良知的知识分子，国难当头，位卑未敢忘忧国，我们要尽我们的一份力，用事实告诉人们这幕后的一切，让这样卑鄙的丑剧不再重演。”

卫民端起桌子上的苦水，与每个人握了握手，激动地说：“正义必将战胜邪恶，喝下这杯苦水，坚信我们是在为正义而战！”

外面钟铭夫人弹奏的《夜空的彼岸》，也达到了高潮。舒缓的旋律中，让几个人仿佛看到了由无数颗星星汇聚成的浩瀚天空。卫民庄重地举起了拳头，坚定而有力地说：“我是中国人！我们不屈服！”大家也跟着举起了拳头：“我们不屈服！我们不屈服！我们不屈服！”

第二十五章 自导闹剧

姜翰东接到刘毅让周大鹏送来的信儿，第二天上午来到了南市场。这时广场上已经站满了人，有流浪汉、有讨饭的、有拉洋车的、有饭馆跑堂的，还有几个打扮妖艳的妓女，看上去黑压压的一大片，每个人手里都拿着一面满地黄的五色小旗。

站了一会儿，他问边上一个留着连鬓胡子的中年人："大哥，这是开什么会啊？"

"谁知道开他娘的什么会。"

"那你来干啥？"

那个男人把手里的一张传单递给姜翰东："你没看这上头写着，来这开会的，给一张大舞台的戏票，不花钱看半天戏。我寻思有这便宜事儿，就尥蹶子来了。"

姜翰东见传单上写着一行字："促进建国运动市民大会。"底下还有一行小字："东北人民自发要求建立满洲国。"落款是，奉天省自治指导部。

姜翰东把手里的传单还给那个男人。几个妓女模样的人走过来，其中一个烫着一头卷发，穿着一件浅红色棉旗袍的女人，嘴里叼着烟卷儿，伸手拍了拍姜翰东的肩膀，嗲声嗲气地说："去我那玩玩儿咋样，大冷天儿的，我的被窝可比这鬼地方热乎多了。"

姜翰东把她的手推开，想说让她走远点，话还没有说出口，一个人站在凳子上，手里拿着一个铁皮喇叭筒子，喊叫道："都别说话了！"

广场上立刻静下来。喊话的是个鼻子下边留着一撮人丹胡儿的日本人，他把喇叭筒子放到嘴上，大声说："大日本帝国为改善人民的生活状况，要建立新国家，过一会儿你们到前面来签到，把你们的名字写上，说明你们都是自愿来协助建立新政府。签了名字的，每人可以领到一张戏票，听明白了没有？"

他的话音刚落，站在姜翰东边上的那个男人把手里的传单撕了个稀碎："妈的，骗人，老子明明活得好好的，关东军进了城，二话不说，就把澡堂子给封了，老子好几个月没拿到饷钱了，自愿个屁！这戏我不听了。"说完他把撕碎的传单扔到地上，转身往外走。几个妓女打扮的人也顾不得再跟姜翰东撩扯，那个嘴里叼着烟卷儿的女人把剩下的烟蒂"啪"地吐到地上："给张破戏票还这么多说道儿，老娘没工夫陪你逗闷子了。"说完一摆手，带着几个女人一扭一扭地走了。

来的时候，刘毅已经让周大鹏跟姜翰东交代清楚了，让他去了把看到的听到的都如实记录下来。他从地上捡起一张传单，还没来得及看一眼，就听站在凳子上的那个日本人，喊叫着让人们去签到。姜翰东穿过人群，来到前面一个平时江湖艺人打把式卖药的土台子跟前，见台上摆着一张长条桌子，桌子上放着几张纸，桌子后面坐着两个人，他们的身后，两根电线杆子中间扯起一条用黄布做的横幅，上面写着：奉天促进"建国"运动市民大会。来到桌子前面签了字的人，果然都拿到了一张戏票。姜翰东也走到桌子跟前，在一张纸上写上了自己的名字，接过一个日本人递给他的戏票，站起来正想走，只听身后一阵混乱，有人大声喊叫着：“打人了，日本人打人了！”

姜翰东挤过人群，发现好几个人被打得满脸是血，其中一个是留着连鬓胡子，刚才跟他说话的那个中年男人。他急忙走过去拉了拉那个男人的胳膊问：“咋了，大哥，谁打你们？”

那个男人抬起头来，见是姜翰东，用袖子擦了擦鼻子里流出来的血，一跺脚，说：“别提了，刚才进来的地方被几个日本兵给拦上，说啥不让出去。我跟他们理论了几句，这帮狗娘养的，上来就打人。”

边上一个看样子是拉黄包车的车夫，摸着头上被打的一个鸡蛋大的包，大声骂道：“我日他奶奶，一砖头差点儿没把我脑袋砸漏了，这小日本真他娘的不是玩意儿！”

“那你跑这儿凑什么热闹？”姜翰东不解地问。

“我一个大哥昨儿个给了我张传单，说是今儿个这儿开市民大会，发戏票，我扬了二正地就来了。到这一问才知道，是日本人要建立新国家，签上字就是自发拥护建国了。你说这都哪跟哪啊，咱有国有家的，跟着日本人掺和个屁，弄不好，惹一身骚就坏菜了。想回去干活，哪承想日本人拦着不让走，两句话没说完，上来就动手，这青天白日的，还他妈讲不讲理了？”他越说越气。

围在看热闹的人，听了也议论纷纷：“是啊，我就是奔着戏祟来的，早知道这里头还有这么多猫腻儿，倒找钱也不来呀。”

“谁说不是呢，这一程子，让日本人闹的，吃了上顿没下顿，我算看透了，跟着日本人掺和不出好来，这戏票我不要了。”说着那个人把刚刚在前面台上领到手的戏票扔到了地上。

几个日本浪人拎着棒子过来，人们散开了。

过了一会儿，先前那个日本人站到凳子上，把铁皮喇叭筒子放到嘴边，大声道："市民们都听着，很快满洲国就要成立了，今天来开会签了字的，都是满洲国的良民。从现在开始，要恢复市内正常秩序，该干什么干什么，有破坏秩序、造谣生事者，一律认作良民之仇敌，从重惩办。今天的市民大会到此结束。"

姜翰东随着散去的人流出了会场，直接来到刘毅的诊所。刘毅让周大鹏带他去后面的库房，给了他纸和笔，让他把一天的所见所闻都写下来。

刘毅看完最后一个病人，洗了洗手，来到库房。姜翰东从凳子上站起来，打了一个喷嚏，说："什么病到你这库房里待上半天都好了。"

刘毅笑了笑："委屈姜大哥了。"说着拿起桌子上姜翰东写好的东西："你这字写得不错嘛。"

"我父亲写得一手好字，可惜，要不是他死得早，我的字还会有长进。"姜翰东说。

刘毅把姜翰东写的事情经过从头到尾看了一遍，抬起头，用手指敲打着桌子，说："看来，这是那个伪市长赵欣伯和关东军自治指导部策划的一出闹剧。这说明他们心里有鬼，拿老百姓的话说，是既要当婊子又要立牌坊，用这种欺世盗名的下三烂手段愚弄世人，给自己脸上涂脂抹粉。"

"刘大夫，你说的没错，这帮家伙真不要脸。"

刘毅坐下来："今儿晚你去把齐天武馆的武占天找来，我请你俩去洞庭春吃饭，有件事要他去办。"

"好，我这就去找他。咱们饭馆见。"说完姜翰东站起来走了。

晚上，在洞庭春饭馆的一个包间里，菜上齐了，等了一会儿，姜翰东便带着武占天开门进来了。刘毅一边起身给两个人让座，一边说："武师傅，上次在东陵要不是你出手相救，惠子小姐就吃大亏了。"

武占天双手一抱拳："刘大夫不用客气。"

刘毅待两个人落座，给每个人杯里斟上酒，看着两个人说："今儿晚找二位来，是有一事相求。”

“刘大夫有话请讲。”武占天快言快语道。

“我从省政府得到消息，关东军的自治指导部准备在同泽女中院内召开‘全民促进建国运动联合大会’，强令要求城内各界，省内各市、县派代表参加会议，会后还要组织游行，我想请武师傅以齐天武馆代表的身份去参加大会和游行。”

武占天冲着刘毅双手一抱拳，道：“刘大夫，日本人把个奉天城搅得昏天黑地，老百姓没了安生日子过，让我去给日本人捧场，我不去！”武占天连连摇头。

刘毅端起酒杯：“武拳师的骨气令我刘某敬佩，来，我敬你一杯。”说完把杯里的酒干了。放下酒杯，刘毅撩衣襟坐下，说：“今天请武拳师来，就是想当面把事情说清楚。我请你去参加他们的活动，是想搜集证据。关东军用于冲汉做幌子，设立了独立的自治指导部，就是想尽快控制各市、县政权，为建立‘满洲国’造势。你回来后，把自己的亲身见闻如实写下来，告诉世人，‘满洲国’是日本人强行建立的伪政权，并不是中国人自发自愿的要求。你看，说了这么多，你该听明白了，这哪是给日本人捧场，相反，是为千千万万的中国人做一件有意义的事儿。”

武占天听刘毅说完，“霍”地一下站起来：“要是这样的话，我答应你。”说完，武占天端起酒杯把里面的酒一口喝了下去。

刘毅用手指了指桌上的菜肴：“光顾说话了，来，吃菜。”刘毅一边吃饭，一边把要搜集哪些材料又仔细交代了一番，武占天一一记下。几个人又说了会儿话，见天色已晚，从饭馆出来，姜翰东看已经不能出城了，与刘毅告辞后，跟武占天走了。

上午，刺骨的寒风中，同泽女中校园四周站着十几个持枪的日军士兵。院子里，平时学生课间做操为领操员准备的一个台子上，放了两张桌子、几把椅子，上面摆放着一摞摞花花绿绿的传单。台子两侧临时竖起两根木头杆子，中间挂着一条二尺多宽的横幅，上面用中日两种文字写着“全民促进建国运动联合大会”。阵阵冷风吹得横幅一凸一凹地发出噼里啪啦的声响。校园四面的墙上，贴着各种颜色的标语，上面写着“赶走张学良，建立独立国家”“脱离中国，赶快建立满洲国”等字样。武占天一身青衣打扮，戴一顶狐狸皮平顶棉帽，随着人流走进会场。院子里没人说话，武占天觉得奇怪，转过头去看着站在他旁边的一个五十多岁的男人：“咋了，看你们一个个哭丧着脸，没精打采的。”

那个男人没好气地说：“妈的，别提了，我从彰武县来，前儿个几个日本人去县政府，用刺刀逼着我们来开会，说这是命令，不来就把我们一家老小都杀了。”

武占天一听，还有这种事儿，把刀架到人家脖子上硬逼着来开会，真他娘的不讲理！他气儿不打一处来，又凑到一个三十多岁的男人跟前，问：“你也是被逼着来开会的吗？”

“可不是咋的，我是辽阳县政府的。昨天下晌儿，县政府门口开来一辆军用卡车，车上下来六七个日本兵，端着上了刺刀的长枪，把县长和我们这些职员都叫到当院，让我们县里出三个人去奉天开会。县长说没有那么多人手，商量说派一个人过去行不行，那个领头的上来就给了县长几个大嘴巴，把后槽牙都打掉了，说他不是良民，非要把他绑上带走。我们这个气啊，天底下有这么开会的吗？这不熊人吗？没办法，我们哥儿仨都来了。”说着，他用手指了指旁边站的两个人，那两个人也沉着脸，一言不发。

武占天越听越生气，他看着操场四周站的日本兵，朝地上吐了一口唾沫，心里恨恨地骂道：“狗日的，今儿个我倒要看看你们整什么幺蛾子。”这时，门口一阵骚乱，几个端着枪的日本兵把大门“咣当”一声关上，用一把大锁“咔嚓”锁上了，像赶羊似的，将站在门口的人推搡着往里轰。有个人走得慢了一点，被一个日本兵推了个趔趄。他不满地回头瞪了那个日本兵一眼，屁股立即挨了一枪托子。那人一声没敢吭，揉着屁股蛋子，跟着人群朝院子里去了。

过了一会儿，一个胖胖的日本军官带着几个人来到台子上，朝下看了看，用手指着旁边的一个中国人大声道：“我给你们介绍一下，这位是自治指导部的于部长，下面听他讲话，大家鼓掌！”

台下响起稀稀拉拉的掌声。于冲汉把礼帽朝头顶上推了推，干咳了两声，大声道：“各位代表，我以自治指导部的名义，欢迎大家来开会。你们都是我满洲国的顺民、良民。在这里我要告诉各位代表的是，过去军阀在东北横征暴敛，民不聊生，现已被日本军打走，因而东北的民众要求建立独立国家，以实行民意善政。所以，从现在开始凡事都应该听日本的，这对于我们来说只有好处，没有害处。大会决议，脱离中国，赶快建立满洲国。一会儿，各位代表请到前面来，在‘建国请愿书’和‘建国宣言’上签上你们的名字。大家回去后，要竭尽所能，跟日本人一道，建设乐天福地。好，我的讲话就到这里。”

那个日本军官带头鼓起掌来，可底下没几个人响应，他不得不挥了挥手，说：“好，各位代表按顺序到前面来签字。”半天没人动地方。这时上来几个日本兵：“八嘎！八嘎！”大声嚷嚷着，端着枪逼着人们去签字，有人动作稍一迟缓，就会挨上一枪托子，人们这才缓缓地朝前移动起来。武占天拉了拉旁边的一个中年男人的袖子，低声说：“这哪是顺应民意，这不明摆着是强迫吗？”

“娘的！谁说不是呢！”

另一个人回头看了看端着枪、龇牙瞪眼、凶巴巴的日本兵，仰起头来叹了一口气：“还他妈的良民，这回成汉奸了，签上字，就是跳进黄河也洗不清了。”

“日本人这是此地无银三百两，事儿都做绝了！”

武占天听着几个人议论，气往上顶，故意放慢了脚步。一个日本兵上来举起枪托照着他的屁股就是一下子，武占天含胸拔气，身形一动，日本兵手里的枪走空了，由于用力过猛，“啪叽”摔了个嘴啃泥，在地上趴了好一会儿才爬起来。武占天紧走几步，来到台前，签上自己的名字，躲到一边去了。

大约有一个时辰，代表们才签完字。空中飘起了细碎的雪花，站在院子里的人们冻得瑟瑟发抖。那个日本军官让自治指导部的几个日本人和几个中国人给参会的每个人发了一面“满洲国”的小“国旗”，一袋饼干，人们在荷枪实弹的日本兵的监视下，走出校门。门口停着几辆卡车。在日本兵的大声催促下，人们鱼贯上了车。汽车转过两条马路，驶入四平街，车上一个自治指导部的人领着喊起了口号：“脱离东北军阀！”“脱离中国！”“要求建立独立国家！”除了呼呼的风声，没几个人响应。在城内绕了一圈儿后，游行只得草草地收场了。

武占天回到武馆换了身儿衣服，洗了把脸，来到刘毅家里天已经擦黑了。他把事情的经过讲述了一遍，刘毅拿出纸和笔给他：“你都看到了吧，日军这么做的目的，是为了掩盖他们的侵略罪行，而且，自认为用这种办法，可以更加隐蔽地实现他们在东北的殖民统治。你把今天看到的、听到的详细地写下来，我们不能听凭日本人随意摆布。”

武占天站起来，一拍桌子：“对，我们武馆的人说了，不能眼看着日本人在咱的地盘上想咋的就咋的，中国人不是那么好捏咕的。”

刘毅给他倒了一杯水：“辛苦你了，今晚你就别走了，我去做点饭，炒俩菜，咱俩喝两盅。”刘毅给武占天拧亮桌子上的台灯，便忙着去做饭了。

武占天把事情的经过写完，已经很晚了，他却仍处在兴奋之中，把写好的材料又翻来覆去看过后，拿给刘毅，恨恨地说：“狗日的日本人，今儿个老子给你抖搂个底儿掉，想他娘的糊弄人，没门儿！”

第二十六章 皇寺接头

卫民下班回到家里，天已经黑了。他照例习惯性地看一眼报箱，上面有一个用粉笔画的圈儿。他朝四周看了看，见没有人，快速地从报箱下面的夹层里抽出一张字条。回到屋里，妻子已经做好了饭在等他。他脱掉大衣，径直走进书房，拉亮电灯，打开字条，只见上面有一行小字：明天下午实胜寺礼佛。落款是东寒。

东寒是中共满洲省委特科负责人魏刚的代号，卫民知道，如果没有重要事情，他绝不会联系自己。卫民跟东寒始终是单线联系，他想一定是组织上要布置新的任务。眼下日本人在城里到处随便抓人、杀人、抢劫财物，在这个时候必须格外小心，不能有任何的侥幸和大意。他将字条放进嘴里嚼碎，吐出来扔进了垃圾桶。

第二天下午，按照约定的时间卫民来到实胜寺。院子里空荡荡的，没几个香客。两个打扫院子的喇嘛在擦拭香炉和供案。他走进飞檐斗拱，在金黄色琉璃瓦镶绿剪边的大雄宝殿，双膝跪倒，磕了一个头："我佛慈悲。"这时，边上有人轻轻拉了一下他的衣袖，他扭头一看，魏刚正跪在他边上一个蒲团上，口中念念有词："阿弥陀佛。"两个人会意，站起身在香案上拿起三炷香，点燃后从大殿里出来，边围着玛哈噶喇佛楼绕佛，边低声交谈起来。

魏刚轻声说："关东军发动'满洲事变'后，南京的国民政府认为有九国公约和国联，日本不能强占我领土，南京的态度是即使日本进攻也不予抵抗，以免事态扩大，处理困难。但事与愿违，尽管中国驻'国联'代表在国联理事会上报告了日军侵占奉天的情况，但并没有阻止日军侵略的步伐。关东军不仅占领了东三省，又在酝酿将东北分离出去，成立所谓的'满洲国'，中华民族已经到了生死存亡的关头。"

卫民凝视着院子里那座藏式白塔，心情沉重地说："是啊，日军的铁蹄肆意践踏我大好河山，我同胞正在遭受空前的苦难。"

"我这次找你来，是有一件重要的事情要你来做。"

魏刚的话没说完，一辆挂着膏药旗的日军巡逻摩托车在寺院门口"嘎吱"一声停了下来，两个日本兵从车上下来进了院子。魏刚转过头来大声问卫民："张先生，你知道这座寺院为什么叫皇寺吗？"

卫民在香炉里磕了磕香灰，说："皇寺原名叫莲花净土实胜寺，在崇德元年由清太宗皇太极颁旨建造，是这座城里最早的一座喇嘛寺院，也是城内唯一的一座皇家寺院。"

"先生不愧是学历史的，王某受教了。"

那两个巡逻的日本兵贼眉鼠眼地四处看了看，走过去一把薅住一个正在上香的男人，厉声道："你的，良民的是？"

那个人从怀里掏出良民证，一个日本兵接过去看了看，转身来到卫民和魏刚跟前，上下打量打量两个人。魏刚像没看见他们似的，继续问卫民：“这座楼上有一座玛哈噶喇金佛像，我听说是历经千山万水，从青海用白骆驼驮来的。”

日本兵围着两个人转了一圈，大声道：“良民证的有？”

卫民看了他一眼，从怀里掏出良民证递给他，同时冲着魏刚说：“你说得没错，蒙古喇嘛教领袖和察哈尔部林丹汗的妻子，归顺皇太极后，特意从千里之外的察哈尔，用白骆驼驮着玛哈噶喇金佛像和传国玉玺，来到盛京，以表归顺之心。当他们行至一棵老槐树下时，白骆驼突然卧倒不起。一同前来的默尔根活佛认为是金佛显灵，此地便是佛门圣地。皇太极听到这一消息后，便下旨在此地兴建了一座佛楼，用来供奉玛哈噶喇金佛。”

没想到那个日本兵懂汉语，在一旁听得津津有味。他把良民证还给卫民，一挥手和另一个日本兵走了。

魏刚和卫民去大殿的香案上重新拿起三炷香点燃，来到院子里，魏刚说：“我们已经从南京国民政府那里得到消息，国联认为，日军发动‘满洲事变’进而大规模武装侵略中国东北的行动，是对国联及所定盟约的一次公然挑衅，所以国联搞了一个限期日本撤兵的决议草案，但未能生效。在这种情况下，由英、美、法、意、德五国组成了一个国联调查团，来调查‘满洲事件’。调查团已经从欧洲出发，团长是英国人李顿爵士。”

“好哇！”卫民将手里的香在空中摇动几下说。

“可调查团没有先抵达事件发生地，却去了日本东京。日方向调查团诬告中国，称‘满洲事件’是中国以暴力对待日本，片面变动条约，实行‘排日运动’损害日本权益引起的。日军发动‘事变’是实行‘自卫措施’，建立‘满洲国’也是东北民众不堪军阀统治的自愿行为。”

“胡说八道！”卫民气愤地说。

“满洲省委分析后认为，在这种情况下，如果调查来了，他们的行动一定会受到日本人的严密监视，只能听信日本的一面之词，无法了解到真实情况。”

“我们能做什么？”

“满洲省委让你们把获取的证据材料尽快整理出来,设法交给调查团。

“好，我一定想办法完成任务。”

“只有这样才能让调查团客观、公正、真实地了解日本的这一野蛮侵略行径。”

“满洲省委的决定是正确的。”

两个人走到藏式白塔前，魏刚转过头去对卫民道：“日本关东军打着顺应民意的幌子，建立‘满洲国’，目的就是想实现在东北的殖民统治，我们要在国际社会揭穿日本的这一阴谋。”

卫民把剩下的一截香放到香炉里，拍了拍沾在手上的香灰，兴奋地说：“看来这些证据真的能派上大用场了。”他围着白塔转了一圈儿，停下来动情地说：“这些材料来之不易，是几个爱国的知识分子冒着生命危险搜集来的呀。”

“是啊，我们提供的这些证据也许无法阻止战争的发生，也许不能改变日军建立‘满洲国’的进程。但我们要让全世界的人知道，中国人为了人类社会的正义和公理，为了世界的和平和秩序，敢于不惜代价，让世人了解事情的真相。”

魏刚的话没说完，从外面突然闯进两个日本浪人。“我眼看着这两个人进来了，怎么没影了呢？”魏刚曾在日本留学，一听两个家伙说话，就知道是关东军雇佣的暗探。

他们跑进大雄宝殿搜查了一番，又在院子里转了一圈儿，见只有魏刚、卫民和几个上了年纪的香客，没发现什么可疑的人，便悻悻地走了。看他们出去了，魏刚说："你们抓紧时间，一定要赶在调查团到达之前，把材料整理出来。"

"放心吧，保证不会误事。"

说完两个人往外走，不料，两个日本浪人又返身回来了。那个矮墩墩，站在那像半截水缸的小个子，上来一把揪住魏刚的衣襟，冲着站在边上长着一张猴子脸的同伙道："就是他！"说着不由分说，掏出绳子就要捆魏刚。卫民伸手把他拦住了，用日语大声问："你们凭什么抓人？"小个子瞪起眼睛大声道："抓的就是他，刚才我们看见就是他在墙上张贴反日标语。"

卫民分辩道："你们找错人了吧，我俩从进到这个院子就没出去过。"

"八嘎！"那个尖嘴猴腮的日本浪人上来挥拳就打，卫民没有防备，被他一拳打了个趔趄。

正在这时，寺院掌印白向晨大喇嘛从一辆黄包车上下来，一进院门，见两个日本浪人在大声嚷嚷着要带两个男人走，快走了几步来到近前一看，不是别人，竟是自己的好朋友魏刚。

魏刚的外祖母是蒙古族人，从年轻时就信奉喇嘛教，魏刚经常陪着老人来寺院上香，一来二去与白向晨成了好朋友。他上前一步，冲着两个日本浪人双掌合十，口中道："阿弥陀佛！"两个日本浪人见有人拦路，刚想发作，抬头见是寺院里掌印的大喇嘛，不由一愣。白向晨双掌合十："我佛慈悲，此乃佛门净土，二位何以在此粗鲁无礼，莫非就不怕造作罪业，堕入地狱受苦吗？"

两个人面面相觑，没有说话。过了一会儿，那个尖嘴猴腮的日本浪人指着魏刚，说："我们在追踪一个反日分子，我俩明明看到就是他跑到你的寺院里来了，我们要把他带回去交给宪兵队。"

“阿弥陀佛！他是我多年的朋友，经常带他的外祖母来我这里听经闻法、礼佛拜忏，我担保他是良民。你要是不信，我跟你去宪兵队说说清楚。”白向晨用手指了指魏刚说。

两个日本浪人看白向晨大喇嘛出面担保，只得不情愿地收起绳子，瞪了魏刚一眼，嘴里嘟囔着：“到手的钱打水漂儿了。”转身走了。

白向晨将两个人让到禅房，分主次坐定，说：“这些日子日本浪人三天两头来寺院捣乱，我去关东军宪兵队交涉过多次，收效甚微。没办法，偌大的一座城已经找不到一块净土了。阿弥陀佛。”

魏刚看着白向晨，沉吟片刻，说：“法师所言极是，我们不能引颈就戮，还请大喇嘛动员城内僧众，站起来共同反对日本侵略。”

“阿弥陀佛！我会尽力而为。”白向晨双手合十道。

魏刚和卫民起身告辞。两个人从寺院里出来，已经暮色四合。卫民去街口找了辆黄包车，两人坐车离去。尾随而来的夜色，便将渐渐模糊起来的街衢房屋，连同没来得及散去的暮霭，一口吞没了。四周的一切，仿佛被抛进一座巨大的坟墓，没有了丝毫的生气，唯有亮起来的街灯提醒人们，这座城市还活着。

第二十七章 编织罗网

已经到了二月，天反倒出奇地冷起来。房檐下挂起一串串长短不一的冰溜子，寒风在“浪速广场”上四处乱窜。

天刚黑下来，土肥原贤二、板垣征四郎、石原莞尔、谷木斋藤先后来到大和旅馆。在一间会议室里，几个人脱去大衣，惠子和八木洋子把他们的衣服挂好，给每个人倒了杯热咖啡，关上门退了出去。

土肥原贤二端起咖啡，轻轻呷了一口，抬起头来面色冷峻地说：“本庄繁司令官已经接到外务省和军部的电报，南京国民政府的顾维钧在国联大会上多次强烈请求对满洲事件公断，尽管我方代表强烈反对，但国联还是组成了一个调查团，由英国人李顿出任团长。他们很快就要来奉天到柳条沟事发现场实地勘察，访问本庄繁司令官和奉天省公署，我们必须认真对待这件事，不能让调查团看出任何破绽来。”

板垣征四郎“砰”的一拳砸在桌子上，气哼哼地说：“国联真是多管闲事。”

土肥原贤二看着怒气冲冲的板垣征四郎，解释说：“欧美几国眼下正手忙脚乱地应对经济危机，只不过英、法、美是担心他们各自的在华利益被我们独吞，才要实地调查一番。他们各怀心腹事，不会为了中国而得罪我们大日本帝国，所以调查团不得不绕道美国同各个国家磋商，最后才来奉天。”

石原莞尔是个十足的中国通，嘴角带着嘲讽的笑意，说：“好啊，等他们来了，黄花菜都凉了。”

谷木斋藤两只手掌围拢在一起，说：“干脆我们给他们来个瞒天过海，让那个英国佬变成聋子、瞎子。”

土肥原贤二诡秘地干笑了两声，说：“我们还要让他们困在我们事先准备好的笼子里动弹不得，让他们知道，奉天的中国警察局已经变成关东军警察署了，这样就必须由关东军承担保安之责了。他们要是不听我们的，就给他们点儿颜色看。记住，要严密封锁他们进出的通道，不许让任何一个中国的民众与他们接触、会面。三宅参谋长指示我们，要依据国际法向调查团指出我们的行动是合理的，是基于正义的要求。”

谷木斋藤思索片刻，站起来，说：“我立即派人重新布置现场，让我的手下装扮成公务人员、汽车司机和黄包车夫。到时候旅馆周围都是我们的人，这个李顿不就成了笼中之鸟了吗？”说完仰头大笑。

石原莞尔抬起头来看了看谷木，问：“那个顾维钧十分碍事，你有什么办法对付他？”

谷木斋藤坐下，说：“我已经让人在客厅里安装了窃听器，让三河由美和八木、大关几个人严密监视他的一举一动，不许他走出大和旅馆，不许他跟调查团的外国佬一块走访，更不许他与中国人单独会见。他要是不听劝告，三河由美和八木会让他出洋相的，他要是不怕丢人现眼，可以试试。我想作为一个堂堂的外交部部长，他不会干这种傻事吧。”

土肥原贤二满意地看着谷木斋藤这个得力的手下，用手托着下颏思索了一会儿，说：“你让长谷川准备一下，这些家伙恐怕西餐早就吃腻了，给他们好好准备点东北风味的中国菜，再带着他们去故宫、东陵公园游览一番，你们说，他们哪还有心思非弄个明白？”

“我让三河由美去办这件事。”谷木说。

板垣征四郎扭过头去对土肥原贤二说：“我们还得给调查团演一出戏。去南市场找一些市民来，给他们一些钱，让他们在李顿的眼皮子底下来个聚众请愿，让那个对东方文化知之甚少的英国人知道，建立满洲国是民意，日本是来帮助东北三千万民众建设独立国家的。”土肥原贤二听了连声说道：“好主意，跟我想到一块儿去了。”

“这就叫不谋而合。”石原莞尔借机奉承了一句。

惠子进来，给每个人倒了一杯清酒。土肥原贤二举起酒杯，高声道：“来，早一天把那个英国爵士打发了，让国联去做冤大头吧！”

灯光下，几个人凑在一起的影子黑乎乎的，像蹲伏在地上的野兽，张着血盆大口，正打算吞噬即将到手的猎物。

第二十八章 中英联手

雪下了一天一夜，早晨醒来，人们发现街路被覆盖起来，到处白茫茫一片。只有日军铁甲巡逻车碾轧出的道道沟痕，仿佛是女人雪白的肌肤上，被人用刀子粗鲁地划开的口子，让人不忍直视。

钟铭的家里，地中间摆上了一个火盆，里面的炭火烧得正旺，屋子里暖意融融。

离约定的时间还有半个小时，卫民第一个到了。他刚脱下大衣，刘毅就脚跟脚地进来了，过了一会儿，人到齐了。卫民侧耳听了听，钟铭的夫人在弹奏肖邦的《爱的赞歌》。

卫民转过身来环视众人，说：“我们爱我们的人民，爱我们的国家，爱我们脚下这片土地，今天找大家来是要告诉你们，国联已经组成了调查团，很快就会来东北，现场调查‘满洲事件’，以稽明真相。我们要立即整理这些证据材料，揭露日本的谎言，用行动证明我们对国家、对民族的爱。”

钟铭走到窗前向外看看，把窗帘拉严，回过头说：“这可真是个好消息。”

辛浦挥舞着拳头，说：“我们搜集的这些材料这回真要派上大用场了，要是拿到国联大会上，我看日本人还拿什么狡辩。”

商云陵难掩激动，一边在火盆上烤着手，一边说：“辛浦说的对，关东军一直咬着，是中国军队先破坏了南满铁路，他们在奉天开火进军纯属是自卫行为这一点不放。又用建立‘满洲国’完全是东北居民自觉自愿来为自己开脱，所以，我们用他们自己打造的嚆矢，攻击他们自己的盾牌，再好不过了。”

黎抱诗一拍桌子：“要是这样的话，我们无论如何想办法把我们搜集到的这些证据交给调查团。”

卫民眉头紧锁，不无忧虑地说：“大家说的有道理，可你们都知道，奉天是柳条湖事件的发生地，策划建立‘满洲国’的活动，也都是在奉天进行的，关东军做贼心虚，一定害怕调查团到时候接触民众，暴露他们的侵略罪行，很可能会强行让调查团按照他们的意图，在他们划定的范围内进行走访调查。这样一来，调查团恐怕就会无功而返。”

刘毅解开衣服扣子，摘下帽子放到桌子上，用手梳理了一下头发，也不无担心地说：“据惠子说，谷木斋藤专门给他手下的特工布置了任务，准备让他手下的人员装扮成厨师、服务生、公务人员、汽车司机、黄包车夫，并派宪兵将调查团入住的大和旅馆封锁起来，而且命令所有特工、宪兵，对到宾馆递交材料的中国人一律逮捕，处死。”

钟铭把半敞的门关严，说：“我在英国留学时，曾经学习过国际法，现在看，别说递交这些材料非常困难，按照国际法庭规定，即使我们冒死把材料交给调查团，也不生效，起不到任何作用。”

大家听了，顿时沉默下来。这些天，他们冒着被日本宪兵、特务逮捕的危险，四处搜集来的这些证据难道就这样眼睁睁地被搁置起来吗？如果就此放弃，他们的努力就会付之东流。对他们来说，这种打击是难以承受的。屋子里可以听到每个人的呼吸变得急促起来。见半天没有人说话，钟铭从椅子上缓缓地站起来，注视着大家，说："你们都知道盛京施医院的院长佟维林吧？"

"知道，一个非常了不起的英国传教士，我跟他很熟，他在整个东北都有很高的声望。"刘毅接过钟铭的话说。

"是啊，我在他手下当医生，对他的情况比你们了解得更多一些。我查过医院档案，上面记载 1882 年，英国苏格兰医生司督阁，受苏格兰基督教会的派遣，来到中国东北的牛庄，从事施医布道工作。第二年乘坐牛车，经过七八天的长途跋涉来到盛京，在小河沿一户孙姓人家租用了几间破旧的民房，开办了一个诊所，应用西医、西药诊治疾病。"

"我上学时，医学院的老师多次提起过这位司督阁，他开办的诊所免收全部费用，所以称为'盛京施医院'。"刘毅显然对司督阁很了解。

钟铭点了点头："你说的对，1900 年，佟维林从苏格兰来到奉天，成为盛京施医院最有作为的医学骨干。跟司督阁一样，他特别关注公共卫生，档案里有明确记载，奉天在用西医治疗传染病方面，达到了当时世界领先水平。因此，佟维林院长被公认是这家医院最成功的管理者，最杰出的医学传教士。"

田敏接着钟铭的话说："据我所知，奉天城内的达官贵人、商贾名流，遇到急难顽症，第一个想到的就是这个佟维林院长。他在奉天声望很高，他如果能出面帮助我们那就再好不过了。"

钟铭思索了一会儿，说："这位英国传教士在奉天医科大学教授法医课，熟悉国际法律，我去问问他，我想他一定知道，怎样才能按照国际法庭的要求把材料递交给调查团。"

卫民照例用黄连给每个人沏了一杯苦水，说："好，我们来分分工。"

他指着俞广源说："你外文好，就由你把我们手里的材料翻译成英文，最后的审核校对也交给你了。"

"保证不会出差错。"俞广源毫不犹豫地说。

卫民沉思片刻，说："常理、田敏和钟铭负责材料的整理、编写怎么样？"

几个人站起来把杯子里的苦水一口喝下去，表情庄重地说："放心吧，这些材料来之不易，我们会把它整理、编写好。"

卫民把苦水喝掉，举起拳头："我们来宣个誓吧，为了三千万东北同胞，为了这片我们深爱的土地，为了拯救中华民族于危亡，就是有再大的困难和危险，我们也决不打退堂鼓！"

伴随着钟铭夫人指尖下《爱的赞歌》的激昂旋律，几个人同时举起了拳头："我们宣誓，决不打退堂鼓！决不打退堂鼓！"

忙碌了一天，盛京施医院院长佟维林回到自己的办公室，摘掉手套，洗过手，坐下来发现外面飘起了雪花，他喝了一口热茶，情不自禁地想起了自己的家乡，到了冬天也经常像这样下雪。他在日记中曾这样写道："奉天冬天的雪好大哟，完全可以用壮观来形容。但这还不足以让我震撼，让我震撼的是这些飞舞的精灵，如同天使下凡般落在大地、房屋、街道上，用洁白的身躯，将平时看上去龌龊、肮脏的东西全部遮盖起来，目力所及之处，一片洁白、晶莹，如同天堂般圣洁。奉天的冬天更像一个粗犷的东北大汉，铺天盖地的寒冷从不遮遮掩掩，拖泥带水，而是直透肌肤，砭人骨髓，这倒让我觉得格外痛快，也让我更加热爱这片辽阔丰腴的土地和这里的人民。"

他从茶几上拿起两片面包，准备吃下午茶。这时听外面有人敲门，他扭过头去让外面的人进来。

门一开，见是钟铭医生，他热情地招呼道："你来得正好，你喜欢喝红茶还是牛奶？"

钟铭也不客气，坐到沙发上倒了一杯牛奶，看着佟维林试探着问道："佟院长，我来是想跟您请教一件事儿。不知道您能不能告诉我？"

佟维林很器重坐在面前的这位中国医生，他曾在英国留学，医术高超，尤其在传染病的防治上，许多学术观点与自己十分相近。更让他看重钟铭的是，他有着基督徒般的牺牲精神和一颗仁爱的心。他们工作中互相信任，配合默契，尽管经常为一些学术观点争论不下，但这不仅没有影响他们之间的关系，反而让两颗心贴得更近了。

佟维林端起茶杯，笑眯眯地看着钟铭："说吧，什么事？"其实，从钟铭的目光中，佟维林已经猜到他要说什么了。

钟铭想了想，字斟句酌地说："国联组织了一个调查团，很快就会来奉天，专门调查'满洲事件'。"

佟维林从英国驻奉天领事馆那里听说这件事了，但他不知道钟铭的来意。

只听钟铭接着说："我们准备向调查团递交一份材料。"

佟维林没有说话，身子向后挪了挪，心想，这件事非同小可，稍有不慎，就会引火烧身，不但自身性命难保，医院很可能还会被查封。作为院长，怎么向医生、护士和自己的病人交代？他犹豫了片刻，说："这件事很棘手，请原谅，我不能马上答复你。"

钟铭不好再说什么，站起来，道："那好吧，打扰了。"说完转身拉开门出去了。

佟维林走到窗前，看着外面已经完全黑下来的天色和街灯下依旧纷纷扬扬飘落的雪花，在抚近门附近看到的一幕，又清晰地浮现在他面前。

那天中午，他要了一辆黄包车去大北门见一个朋友。车子走到抚近门附近，被一个从旁边胡同里冲出来的男人伸手拦住了。那个人说到医院看过病，认识他，不管不顾地趴在雪地上磕了个头，语无伦次地说："佟院长，我媳妇快不行了，救救她吧。"

佟维林忙从车上下来，跟着这个男人来到一户民宅。炕上躺着一个女人，衣衫不整，已经昏迷不醒。他走过去看了看，这个女人口吐白沫，瞳孔缩小，显然是喝了毒药。他让这个男人去喊了一辆黄包车过来，把这个女人抱到车上，送到了医院。

经过一番抢救，这个女人活了过来，哭泣着讲述了事情的经过。

原来，那天上午，两个日本军人突然闯进门来，她正蹲在地上洗衣服，见是街上巡逻的日本兵，惊恐地站起来，她不知道这两个日本兵要干什么，战战兢兢地问："你们要喝水吗？"没想到两个日本兵狂笑着上来就把她的衣服剥了个精光，把她扔到炕上。她一看不好，喊叫起来："来人哪！救命啊！"跳到炕上的一个日本兵对她一顿拳打脚踢，她两眼冒金星，失去了知觉。等她苏醒过来，发现两个日本兵已经走了。她觉得下身疼痛难忍，用手一摸，血把手染红了。她知道自己被两个日本兵糟蹋了，痛不欲生，觉得没有脸再活在世上，便吞吃了老鼠药。

光天化日之下，日军竟敢入室奸淫。日军的兽行激起了他极大的愤慨。他是一名医生，面对患者不去救治就是失职。而对一个正在遭受蹂躏、欺凌的民族，同样不能坐视不管。如果可以让世人了解事情的真相，为这个受到战争迫害的民族提供道义上的帮助，同样是主赋予自己的神圣使命。他决定不管遇到什么不测，也要设法帮助钟铭把材料递交给调查团。

第二天，钟铭让妻子准备了几道东北菜，邀请佟维林到家里做客。他与佟维林共事多年，知道他提出的要求佟维林不会拒绝，但他十分清楚，在日本人的眼皮底下做这件事，是有风险的，他是院长，不会不顾及医院和医生、护士、病人的安危。

佟维林接到钟铭的邀请，晚上如约来到钟铭的家里。

客厅里放着一个火盆，屋子里每个角落都充满了暖意。钟铭把佟维林让到客厅坐下，夫人给佟维林倒了一杯刚沏好的龙井茶，便忙着去厨房做菜了。

钟铭把佟维林脱下来的大衣、帽子挂到衣帽架上，拱手道：“佟院长能来寒舍做客，钟铭招待不周，还望佟院长多多包涵。来，先喝口茶暖暖身子。”

佟维林坐下呷了一口茶，细细地品过后，竖起大拇指，道：“难怪中国的茶叶早在三百多年前就已经是英国的达官显贵、名媛望族用来待客的必备热饮了。这种墨绿色、草棍儿一样的东西，放在水里竟然变成了一片片的树叶，真是不可思议。”说着，很老到地端起茶杯，放在鼻子底下闻了闻，说：“中国的茶叶真的很神奇，闻起来有一种山野的清香，喝进嘴里又清冽甘爽，咽到肚里，余香未尽，沁心入脾。”

钟铭听了禁不住笑起来：“佟院长来中国施医布道，竟深谙中国的茶道了。”

“我已经想好了，等我老了，回到家乡就开一家茶馆，让我的乡邻故旧、亲朋好友都来了解古老的东方文化，你说这是不是一件很有意义的事情？”

钟铭不住地点头，道：“佟院长在东北开创了用西医预防治疗传染病的先河，施医救人无数，已经功德无量。晚年仍念念不忘传播中国文化，实在难能可贵。”

这时钟铭的夫人将做好的菜端上来放到桌子上，热情地招呼道：“来，尝尝我的手艺。”

两人入座后，钟铭的夫人摘下围裙，说：“知道你来，我早早地就开始准备了，今天我做的小鸡炖榛蘑、酸菜白肉炖血肠、猪肉炖粉条，都是咱们东北家乡菜。”

佟维林听了笑着说：“你是怎么钻到我心里去的，这都是我最喜欢吃的菜。看来今天晚上要撑破肚皮了。”说着夹起一块鸡肉放到嘴里。

饭吃得差不多了，钟铭的夫人又去厨房端上来一盘葱拌大豆腐，钟铭看了看佟维林，说：“佟院长来东北多年，对这道菜一定不陌生吧？”

“这是小葱拌豆腐，对不对？”

“佟院长说得一点不差，只是现在是冬季，还没有小葱，只好用大葱来代替了。”

“佟院长知道东北人为什么都喜欢这道菜吗？”

佟维林想了想，说：“小葱拌豆腐——一清二白，对不对？”

“是的，看来佟院长已经是地道的东北人了，在这块土地上生活的人们在大是大非面前，历来都分得一清二白，从不含糊。”

佟维林已经猜到他接下来要说什么了。钟铭站起身，从挂在墙上的皮包里拿出几张照片，放到桌子上，说：“你看，这是日军在奉天城内肆意拘捕、枪杀市民；这是皇姑屯火车站被迫逃亡关内的东北难民；这是张学良的府邸被抢掠一空后，日军在院子里的合影。”

佟维林抬起头来，说：“你想要我做什么？”

钟铭收起照片，说：“按照国际法律的要求，我们递交给调查团的材料如何才能得到国际法庭的承认，成为国联的合法文件？”

佟维林思索了片刻，说：“按照国际法律要求，你们要亲自把材料交到调查团手里，材料中还必须有由负责人签字的正式信件。”

“这位负责人要具备什么条件？”钟铭问。

“是由法庭承认的人，在西方就是国家承认的律师，他们递交的材料法庭才能接受，才能以合法的正式文件形式予以审查处理。”

“那就不好办了。”钟铭带着几分失望说。

佟维林夹了一截儿葱放进嘴里：“这件事的确不太好办，按照国际法庭的规定，没有正式的信件，就等同于告密，法庭会拒绝审议的。”

钟铭摊开两手，摇了摇头，说：“日军为了掩盖真相，对调查团的行动一定会严加限制，这样一来，调查团就无法得到真实的东西，唯有我们搜集的证据是确凿可靠的。照你的说法，即便我们能将材料交到调查团手里，找不到被国际法庭承认的人，也没用啊？”

佟维林想了想，说：“的确如此，这还真是个难题。”他慢慢地夹了一块鸡肉放到嘴里，用放在桌子上的餐巾擦了擦嘴角儿，说："这件事很棘手，不过我倒想起一个人来。"

"谁，我认识吗？"钟铭急着问。

"法库基督教教区有一位牧师，叫倪建德，跟我一样，也是英国人。我已经问过英国领事馆了，国联调查团的团长是李顿爵士，巧的是他与李顿自幼就很熟悉，俩人还是儿女亲家。"

钟铭"腾"一下站起来，吩咐妻子道："去，把菜热热，我要跟佟院长喝一杯。"他从橱柜里取出一瓶从英国带回来的威士忌，说："佟院长，我知道你从不饮酒，但今天请允许我代表东北三千万同胞敬你一杯。"钟铭给佟维林和自己各自倒了一杯酒。佟维林端起酒杯在胸前画了一个十字，仰脖把酒喝了下去，说："倪建德博士跟我的私交很好，我来给他写封信，如果他肯帮助你们，不但可以把你们写的信件和材料直接交给李顿爵士，还可以作为法庭承认的人，由他证明你们的身份、职业、个人道德。这样你们递交给调查团的信件和材料就是合法的正式文件了。"钟铭紧紧握住佟维林的手，激动得热泪盈眶，深深地给佟维林鞠了一躬。

吃过饭，两个人坐下来，钟铭把搜集材料的经过讲给佟维林听了。佟维林被中国民众不惜牺牲生命搜集证据，以揭露日本侵略暴行，捍卫人类正义的无畏精神深深打动了。他详细地向钟铭介绍了倪建德博士的为人和他来中国传教的经历，钟铭听后悬着的一颗心终于有了着落。

不知不觉天已经亮了，他们彻夜长谈，仍没有倦意。钟铭"哗啦"拉开窗帘，明亮的阳光照进来，赶走了屋子里的黑暗，两个人的心境也亮堂了起来。

第二十九章 冒死相助

带着佟维林写给倪建德博士的信，中午，钟铭在铁岭火车站下了车，随着不多的几个旅客出了站台，在站前广场，找了一家不大的饭馆，随便吃口饭，雇了一辆带篷的马车。赶车的是个看上去六十多岁的老汉，掀开轿帘，让钟铭坐稳了，扬起鞭子吆喝了一声，“驾！”马车便“嘚儿嘚儿”地出了站前广场，拐了两个弯，上了通往法库的土路。

钟铭掀开轿帘，只见太阳明晃晃地悬在半空中，一望无际的田野里，积雪一闪一闪地反射出晶莹的光亮。赶车的老汉从腰里抽出旱烟袋，在烟口袋里挖上一锅子烟，用手摁实成，划火点着抽了两口，扭过头来问钟铭：“你这是打哪来呀？”

“奉天。”

“那可是大地界儿。”

“你去过？”

“小嘎豆子的那时候咱妈带我去过，老早年了，记不得了。”

“看你的样子，有六十了吧？”

“让你猜着了，六十一啦。”

“你这身子骨还硬实？”

“嗨，庄稼人，土里刨食，身子骨实成。这冷天巴地的，你这是去法库串亲戚？”

“我去大教堂。”

老汉听了，将鞭子抱在怀里，把嘴里的烟袋拿下来在车沿儿上磕了磕，掖在腰上，转过身来道：“我要是没猜错，你是去倪大人那儿？”

“没错，你认识他？”

“是啊，在铁岭、法库、开原，方圆百里的地界儿上，没有不知道倪大人的，那可是救命的活菩萨啊。”

说着老汉把鞭子插在车辕上的鞭鞘里，任由那头骡子不紧不慢地朝前走着，滔滔不绝地跟钟铭聊了起来。

“那年东北闹鼠疫，天天死人啊，那些个野狗都疯了，满嘴是血，吃死人都红眼了，可街（gāi）乱窜，瞅着都瘆人。我那二小子不知道怎么也染上了，医院里老鼻子人了，连下脚儿的地界儿都没有，好多人就死在过道儿上了。后来听说法库教会医院的倪大人用西医可以治这个病，我和他娘就抱着孩子去了。倪大人带着一个女大夫，不吃饭、不睡觉地给咱们这些病人看病，我那二小子吃了几天倪大人的药，活过来了。等瘟疫过去了，我带了一麻袋的地瓜、花生去看倪大人，他说啥不要。你说，人家一个洋人，放着好日子不过，撇家舍业地跑到咱这穷地方来，图个啥。这还不算，那小日本和老毛子在咱这地界儿打得都冒烟儿了，法库县城里管事儿的都蹽了，倪大人冒死出来当了县太爷。仗着自己是英国人，小鬼子和老毛子都得给他面子，一回回地没少跟小鬼子和大鼻子掰扯，生哧活啦算把铁岭、法库、开原保下了。你算算，这得少死多少人？”

老人越说越激动，脸涨得通红。钟铭被老汉的情绪所感染，望着被白雪覆盖的原野，对这位英国传教士更加充满了钦佩和敬意。

佟维林告诉他，倪建德出生在英国最繁华的城市贝尔法斯特，那里有一流的医院，出色的教育体系，邮政和电报网四通八达。他的父母很富有，生活舒适优裕，而万里之外的中国法库，是奉天百公里以外的一个小镇。这里不通火车，除了坑洼泥泞的土道，没有一条像样的公路，晴天一身土，雨天两脚泥。没有自来水，没有电，没有路灯、电话，没有邮局，有的是遍地的生活垃圾和四溢横流的污水。到底是一种什么力量驱使着他放弃英国安逸的生活，选择这样一个偏远落后的地方布道传教，不离不弃、无怨无悔地在这里生活了几十年？

老汉见钟铭沉默不语，拿起鞭子在空中甩了一个响鞭，赶着牲口跑起来。天垂四野，眼空无物，路上看不到村落、行人。无边无尽的广袤、遐远、疏芜，让钟铭感到有些乏味，只有路旁的一株株杨树向空中伸展着挺拔的身姿，仿佛不管风多么凛冽，雪多么沉重，一直这样向上，是它们的愿望和必须要完成的使命。

过了有一个时辰，老汉用手一指远处红色屋顶的一幢建筑，说：“那就是教堂了。”

钟铭从车篷里探出头去，远处耸立在教堂塔楼顶上的十字架，已经看得清清楚楚了。老汉回过头来对钟铭道：“还有不远遐儿就到了，有个事儿我还忘了跟你说，我那大小子和村里上不起学的孩子都是在倪大人办的教会学校里念的小学，一文钱都没要，村里的人一直念叨倪大人的好儿，说一辈子也忘不了倪大人。你见了倪大人，想着替我问个好，村里人合计等天暖和了来看倪大人呢。”

“放心吧，忘不了。”

说着话，车子在教堂门口停了下来，钟铭从车上下来，付过车钱，让老汉走了。

在一个年轻教徒带领下，在教堂的一间休息室里，钟铭见到了倪建德。他看过佟维林的信，热情地与钟铭拥抱。俩人坐下来，倪建德给钟铭倒了杯红茶，用一口流利的、带着浓重东北口音的汉语说："路上冷吗？这是爱尔兰红茶，你怕是喝不惯，暖暖身子吧。"

钟铭端起茶杯，看着坐在面前的这位来自北爱尔兰的传教士，他有着爱尔兰人宽宽的额头和挺直的鼻梁，一双深蓝色的眼睛，像两湾湖水般清澈。言谈举止温文儒雅，颇有绅士风度，一看就受过良好的教育。

钟铭喝了一口茶，放下茶杯拱了拱手，带着几分敬意说："倪牧师放弃家乡繁华优裕的生活，来到中国的穷乡僻壤，扎下根来传教、布道。不仅与意图从中国攫取特权的欧洲列强保持距离，还在日俄战争中挺身而出，拯救民众于兵燹。推广西医，开办教会诊所，救人无数。创建学校，开法库乃至全国近代教育之先河，实在令钟某敬佩、仰慕。"

倪建德在胸前画了一个十字，谦虚地说："不敢当，这是上帝赋予我的使命。这里尽管生活条件远不如我家乡的城市，但这里的中国人都非常善良、质朴、勤劳，我已经深深地爱上他们了。"

钟铭被倪建德博士对中国人民真挚的感情所打动，他向倪建德表明了来意，动情地讲述了搜集这些材料的经过。倪建德仔细地听着，被感动得一次又一次地落下泪来。他慢慢地站起来走到窗前，看着远处一望无垠的田野和空中浮动的一朵朵白云，沉思了一会儿，转过身来道："在你来之前，我已经接到英国驻奉天领事馆发来的警告，让我不要出门旅行。听了你的陈述，我决定帮助你们，我不怕这些，你放心，最迟后天我就动身去奉天。你把你们给调查团的信件和每个人的材料准备好给我，我来写证明信。具体怎么交给李顿爵士，到时候要见机行事，不能莽撞。"

他坐下慢慢地喝了一口红茶，接着说："你回去还要给李顿爵士写一封信，在上面签上你的名字。你们准备递交给调查团的证据材料，也要签上你们几个人的名字，我再给李顿写一封信，证明你们从事的职业、社会声誉、个人品行和你们签字的真实性。到时候，我想办法见到李顿爵士，把你写的信和证据材料一块交到他手里。这样，这些材料就可以得到国际法庭的认可，成为国联讨论的正式文件了。"

说到这，他目不转睛地看着钟铭，问："你们不害怕吗？你要知道，这份材料一旦成为要在国联大会上通过的报告书，日本人一定会追查。上面有你们的真实姓名，是瞒不住的，我想日本人不会放过你们，要抓你们去坐牢的。"

"如果我们搜集的这些材料作为证据，假国联调查团之手，将日本侵略面目暴露无遗，将他们炮制'满洲国'的罪行大白于天下，使中国有机会能够在国际论坛上伸张正义，赢得世界人民的同情，对抗战有利，我们不怕坐牢。就是牺牲性命，我们也心甘情愿。"

倪建德半天没有说话。他重新给钟铭和自己倒了一杯红茶，拿起一块方糖放进茶里，站起来，神情庄重地握住钟铭的手，动情地说："我愿意去做这件事，我跟你们一样，若因此而死，也是为一个伟大的事业而献身。"钟铭听了，激动地流着泪，紧紧握住倪建德的手，说："您真的了不起，您就是我心目中的兰斯洛特，一个伟大的英雄！"

"你们也同样是我心目中的英雄。你回去等我。"

倪建德让厨师准备了晚饭，吃过饭，钟铭冒着严寒连夜坐火车回了奉天。临走前，钟铭把家里的地址留给了倪建德。

从法库回来转过天来的中午，钟铭和刘毅一块去了奉天驿火车站。钟铭看得出来，倪建德也是个急性子，说不准今天就会赶过来。眼看从长春开来的旅客列车上的人快走净了，仍不见倪建德出来，钟铭摇了摇头对刘毅道："看来我们只有明天再来了。"

俩人正想打道回府，钟铭一回头，见一个高个子，头戴大礼帽，穿一件深灰色呢子大衣，手拄文明棍的男人朝出站口走来。钟铭一眼就认了出来，这个人正是倪建德。钟铭拉了一下刘毅的衣襟，快步来到出站口，待倪建德从里面出来，钟铭一把拉住他的手，用力摇晃了几下，说："你不是说后天来吗？"倪建德用手里的文明棍在空中很夸张地画了一个大大的圈儿，风趣地说："昨天晚上，我梦见了一个白胡子老头，他告诉我说你今天会来车站接我。我要是不来，大冷的天儿，你不还得再跑一趟吗？"钟铭和刘毅被他滑稽的样子逗笑了。钟铭将站在一旁的刘毅介绍给倪建德后，凑在他的耳边低声说："我一夜没睡。你要的东西我都准备好了。""好，到你那我看看再说。"倪建德跟着两个人来到车站广场，钟铭找来黄包车，不到半个时辰，三个人到了钟铭的家里，钟铭的妻子已经准备好了倪建德喜欢的爱尔兰红茶、蛋糕、奶油小面包、饼干。倪建德高兴地在胸前画着十字，说："太好了，我有回家的感觉了。"

吃过饭，钟铭的妻子去客厅里弹琴望风，钟铭将写给国联调查团的信拿给倪建德看。倪建德见信中提到的人都是奉天医学界、银行界、教育界颇有建树和声望的知名学者、教育家、社会活动家，放下心来。钟铭解释说："我在信中已经表明，我们欢迎国联调查团为东北亚和平稳定，不辞辛苦，跋涉万里，来到中国东北，解决中日纠纷。希望通过这些材料，对调查团了解日本发动'满洲事变'的侵略行为和他们违背东北民众的意愿，建立独立国的实际情况有所帮助。"

倪建德听后沉思着将一块方糖放进茶杯里，用羹匙一边搅动一边说："按照国际法庭的规定，有这封你签名的正式信件，证明你们不是告密，这些内容已经足够了。"

说着他喝了一口茶水，从大礼帽的夹层里，拿出他写给李顿爵士的信，说：“我已经在信中请他费心审议你们提供的报告，并告诉他这份报告和说明是长期居住在中国奉天的一群中国绅士拟定的。为了他们的国家，他们搜集、整理、翻译这份文件态度是相当严谨审慎的，所陈述的事实是完全可靠的。”

钟铭用感激的目光，看着这位与中国人民有着特殊感情的爱尔兰传教士，说：“东北的同胞不会忘记你的，将来不管你走到哪里，你的教堂我们都会为你保留着。”

倪建德用手在胸前画着十字，神情庄重地轻声祈祷道：“我们在天上的父，救我们脱离凶恶。”说完他用手指着信说：“你们为了自己的国家，舍生忘我的行动，让我对中国人有了更深的了解，我愿意同你们一道，为一个伟大的事业而牺牲一切。日本人是凶恶的，他们也许会找我的麻烦，但我不惧怕这些。为了让李顿爵士完全相信你们提供的文件是真实的，我已经在信中邀请李顿爵士，在奉天西关苏格兰传教会谭华文牧师寓所安排一个会晤。我跟他自幼就熟悉，我儿媳巴玛拉·瓦尔特小姐又是李顿爵士夫人的教女，按照你们中国人的习俗，我们还是儿女亲家，我想他一定会答应我的这一请求。”

客厅里，钟铭夫人在弹奏《赞美耶稣歌》，倪建德情不自禁地挥舞着手臂打着拍子随着哼唱起来。

待钟铭夫人的琴声停下来，倪建德拿起一块饼干放进嘴里，对钟铭说：“我想好了，为了不引起外人的注意，天黑前，我将你们准备好的材料和你我写的信，一块送到英国驻奉天领事馆。夜里我去谭华文牧师家里住宿，你去找佟维林院长，让他也过去，我们碰个面，商量一下与李顿会晤的事儿，明天一早我就回法库等李顿的消息。城里日本暗探众多，你们谁也不要去车站送我，以免惹麻烦。”

为防万一，刘毅去齐天武馆找来武占天。武占天听说是护送倪建德去英国领事馆，拍了拍胸脯说：“这事儿交给我你放心好了。”

看看天色不早了，倪建德跟钟铭和刘毅道别，背起一个深蓝色的家织土布包，把材料放进去，扣上扣子，跟武占天一块出门来到街上。钟铭原打算给倪建德找一辆黄包车，不巧的是，等了半天也不见有黄包车夫过来，看看天色已经暗下来，倪建德说：“路不远，走过去也就半个时辰，趁天还没黑，去领事馆把东西交代清楚，也好早点去谭华文牧师家里。”钟铭只好答应了。

浓重的暮色从高大的城门楼上飘落下来，街上除了日军的巡逻车，行人寥寥。倪建德一只手紧紧地捂着布口袋，快步朝英国驻奉天领事馆走去。武占天不远不近地跟在后面，觉得倪建德的样子与他的装束不搭，有些扎眼。快走了几步，拉了一下倪建德的袖子，说：“把包儿给我，到地方我再还给你。”倪建德向来做事谨慎，深知这些材料来之不易，生怕有什么闪失，没办法跟钟铭交代，摇摇头，说：“不用了，没多远就到了。”武占天只好跟在后面，留心观察着路上的行人。

又走了一段路，武占天发现有个人鬼鬼祟祟地跟在倪建德后面。武占天紧走了几步，离得近了，发现果然是在街头巷尾到处乱窜的日本宪兵队的特务。原来，这个日本特务远远地见一个个子高大，戴着大礼帽，拄着文明棍的英国人，肩上竟然背着一个土里土气的大蓝布包，一个人在街上走，心想，这些平时腆胸叠肚、西装革履的英国佬儿，怎么会背这么大个土布包？这还不说，他的一只手老是紧紧地捂着布包的口袋嘴儿，好像生怕里面的东西掉到地上，心说，不对，包里一定有不可告人的东西。倪建德从一条胡同出来，过了马路就是领事馆了，这个日本特务上前伸手将倪建德拦住了，眼睛死死盯着倪建德问：“你包里装的什么东西，打开我看看。”

倪建德看他贼眉鼠眼的样子，知道碰上了盯梢的日本特务，不慌不忙地用手指了指前面的英国领事馆，有意装糊涂，操着英语：“你没有权力检查我的背包。”

那个日本特务听不懂倪建德说什么，瞪起眼睛，伸手要去抢，倪建德用手紧紧护住布包，用文明棍将日本特务的手挡开了。那个日本特务“哇啦、哇啦”地叫着就要往倪建德身上扑。武占天见事儿不好，箭步来到近前，身形一晃，出手带风，使了一个“双猿出洞”，将这个日本特务挑了起来，只听“啪叽”一声，这个日本特务被摔出去有一尺远，膝盖重重地磕在马路牙子上，疼得他一个劲儿地抽冷气，身子侧歪了几下没站起来。武占天拉着倪建德快步过了马路，来到领事馆门前，倪建德学着练武人的样子，双手抱拳，道：“多谢了，后会有期。”便转身进了领事馆的大门。

那个日本特务知道这里头一定有猫腻，转身一瘸一拐地打算去宪兵队高井那报告。没想到从街口一出来，一辆巡逻摩托车迎面疾驰而来，他躲得慢了点，驾驶摩托车的那个日本兵大声骂了一句：“混蛋，找死呀！”

第三十章 巧设家宴

天已经黑透了。谷木斋藤没有开灯，他打开窗户，外面的冷风吹进来，彻骨的寒意，让他打了个冷战。他看着外面空荡荡的马路，除了街灯在地上投下一团团昏黄的光亮，到处黑乎乎的，显得死气沉沉。他不敢相信这是中国东北的一座重镇。他想起了夜晚的东京，到处灯红酒绿，车来人往。他在问自己，难道这是他们想要的结果吗？这些日子，城内金融紊乱不堪，商店关门，市场停业，商品交易陷于停顿，致使日本的对华贸易也受到了影响。尽管关东军多次发布布告，强迫店铺开门营业，但收效甚微，街市上依然十分萧条。他已经得到消息，国联调查团过几天就到了，他们要是问起来，该如何解释？带队的李顿爵士，曾经担任过印度总督，他不会不知道，仅仅是为了保护铁路进行自卫，不会影响正常的社会生活。如果是民众自愿建立新国家，街面上也不会如此冷清。看来要瞒天过海，就只有把这帮家伙看起来，决不能让他们自由活动。

他心绪烦乱地关上窗户，屋子里立刻被黏稠得糨子一样的黑暗充填得没有了一丝缝隙。前天晚上，他接到宪兵队长高井的报告，他手下的一个特务在跟踪一个英国人到领事馆的路上遭到暗算，腿差一点被一个有功夫的人打折。他听了火冒三丈，立即让高井派宪兵搜查了城内的几家武馆，却无功而返。高井被他训斥了一顿，他想将城内的几家武馆全部查封，又怕这件事闹大了，传出去让人耻笑。凭他的直觉，这里面一定有鬼，但他贸然搜查英国领事馆，外务省无法跟英国人交代。调查团来之前，他想把这件事弄清楚，想来想去，他想到了三河由美，也许能从这个女人身上找到他想要的一些线索，他在沙发上坐了一会儿，让值班的服务生找来三河由美。三河由美进来拉亮了灯，给他倒了一杯清酒，谷木斋藤让三河由美坐下，他转弯抹角问来问去，发现三河由美对这件事一无所知。他从三河由美的目光中断定，她没有撒谎，但他总觉得这个女人身上有他一直捉摸不透的东西。他不相信，那天夜里她打开保险柜，就是为了寻找大关行江的小报告。事后，他让八木洋子严密搜查了三河由美休息的房间，没有发现任何蛛丝马迹。他一直认为那个妓女在东陵公园能够脱身，像大关行江说的那样，是她在演戏。那个刘大夫既是为了拿来装点门面，也是他有意布下的一个套儿，他要看看三河由美如何拿捏摆布。他深知中国知识分子的骨子里，宁为玉碎不为瓦全的气节根深蒂固，利用这一点，也许能从这个医生那里打开一个口子，触摸到三河由美的软肋，结果刘毅的工作无可挑剔。说心里话，他喜欢三河由美这样的特工，但越是这样，对三河由美的疑心就越重。三河由美真的对他忠诚吗?

国联调查团很快就到了，他已经将“接待”计划呈给了本庄繁。他深知，对关东军来说，李顿调查团是个烫手的山芋，稍有不慎，让他们把真相捅到国联大会上，就会让日本国颜面扫地。唯一的办法，就是铁桶般把调查团围困起来，让他们按照关东军的既定路线走一圈儿，回去交差了事。他站起来，挥挥手让三河由美出去了。

很快，谷木斋藤得到消息，国联调查团已经到了北平。他立刻进行了一番精心布置。傍晚，阴云密布，冷风扑面。从奉天驿下车的旅客发现从北平来的列车停靠站台被戒严了。车站里外布满了宪兵、特务和暗探。关东军司令本庄繁带着土肥原贤二、石原莞尔、谷木斋藤来到站台上。谷木斋藤让人在站台一侧挂起一条横幅，上面用中、日、英三国文字写着：欢迎李顿爵士和国联调查团。军乐队反复演奏着李顿家乡的歌曲。站台上除了荷枪实弹的日本兵外，还站着男男女女、老老少少一大群人，他们是谷木手下的宪兵队长高井花钱从北市场雇来的苦力、乞丐和妓女。每个人手里都拿着一面小旗，有一搭没一搭地晃动着。

本庄繁看着谷木斋藤按照他的意图布置的场面，十分满意。从他得知国联调查团要来“满洲事变”现场调查的消息后，他一直心绪不宁，生怕露出什么马脚，动不动就发火。他原以为调查团来奉天不过走走过场，而种种迹象表明，这个英国人是想动真格的，是要调查事情的真相。这样一来就不得不格外小心，不能让调查团把事情闹大。那样一来，军部和内阁就会说他无能。于是，他不得不多次召集由领事馆、满铁、关东厅等部门组成的临时接待委员会开会，按照谷木斋藤制定的“接待”计划，针对如何应付调查团，进行了详细分工。还专门为调查团严格划定了调查范围，最终的目的，就是要让调查团认定，他们发动“满洲事件”的军事行动是自卫，建立“满洲国”也完全符合国际法和东北民众的意愿。

从站台雨搭下面看出去，车站外面的柳树已经开始泛绿，但从路基下面掠过，在站台上贼一样四处乱窜的风仍旧带着浓浓的寒意，本庄繁禁不住裹紧了大衣的领子。

远处传来汽笛的长鸣。时间不长，从北平开来的列车徐徐驶进站台，军乐队的乐手们鼓起腮帮子，起劲地吹奏起来。高井也吆喝着让站在那里的男男女女舞动起手中的小旗，喊起了口号：“欢迎调查团到来！”一时间，乐曲声，男男女女长短不一的呼喊声，混杂在一起十分嘈杂刺耳，像没有经过排练就上演的一出舞台剧，闹哄哄的杂乱无章。

列车停稳后，国联调查团团长李顿带领他的团员从车厢里走出来，本庄繁带着一行人迎上前去，热情地与李顿握手：“欢迎爵士远道而来，路上辛苦啦。”随即李顿在本庄繁、土肥原贤二、石原莞尔、谷木斋藤的簇拥下，与其他团员在一片嘈杂声中先后上了早已等在站台上的汽车。

汽车从站台上开出来，一路疾驶到大和旅馆门前停下。站在门口的三河由美、大关行江、八木洋子将李顿和调查团的团员分别带到了住宿的房间。

晚上，本庄繁和土肥原贤二在第三餐厅设晚宴招待李顿和他的随行人员。长谷川按照谷木斋藤的吩咐，除了西餐、日本料理，还专门准备了榛蘑炖小鸡、酸菜血肠、香炸鲫鱼几道原汁原味的东北菜。想不到李顿对这几道菜颇感兴趣，一边吃，一边连连竖起大拇指，道：“味道美极了。”谷木看着李顿高兴的样子，不知道他是真的喜欢东北菜，还是看出了什么不对头的地方，在有意暗示，他这次来东北现场调查，一定要有所收获。他发现，这个曾经担任过印度总督的英国人还真不可小觑。

第二天上午，李顿提出，在正式调查开始之前，去市内的故宫、南市场、皇寺等地方转转。从下火车的那一刻起，李顿就发现苗头不对。本庄繁看上去十分热情，还专门安排了乐队，在站台上演奏他家乡的歌曲。但凭着他当总督多年的经验，看得出来，那分明是日本人心里有鬼，为了掩饰什么，在他面前做样子。如果不是心虚，为什么车站里外到处是日本兵，从奉天驿到旅馆的路上见不到一个行人？旅馆的大厅里、走廊上，不时有身着便服的人或坐或站，像是在等什么人，看上去他们既不是住宿的旅客，也不是旅馆的工作人员，身份十分可疑。

从他房间的窗户向外望，旅馆周围不但有日本兵在持枪站岗，还有很多便衣人员在来回走动，他暗自叫苦，看来我们被完全“保护”起来了。如此一来，如何与当地民众接触？调查又如何展开？于是他想让调查团全体出动，先出去转转，探探虚实，或许能得到一些有用的东西。谷木斋藤嘴上答应，心中不快，他最怕的就是调查团自由行动，但又不好过分阻拦，只得让高井在李顿一行所到之处，布置人员，阻止调查团的人员与街头市民随意交谈。

从旅馆出来，一行人要了几辆黄包车。他有意与车夫搭讪，车夫却并不搭话，默不作声地拉着他们上了大街。街上半天见不到一个行人，李顿几次让随行的翻译问车夫是哪的人，知不知道“满洲事变”这件事，街上的人为什么这么少，车夫始终一言不发。忽然一阵风吹来，掀起了车夫的衣襟，李顿赫然发现他腰间竟别着枪。这些车夫原来都是日本军人装扮的，他的心一下凉了半截，叹了口气，暗想，调查团受到如此严格的监视，看来很难得到真实的材料了。李顿看着空荡荡的大街，和低头拉车的那个所谓的“车夫”，心里不免生出几分无法驱散的不快和郁闷。

到了南市场，他随便走进一家店铺，与老板交谈了没几句，一个戴着墨镜，留着小平头的人从外面冲进来，拉过老板说要买东西，把李顿说了半截儿的话打断，晾在一边了。李顿无奈地摇了摇头。

在故宫门前，李顿和秘书长赫士拦住一个六十多岁的男人，正要问话，斜刺里冲出两个便衣，凶狠地架起这个男人，塞进边上停的一辆巡逻车里。不一会儿，一个头头儿模样的人从车上下来，走到李顿身边，很客气地说刚才的那个人可能是刺客，要带回去讯问。李顿有些生气，心说，这么大岁数的刺客真是少见。但他不便发作，只得草草地带着他的团员回到了旅馆。

对国联调查团的到来，《盛京时报》作了专门报道，秘书长赫士将报纸拿给李顿看，上面刊登的消息，跟访问关东军司令官本庄繁，询问他事变经过时的说辞如出一辙，声称日军占领东北是实行自卫措施，满洲国的成立，是满洲人民的自愿，无任何不合理之处。很少发火的李顿“啪”地将报纸拍在桌子上：“一面之词，不足为信。”

接下来的走访，让李顿意识到，调查完全是在关东军的“指导”下进行的。他们像木偶一样，一举一动都被关东军在牵着线儿走，什么也接触不到。他们走马观花似的造访了奉天省公署，除了日方人员，不允许任何中方人员答拜，这让李顿大为失望。

到了第三天，一个日军少尉带领调查团视察9月18日当晚北大营西边柳条湖铁路爆炸现场。李顿看到现场放着几根残缺折断的枕木和几件破旧的军服。一个日军曹长喷着满嘴唾沫星子，自称是中国东北军炸毁铁轨的目击者，绘声绘色地描述说：当时他正带着一个小队在附近巡逻，夜幕下突然发现有几个东北军的士兵窜到铁路上安放炸药，他们毫不犹豫地立即开枪，将其击毙。李顿边听边摇头。为了重新伪造这个现场，谷木着实费了一番心思的。负责布置现场的宪兵队长高井认为当初选择这个地点，是考虑这里距离北大营直线距离不过800米，便于爆破后快速展开攻击。但要摆出样子给调查团看，像李顿这样见过大世面的人，就很容易露出马脚。东北军的士兵不会傻到连老鹰不吃窝下食的道理都不懂。于是谷木将事发现场南移了一公里。但他还是弄巧成拙了。听那个曹长夸夸其谈，李顿在脑子里画出一个又一个问号：既然铁路上有巡逻队昼夜巡视，东北军的士兵是怎样窜上铁路的？他们被巡逻队发现后当场击毙，又是如何引爆炸药的？更让那个曹长无法自圆其说的是，东北军的士兵为什么冒着生命危险想炸毁铁轨，却用了很少的炸药？李顿当即断定，这是一个假现场，那个曹长是在演戏给他看。他耐着性子，听那个曹长说完，便十分扫兴地带着随行团员离开了现场。

下午，在日军的严密“保护”下，他带着秘书长赫士又去街上转了转，他想亲自找民众搜集一些材料，却发现所到之处，不管遇到什么人，不待他们上前问话，就有便衣冲出来，把人强行带走，这让他感到十分沮丧、厌烦。他回到旅馆，却意外地发现旅馆下面的广场上密密麻麻地站着好几百号人，并不停地在大喊大叫着：“我们要见国联调查团！”李顿带着翻译上前好奇地问道："你们有什么事儿？我就是国联调查团的，有什么话可以跟我说。"这些人大声嚷嚷道："你听好了，建立'满洲国'，国联无权干涉！"

"你们还有别的话吗？"李顿觉得很奇怪。

"没有了，就这些。"

李顿立刻明白了八九，这显然是有人专门安排的。他闷闷不乐地与赫士一同回到旅馆。过了一个多小时，李顿吃惊地发现这些人仍在广场上或站，或坐，或躺在大喊大叫。他让秘书长赫士再下去看看，这些人还有什么事情要讲。赫士和翻译来到广场上，走到一个五十多岁的男人面前，说："刚才与你们说话的是调查团的团长，你们还有什么话说吗？"这时边上呼啦围上来七八个人，争抢着说："没有了。"

"那你们为什么还不走？"

那个男人抓耳挠腮地瞅了瞅边上的人，吭哧瘪肚地嗫嚅了半天，才红头涨脸地道："不瞒你说，我们都是南市场卖劳力的，今儿个一早，有人招我们来这喊口号，说好了给一块钱，我们在这儿站了快一天了，又冷又饿，到现在还他妈的没给钱呢，你说我们能走吗？"

赫士无奈地摊开两手，耸了耸肩膀，半是同情，半是揶揄地说："看来你们只有等下去了。"说完转身走开了。

那个男人失望地看着赫士离去的背影，"呸"地朝地上啐了口唾沫，骂道："妈的，老子让你们给耍了。"边上的几个人你一句我一句地跟着骂起大街来。一阵冷风吹来，那个男人倒吸了一口凉气，抽了抽鼻子，忍不住紧了紧腰带。

赫士向李顿讲述了事情的原委，李顿神情忧郁地说："日本人非常多疑，看来我们在被迫接受'保护'，根本无法自由活动，更别说与当地的民众见面，我们实际上已被看作了囚犯。"

赫士轻轻叹了口气，说："中国团员顾维钧不但不能与我们一块走访调查，连旅馆都出不去。”

李顿慢慢地抬起头来，说：“看来搜集此项证据困难颇多。”他心情沉重地坐到沙发上，想了想，抬起头来对赫士说：“你去找那个谷木斋藤，告诉他，今天晚上我们去英国领事馆。”

此时的李顿并不知道，调查团到来的消息在《盛京时报》刊登后，引起了轩然大波，谷木斋藤正为这件事大伤脑筋。宪兵队长高井这几天也被一拨又一拨要求面见调查团递交资料的各界人士弄得焦头烂额。

李顿调查团到来的当天下午，一个自称是东北军团长的人，要将一份“满洲事件”的见证材料交给调查团，被几个特务粗暴地拦下后，送到宪兵队，用尽各种酷刑，让这个团长招供，受了什么人指使。这个东北军军官破口大骂，一口咬定，没有人让他来，是日军蓄意挑起事变，嫁祸东北军，让东北军背了黑锅，就是死也要揭露日军的阴谋，还东北军一个清白。

一所师范学校的校长，拿着《盛京时报》来宾馆，想把日军在城内烧、杀、抢、掠的材料送到调查团秘书长赫士手里，被特务拦下，当场打个半死，送到宪兵队看押起来。

东北民众代表马家兴要面见调查团团长，被谷木手下的特务装到麻袋里，从旅馆的房顶扔下去，当场摔死。

谷木不知道还有多少人要找调查团递交材料，他命令高井严加防范，不准任何一个中国人与调查团接触。

几天来，日本关东军以防范发生意外危险为由，给予调查团特殊“保护”，使调查陷入进退维谷的尴尬境地，李顿心情焦虑，异常烦躁。晚上，带着赫士心情郁闷地来到了英国驻奉天领事馆，想找领事安德鲁商量一下，如何甩开日本人的监视，获得一些真实有用的材料。领事安德鲁见李顿愁眉不展的样子，知道他们的调查受阻，他挥舞着手臂，似乎要把所有的不愉快赶走，热情地邀请李顿和秘书长赫士共进晚餐。

几个人来到餐厅，依次落座后，安德鲁拿出倪建德的信交给李顿，说：

“你看看这个，也许对你有用。”李顿看过信，大喜过望。吃过饭回到房间里，拿过倪建德作为介绍人递交的文件，一一看过后，惊喜地说：“这是我们获得的真实资料，极为宝贵。这些人也是我们愿意接触的人。”说完，他抬起头来看着赫士，说：“你明天去趟法库，把我的玩伴倪建德博士请到这里来，我要见他。”说完他长长地舒了一口气，几天来的烦闷和苦恼散去大半。

第二天下午，倪建德就从法库来到了大和旅馆。从小在一起的玩伴在异国他乡见面，自然格外亲切。李顿早已泡好了爱尔兰红茶，两个人相谈甚欢。倪建德并不知道，一个在领事馆外面负责监视的特务立即找到队长高井，添油加醋地说：“刚才来的那个英国人，就是在英国领事馆门前找人打我的那个英国佬儿。”

高井立即将这个情况上报给了谷木斋藤，谷木斋藤沉吟半晌，说：“给我盯紧点，不要让他再搞出别的什么名堂来。”高井答应一声出去了。

倪建德对这些并不知晓，他将一块方糖放进茶里，抬起头问李顿：“怎么样，调查工作还顺利吧？”

李顿用力拍了一下桌子，说：“日本人把我们当囚犯看了起来，没有了自由，根本无法与各界接触。来了这些天，一般证人望而却步，诸多华人不敢与我们的团员见面，怎么可能顺利。”

倪建德用手指了指门外，又指了指耳朵，低声说：“我已经给我的好朋友、基督教长老会神学院的谭华文教授说好了，今天晚上我们共进晚餐，盛京施医院的佟维林院长作陪。”

李顿与倪建德从小在一起长大，自然心领神会，举起水杯跟倪建德轻轻碰了一下，有意大声说道：“我也正想见见谭华文教授呢，你告诉他我一定赴宴。”

谷木斋藤听高井说李顿和法库来的那个传教士要去大西边门外神学院的谭华文教授家里赴宴，心想这里头一定有名堂，他将手枪往桌子上“啪”

地一拍，命令高井道：“你调一个小队过来，陪着这几位先生赴宴，一步也不准离开。”

“哈依！”高井敬了个礼转身出去了。

晚上，倪建德陪着李顿、赫士从大和旅馆出来，招呼了两辆黄包车过来。高井对两个黄包车夫使了个眼色，两个人闷着头拉起车子出了“浪速广场”，奔了大西边门。紧跟在后面的是三辆军用挎斗摩托车，车上坐着荷枪实弹的日本宪兵，一路好不“威风”。

几个人来到谭华文家下了车，谭华文夫妇站在门口迎接他们。李顿和倪建德与谭华文简单寒暄了几句，来到屋里，客厅兼做餐厅的地上摆着一张桌子，佟维林已经在等他们了。几个人分宾主落座，屋子里便挤得满满当当的了。高井让宪兵进屋贴身“保护”几个人的安全，领头的宪兵拉开门探头看了看，忙缩回去跟高井说：“屋子太小，进去连站脚的地方都没有。”高井心想，这几个人不过是私人聚会，外面有重兵把守，不会出什么问题。于是他命令宪兵在屋子外面严加监视，不许任何人靠近。

谭华文关上门冲几个人微微一笑，说：“你我都不简单哪。”

“是啊，有这么多日本兵保护，这顿晚餐吃得值！”倪建德的话未说完，几个人哄堂大笑。

多年不见，李顿见倪建德还是小时的样子，幽默风趣，情不自禁地回忆了孩童时代的一桩桩往事。佟维林与倪建德也十分熟悉要好，对他为施医布道而远赴异国乡村，做出的个人牺牲深感钦佩。

站在门外的高井听翻译说，几个人有说有笑地谈天说地，是在回忆往事，说的都是些家长里短的琐事，便回到了车上。倪建德判断，时间长了，外面的日本人一定觉得没有他们想要的东西，不会再死死地盯着了，便大声地让李顿回去给他的朋友问好，然后低声问：“我放在领事馆的材料你看到了吧？”

“是的，我已经仔细审阅了他们提供的证据材料，极有价值。”

倪建德和佟维林听了，郑重地向李顿介绍了在证据材料上签名的几个人的职业、社会地位、人品声望。倪建德说：“我以自己的名誉担保，这些人都是当地为民众所尊重的人，是有着卓越的识见、有独立见地的人士。”李顿边听边点头说：“我完全相信你说的话。”佟维林院长也愿意以自己的人格为这几个中国人担保。李顿让秘书长赫士整理了一封证明信，倪建德和佟维林在上面签上了自己的名字，交给了李顿。李顿拿过信，显得十分兴奋，数日来的调查终于有了结果。他决定去北平整理材料，然后返回日内瓦。

他取了一片面包蘸上奶油咬了一口，听了听外面的动静，示意赫士到门口看看。赫士从门缝里朝外望去，见日本兵都回到车上去了，回过身来说：“没事了。”

李顿看着佟维林和倪建德，说：“除了你放在领事馆的证据材料，还必须要有一份日本关东军策划发动‘满洲事变’的作战行动计划，上面要有主谋本庄繁和计划实施者的签名，这样证据链条才更完整。我们会根据这些证据材料整理一份调查报告，拿到国联大会上表决，到时候孰是孰非，就会大白于天下。”

佟维林沉吟片刻，说：“好吧，我去找钟铭，让他们设法弄到这份作战计划的影印件，送到北平。”

李顿心里几天来的郁闷、烦躁一扫而光，高兴地站起来，端起酒杯与佟维林和自己的玩伴碰了一下，说：“日本人违背国际法，强行用武力侵占一个国家的领土，并按照自己的意愿建立‘独立国家’，应当受到国际制裁和世界舆论的谴责。”几个人都深表赞同，一块儿将杯里的酒喝了下去。

不知不觉夜已经深了，几个人从屋里出来，上了等在外面的黄包车。佟维林回过头去，从谭华文家里射出的那团灯光，在沉沉的夜色中格外明亮。

第三十一章 再取天剑

从谭华文家里回来的第二天晚上，佟维林留下钟铭，两个人来到院长办公室。关上门，佟维林让钟铭坐下，说："我见到李顿爵士了，他对你们搜集、提供的证据材料十分满意。"

"太好了。"钟铭兴奋地说。

"是的，你和你的同伴的努力有了结果，我也替你们高兴。"

佟维林站起来，说："我找你来，是要告诉你，李顿爵士跟我们说，如果设法把日本关东军制定的柳条沟作战计划影印件拿到手，交给调查团，你们递交的证据材料就形成完整的链条，就更有说服力了。这样作为调查团正式的调查报告，拿到国联大会上表决，通过的把握就会更大。"

钟铭想了想，握紧了拳头，说："好，为了这个世界多一份公理和正义，无论付出什么样的代价，我们也要把这份作战计划拿到手。"

钟铭从医院出来，直接去了卫民家里，卫民也是下班刚回来。钟铭直截了当地将佟维林的话告诉了卫民。听着外面不时传来的日军巡逻车尖利的警笛声，卫民沉吟良久，说："好吧，这件事只有让刘毅去找惠子试试看了。除此之外，目前我们还找不到更好的办法。"

卫民的夫人做好了饭，出来招呼卫民吃饭。卫民没动地方，表情严肃地对钟铭说："这件事非同小可，必须慎之又慎。从现在开始，你不要再跟任何人提起了，只限于你、我、刘毅三个人知道。"

"放心吧，就是死我也不会跟外人透露半个字。"

"我们几个人不能再开会了，报箱上的句号从今天开始改成惊叹号，接头地点到时候我会通知你的。"

"好。"

"吃了饭再走吧。"

"不了，家里的饭也做好了，我不回去，我爱人会着急的。"钟铭说完站起来，戴上帽子，跟卫民紧紧地握了握手，转身拉开门走了。天已经黑了，几辆日军的巡街摩托车开着大灯，疾速驶过。钟铭拉低了帽檐，快步朝家里走去。

惠子值了一宿的夜班，上午蒙头睡了一会儿，中午起来吃过饭，打算去春日町买点东西，顺便看看西边那棵老榆树的树洞里，没有没刘毅放的空蜡丸。在得知国联调查团要来奉天的消息后，刘毅便跟她约定，如果有重要事情找他，就用这种方式联络。为此，她每到休班的时候，就借着上街买东西的机会，去老榆树那看看。今天她穿了一件浅蓝色带暗花的旗袍，一双长筒白色丝袜，脚上穿一双深绿色的半高跟皮鞋。从旅馆出来，走到老榆树下，惠子一眼便看到树洞里放着一颗白色的蜡丸，看看左右没有人，她快速将蜡丸拿到手里，随手扔到了路边的垃圾桶里。她去春日町一个日本人开的商店买了两双夏天穿的袜子，然后叫过一辆黄包车，去了刘毅的诊所。

惠子已经有一段时间没有见到刘毅了，她从心里喜欢这个既是父亲的小弟弟，又是自己大哥哥的刘大夫。每当谷木把她当成玩物肆意发泄的时候，她都想彻底离开这个魔窟，跟随刘毅远走天涯，到一个谁也找不到他们的地方一块过日子，给他做饭、洗衣服、抄写药方，再给他生个儿子，一家人其乐融融，厮守相伴。每当想到这儿，她都从心里诅咒这场战争。

从车上下来，付过钱，把车夫打发走，见没人注意她，径直开门进了诊所。刘毅抬头见是惠子，让周大鹏带她去后面装药材的库房。惠子坐下时间不长，刘毅开门进来了，惠子站起来，扑到刘毅的怀里，喃喃道："我再不回去了，你娶我吧。"

刘毅轻轻抚摸着惠子的头发，说："战争没有结束，我还不想成家。"

惠子的眼睛里已经盈满了泪水，她抿着嘴唇，没有再说话。刘毅让她坐下，给她倒了一杯水，说："我找你来，是有一件很重要的事情要你去办。"

"哦，什么事？"

"谷木斋藤、石原莞尔、板垣征四郎几个人很可能在'满洲事变'前搞了一个作战行动计划，你设法搞到它的影印件。"

惠子深情地望着自己心爱的人，拉过刘毅的手，放在自己的胸口上，说："我的这颗心早就交给你了，为了你，为了千千万万饱受战争之苦的中国人，再难我也要把它拿到手。"刘毅情不自禁地将惠子搂在了怀里，说："你真是个好姑娘。"

自从国联调查团离开奉天，谷木斋藤便一直处于亢奋之中。黄昏，他解开衣服扣子，推开窗户，望着外面街路两旁的树木绽放出一片片赏心悦目的新绿，心里也像一泓春水被微醺的风撩拨得有些发痒。他不喜欢那些文人雅士的酸文假醋，但这一刻他有些扬扬得意，甚至有几分飘飘然。他不由自主地想到了中国的一首古诗，春宵一刻值千金，花有清香月有阴。

于是他让八木去找三河由美，他要让三河由美陪他痛饮一番，共度春宵。也许是过于兴奋的缘故，他不由诗兴大发，随口吟道：人生得意时，春光让人醉，美女加清酒，片刻也销魂。一句未了，他笑自己，一介武夫怎么也作起诗来了。

惠子敲门进来时谷木的脸上仍带着笑，他一把将惠子抱起来，说：“今天晚上你来陪我浅斟慢酌，共度春宵怎么样？”

惠子见眼前这个恶魔像变了一个人似的，不觉有些诧异。那天她从刘毅的诊所回来后，一直在苦思冥想，怎么才能知道这个“作战行动计划”放在了什么地方呢？她见谷木斋藤一脸的兴奋，便顺水推舟，去厨房让厨师炒了几个谷木平时喜欢吃的菜拿过来。惠子搂着谷木斋藤的脖子，亲昵地说：“难得今天你这么高兴，今天我俩在这大好的春色里，把酒当歌，一醉方休。”谷木斋藤让惠子坐到自己的怀里，举起酒杯，道：“三河由美，你说怪不怪，我这舞枪弄棒的粗人，今天也会作诗了。”

“你还会作诗？我不信。”

“你听好了：春色无边鸟在叫，三河由美冲我笑，人生难得几回乐，我俩一块度良宵。”

惠子咯咯地笑着，拉起谷木在地上转了一个圈儿，说：“你指挥打仗有一套，作起诗来也是前无古人后无来者，我敬我们的大诗人一杯。”放下酒杯，谷木斋藤问：“三河由美，你知道我为什么这么高兴吗？”

惠子想了想，有意试探着回答说：“国联调查团没有得到有用的材料，差不多空手而归，你能不高兴吗？”

谷木斋藤听了一阵狂笑，用手在惠子的鼻尖上刮了一下，说：“你说对了一半。”他夹了一片生鱼片蘸了些辣根放到嘴里，咝咝哈哈地嚼了嚼咽下去，说：“我大日本帝国建立了满洲国，这该是一件多么了不起的事情，今日满蒙已经是我大日本的满蒙，占领东北，开拓万里波涛，布国威于四方，我谷木斋藤是立下头功的。”

惠子摇着头带着几分揶揄道：“你说大话，我才不信呢，照你这么说，土肥原、石原、板垣往哪摆？”

谷木嘿嘿冷笑了两声，道：“问得好。你知道《柳条沟作战计划》是谁搞的吗？”

“难道是你？”惠子的心“怦怦”直跳，暗自高兴，心想，看来今晚儿的酒喝对了。但仍不动声色地夹了一块烤鱼放到谷木的嘴里，又把酒给他斟满，吻了一下他的额头，说：“你就是我心目中的大英雄。”

谷木斋藤更加得意忘形起来，笑眯眯地看着惠子，说：“你说对了，我的三河由美小姐，这个作战计划是我一手制定实施的，这将是我一生的荣耀，在我大日本帝国的史册上也会留下重重的一笔。”

“是啊，凭着这盖世奇功，你可以做更大的官了。”

“没错，你等着吧，用不了多久，我就会飞黄腾达，什么板垣、石原，还有那个土肥原，都将被我踩在脚下，你信不信？”

“信！你不但制定了名留史册的柳条沟作战计划，还滴水不漏地把国联调查团给糊弄走了。你真了不起。”

谷木红头涨脸地大着舌头，说：“国联调查团算不了什么，这份作战计划将名留青史。我留下一份，放到旅馆里了，这是我一生的资本，你懂吗？”

“不就是你升官的本钱嘛。”

在酒精的作用下，谷木的脸变成了酱紫色。他在惠子的脸蛋儿上捏了一下，一本正经地说：“你说的对，人不管做什么事，都必须有本钱。你知道吗？将来不管是谁，想要贪天功为己有，只要我把这份作战计划捏在手里，他们就枉费心机。”

惠子听了，难捺的兴奋让她浑身发热，她不停地给谷木斟酒，很快，谷木就醉眼蒙眬了。惠子搀扶着谷木到床上睡下，坐在椅子上想，这份作战计划被放在旅馆什么地方了呢？她看着桌子上的残羹剩菜，想来想去，突然想到了长谷川。她决定，第二天去找刘毅。

刘毅分析认为，谷木很可能把那份作战计划放在库房里了，那里不被人注意，除了长谷川和厨师有钥匙，别人进不去。长谷川是这里的头儿，那个厨师是谷木斋藤的心腹。

刘毅知道长谷川嗜酒如命，他让惠子捎信，要请长谷川喝酒，果然，长谷川欣然应允。这天晚上，长谷川在一间小餐厅里的榻榻米上放上一张桌子，特意吩咐厨师做了几道上好的日本料理，与刘毅开怀对饮起来。刘毅带来两瓶酒香扑鼻的老龙口万龙泉原浆烧锅。惠子给长谷川满满地倒了一杯，长谷川端起酒杯凑到鼻子下边嗅了嗅，连声道：“好酒、好酒哇。”

刘毅见长谷川垂涎欲滴的样子，说：“怎么样，比你们日本的清酒强多了吧。”

长谷川把一杯酒喝下去，咂咂嘴：“那是、那是。我在日本还从来没有喝过这么好的酒，怪不得李白一生都喜欢喝酒。”

“看来你对中国的文化很感兴趣。”

“是啊，我非常喜欢唐代那个落拓不羁、天马行空的大诗人。”说着他端起酒杯高声吟唱道：“烹羊宰牛且为乐，会须一饮三百杯。”

刘毅随即应和道：“岑夫子，丹丘生，将进酒，杯莫停。”

长谷川摇头晃脑，举起酒杯，手舞足蹈道：“酒逢知己千杯少，莫使金樽空对月。来，我们连干三杯。”

很快，长谷川有了八九分的醉意，刘毅让惠子把两个人的酒杯斟满，诚心诚意地说：“你要是喜欢这老龙口万龙泉佳酿，我就经常过来陪你喝几杯。”

“好啊，你是我们日本人大大的朋友，谷木说你很能干，让你当个小科员，实在是委屈你了。”

“哪里，为‘满洲国’效力，大可不必计较。”

“就冲你这句话，这杯酒我干了。”

两个人越说越投机，不知不觉，两瓶酒见底了。

长谷川醉得像一摊泥，倒在榻榻米上呼呼睡去。

刘毅看了看惠子，惠子心领神会，从长谷川的腰带上解下钥匙，起身推门出去了。

她来到后面库房门口，见左右没人，打开门锁进去，回手把门关严，拉亮电灯，找了好半天，才发现粮食垛后面一个不起眼的角落里，放着一个不大的保险柜，上面堆满了杂物，很难被人发现。她来到跟前，屏住呼吸，按照在特训班学过的开锁方法，很快就打开了柜门，她惊喜地发现，放在上面的一摞纸，果然是谷木斋藤留下来的《柳条沟作战计划》。她拿出照相机，定了定神，“啪、啪、啪”熟练地按下了快门。

眼看着再有几页纸就要拍完了，听门外大关行江在跟厨师说话：“哎，你怎么忘锁门了？”厨师“哦”了一声说：“没有哇，我也没进库房啊。”

惠子不由一惊，但她很快镇定下来，顺手关上保险柜，在粮食垛后面转出来，从架子上拿了两瓶清酒。这时门开了，胖厨师把冬瓜似的圆乎乎的脑袋探进来，见是三河由美，小声嘀咕了一句：“我当是进来贼了呢。”

惠子“扑哧”一笑说：“没想到吧，还是个女贼。”厨师拉开门进来，两只眼睛像两把锥子，仿佛要从惠子身上剜下两块肉来。他晃了晃冬瓜脑袋：“这里老鼠都成精了，别吓着你。”

“知道了，经理让我来取两瓶酒，我这就走。”

厨师知道晚上长谷川请客，转身开门出去了。惠子也随后跟了出来，锁上门，她在厕所里待了一会儿，出来见厨师睡觉去了，重新回到库房，把剩下的几页纸拍完，锁上门回到小餐厅。长谷川仍睡得死死的，刘毅一声不响地盘腿坐在榻榻米上在等她。惠子拿出相机，说："成了。"说完她麻利地取出胶卷交给了刘毅，刘毅紧紧地握着她的手："这又是一个铁证，到时候看日本人如何狡赖。"

惠子扑到刘毅的怀里，柔声道："你不娶我，我不怪你，你能带我离开这儿吗？我一天也不想待在这个鬼地方了。"

刘毅被惠子对他的一片真情打动了，可就这样带她走，他们的计划就会被打乱。他轻轻地吻了吻惠子，说："等我，我爱你。"说完从榻榻米上站起来，回过头去看了一眼沉睡中的长谷川，拉开门出去了。

惠子送刘毅走出旅馆，看着刘毅的身影渐渐消失在夜色中，呆呆地站在那儿，舔了舔嘴唇，忽然觉得这个春天的夜晚，是那么温馨，那么值得留恋。

第三十二章 缺角字母

窗户外面的暮色蜂拥而至，屋子里的光线很快暗了下来。送走最后一个病人，刘毅去洗手，周大鹏出去摘下幌子，上好门板，回来把装药材的库房打扫了一遍。刚收拾利索，就听有人敲门，刘毅知道是卫民来了。他过去把门打开，果然，卫民和一个陌生人站在外面，他将两个人让进来，示意周大鹏锁上门在门口放风，带着两个人进了后面的库房。他拉亮电灯，招呼两个人坐下，卫民用手指了指身边的那个人对刘毅道："我来介绍一下，这位是魏刚先生。"

刘毅同魏刚握了握手："幸会。"他知道卫民是中共地下党员，这个魏刚先生一定也有些来头。几个人坐下，卫民看了看魏刚，转过头来对刘毅说："你尽快把这份作战计划翻译成英文，我们要赶在李顿调查团返回国联之前，把这份证据材料送到北平，交给调查团。"

"放心吧，我已经连续干了两个通宵了，最迟今天晚上就可以把英文稿打印整理出来。”

卫民满意地说：“好，让魏刚说说我们这次的行动计划。”

魏刚摘掉帽子，说：“为确保万无一失，把这份证据材料送到北平，交给国联调查团，我想兵分两路。一路乘火车去北平，一路在法库与中共北方区委领导下的蒙边抗日义勇军的人接头，由蒙边抗日义勇军和北方区委负责将材料送到调查团手里。”

刘毅思考片刻，说：“这是个好办法，声东击西，即使有一路被截获，另一路也会将材料送出去。”

“我们来找你，是想听听你的想法。”

“要是这样的话，我去柳条湖村找姜翰东，让他带着一份材料坐火车去北平，然后让王连长和春桃夫妇去法库找倪建德，在教堂里把‘天剑一号’交给蒙边抗日义勇军来取材料的人。你看怎么样？”

卫民想了想，说：“倪建德博士非常可靠，扮作教民在教堂交接还不会引起别人的注意，我看行。”

魏刚半晌没有说话，最后下了决心，看着卫民和刘毅，说：“好吧。姜翰东的那一路，由你们俩负责；另一路我来跟北方区委负责人联系，让蒙边抗日义勇军的人到法库等候王连长。不过你们告诉王连长，从奉天到法库的路上也一定要多加小心，一旦出了问题，将前功尽弃。”

“明白。”

魏刚站起来握着刘毅的手，说：“你不但治病救人，还在为正义和真理而战，好样的，东北人民会记住你和你的朋友们。”魏刚跟卫民从后面的小角门出去，很快消失在夜色里了。

送走卫民和魏刚，刘毅和周大鹏随便吃了口饭。周大鹏在前面望风，刘毅在库房里将剩下的几页材料翻译完，又校对了一遍，已经是深夜了。周大鹏进来，给他倒了一杯热水，刘毅喝了一口，站起来活动活动有些麻木的双腿，搬出英文打字机，准备打印。不料打了两页纸，刘毅发现打字机出了问题，字母 A 缺了一大半。他不得不停下来，翻来覆去地摆弄了好一会儿，刚打了一页纸，竟然又出问题了，急得刘毅满头是汗。找不到别的办法，看来只好等天亮后让周大鹏拿去修理了。他已经熬了两个通宵，这会儿实在困极了，倒在床上想歇一会儿，头一挨枕头，便睡着了。

周大鹏看天就要亮了，担心刘毅这会儿饿了，做了点儿吃的端进去，发现刘毅已经歪在床上睡着了，地上和桌子上扔得到处是打了多一半英文字母的纸，他收拾了一下，关上门退了出来。天亮后开门把这些废纸扔到了门口不远处的垃圾桶里。

刘毅一觉醒来，发现他打印了一半的废纸被收拾走了，吃了一惊，急忙从库房里出来，问周大鹏："那些纸你收走放哪了？"

周大鹏见刘毅急火火的样子，忙回答说："我都扔到垃圾桶里了。"

刘毅一跺脚，"啊呀！快去找回来。"两个人开门出去三步并作两步地来到垃圾桶跟前，里面的纸已经被一早儿捡破烂儿的人拿走了。

两个人回到屋里，刘毅不好跟周大鹏直说，只是一个劲儿地暗中埋怨自己没跟周大鹏交代清楚，睡觉前应该把那些废纸收起来。可再怎么后悔也没用了。他让周大鹏去春日町，找到一家英国人开的，专门出售英文打字机的商店去修理那台出了毛病的机器。

下午，打字机就修理好了。夜里，刘毅将上面有土肥原贤二、谷木斋藤、本庄繁签字的《柳条沟作战计划》影印件和翻译、打印好的英文材料整理好，外面用油布封严实。

天亮后，他睡了一会儿，起来吃了点东西，让周大鹏去柳条湖找来了姜翰东。他把姜翰东带到后面的库房，将门关严，让姜翰东坐下，问："你恨日本人吗？"姜翰东看着刘毅一脸严肃的样子，不知道他问这话是什么意思，想了想，抬起头来，握起拳头，说："我儿子死在日本人手里了，村里柳明良大哥的闺女让日本人糟践了，你说我能不恨日本人吗？"

"我想让你去干一件很危险的事儿，你愿意吗？"

姜翰东晃动了一下结实的臂膀："说吧，什么事儿？"

"有一份很重要的材料需要送到北平，有了这份材料，日本人强占东北的借口就会不攻自破，他们建立'满洲国'的理由也站不住脚了。"

姜翰东想也没想，"啪"地一拍胸脯说："这事儿我干，什么时候走？"

"这件事可不是闹着玩儿的，一旦被日本人抓住，会掉脑袋的。"

"家里外头就我一个人儿，怕啥。一想到我儿子惨死的样子，把日本人都杀了也不解恨。"

"好吧，你回去收拾一下，尽早动身。"

"我把家里的买卖交给老柳大哥，剩下的没啥了。"

"你听好了，材料我封好把它放在皮包底下的夹层里，你装扮成买卖人，如果有人问起你，就说是做绸缎生意的，到北平转道去苏州，再问别的一概不知。一旦被日本人拦下，查出材料，就一口咬定，皮包不是你的，是有人发现你包里有大笔的银圆，暗中在车上调包了。你可以作为受害者，让他们帮助你追查调包的人。在日本人一时半会儿弄不清真假的情况下，见机脱身。"

姜翰东见刘毅已经替他想得十分周全，信心十足地说："放心吧，刘大夫，我姜翰东好歹也是条汉子，我爸爸活着的时候，常给我讲岳飞精忠报国的故事，就是搭上这条命我也不后悔。"

"好样的，明天我多给你带些钱，你到北平下车后去六国饭店，找到国联调查团的秘书长赫士，把材料交给他，你的任务就完成了。到时候你不用急着回来，我给你带的钱够你在北平住上一两个月了，去故宫、颐和园、北海好好玩儿几天。"

"放心吧，我一定把材料送到。"

"我等你回来。"刘毅动情地说。

"我回去了。"

刘毅把姜翰东送走回来，又让周大鹏去北大营找来王来福。待事情都交代好了，王来福像在队伍上接受任务那样，站起来“咔”地给刘毅敬了个礼：“请刘大夫放心，保证完成任务！”刘毅把他的手拿下来，转身去柜子里取出那架莱卡照相机，交给王来福，说：“上次你来，急着回去看春桃，忘了还给你了。你保存好，将来把它送到博物馆，让国人记住中华民族这段屈辱的历史。”

“要是这样的话，还是留给你保管吧。再说你都看到了，我是装扮成进城挑粪的菜农来的，带着这架照相机出城也不方便。”

“好吧，那就先放我这。”

王来福出门，看看四下没人，把材料放在粪桶底下一个特制的夹层里，戴上草帽，挑起担子大步出了街口。

送走了王来福，刘毅和周大鹏在诊所睡下了。第二天，刘毅早早醒来，再也睡不着了。他起来洗了把脸，倒了杯开水，坐在椅子上看着外面天色一点点地亮起来，一种不祥的预感让他心绪难宁。那份打印了一半、字母少了大半个角的材料被捡破烂儿的人收走后，当天上午，他打发周大鹏去修理打字机，就立即去卫民那里，把事情的经过如实地告诉了卫民。卫民听了分析说：“这很可能会引火烧身，过早地暴露我们的行动计划。”

刘毅也想到了这一点，说：“城内有英文打字机的不多，日军一旦追查起来，很容易就会找到我们诊所。”

卫民眉头紧锁：“这份计划对日军来说，十分重要，他们一旦知道材料被人窃取，会出动军警特务严加盘查，你要做最坏的打算。”

阳光从门板的缝隙透进来，在地上洒下一条条光斑。刘毅早已将自身生死置之度外，对王来福他并不怎么担心，他放心不下的是姜翰东的安全。他的思绪又回到了北陵公园，那个抱着孩子打算轻生的中年男人绝望的样子，又清晰地浮现在他面前。

是他救了姜翰东，可这次意外的疏漏，一定会引起日军的警觉，他只能在心里默默地祈祷，姜翰东能将材料顺利送到北平，交给李顿调查团。

但他无法预料接下来会发生什么，他知道，姜翰东如果在途中被日军查获，很难活着回来了。他突然觉得不该让他去冒这个险。

他端起水杯喝了一口热水，又想到了惠子。一旦事情败露，谷木斋藤会很快追查到惠子。他知道惠子爱他，但中日这场战争不允许他娶她，那样一来他也许会被人戳脊梁骨。但他庆幸自己的父母救了惠子的父亲，惠子本来是找他们一家报恩的，但世事难料，她所做的一切，远远超出了他们一家的初衷，为了正义和公理，为揭露日军的谎言，惠子做了一件非常有意义的事，足以让东北民众所铭记，这恐怕是她的父母想不到的，她是个好姑娘。

周大鹏这时打着哈欠从后面出来，打水洗过脸去做早饭了。

两个人吃过饭，刘毅放下碗筷，抬起头来看着周大鹏，问："你到我这有五年了吧。"

周大鹏愣了一下，想了想说："眼瞅六年了。"

"你长我几岁，这些年，我一直把你当成大哥哥，你听着，有句话我必须告诉你，你扔掉的那些打印纸，一旦被日本人发现，他们就会把我抓起来。"

周大鹏有些意外，他家里有爹、娘，媳妇和孩子，家里家外靠他一个人撑着，刘毅一旦被抓，他的饭碗就砸了。

刘毅见他忧心忡忡的样子，推心置腹地说："我知道你是怕我出了事，就断了进项。可你知道吗？那份被你扔到垃圾桶里的材料很可能会惹来麻烦，一旦被日本人发现，追查起打字机来，他们顺藤摸瓜会很快找到我。我给你一笔钱，我要是被抓起来，你就回山东老家，开家药铺，一家人好好过日子吧。"

"我不走，祸是我惹的，他们要抓抓我好了。"周大鹏倔强地说。

"听我的，搭上一个姜翰东我已经觉得对不起朋友了，我不能再连累你。"

周大鹏毅然决然地说："你和姜大哥、王连长都不怕，我怕什么！我情愿跟你一块儿坐牢。"

刘毅知道周大鹏说的是心里话，起身从柜子里把准备好的钱拿出来，劝说道："这件事跟你没关系，到时候我一个人顶着，你走吧。"周大鹏推辞不过，只好从刘毅手里接过钱，给刘毅深深鞠了一躬："多谢刘大夫了。"刘毅动情地说："如果我有不测，清明的时候，你别忘了给我烧张纸，也不枉你我弟兄一场。"周大鹏听了，眼睛湿润了，他强忍着没让泪水流出来。

刘毅拉着周大鹏的手坐下说："你记住，我一旦遭遇不测，诊所的东西能带走的你带走，带不走的都变卖了，钱你带上。半个月内姜翰东要是不来诊所找我，就一定是被捕了。王连长不出意外，再过两天就回来了。他来诊所找不到我，你让他去南关奉天基督教青年会找卫民。"

"放心吧，我记下了。"周大鹏含着眼泪点了点头。

六七天过去了，一直没有姜翰东和王来福的消息。刘毅并不知道姜翰东因为生意上的事需要交代，又没买到车票一直没走成。王来福从法库回来后，春桃就病了。周大鹏则暗自庆幸，那几张打印纸好歹没惹出乱子。不料这天下午，突然几个日本宪兵闯进来，不由分说给刘毅戴上手铐，把他押走了。

说不上从什么时候开始，谷木斋藤喜欢上了经过多种香料和牛肉汤煮过的五香瓜子。那种淡淡的并些许腻人的香味，吃在嘴里，有种特殊的回味。每天晚饭后，他都让八木洋子去街口摆摊的小贩那里买一包上来，一边吃着瓜子，一边看报纸。他十分享受这难得的放松，平时绷得紧紧的神经，也只有在这一刻能得以短暂地休憩。而且，用来盛瓜子的纸兜，都是用一些旧杂志裱糊的，上面的一些逸闻趣事，常常让他忍俊不禁，哑然失笑，不经意间，也成了他茶余饭后的一种消遣。

这天，跟往常一样，他放下手里的报纸，边有滋有味地嗑着黑瓜子，边想看看纸兜上有什么花边新闻。但他意外地发现用来糊纸兜的不是旧杂志，而是从未见过的打字纸，上面是一行行英文字母。他觉得奇怪，索性将里面的瓜子倒在手里，将纸兜拆开放在桌子上抚平，想看看上面都打印了些什么。他刚看了几行，正在往嘴里送瓜子的手像被马蜂蜇了一下，猛地停住了，他开始心跳加快，以为自己看错了。缓了缓神儿，他把手里的瓜子扔到地上，用力揉了揉眼睛，重新仔细看过后，惊出一身冷汗。他在警官学校学了几年英文，想不到在这个时候用上了。这些英文的内容竟是由他精心策划实施的“天剑一号”柳条沟作战计划的一部分。他的脸色顿时由红变白，像有一条从暗处爬出来，吐着芯子，咝咝作响的蛇，把他紧紧地缠绕起来。过度的紧张，让他两条腿微微颤抖。他立刻让八木洋子下去，把那个小贩手里所有黑瓜子买下拿给他。待八木洋子出去后，他把纸兜拆开，发现只有十几个纸兜用的是这种打字纸。他心中暗想，这么重要的东西，怎么会跑到卖瓜子的小贩手里被糊了纸兜？他琢磨了半天也没理出头绪，他将其余的纸兜扔到垃圾桶里，将十几张打印有英文字母的纸再一个个地抚平，想从中找到答案。猛然间，他发现上面所有的字母“A”全都缺失了一大半，像一个人倾斜着身子，站立不稳要跌倒的样子，他一拍脑门，恍然大悟，一定是这台英文打字机出了毛病。他立刻命令宪兵队长高井，连夜搜查城内所有的英文打字机。

谷木不敢隐瞒，急三火四地赶到特务机关长土肥原贤二那里，报告了这个意外情况。土肥原贤二顿时火冒三丈，劈头盖脸地训斥了谷木一顿。两个人冷静下来，分析后认为只有一种可能：有人将这份材料翻拍打印出来，准备送给李顿调查团。

土肥原贤二脸色阴沉地对谷木斋藤道：“如果李顿调查团拿到这份材料，在国联大会上公之于众，我们在国际上会非常被动，不但外务省和军部那帮家伙会看我们的笑话，天皇陛下也将颜面扫地。我们这次占领东北的头等军功，不用我说，你也明白，同样大打折扣。所以无论如何必须尽快找到这台打字机，看是谁干的。”

“我已经布置高井去查了。”谷木斋藤诚惶诚恐地说。

土肥原贤二思索了一会儿，说：“我马上把这件事报告给本庄繁司令官，让满铁、宪兵队、警察署和我驻承德领事馆，对去北平的列车严加盘查。经法库、朝阳、喀左、承德到北平一线也要增派人员，严加防范，不能漏掉一个可疑的人。”

谷木斋藤从土肥原贤二那里出来已经是深夜了。高井没有让他失望，第二天上午便在春日町那家英国人开的商店里得到消息，大南关益善堂的伙计来修理过打字机，更换了一个字母“A”。

很快，刘毅被押解到宪兵队。谷木斋藤决定亲自审问。他让高井将刘毅带到审讯室，高井打开刘毅的手铐，让他坐到椅子上。谷木起身，倒了一杯水放到他面前，用老朋友的口吻说道：“刘大夫，我们好久没见面了吧？”

“是啊，不过今天你有点不礼貌吧。”

谷木斋藤咧开嘴笑了笑，略显尴尬地说：“也是，对我满洲国的职员应该客气点才对。”

说完谷木斋藤坐到桌子后面的椅子上，用手摸着下颏问：“那台送去修理的英文打字机是你的吗？”

“是的，有一个字母坏了一个角儿。”谷木斋藤没有想到刘毅这么痛快就承认了，他后悔不该让高井像犯人一样押解着刘毅过来。

“那你告诉我，那份材料是怎么到你手里的？”谷木斋藤换了副面孔，心平气和地问。

“无可奉告。”

“这份材料是送给李顿调查团的吧？”谷木斋藤不急不躁，显得十分有耐心。

“没错。”

“你是我省政府的职员，怎么能干这种有损于我满洲国利益的事？”

“你不要忘了，我是中国人。”

“这我知道，我想问你，你们准备从什么地方把材料送出去？告诉我，我们把它截下来，就没你什么事儿了。”

刘毅摇了摇头：“不知道。”

“我相信你是一时糊涂，受了什么人的指使，你应该明白，这份材料一旦到了国联调查团的手里，我们会很被动，我相信你说的是实话，你要是不知道从什么地方送出去，你来写一份证明材料总可以吧。”

“什么证明材料？”

“证明送给李顿的那份材料是伪造的，这样即使李顿拿到‘天剑一号’，因为前后矛盾，也不能作为有效证据在国联大会上讨论。”

谷木斋藤和土肥原贤二事先已经商量过了，一旦问不出什么东西来，就让刘毅写一份证明材料，以作补救。

刘毅断然地摇了摇头，说：“我已经说过了，我无法满足你的要求。”

“这又何必呢？你身为我满洲国的职员，没有理由拒绝我们的要求。”

“我看你就别再动这份心思了，我一个堂堂的中国人，不能眼看着你们占我领土，杀我同胞。”

谷木斋藤没想到碰了个软钉子，心想，中国的知识分子都把名节看得很重，但自古人为财死鸟为食亡，许以丰厚的条件，足以满足他的胃口，不信他不答应。他往刘毅跟前凑了凑，像一个老朋友那样说道：“我以关东军司令官的名义向你保证，只要你写了这份材料我们就放你出去，而且把你的那个诊所扩大成一家医院。”

“这么说，你们想跟我做一笔交易？”

“是的，你不觉得这很划算吗？”

刘毅仰起头来鄙夷地看着谷木斋藤说：“你怕是看错人了吧？”

“怎么，你不愿意？”谷木不解地看着刘毅。

刘毅用带着几分戏谑的口吻说：“你也太小瞧我了，一家小小的医院就想把我打发了？”

谷木斋藤坐到椅子上，大度地说：“这好办，你要是不满意，我可以让你担任奉天省民政厅医务课长，奉天省的医院、诊所全部归你管辖，怎么样？”

刘毅用不屑一顾的口气说道：“这样一来，我岂不遭人唾骂？”

谷木斋藤站起来走到刘毅面前，说：“我可以成全你的名节，我知道你在英国留过学，我们出钱，让你去那里重操旧业，开一家诊所，你一定满意了吧。”

刘毅抬起头来，说：“难为你替我想得这样周到，开出的条件也很诱人，但你记住了，作为一个中国人，不能眼看着你们早有预谋地武装占领了整个东北，却口口声声地说你们这是自卫行为而不顾。为了伸张正义，为了讨回公理，这个证明材料我是不会写的。”

谷木听了半天没吭声，看来这个刘毅并不像他想的那样简单，他虚与委蛇明明在跟自己兜圈子，谷木斋藤气急败坏地在地上走了几步，说：“好吧，既然你不愿意跟我们合作，我只有动硬的了。”他两眼冒火，恼羞成怒冲着刘毅吼道。

“有什么本事就使出来吧。”

“你想尝尝沾了凉水的皮鞭抽在身上是什么滋味吗？”

刘毅决然地昂起头：“谷木，你不用吓唬我，就是死，我也不能给中国人丢脸。不信你就试试看？”

谷木斋藤再也按捺不住，他暴跳如雷，按下电铃，高井带着一个日本特务应声进来，谷木斋藤一挥手，高井和那个特务架起刘毅出去了。

谷木颓然地坐到椅子上，想来想去，也想不出来这个中国医生是怎样得到这份材料的。猛然间，他浑身一激灵，心里暗暗地骂道：“三河由美，你个混蛋！”他烦躁地抓起衣服，戴上帽子，带人从宪兵队回到大和旅馆，立即找来了三河由美，惠子不知道发生了什么事情，开门进来，跟往常一样，站在地上，问："你找我？"

谷木上前一把抓住惠子，眼里喷火，声音低沉地问道："三河由美，你个混蛋，告诉我，你和那个刘大夫是怎么把我的材料弄到手的？"

惠子听了，半天没有说话。她看着面前疯狗一样暴怒的谷木斋藤，觉得在这一瞬间，自己在谷木斋藤面前变得高大起来，在她眼里谷木斋藤的样子有些猥琐可笑，心里说，你这个老滑头也有失算的时候。

谷木斋藤看她不说话，更加气急败坏，像一只老鹰看着抓到手的猎物，"啪"给了惠子一记耳光，大声道："为什么不说话？"

惠子嘴角向上翘了翘，咬着牙说："我恨你，你一次次地欺辱我，我真想一刀宰了你。我爱刘大夫，你让我在他面前抬不起头来，我的一生都让你毁了，你知道吗？"惠子越说越气，猛地扑在谷木身上不顾一切地撕咬起来。谷木斋藤用力把她推开："你个婊子，等着坐牢吧！"他让跟他来的两个特务把三河由美架出去了。

他一肚子怒气无处发泄，吩咐八木洋子把长谷川找了来。长谷川不知道出了这么大的乱子，以为跟往常一样，谷木是让他办什么事，乐颠颠儿地开门进来了。发现谷木脸色铁青，心里一阵慌乱，下意识地弯腰下去鞠了一躬："您找我？"

谷木坐到椅子上，吼道："我把那份材料交给你，你是怎么保管的？"

长谷川有些蒙头转向："我一直锁在仓库的保险柜里，不信你去看。"

"你个混蛋，告诉我，那份材料怎么会跑到那个刘大夫手里去了？"

长谷川不知道是紧张，还是吓的，上牙打下牙，不停地摇着头，说："不会的，钥匙一直在我手里啊。"

"我听厨师说，刘大夫来找你喝过酒？"

长谷川思索了片刻，用力一拍脑门，懊悔不及地说："想起来了，是有这么回事儿，那天晚上我喝多了，这事儿一定是三河由美干的。这个婊子，我非掐死她不可。”

谷木狠狠地瞪着长谷川，厉声道：“我跟你说过多少次了，让你少喝酒，你就是不听。”长谷川站得笔直，低着头，一声不敢吭，任凭谷木发落。

“滚！”谷木咆哮着，狠狠地给了长谷川两个耳光，长谷川恭恭敬敬地鞠了一躬，转身出去了。

晚上，高井向谷木报告说：“上老虎凳、灌辣椒水都用了，刘毅还是一个字不写。”

这不但让谷木斋藤十分吃惊，土肥原贤二也百思不解，他没有料到刘毅会如此强硬。土肥原贤二非常器重自己的这个手下，他听谷木斋藤说要将“天剑一号”私下留下一份的时候，并没有多想。他理解谷木，作为满洲事件的策划、实施者，不足数月，东北三省便收入到大日本帝国的囊中，在关东军乃至日本的史册上都留下了彪炳千秋的一笔，作为军人还有什么比这更荣耀呢？谷木斋藤担心将来别人与他争功，留下一份放在自己手里，情有可原，没想到事情会闹到这个地步。

上午，谷木斋藤让宪兵队长高井将遍体鳞伤的刘毅带进来。谷木斋藤示意高井给刘毅搬了把椅子让他坐下，目光阴冷地盯着刘毅，耐着性子劝说道：“你何必自找苦吃呢？你们堂堂的东北军都不是我们的对手，我关东军用了不到700人，就把你们7000人打得一败涂地，你一个小小的医生硬撑着又有什么意义呢？”

刘毅费力地挪动了一下受伤的右腿，疼得头上立刻冒出一层冷汗：“你说得不假，可那是执行了国民政府不抵抗的命令，你们不过钻了空子而已。如果下令抵抗的话，你们恐怕占不到什么便宜。”

谷木摇着头，说：“你不要再说大话了。”

刘毅将身子靠在椅子上，声音虚弱地说：“我说的是实话，我们放弃了抵抗不也打死打伤了你们二十多人吗？真要是交起手来，你们把所有的关东军都拉过来，也是白白送死。”

“可惜你不是当兵的。”

刘毅动了动身子，一阵剧烈的疼痛袭来，他闭上了眼睛，过了一会儿慢慢睁开眼睛，说：“没错，我虽说不能拿起枪来在战场跟你拼杀，但我能揭露你们的阴谋，让真相大白，也是在跟你们战斗。”

“你说的这些都办不到了，你还是听我们的，写份证明材料，证明那份作战计划是你伪造的，是诬陷，就可以回去继续开你的诊所了。愿意出国，我们立即送你走。”

刘毅一阵冷笑，抬起头来，看着谷木一字一顿地说道：“你就不要再费心思了，我一个字也不会给你写。吃点苦头不算啥，只要让全世界的人都知道你们所谓的‘自卫’是彻头彻尾的侵略，你们建立‘满洲国’完全是违反国际法的，就是死在你手里，我也心甘情愿。”

谷木斋藤怒目圆睁，龇着牙恶狠狠地对高井道：“送他去喂狗！”

高井和一个打手闻声架起刘毅出去了。谷木拿起桌子上的水杯，扬起手来狠狠地掼在地上。像被人兜头盖脸地浇了盆凉水，从未有过的沮丧，让他一时没了主意。

刘毅被蒙上双眼，被高井和那个打手架到摩托车上，离开了宪兵队。车子行驶在路上，每一次颠簸带来的震动，都让他感到伤口像是被锥子剜一样，疼痛难忍。他不得不把身子蜷缩起来。又走了一段路，摩托车“嘎吱”一声停住了。高井和那个打手把他从摩托车的挎斗里架下来，他听到不远处传来阵阵犬吠。两个特务拖拽着他又走了没多远，高井将他的眼罩摘了下来，刘毅用力睁了睁眼睛，发现面前是高墙和电网围起来的狼狗圈。透过打开的铁门，只见里面圈着十几条半人高的大狼狗，见有人来，脖子一伸一缩凶狠地狂吠起来，让人看了心惊肉跳，不敢靠前。高井转过头来问刘毅：“怎么样，这个地方不错吧？把你扔进去，这些家伙立刻就会把你撕成碎片，这个死法怕是不好受吧？”

刘毅头皮发麻，脊梁骨生起一股凉气。他定了定神儿，从未有过的恐惧，让他心跳加速，浑身微微颤抖。从医多年，对死亡他见得多了，但面对这些凶残的狼狗，说不害怕是假的。他闭上了眼睛，深深吸了一口气，想起了四平街那个无辜的老汉惨死在日军手下的样子，想起了柳条湖村柳明良被日本人糟蹋的女儿，想起了北大营那些无辜死在日军刺刀下的东北军士兵。那些冤魂这一刻就站在他面前，向他诉说着日军的残暴，让他替他们申冤雪恨。是啊，日本人凭什么可以在中国的国土上任意横行杀戮，正义何在？公理何在？想到这，他睁开眼睛，轻蔑地看了看高井，说："你可以消灭我的肉体，但消灭不掉中国人民的反抗精神和我四万万同胞抵御外侮的意志，更无法销毁你们对中国人民犯下的累累罪行。你不要忘了，今天你们可以用这种灭绝人性的方法使一个生命消失，但这只会让你们的罪孽更加深重，你们早晚会受到正义的审判，东北的三千万同胞是不会饶恕你们这些恶魔的。"

高井一阵狞笑，厉声道："来呀，让我们的刘大夫看看狗是怎么吃人的。"

不一会儿，几个日本兵架着一个被打断了一条腿的年轻人来到刘毅面前。那个年轻人怒目圆睁，挪动了一下那条伤腿，咬牙切齿地对高井大声道："你们把我杀了，可义勇军是杀不绝的，我的那些弟兄早晚会替我报仇！"

高井挥了挥手，两个日本特务将那个年轻的义勇军士兵架起来扔进了狼狗圈。十几只狼狗立即猛扑上去，张开血盆大口，不一会儿那个义勇军士兵便被撕咬得支离破碎了，留在地上的大片殷红血迹，将狗爪子染得通红。刘毅只觉得血往上涌，一阵眩晕。他将牙齿咬得"咯咯"作响，瞪着高井用日语骂道："畜生！混蛋！"

高井阴沉着脸，冲着刘毅吼道："看到了吧，那些家伙会把你身上的肉一块块地撕下来嚼碎！你写不写？"

刘毅默不作声，心中燃起了一团无法遏制的怒火，要不是戴着镣铐，他真想扑上去，跟那个高井拼个死活。僵持了一会儿，高井见这一招儿仍没有吓倒刘毅，只得悻悻地让两个特务把刘毅架到摩托车上，带回了宪兵队。

该用的办法都用上了，刘毅软硬不吃，这让谷木斋藤大伤脑筋。如果那份材料真的被拿到国联，本庄繁和军部那些政客是绝不会饶过他的，唯一能减轻责任的办法就是让刘毅证明那份材料是假的。但刘毅宁死也不肯写一个字。杀了刘毅，可能会激起民愤，要是让李顿调查团知道，把这件事再捅到国联大会上，难以收场不说，天皇和日本国的脸更丢大了。现在只能寄希望于在路上截获“天剑一号”。

让谷木斋藤没有料到的是，姜翰东此刻已被捕了，正在被押解返回奉天的路上。

第三十三章 声东击西

一筹莫展的谷木斋藤得到“天剑一号”被截获的消息，一屁股坐到椅子上，长舒了一口气，在心里骂道：李顿你个英国佬，赶紧滚吧！他“砰”一拳砸在桌子上，心里一阵轻松。

但谷木斋藤并不知道，他高兴得太早了，王来福和他的妻子春桃几天前已经将另一份“天剑一号”影印件送到法库，交给了蒙边抗日义勇军参谋长王竹坡。蒙边抗日义勇军副参谋长张延阁已经把它送到了北方区委承德地下交通站。

王来福那天晚上带着从刘毅那里拿到的日军《柳条沟作战计划》回到家里，几乎一夜没合眼。刘毅将这么重要的材料交给他，他觉得自己仿佛又重新成为一名在战场上冲锋陷阵的军人，可以跟日本人较量一番了。北大营失陷后，他痛哭了一场，心里一直憋着一股气无处发泄。他手下的几个弟兄活活地被日军开枪打死了，一个叫黑蛋儿的士兵，从新民府入伍，跟了他好几年，王来福到死也忘不掉他黝黑的脸上老是挂着笑，一双大眼睛看人时眯成一条缝儿，两颗虎牙透着一副脱不掉的孩子气。黑蛋儿作战勇敢，不怕死。他相信，如果不是上面命令他们放弃抵抗，黑蛋儿绝不会死得这么窝囊。每当想到这些生死与共的弟兄，他都把牙咬得“咯嘣嘣”响。他恨那些当官的下令不让抵抗，更恨日本人，他在心里发誓，无论遇到什么样的危险，也要把这份材料送到义勇军手里。

已有了四个多月身孕的春桃，见丈夫烙饼似的翻来覆去睡不着，天快亮的时候，俯身轻轻摸了摸王来福的额头，问：“咋了？碰上啥想不开的事儿了？”

王来福将刘毅让他去法库给义勇军送材料的事儿一五一十地说了。春桃穿上衣服：“我跟你一块儿去。”

“你怀着孩子，能行吗？还是我一个人去吧，你在家好好待着，动了胎气就坏了。”

“看你说的，你一个人去我也不放心。刚才我琢磨了，把那份材料缝在夹袄后面，我个大肚子不显山不露水的，谁也看不出来。你一个男人，把那么一摞东西藏哪？弄不好就会露馅。”王来福合计了合计，说：“你说的对，听你的，待会儿吃了饭我就去买火车票。”

“路上有人盘问，就说我们去教堂做礼拜，为孩子祈福。”

“你还懂这个？”

“我早就信奉天主教了，在凤鸣院时，我们几个要好的姐妹，常去小南教堂做礼拜。”

“你怎么不早说呢。”

“你现在知道也不晚啊。”

王来福和春桃中午从铁岭下了火车，出了车站，雇了一辆带篷的马车。赶车的把式是个三十多岁，四方大脸，鼻直口阔，说话直来直去的中年汉子。见春桃腆着个肚子，忙伸手掀开车篷上的帘子，道："瞧瞧、瞧瞧，都这儿身板儿了，不老实儿地在家猫着，还出来遥哪儿溜达。"

王来福扶着春桃上了马车，车把式挥动了两下鞭子，吆喝了一声："驾！"那匹老马"嘚儿嘚儿"地跑起来。出了城没走多远，春桃发现一辆摩托车不远不近地从后面跟了上来。又走了有一里多地，那辆摩托车突然加大油门，呼啸着冲到马车前面，"嘎吱"一声横在道上。车把式不知道发生了什么事情，伸手一拉缰绳，"吁——"的一声吆喝，那匹老马收住四蹄停了下来。王来福掀开轿帘，见从摩托车上跳下来两个端着枪的日本宪兵，其中一个脸上布满横肉的矮个子，气势汹汹地大声道："下来！检查的有。"

王来福从车上跳下来，瞅了瞅那个矮个子，问："你们是干什么的，为什么拦我的车？"

矮个子伸出手来："良民证的有。"王来福从兜里掏出良民证递给他，另一个日本宪兵对坐在车上的春桃大声吆喝道："你的，通通下来检查的有！"春桃在王来福的搀扶下，半天才从车上下来。两个日本宪兵开始搜身，他们在王来福身上摸了个遍，没有发现什么可疑的东西，问："你们的，去哪里的干活？"

春桃摸着自己圆起来的肚子，朝前指了指，说："我们去法库的大教堂做礼拜，给孩子祈福。"

矮个子宪兵伸手要去摸春桃的身子，春桃朝后退了一步，在胸前画着十字，道："主啊，宽恕他的罪吧。"那个日本宪兵像是听懂了，下意识地将手缩了回去。王连福也双手合十，按照春桃事先教给他的口中念念有词道："主啊，我奉耶稣的名来到你面前，把孩子交给你照顾与保护吧。"

国联调查团离开奉天后，谷木斋藤立即严令高井，派宪兵对去法库大教堂的人员从里到外严格检查。他怀疑那个英国传教士不惜放下绅士的架子，不伦不类地背着个土布包徒步去领事馆，还用手捂着盖着，暗中又有人保护，一定是与中国人串通一气，往来传递什么材料、信件，有意与日本人作对。两个日本宪兵见王来福和春桃一副虔诚的样子，用刺刀挑开车篷上的帘子仔细地看过，挥了挥手，让两个人走了。

上了车，王来福看着春桃，心想，要不是媳妇跟着来了，恐怕真就出事儿了。他松了一口气。哪承想，已经走出去很远了，那辆摩托车从后面风驰电掣般地开到前面，再次拦住了马车的去路。车把式吆喝牲口停下，骂了一句："真他妈见鬼了。"两个日本宪兵盘查了几个行人后，还是觉得刚才坐在车上的这两个人可疑。于是上来二话不说，逼着王来福和春桃从马车上下来，矮个子宪兵大声对王来福命令道："你的，衣服的脱下来检查。"

王来福暗想，看来这两个家伙不放心，要强行搜身了。于是他一件件地把身上的衣服脱得只剩下了里面的裤衩，又在地上慢慢地转了两圈儿，那个日本宪兵这才咕噜了一句："八嘎！"另一个日本宪兵也逼着春桃把衣服解开。春桃把衣服撩起来，露出半截鼓起来的肚皮，那两个宪兵又转过身去挑开车篷仔细地瞅了个遍，这才跳上摩托车，一溜烟儿开走了。

黄昏时分，王来福和春桃来到法库大教堂。倪建德从钟铭那里得到消息，早已给他们安排好了住处，把他们带来的材料锁在柜子里，让一个教徒带他们去吃晚饭。

满洲省委特科通过地下交通站，迅速与北方区委取得了联系。第二天，蒙边抗日义勇军参谋长、共产党员王竹坡按照约定的时间也来到了法库大教堂，与王来福接头取材料。

暮春的原野，到处散发着泥土温润清香的气息，日渐蓬勃的草木在风中尽情地伸展着嫩绿的枝叶，一朵朵白云，在高耸的十字架上停留了片刻后，飘然而去。浑厚的钟声在空中轰然响起，王来福、春桃、王竹坡跟教徒们一道，走进教堂开始做礼拜。

王竹坡三十八九岁年纪，穿一件蓝布长袍，戴一顶褐色礼帽，肤色略黑，方方正正的脸上，两道笔直的眉毛下一双明亮的眼睛透着沉稳和刚毅。倪建德在见到王竹坡后，将王来福送来的“天剑一号”影印件交给了他，他在给自己的坐骑小青马喂料时，将材料放到了马鞍子夹层里。等他和王来福见过面，一块做完礼拜，来到教堂后院，倪建德已经让一个上了年纪的教徒把他的小青马牵了出来。王竹坡冲着倪建德和王来福一抱拳：“我先走一步。”说罢，翻身上马，出了院子，来到城边的一家骡马车店，与等在这里的几个战士会合到一处，回了建平老家。

王来福和春桃送走王竹坡从大教堂后院出来，远远地看见那辆日军巡逻摩托车停在那里，车上的两个日本宪兵显然是看他们做完礼拜刚回到车上。王来福不知道，这两个宪兵回去跟队长高井报告，一男一女去法库大教堂给孩子祈福，高井想了想觉得可疑，放着奉天城内的教堂不去，一个孕妇为什么非要舍近求远，跑那么远的路，去法库为孩子祷告？于是，让他们继续严密监视。见王来福搀扶着大肚子的春桃从教堂后院出来，上前厉声道：“站住！检查的有。”倪建德伸手把他们拦住了，说：“这是从奉天来给孩子做礼拜祈福的教徒，我担保他们是良民。”两个日本宪兵在这个英国传教士面前不敢过于放肆，在两个人身上摸了一遍，才悻悻地发动摩托车开走了。

王来福在春桃的脸上不管不顾亲了一下：“老婆，多亏你跟着来了。”

春桃看了看边上的教徒，臊得脸通红。吃过饭，两个人如释重负地坐上倪建德给他们准备好的马拉轿车，离开大教堂，去了铁岭火车站。

另一路的姜翰东却耽搁下来，在王来福从法库回来七八天后，才登上了去往北平的火车。

那天姜翰东从刘毅那里拿到材料回来，担心去北平的路上出现意外回不来，等他把生意上的事儿跟柳明良交代明白，已经过去了三四天。他不敢再耽搁，带了点路上吃的干粮和几件换洗的衣服，心急火燎地去了皇姑屯火车站。想不到车站到处是去往关内的难民，根本买不到车票。连着去了五六天，最后睡在车站，挤了个半死，才把车票抢到手。

上了火车。车厢里照样是人挤人，人挨人，满满登登，连过道都是一个挨一个的乘客，男人嘴里喷出的烟味，混杂着女人身上刺鼻的脂粉气，令他连连作呕。他找到自己的位置坐下，将皮包放在胸前，闭上眼睛想歇一会儿。

尽管他是个生意人，但他还从来没离开过奉天，那些大小不一的瓮和缸都是别人送过来，再由他拿到市场上卖掉。刘毅让他去北平送材料，不知道途中会遇到什么麻烦。但他清楚，这份材料很重要，不能有任何闪失，否则对不起刘毅的信任和托付。

“咣当！”列车猛地震动了一下，徐徐开动了。过了有一个时辰，列车从新民屯站驶出后，车厢里突然骚动起来，两个穿铁路制服的人来查验车票。一个人来到姜翰东跟前，姜翰东把早已拿在手里的车票给他看过后，那两个人朝前去了。接着一个铁路警察从车厢的一头走进来，大声吆喝着让每个人把行李包裹打开，要开包检查，顿时，车厢里乱作了一锅粥。不大一会儿，这个铁路警察来到姜翰东的座位跟前，上下打量了几眼姜翰东，问：“去哪儿？”

“北平。”

那个警察听了，用手指了指姜翰东怀里的皮包：“打开。”

姜翰东顺从地打开皮包，心里禁不住“嗵嗵”地打起鼓来。那个警察见里面装的是银圆，伸进手去翻动了几下，走开了。姜翰东松了口气。那天从刘毅手里拿到材料出城时，两个把守城门的日本兵让他打开皮包检查，看到里面装着的都是现大洋，伸进手去摸了摸就放他走了。他想这个警察也只不过是例行公事。他擦了擦额头上的汗，以为没事了，想不到，工夫不大，那个警察从车厢的另一头又折了回来，来到姜翰东的座位前，带着几分疑惑，问：“你是做生意的？”

“是。”

“才刚忘了问你，你做什么生意，带这么多钱？”

“我是做绸缎生意的。”姜翰东僵硬地回答道。

那个警察拿过姜翰东的皮包，伸进手去，重新翻动了半天，又把皮包拎起来前后看了看，还给姜翰东，去了前面的车厢。姜翰东心里没了底，毕竟是第一次出远门做这种要背着人的事，生怕出什么岔子。待火车在一个小站停下来，他拎着皮包从车厢里下来，快步朝后面走了两节车厢，想躲开那个警察。没想到，刚才检查他的那个警察从前面车厢下来，朝后面跑过来，与他擦肩而过的一刹那，那个警察带着几分诧异看了姜翰东一眼，姜翰东心想，冤家路窄，怎么又碰上他了。他想再回到前面的车厢去，站台上一个穿铁路制服的人“嘟嘟”吹响了哨子，列车“咣当”一声启动了，他不得已重新上了车。

跟前面一样，这节车厢照样十分拥挤，再加上人们在整理被弄乱的行李包裹，乱糟糟的没处下脚。费了半天劲儿他才找了个空当站下来，身上的汗早已把里面的衣服湿透了。他用手擦了把脸，朝车厢的四周看了看，突然发现刚才那个警察从另一侧车门上来，在朝这边张望。姜翰东觉得事情有些不妙，是不是那个警察看出了什么不对劲儿的地方。他心里一阵慌乱，心想，等他再来查问露了馅儿就麻烦了，想起临走时刘毅的交代，他急忙挤到一个旮旯，将兜子里面的大洋倒出来，用带在身上的一块布包好，塞到座椅下边，拎起皮包，嘴里嚷着："我的大洋没了，我的皮包让人调换了。"拼命朝后面的车厢挤过去，心想，离那个警察越远越好。

等他挤过一节车厢找了个地方站定，列车"嘎吱"一声停下了，他朝车窗外面看了看，见是沟帮子站。来的时候，他听刘毅说过，知道再有几站出了山海关日本人就管不着那一段儿了，他擦了擦头上的汗，松了口气儿，觉得口渴，从打开的车窗里探出头去，想买碗水喝。突然站台上一阵大乱，随着一声哨响，大队全副武装的日本宪兵从各个车门登上了车厢。没过多久，列车重新启动了，开出车站没多远，又一拨搜查开始了。一个日本宪兵带着一个铁路警察，不由分说地用刺刀将旅客随身携带的行李挨个挑开了。一个年轻人不满地说了句什么，那个宪兵举起枪托朝那个年轻人头上砸去，血立刻顺着他的脸流下来，车厢里陷入一片混乱。

姜翰东心里说了声不好，分开过道上的旅客，嘴里依旧嚷着："我的钱丢了，我的钱丢了！"继续朝后面挤去。挪动了没几步，从车厢的另一头过来的一个日本宪兵和铁路警察拦住了他的去路。他抬头一看，暗吃一惊，站在面前的正是那个在站台上跟他打过照面的警察，那个铁路警察厉声问："你还想往哪走？"

"我的包被人调换走了，我那可是白花花的现大洋啊，老总帮我个忙，把我那个皮包找回来，我一定重重地谢你。"姜翰东带着哭腔说。

那个警察不想听他再说下去，拉着他来到车厢的连接处，将站在那里的几个人撵走，问："你窜来窜去的，我看不像好人。你不是说去北平吗？"

“是啊。在北平换车去苏州。”

那个警察“嘿嘿”冷笑了两声，道：“我看你膀大三粗的，不像个生意人。”说着猛地抓起他的手，眼睛里闪着凶光，道：“生意人我见得多了，他们的手可不像你这么又粗又硬。”说着掏出手铐，“咔嚓”把姜翰东的两只手腕扣住，拿过姜翰东的皮包，“刺啦”把里面的夹层撕开，露出了油布包。姜翰东哭丧着脸，说：“这不是我的皮包、不是我的皮包啊，老总，你都看到了，我皮包里可全都是现大洋啊。我被人调包了。”

列车在锦县车站停下了。那个警察一瞪眼睛：“少啰嗦，你他妈再敢跟我撒谎，糊弄我，老子一枪崩了你，跟我走！”那个警察跟日本宪兵带着姜翰东下了车，架着他上了停在车站外面的一辆囚车里。姜翰东后悔莫及，要是把大洋倒出来，等着那个警察来查验再跟他解释，也许就没事了。可他没有沉得住气，他觉得对不住刘毅，但一切都晚了。

本庄繁在十多天后，以关东军司令官的名义签发命令，谷木斋藤因私自收藏机密文件，由中佐降为少佐。大和旅馆经理长谷川关七天禁闭，发回满铁做勤杂工。惠子押送回到家乡熊本县警察局，以泄密罪等待受审。

第三十四章 竹坡殉国

王竹坡来法库的路上就病了。他屋里的女人几年前去世，平时他和女儿一块生活。早年在天津政法学堂求学时，他参加了那场轰轰烈烈的反帝爱国运动，带领青年学生走上街头示威游行时，被军警打伤。伤愈后，1922 年，他在学校秘密加入了共产党。第二年春天，组织上派他回到自己的家乡，以教书为掩护，发展党员，建立基层党支部。一年后，他担任了建平完小的校长，他吸收青年教员阅读进步书刊，秘密发展了几名思想进步的教员，组建了地下党小组，担任了建平县党小组组长。“满洲事件”爆发后，为抵御外辱，他在得到党组织批准后，参加了中共北方区委领导的蒙边抗日义勇军，被任命为参谋长。

两个副参谋长，一个是他的学生、二十岁出头的张延阁，另一个是东北军的一个团长，不到三十岁的李萌荣。三个人志向相投，每当聚在一起，说起参加义勇军，抗击日寇总是热血沸腾：我们来尽忠报国，组织义勇军，我们同心努力，拼命，誓把国保，杀尽敌人，恢复领土，永葆着中华民族的荣耀！日军占领东三省后，觊觎热河，公开宣称，凡长城以北均为“满洲国”法理领土。他们发誓，甘愿血洒疆场，抗日雪耻。

张延阁是王竹坡摸着头顶长大的。5 岁时，一伙土匪进村抢劫，他的母亲被一个土匪强行带走，从此再无音信。父亲靠租种村里地主付甲琦的几亩旱地，起早贪黑，累死累活把他和妹妹拉扯大。张延阁 9 岁时，父亲卖掉了他母亲出嫁时从娘家带来的一只手镯，送他到县里的完小读书。恰好王竹坡 8 岁的女儿王小乾跟张延阁在一个班里，王竹坡从女儿那里知道了张延阁的身世，便经常把张延阁带到家里住宿，王竹坡的妻子每次都给他做些好吃的。一来二去王小乾便把张延阁当成了自己的哥哥。张延阁下河捉泥鳅，上树掏雀（qiǎo）儿，城墙根下逮蛐蛐，都少不下这个小妹妹。一次，王小乾从家里带的饭被几个男孩子偷着吃了，王小乾只得饿肚子。张延阁听说了，找到几个男孩子，让他们给王小乾赔不是。他们却仗着人多势众，取笑张延阁，说他是不是想娶王小乾当媳妇。张延阁听了也不搭话，挥拳就打，几个男孩子见他人单势孤，毫不在意，仍旧嘻嘻哈哈地取笑他，让他跟王小乾当着大伙的面拜花堂。张延阁急了，顺手操起一根赶羊的棍子，眼睛瞪得溜圆，劈头盖脑地朝几个人横扫过去，那几个男孩子这才吓得四散而逃。从那以后，再没人敢欺负王小乾了。

完小毕业那年，张延阁一个要好的同学被地主付甲琦的儿子打伤了，张延阁二话不说，跑去把那个小子狠狠揍了一顿。付甲琦见自己的儿子被打得鼻青脸肿，不依不饶，非逼着张延阁的父亲拿钱给他儿子治伤，拿不出钱来，就把租的地收回去。王小乾回家把张延阁打伤了地主儿子，地主逼着张家退地的事儿跟父亲说了。王竹坡把张延阁叫到跟前，说：“你大了，读书应该明理，再不能莽撞行事了。”张延阁知道自己闯了祸。

王竹坡给了他一块银圆。张延阁回到家里和父亲一起把钱给了付甲琦，父亲让他当面给付甲琦赔个不是，到末了张延阁一句认错的话没说。回到家里父亲骂了他一顿，张延阁不服气，临走时扔下一句话：“他打人在先，那小子该揍！”

完小毕业后，张延阁又读了几年高小，后来父亲再无力供他读书了，给他找了一家药铺当了管账先生。“满洲事变”后，张延阁听说自己的校长参加了义勇军，连夜找到王竹坡。司令员陈镜湖见张延阁浓眉大眼，身材魁梧，便任命他为副参谋长。不久，经王竹坡介绍，张延阁加入了共产党。

王竹坡在接到中共北方区委的指示后，立即将两个副参谋长找到一块儿，商量取回材料后怎样送到承德，交给北方区委情报站。张延阁主动请缨，李萌荣也毫不示弱，说日军在这一带蠢蠢欲动，特务汉奸众多，张延阁年轻，缺乏经验，他可以带手下的一名战士，化装成贩羊的商人，保证完成任务。王竹坡看了看李萌荣，没有说话，他对这个来自东北军的团长一直心存戒备。他听说李萌荣在东北军第三十军军长于芷山手下带兵打仗多年，两个人是台安县的老乡，“满洲事变”后，于芷山投靠了日本人，沦为汉奸，还被任命为奉天省警备司令官。李萌荣从抚顺来到建平，投奔他的一个表哥，时间不长便参加了蒙边抗日义勇军。由于带兵打仗有方，司令员陈镜湖提拔他为副参谋长，和张延阁一道成了王竹坡的左膀右臂。王竹坡不想在这个节骨眼儿上让李萌荣看出什么来，便站起来对张延阁和李萌荣说：“这件事儿等我回来商量一下再说。”

从法库回来的路上，一连两天都赶上下雨，王竹坡尽管穿着蓑衣戴着斗笠，还是被淋得透湿，他感冒发烧本来就没好利落，回到家里病势加重，躺在炕上爬不起来了。女儿王小乾请了郎中来，给他抓了药吃下去，过了四五天他才觉得好些了。一早，他让王小乾去附近一个营地找张延阁。回来的路上他已经想好了，这件事不再让李萌荣知道，让张延阁尽早把材料送走。他喝了一碗粥，下地想去牲口棚，想把放在马鞍子下边夹层里的那份材料取出来，李萌荣正一副心事重重的样子从院子外面进来。王竹坡打开门跟李萌荣打招呼，道：“李副参谋长来了，快进屋，去的时候感冒了，回来的道儿上赶上下雨，浇了我个透心凉，到家就起不来炕了。”

李萌荣听了，脸上流露出一丝不易察觉的喜色，说：“我昨儿个碰着小乾了，知道你病了，这不，赶早儿过来看看你。”说着进了屋子。

王竹坡心中不由一动，他当了多年的校长，天天跟老师和各种各样的学生打交道，李萌荣脸上一闪而过的神色他看得一清二楚。他让李萌荣坐到椅子上，自己骗腿上了炕，倚着被摞坐下，用手巾擦了擦额头上的虚汗，问：“你找我有事儿？”

李萌荣心怀鬼胎地把屁股朝前挪动了一下：“那份材料拿到手了吗？”

王竹坡犹豫片刻，说：“拿到了。”

李萌荣听了心里一阵窃喜，下意识地用手摸了摸放在兜里的那包毒药，看着半躺在炕上的王竹坡脸色苍白，虚弱无力的样子，心里说，真乃天助我也。

李萌荣出生在台安县一个叫三道河的村子里，一家人靠几亩河滩地勉强糊口。李萌荣自小顽劣，打起架来从不吃亏，一旦没占到便宜，便想着法儿地找碴儿报复人家。村里的大人孩子知道他逞强斗狠，都躲着他。有一年夏天，他跟几个孩子在山里掏了一窝鸟蛋回来，用褂子包了带回家去。第二天几个孩子跟他要，他说煮着吃了，几个孩子不干了，吵着吵着动起手来。李萌荣眼看着自己不是大伙的对手，拾起地上的一块石头，把一个孩子的头砸出血来。那个孩子倒在地上，半天没起来，他气哼哼地上去又给他一下子，那孩子翻了翻白眼，一蹬腿死了。看事儿闹大了，怕爹来了揍他，也怕那孩子的父母来了让他偿命，他连夜跑了。无家可归，他只得四处流浪，后来一户地主收留了他，让他放羊。李萌荣一心想读书，用放羊挣来的钱，接着上了几年学。十九岁那年，他投奔了跟他家沾点亲戚，在奉军当团长的于芷山。时间一长，他吃不了队伍上的苦，开了小差。不料到处兵荒马乱，他连个栖身的地方都没有，吃了上顿没下顿，两年后，不得不再次回到了于芷山那里。于芷山当着全连士兵的面，毫不留情面地狠狠地骂了他一顿，告诉那个一大把胡子的连长，再开小差，抓住就地枪毙。

李萌荣从此打消了离开队伍的念头，一心跟着于芷山出入枪林弹雨。他打仗不怕死，很快就当上连长。直奉大战中，李萌荣跟着已经是旅长的于芷山出关作战，他带领的那个连第一个攻入滦州城。于芷山见他作战勇敢，提拔他当了营长。后来因为克扣军饷，于芷山曾将他撤职查办。他私下给于芷山送去了两根金条，半年后又官复原职，后来，在一次战斗中李萌荣冒死救下胸部负伤的于芷山。于芷山被任命为军长后，为了报答李萌荣救命之恩，让李萌荣做了团长。

“满洲事变”后，李萌荣回老家待了几个月。不久他听说于芷山被日本人任命为奉天省警备司令官，便写信给于芷山。于芷山让他去承德的日本领事馆找领事渡边一雄，渡边一雄见他精明干练，便给了他一大笔钱，于是他摇身一变，成了日本特务。渡边一雄看中他是行伍出身，让他打入义勇军搜集情报。

最初，听王竹坡说要将“天剑一号”送去承德的地下交通站，李萌荣觉得自己这几年在队伍上带兵打仗，完全可以有把握把材料送到地方。他从心里没瞧得起张延阁，觉得张延阁没在战场上历练过，跟自己比，差着一大截儿。他想借机让王竹坡看看，他李萌荣不是白给的，以取得王竹坡的信任，为渡边一雄提供更多的情报。

渡边一雄接到关东军司令官本庄繁下达的指令：“一经发现‘天剑一号’经朝阳、喀左、承德一线送往北平，设法截获，不得有误。”渡边一雄有些发蒙，不知从何下手，立即找来李萌荣，问他有什么办法。李萌荣当即改变了主意，说参谋长王竹坡去了法库，就是取“天剑一号”。渡边一雄没想到事情会这么凑巧，心里十分高兴，一拍桌子：“等他回来把他抓起来。”李萌荣告诉他，说：“就是把命搭上，王竹坡也绝不会把‘天剑一号’交出来。”渡边一雄问李萌荣该怎么办，李萌荣打包票，说他有办法，保证能把“天剑一号”拿到手。渡边一雄当即许诺说，事成后，不但有重赏，还将委任他为建平县县长兼警察局局长。

李萌荣看王竹坡的病还没好利索，说话有气无力的样子，心里更有了底，朝前凑了凑，问：“参谋长，你把那份材料放哪了？”

“你问这个干吗？我不是告诉你了，等我好些了，找张副参谋长一块儿合计合计再说吗？”王竹坡心里生起一丝不快。

“我说话你别不爱听，张延阁那小子嘴上毛儿还没长全呢，这么大事儿还找他商量个屁，交给我你放心好了，三天之内，我保证把它送到北方区委。”

王竹坡将头靠在被摞上，闭上了眼睛。他的眼前再次闪现出李萌荣进门时脸上那一丝欣喜的神色，他已经猜到了李萌荣的来意，心里恨恨地骂道：“狗汉奸！”

李萌荣见王竹坡不吭声，担心时间长了小乾回来就不好办了，上前一把揪住王竹坡的衣襟，厉声道：“我再问一遍，那份材料在哪儿？”

王竹坡猛地一翻身，将李萌荣用力推开，大声道：“日本人给了你什么好处，让你去给他们当汉奸！你还有点中国人的良心吗？”

李萌荣脸色由红变白，咬牙切齿地说：“少来这套，用不着你来教训我，告诉你，你把这份材料给我，我就是县太爷和警察局的局长了。你也别不识好歹，一门儿心思跟日本人作对了，用不了多长时间，这里就是日本人的天下了。让我说，你还去当你的校长好了，到时候我说了算，要多少钱你说个数，咱们兄弟一场，我不会亏待你。”

王竹坡两眼冒火，伸手“啪啪”给了李萌荣两个大耳光子，道：“做你的美梦去吧！”说着用手向外一指，道：“给我滚！”话没说完，突然一阵天旋地转，他身子一侧歪，瘫软地倒在炕上。李萌荣顿时恼羞成怒，顺手抄起放在炕上的一根用来拴牲口的绳子，气急败坏地上去“嘁里咔嚓”地将王竹坡捆了起来。王竹坡的脸色煞白，两眼紧闭，李萌荣从兜里掏出那包毒药在王竹坡眼前晃了晃，咬着牙，说：“现在把那份材料给我，还不晚。”

王竹坡破口大骂：“王八蛋，我早就看你不是个东西，你就死了这条心吧！”

李萌荣在王竹坡身上上下摸了个遍，把炕席也掀了起来，又跳到炕上把被子挨个抖搂开，仍是不见那份材料的踪影。李萌荣顿时火冒三丈，暴跳如雷，大声道：“我的王大参谋长，你不把材料交出来，我现在就要了你的命！”

“呸！”王竹坡朝李萌荣的脸上狠狠地啐了一口，道：“怕死我就不参加义勇军了，你再不滚，我就喊人了。”说着王竹坡扯着嗓子喊起来：“来人哪，有人抢劫了。”也许是连日发烧，又四五天没怎么吃东西，王竹坡声音嘶哑。李萌荣心里一哆嗦，生怕有人来，情急之下，不顾一切地捏住王竹坡的两颊，趁王竹坡一张嘴的工夫，将那包毒药倒进王竹坡的嘴里，随手端起桌子上的半碗水，给王竹坡灌了下去。这时他有些后悔，心说，你死了我跟谁要那份材料去。他又从兜里掏出一包药，说：“这是何必呢？你我在一口锅里搅马勺，是你逼着我动手的，这是解药，你把材料给我，我放你一条生路。”

此时王竹坡感到五脏六腑翻江倒海般疼痛起来，一句话也说不出来，用手指着李萌荣的鼻子，断断续续地说：“狗、狗汉奸，你、你弄死我，我手下的弟、弟兄是不会放过你的。”这时李萌荣听到门响，趴在窗户上一看，是王竹坡的女儿王小乾回来了，于是扔下王竹坡，拉开门往外走，正好跟王小乾撞了个满怀。“李叔来了，不再坐会儿了？”王小乾见李萌荣慌慌张张的样子，急着往外走，不知道他来干啥。李萌荣也不搭话，快步出了院子。

王小乾进了屋吃惊地发现父亲被捆着，倒在炕上两眼发直，一头的冷汗，她忙解开父亲身上的绳子，问：“爹，咋了？”

王竹坡觉得肚子刀绞般疼痛，什么也说不出来，只是用手指着外面，声音微弱地说："汉、汉、汉奸，给我下毒。"王小乾明白了，知道父亲遭到了李萌荣的暗算。她让王竹坡张开嘴，伸进手去，在王竹坡的嗓子眼儿用力抠了两下，王竹坡翻身趴在炕沿儿上大口呕吐起来。王小乾转过身去想拿水碗，门一开，张延阁进来了。"校长咋啦？"

"李萌荣刚才来了，给我父亲吃了毒药。"

"这里有我呢，你快去请郎中。"

王小乾从炕上下来，穿上鞋要走，被王竹坡伸手拦住了。他接过女儿递过来的水喝了一口，歇息了片刻，睁开眼睛，说："我怕是不行了。"王小乾听了，伏在王竹坡的身上"呜呜"哭起来。王竹坡用手摸着她的头，说："别哭，爹有几件事情要跟你俩说。"

张延阁扶着王竹坡倚着被摞半坐起来，王竹坡拉过张延阁的手，说："你是我看着长大的，我把女儿许配给你，答应我，好好地待她。"

张延阁含着泪用力点点头："放心吧，校长，我一定不会亏待她。"王竹坡用手捂着肚子，喘息了片刻，说："延阁，那份材料我放在小青马的鞍子下面夹层里了，你把它送到承德邵家大车店，那里是北方区委特科和东北抗日救国会的一个情报站，负责人叫奚若男。接头暗语是：'你从东北来？'你回答：'是，去北平找国外来的姑妈。'记住了，不能出任何差错。"

"我记住了。"

王竹坡将身子直了直，喝了口水，让王小乾把炕柜里的一个不大的木头匣子拿出来，他慢慢地将匣子打开，从里面取出一对玉猪龙饰件放在手上，说："这对儿饰件是小乾爷爷早年在地里干活时拾到的，我找行家问过了，这对玉猪龙有五千年的历史了，送给你俩做定情的信物吧。爹只有一个心愿，你们携手到老，恩爱终生。"

小乾曾不止一次地听父亲讲过这对儿玉猪龙的来历。父亲从上大学开始，就对文物的发掘和研究产生了浓厚兴趣，要不是后来当了校长，把全部心思都用在了学生身上，他也许早已经是这方面的行家了。

她至今还清楚地记得，那天放学回来，吃过饭，父亲从木头匣子里拿出那对玉猪龙饰件，问她：“你知道它的名字吗？”小乾还是在爷爷活着时听爷爷说过这叫玉猪龙，她很想知道，几千年来，它名字的背后隐藏着哪些秘密。

父亲告诉她，玉猪龙还有一个名字叫玉兽玦，是在家乡建平和红山一带发现出土的珍贵玉器。玉猪龙不但有成对儿作佩饰用的，还有大型玉猪龙。王竹坡告诉女儿，他回到家乡后，去了很多地方，经过考证，他发现，在建平红山一带出土的玉猪龙，大都雕琢精细，线条流畅，纹理细腻，跟其他地方出土的玉猪龙相比，在造型上有明显的区别，不但古拙生动，还透着一种灵性，不仅仅是饰物，也是红山先民所崇拜的、代表其祖先神灵的图腾物。

王小乾重新将玉猪龙收好，两个人跪在王竹坡面前磕了个头。张延阁流着泪，道：“爹爹在上，小婿记下了。”

“起来吧，给我倒口水，我这肚子像火烧一样，疼得厉害。”

张延阁站起来给王竹坡倒了一碗水，王竹坡慢慢地把水喝下去，闭上了眼睛不再说话。

张延阁轻声对王小乾说：“你在这守着爹，我去请郎中。”等张延阁请了郎中回来，王竹坡已经口吐白沫，不省人事了。老郎中把过脉，摇了摇头，说：“人不行了，准备后事吧。”王小乾听了忍不住痛哭失声。

王竹坡当了多年的校长，对孩子们的好，当爹妈的都在心里记着。出殡那天，男男女女来了好几百口子人。吹鼓手也大都是王竹坡的学生，使足了力气吹打着。悲凉的唢呐声，在空中回旋着。女人们一边走，一边不停地抹着眼角的泪水。

李萌荣也穿了一身丧服，用一条白布头巾遮住半个脸，跟在送葬的人群后面。他后悔自己不该操之过急，早早地把王竹坡毒死，要是等王竹坡把他和张延阁找到一块商量这件事，“天剑一号”也许早就到他手里了。想想王竹坡平时对他的照顾，心里又不免生出几分歉疚。他埋下头，又向前走了没多远便转身离开了。

办完丧事第二天一大早，张延阁辞别小乾，骑上小青马，一路风餐露宿，赶往承德。他答应小乾，从承德回来，两个人就办喜事。王小乾一夜没合眼，一早起来给他带上路上吃的大饼，再三叮嘱他路上多留几个心眼儿，李萌荣不会就此罢休。

张延阁与李萌荣尽管在一块儿的时间不长，却发现他一身的兵痞气。但没想到他会对王竹坡下毒手，他想好了，回来再找李萌荣算账，为校长报仇。

李萌荣发现张延阁不见了，心里一惊。他去王竹坡家找王小乾，见大门紧锁。他不敢把这件事告诉渡边一雄，那样一来，自己也许脑袋就得搬家。他带上警卫排的一名战士，谎称张延阁要投敌叛变，一路追了下去。

张延阁从小在这一带长大，他猜测李萌荣发现他走了，一定会沿路追赶，走了半天大道，一拨马头，上了小路。下晌，他见小青马跑得浑身是汗，在一个叫黄花沟的小镇停下来，找了家客栈，给牲口添上料，自己喝了点水，吃了张饼，躺在炕上想睡一会儿。刚闭上眼睛，面前出现了王竹坡把玉猪龙交给他和王小乾时的样子。

他说不上自己从什么时候开始，爱上了王小乾，两天见不到她，心里就空落落的，像渴了想找水喝一样，恨不得立刻见到她。他不止一次地想当着王小乾的面，表明心迹，但每次又把话咽了下去。他觉得自己家境贫寒，配不上小乾，他想让小乾找一个比他更好的人家。他无论如何没有想到，王竹坡会把王小乾许配给他，他暗自发誓，要好好地跟小乾过日子，无论怎样难，也不能苦了王小乾。想着想着睡着了。

蒙眬中，他被一阵马嘶声惊醒了。他翻身起来，发现李萌荣和警卫排的战士俞东林已经进了院子，正朝自己住的屋子走来，他一骨碌从炕上爬起来。

李萌荣带兵打仗多年，在血与火的拼杀中，为应对战场上瞬息万变的形势，练就了鹰一样的分析判断能力。他心里有数，张延阁担心他沿途追赶，一定不敢走大道，以小青马的脚力，在明天这个时候，能赶上张延阁就不错了。想不到小青马对新主人不熟悉，加上张延阁连日为王竹坡操办丧事，又累又乏，路上慢了下来。隔着窗户，李萌荣一眼看到了张延阁，心说，你个黄嘴丫子，还是嫩了点，我看你还往哪跑?

张延阁很快冷静下来，掏出手枪，顶上子弹，这时李萌荣已经开门进来了。张延阁朝后退了一步，目光剑一样逼向李萌荣，仇人相见分外眼红，他真想扣动扳机，一枪结果了李萌荣的性命，可此刻俞东林的枪口正对着他，张延阁心想，越是在这种时候，越要沉得住气，一冲动也许就坏了大事。他把枪放下来，用平稳的口气对李萌荣道："呦，是李副参谋长啊，真巧，怎么在这碰上你了？你这是去哪啊？"

李萌荣回过头去冲着俞东林使了个眼色，俞东林会意，端着枪，死死地盯着张延阁。李萌荣这才对张延阁说:"怎么样，把那份材料拿出来吧。"

"这么说，李副参谋长是想去日本人那领赏了？"

"少废话，今天你要不把材料给我，就甭想离开这里半步。"站在一边的俞东林听着不对劲儿，心中狐疑，两个副参谋长到底谁要投敌叛变?他把枪放了下来，想看个究竟。

"我把你当人看，想不到你个王八蛋去当了汉奸，把参谋长毒死了，这个仇我一定要报。"张延阁咬牙切齿地说。

李萌荣笑嘻嘻地抬了抬手里的枪："好，我他妈等着你。"说着他伸出手来："怎么样，痛快儿地把材料拿出来，咱们井水不犯河水，各走各的道儿。"

张延阁摇了摇头，说："你还是去找阎王爷要吧。"说着举枪就射。李萌荣当兵多年，什么样的阵仗都见过，反应极快，不待张延阁的枪响，早已扣动了扳机。只听“啪”的一声枪响，张延阁只觉得胳膊一沉，知道自己负伤了。见李萌荣还想开枪，一个饿虎扑食，将李萌荣扑倒在炕上。李萌荣想翻身起来，俞东林在一旁已经听得明明白白，他猛扑上去，不顾一切地将李萌荣压倒在身下，大喊一声：“张副参谋长快走！”

张延阁打开窗户跳了出去，捂着伤口，从马厩里牵出小青马，跃上马背，出了客栈，上了通往承德的大道。这是王竹坡精心挑选的一匹难得战马，它似乎知道张延阁的心思，撒开长有白毛的四蹄，飞奔而去。

李萌荣没料到俞东林会对自己下手，气得他“嗷嗷”大叫，掏出枪来要毙了俞东林。俞东林把枪一横，“哗啦”一声推上子弹，说：“来吧，今天不是你死就是我亡。”俞东林一身的武功，平时训练时几个人近身不得，枪法更是出神入化，李萌荣知道动起手来占不到便宜，便将枪收起来，闷闷不乐地出了门，骑上马走了。俞东林举起枪来想结果了他，转念一想，他要是真当了汉奸，陈司令也绝饶不了他，可也不能让他就这么轻易溜了。于是一声枪响，李萌荣一个趔趄从马上摔了下去，俞东林骂了一句：“狗汉奸！”牵出自己的坐骑，独自回了建平。

好在张延阁伤得不重，他包扎了一下伤口，不再住店，也不进村子，小青马跑累了，就找个有水有草的地方，让小青马啃啃青，终于在两天后的下午到了承德。很快，他找到了邵家大车店。对上暗号，奚若男紧紧地握着他的手，说：“你立了大功，我们要在国联揭露日军野蛮的侵略暴行，这份材料非常重要。”

李萌荣大腿负伤被一个羊倌救起来，过了四五天，才勉强可以走路骑马了。他打算回台安老家，又一合计，家里已经没有什么人了，出来混了这么多年，到头来就这么灰头土脸地回去，岂不遭人耻笑？再说台安县已经被日军占领，一旦日本人找上门来，不死也得扒层皮。琢磨来琢磨去，不得不硬着头皮去日本领事馆见渡边一雄。

他“扑通”跪下，声泪俱下地将怎样毒死王竹坡，怎样被张延阁打伤，趁他昏迷之际抢走了“天剑一号”的经过有鼻子有眼儿地说了一通儿。渡边见他的伤还没好利索，骂了他一顿，立即下令手下的特务、警察捉拿张延阁。折腾了半天，一无所获。渡边一雄思虑再三，没敢把这件事告诉给关东军司令官本庄繁，觉得那样一来，自己会很没面子。

本庄繁、土肥原贤二、谷木斋藤便都被蒙在鼓里，以为“天剑一号”已经被截获，哪里知道此刻“天剑一号”已经经北方区委地下交通站送到了国联调查团手里。

过了几天，渡边一雄找来李萌荣，二话不说，就让人把他绑了起来。李萌荣脸色煞白，后悔不该在渡边一雄面前夸下海口。两个日兵特务把他的嘴堵上，装到一个袋子里，拉到山上，推下了悬崖。

得到敌人要抓捕张延阁的消息后，北方区委便让张延阁留在了情报站。很快，陈镜湖司令员派俞东林带着警卫排的几个战士，护送王小乾也到了承德。

这年秋天，由奚若男主持，在义勇军的一个秘密营地为两个人举办了婚礼。陈镜湖司令员特意赶来，为两个年轻人做了证婚人。当他从张延阁和王小乾那里看到了两枚玉猪龙，知道是王竹坡给两个年轻人的定情信物，郑重地将两枚雕刻精美、灵性十足的玉猪龙饰件戴在了新郎、新娘的颈项上。义勇军的士兵举枪行注目礼。陈镜湖为义勇军失去了一个好参谋长感到痛惜，将王竹坡被害的经过讲给战士们听，战士们高喊：“报仇！报仇！”奚若男拉着张延阁和王小乾的手，动情地说：“这是我主持过的最特殊、最有意义的一场婚礼。”

密林中，一棵棵高大的红松、云杉、白桦见证了两个年轻人纯贞无瑕的爱情。风吹动树叶发出的“哗哗”声响，如同一首动听的婚礼进行曲，在林中回荡。

第三十五章 国联现丑

像步履蹒跚的老人，1933 年的春天踟蹰、徘徊在漫天风雪之中，迟迟不肯露面。粗粝的冷风卷起大和旅馆门前的残雪，横冲直撞。

土肥原贤二在门前下了车，卫兵向他敬礼，他木然地摆了摆手，一股寒风吹来，他打了个寒战，向前迈动的脚步显得有些凌乱。本庄繁那张因暴怒而铁青的脸，一直在他的眼前晃动：“你这个特务机关长是怎么当的？为什么让中国人把那么重要的证据交给了李顿调查团？”本庄繁用目光逼视着他，“啪啪”地拍打着手里的电报，带着几分嘶哑的咆哮让他不寒而栗：“国联大会对李顿调查团的报告书进行了表决，除了弃权的泰国，出席大会的四十多个国家，全部投了赞成票。”土肥原贤二大气不敢出。本庄繁余怒未消地一拳砸在桌子上：“天皇十分震怒，报告书让大日本帝国在国联颜面扫地，处境孤立，我堂堂的日本代表松冈洋右不得不退出会场，外相内田已经电告国联秘书长，宣布退出国联。”

事情会像开了闸的洪水，到了不可收拾的地步。土肥原贤二的脑海中又浮现出那个英国人李顿从火车上下来时，一脸茫然的神色和谷木斋藤在他面前信誓旦旦，夸下海口，让那个英国佬无功而返时狂妄的样子。

他推开会议室的门，板垣征四郎、石原莞尔、谷木斋藤已经在等他了。他脱掉大衣，表情冷峻地看了几个人一眼，暴怒地吼道："你们简直就是瞎子、聋子、白痴！"

几个人站起来，低下头，任由土肥原贤二发泄着不满和愤怒。土肥原贤二用力敲着桌子，怒气冲冲地道："你们恐怕还不知道吧，那个李顿跟中国人串通一气，不但拿到了我军攻占北大营的战绩报告和关东军军事行动的大量照片，还把'天剑一号'作为证据放在报告书里，关东军的脸让你们丢尽了！"

石原莞尔斜着眼睛看了看谷木斋藤，谷木斋藤把牙咬得"咔咔"直响。直到这时，他才断定，那个春桃是三河由美串通刘毅有意放走的，随军记者拍摄的现场照片也是三河由美翻拍下来交给刘毅的。趁他醉酒打开保险柜，根本不是想要看大关行江打的小报告，而是为了翻拍电文。他恨不得将三河由美和刘毅撕烂，他自认为做事精明，滴水不漏，相反却漏洞百出，让李顿把日军的行动和密谋在国联昭示于天下，这简直是奇耻大辱！

土肥原贤二喘着粗气对谷木斋藤道："你马上派人把在证据材料上签字的几个中国人统统地抓起来。"

谷木斋藤"咔"地敬了个礼："明白！"

土肥原贤二仰起头来一阵狂笑："自古弱国无外交，我们要用飞机大炮告诉那些中国人，弱小就要挨打，我们是不会就此罢手的！让国联那帮家伙嚷嚷去吧，用不了多长时间，整个中国都是我们的！"几个人跟着也僵硬地笑起来。

窗外，阴云翻滚，冷风肆虐，寒气逼人。

第三十六章 义薄云天

1935年。初夏，刘毅家门前的空地上，一簇簇野花竞相开放了。有红的、白的、粉的，它们在风中轻轻地摇曳着，仿佛一只只小手，召唤着主人归来。

刘毅拖着一条伤腿回到家里。打开房门，一股酸腐的霉味扑面而来。三年了，他以为再也回不来了，环顾四周，仍是他走时的样子。抬起头来，发现屋角结了几张蜘蛛网，他默默地想，在这个世界上，生命是顽强的，没有什么力量可以阻止它的延续。就像这蜘蛛网，只需他挥动笤帚轻轻地一扫，顷刻就会毁于一旦，但只要有机会，它们便会忘记所遭受的打击，重新织出一张新网来。

明亮的阳光从窗户外面透进来，他扫了扫炕上落的灰尘，上炕倚着被摞，用手揉按着那条麻木酸胀的伤腿，眼前又出现了日军宪兵队那间刑讯室和黑暗潮湿的牢房。他立志学医，悬壶济世，从未想到过自己会坐牢，遭受种种非人的酷刑。但他一点也不后悔，他知道，这个世界需要正义和公理，它们有时就像那张蜘蛛网，看上去经不起一击，但它却是一种顽强的存在。他出神地看着屋角的那几张蜘蛛网，说："放心吧，我不会打扰你们的，我来跟你们做伴，省得你们孤单。"

这天他接到卫民派人送来的信，让他去家里做客。走进客厅，刘毅见到出狱不久的好友，两个人为劫后重生抱头痛哭。卫民夫人专门为刘毅准备了他喜欢吃的榛蘑炖小鸡和醋熘白菜。卫民端起酒杯神色庄重地说："你，还有辛浦、常理、抱诗、云陵、钟铭、田敏、广源都是好样的，没有给奉天的知识分子丢脸，你们伸张正义不畏生死，为公理而战不怕受刑坐牢，历史会记住这一切的。"

刘毅将杯里的酒一饮而尽，眼眶湿润了。他指着碗里的那只炖得稀烂的鸡，说："在牢房里我已经想过多次，一个国家如果不强大起来，到任何时候，都像这只鸡一样，唯有被人随意宰杀，成为那些强盗大快朵颐的一盘菜儿。如果我们的付出能警示后人，我们吃的苦、遭的罪就是有价值的。"

卫民也将杯里的酒一口喝净，说："一个羸弱的民族，是无法从被欺凌的境地摆脱出来的。我们要让后人以史为鉴，使那些强盗再不敢打我们的主意。"

卫民给刘毅重新斟上酒，心情沉重地说："你被捕后，姜翰东也被日军抓获了。王来福那一路躲过日本特务的盘查，将'天剑一号'送到了蒙边抗日义勇军参谋长王竹坡手里。王竹坡被日本特务杀害，他的女婿、副参谋长张延阁接替他，把材料送到了承德我地下交通站。我们该记住他们。"

刘毅眼圈儿红了，问："王连长还在奉天吗？"

"他去诊所找过你，知道你被捕后，来找我，让他和爱人搬去了沧州府。"

"等腿好点了，我去看看他。"

卫民抬起头来问："你想留在奉天，还是另有打算？"

"我已经想好了，过两天去上海，我的一个医学院的同学让我过去，她在一家英国人开的教会医院当医生。"

"好，那今天就算为你饯行了。"

刘毅的伤腿差不多好利落后，为了去上海做准备，这天上午他打算去商店买点东西。来到四平街，尽管两面的店铺大都在开张纳客，但不时有日军的巡逻车鸣着警笛驶过，让人唯恐避之不及。街上依旧行人寥寥，十分萧条。

他在内金生鞋店买了双鞋出来，一抬头见吉顺丝房的门口围了一群人，远远地听到有人吵吵巴火地在骂大街。他紧走几步过去，发现一个上了些年岁的老乞丐和一个十六七岁的小叫花子在对一个蜷缩在地上的乞丐拳打脚踢。两个人挥舞着拳头，大声嚷嚷着："你他妈的找死是不？说！老大的钱哪去了？你个犊子玩意儿，谁的钱都敢偷！"

挨打的那个人满脸是血，从地上爬起来哀求道："钱真不是我拿的，饶了我吧。"

"放屁！"那个看上去有五十多岁，穿着一件破夹袄，脚上趿拉着一双露脚指头的破布鞋，脸上长着一块青痣的老乞丐，用手一指边上的那个只有十几岁的小叫花子："臭虫眼瞅着你把钱装兜里了，你还不认账？"

"胡说！"

"鹏哥儿，我可没说钱是你偷的，是他逼着我说的。"那个小乞丐哆哆嗦嗦地为自己辩解道。

被打的乞丐听了，用手抹了一把脸上的血污，猛地伸手扯开臭虫，吼道："妈的，你欺负人，今儿个老子跟你拼了！"话未说完，从地上一跃而起，一头向那个老叫花子撞去。那个老叫花子毫无防备，被这突然的一击撞得倒退了几步，"扑通"一声，四仰八叉跌倒在地，好半天，才捂着肚子"哎哟、哎哟"地一点点爬起来，他喘了口气，劈手从一个乞丐手里拿过一条打狗棍，不管不顾地朝被打的那个乞丐抡了过去。刘毅听那个乞丐说话声音耳熟，可见他蓬头垢面，穿着一条破裤子和一件家织布褂子，一只脚上没穿鞋，被打得头破血流的样子，一时又想不起来在哪见过。他上前伸手将老乞丐手里的棍子抢下来，沉下脸问："他偷了你家老大多少钱？"那个老乞丐见有人出来打横儿，先是一愣，扭头一看，见来人还拄着一条拐杖，顿时气不打一处来，嘴里骂骂咧咧地道："瞅你那个熊样儿，瘸了吧唧的，少他妈管闲事，哪凉快哪待着去！"刘毅怒目而视，身子向后侧了侧，厉声道："你再敢撒野，我打断你的狗腿！"这时，那个被打的乞丐揉了揉眼睛，目不转睛地看着刘毅，突然"哇"的一声哭起来："刘大夫，我是大鹏啊！"刘毅听了也是一惊。定睛看去，面前的这个要饭花子不是别人，果然是他先前的伙计周大鹏。几年不见，他竟然沦落到这般田地，刘毅"啪叽"扔掉手里的棍子，问那个老乞丐："说吧，你们老大丢了多少钱？"

"两块银圆。你问这个干啥，你替他还咋的？"

刘毅掏出两块银圆扔给那个老乞丐，拉起周大鹏走了。

回到家里，刘毅打来水让周大鹏洗过脸，找出几件自己的衣服让他换上，带他去那家馆吃过饭，回到家里一边喝茶，一边不解地问："我不是给了你一笔钱，让你回山东老家开药铺吗，你怎么成了要饭花子？"周大鹏回忆起这几年的遭遇，叹了口气，缓缓地说："我真没想到还能活着见到你，我爹、娘、媳妇、孩子都死在日本人手里了。"

刘毅瞪大了眼睛，吃惊地问："这么说你家里就剩你一个人了？"

周大鹏眼圈儿红了，说："你被抓走后的第二天下午，我在诊所收拾东西，王连长来诊所找你，说春桃从法库回来病了，耽搁了几天才过来。我告诉他你被日本宪兵带走了，让他去南关基督教青年会去找卫民。自打王连长走后，日本人就盯上了我。天天有日本浪人在诊所门口晃悠。我收拾完东西回到家里，来了几个日本宪兵和警察，说我是反日分子。"

刘毅端起茶杯看着周大鹏，带着几分歉疚道："来，以茶当酒，是我让你受苦了。"

周大鹏喝了一口水，回忆起那天发生的事情，说："我不敢再待下去了，买好了火车票，打算赶紧回老家，一早儿我和父亲正在院子里整理行李，捆扎箱子，我母亲在帮着我媳妇做饭，突然门被砸开了，一伙日本宪兵和两个警察端着枪，气势汹汹地闯进院子。一个警察走过来大声地问：

‘哪个是周大鹏？’我说我是，他上下看了我两眼，一挥手，让人把我五花大绑地捆了起来。我问他为什么捆我，那个警察问我是不是益善堂的伙计，我说是。他问我去春日町修过打字机的那个人是你吗？我说是我。他们说，你是反日分子知道不？说完不由分说地开始抄家。把所有的东西都搬到车上准备拉走时，我父亲上前阻拦，被一个日本宪兵用刺刀扎到肚子上，肠子眼瞅着流出来了。我娘急了，上前跟他们拼命，被那个警察开枪打死了。末了，见院子和屋里没有什么东西可拿了，回过头来，两个日本宪兵用刺刀把我媳妇给挑了，我儿子上去想去救他妈，被一个日本宪兵一枪托子活生生地砸死了。他还是一个十多岁的孩子啊，这帮畜生！他们把我带到宪兵队，给我灌辣椒水，坐老虎凳，折腾了一溜十三招儿看我实在也说不出什么来，就把我放了。家没了，亲人也都死了，我只好四处要饭。”说到这，周大鹏再也忍不住，捶胸顿足地号啕大哭起来。

待周大鹏平静下来，刘毅重新给他倒了一杯水，说：“这帮畜生，不得好死。从今往后你哪也别去了，就住我这吧，等过些日子，跟我一块去上海。”

周大鹏握着拳头，说：“要不是遇见你，过几天我就打算去参加义勇军了，我要亲手打死几个小鬼子，给我爹、娘和媳妇、孩子报仇。”

“去上海我还准备开办一家诊所，你接着给我当伙计吧。要是有机会，我跟你一块儿抗日打鬼子。”

“好，你走到哪儿，我跟你到哪儿。”周大鹏看着刘毅，带着几分歉疚说：“刘大夫，你交给我的那架照相机我没保管好，我装到箱子里也被日本人给抢走了。”

“算了，咱们去收拾东西吧。”

看看准备得差不多了，刘毅带着周大鹏去了柳条湖村。跟四年前不同的是，日军在村口修起了一座两层碉堡，两个铁路警备队的日军士兵端着枪观察着不远处南满铁路附近的过往车辆和行人。

刘毅和周大鹏拎着点心盒子，那两个士兵以为他俩是来走亲戚，并没有过多盘问，两个人径直来到柳明良老汉家。柳明良一早出去放羊回来把羊圈上，正打算吃晌午饭，见刘毅和周大鹏从外面进来，忙放下饭碗下地招呼两个人进了屋坐下，让老伴儿给两个人倒上水，问："你咋有空来了？"刘毅一抱拳，说："过些日子我打算去上海，我听说姜大哥被日军抓起来了，今天过来是想打听打听，姜大哥怎么样了？"

柳明良半天没有言语，掏出烟袋慢慢地从口袋里挖上一锅子烟，掏出火柴去划火，手哆嗦着半天没划着。刘毅上前接过火柴划火给他点上烟，柳明良吸了口烟，说："姜翰东死了快三年了。娘的，小鬼子把他绑在柱子上，泼上煤油，当着全村人的面，活活烧死了。太惨了，小日本，畜生啊！"

刘毅听了默默地垂下头，眼里流出泪来。周大鹏跟姜翰东早已经熟悉，一跺脚骂道："我日他八辈祖宗！"

柳明良扭过脸去对老伴说："把翰东写的信拿出来给刘大夫看看吧。"

柳明良的老伴打开炕柜，在下面的夹层里摸索着掏出一个羊皮口袋，从里面拿出一块白布，说："这是翰东托人从牢里送出来的。"刘毅伸手接过那块布，柳明良把烟袋从嘴上拿开，说："牢里的一个看守，买过姜翰东的缸，一次在街上让一个贼把钱偷走了，姜翰东追上去，狠狠揍了那个小偷一顿，硬是把钱要了回来。没想到两个人又在监牢里遇到了，这个看守非常同情姜翰东，佩服他是条汉子，答应把信给他带出去。他从家里给姜翰东找来一块布，翰东咬破手指，给你写下这封信。我不认字儿，也不知道上头都写了啥。"

刘毅缓缓把那块布打开，上面的血已经风干成了酱紫色。姜翰东写道："刘大夫，你看到这封信的时候，我早已经离开了人世。你知道吗？他们说要浇上煤油烧死我，说不害怕是假的，蝼蚁尚且偷生。可害怕有什么用，这些日本强盗杀人不眨眼，你放心，我会挺起胸膛去赴死，不会给中国人丢脸。再说我是死过一回的人了，当初要不是你救了我，我活不到今天。我能用这条命去为伸张公理和正义做点事，到阴间做鬼也堂堂正正。在这个世间，你是我唯一的亲人了，你要是能活着看到这封信，清明的时候，去村里我家老房子烧点纸吧，那缕青烟会带着我的孤魂回家看看。”刘毅再也忍不住了，将那块沾满姜翰东血迹的布贴在脸上痛哭起来。

柳明良在炕沿儿上敲了敲烟袋锅儿，说：“翰东兄弟死得惨啊，乡亲们在村西边的黄土岗上找了块干净地界儿，把他生前穿过的衣服、戴过的帽子埋了，大伙儿出钱让我找石匠给他刻了块碑藏起来了。他娘的，小日本早晚有滚蛋的那一天，到时候把碑给他立起来，让后人别忘了，咱村儿里还有这么个顶天立地的爷们儿。”

刘毅掏出十块银圆，说：“柳大哥，刻碑的钱我出。我这一走，道儿远回来一趟不容易，剩下的钱，逢年过节的时候，替我给翰东烧点纸吧。”

柳明良让刘毅和周大鹏在家里吃了晌午饭，又带着刘毅和周大鹏去了姜翰东的老屋。刘毅将那块布掏出来，缓缓地铺在地上，跪下来磕了个头，哽咽着说：“姜大哥，你写的信我看了，身为五尺男儿，面对生灵涂炭，你侠肝义胆，慷慨赴死，浩然正气，天地可鉴。我答应你，回来一定过来看你。”说罢，从柳明良手里拿过火柴，将那块布划火点燃。一缕青烟盘旋着向空中飘去，久久不散。刘毅的眼眶再次湿润了。

年底，刘毅和周大鹏去了上海。

第三十七章 真爱无价

秋色还没来得及褪去，冬天早早地来到了熊本县。漫天的雪花飘落下来，原本色彩斑斓的峰峦沟壑，被涂抹成一派单调的白色，唯有大片大片的杉树、桧树、落叶松，像不甘于被冰雪欺凌的斗士，倔强地挺立在山坡上。

惠子漫无目的地在雪地上走着，随手从地上捧起一把雪，捏成雪团，朝一棵落叶松扔去。树枝上面的积雪飞落下来。露出一根根暗绿色的针叶，这让她想起跟刘毅一块去东陵公园时的情形。她走到树下仰起头来，问："你告诉我，刘毅大哥怎么样了？他还活着吗？"回答她的只有树上的小鸟叽叽喳喳几声鸣叫。惠子深一脚浅一脚地来到山坡下一块巨大的山石下面，她还清楚地记得，小时候，经常和几个小伙伴在离石头不远处的小河里嬉戏。他们把花瓣儿扔到水里，跟着漂在水面上的花瓣儿奔跑，谁第一个把花瓣儿从水里捞起来，谁就把它插在头上，大伙簇拥着她，给她唱歌听，那个孩子挺起胸脯，理所当然地接受小伙伴们的夸赞，惠子常常是那个被围在中间的得胜者。往事像小河里的流水一去不返了。她想，要是刘毅在该多好，她会把儿时的趣事讲给他听。

刑满释放后，她从熊本县监狱回到了自己的家。她思念自己的父母，也思念能勾起她儿时美好回忆的山山水水。她像一只孤雁，经历了风风雨雨，终于回到了自己的巢穴。站在熟悉的院子前，她轻轻地推开那扇虚掩的院门，看着满头白发，苍老了许多的母亲，正在院子里晾晒衣服，她眼里涌起泪水，声音颤抖地道："妈妈，我回来了。"说着"扑通"跪在地上。

瞿花抬头，见是她日夜思念的女儿三河惠子，忙俯下身子，一把拉住她："我不是做梦吧？"父亲三河太郎听到声音，也从屋子里出来，惊喜地走过去一把将惠子揽在怀里，三个人喜极而泣。

转眼到了年底，三河太郎想给惠子找份工作，惠子咬着嘴唇摇了摇头。瞿花见女儿一副心事重重的样子，当着三河太郎的面不好多问。晚上吃过饭，她来到惠子的房里，惠子起身让母亲坐下。瞿花摸着惠子的头，问女儿："你爸爸想让你出去做点事，告诉妈妈，你是怎么想的？"

惠子看着窗外渐渐暗下去的天色，缓缓地说："我想好了，去中国找刘毅，他是生是死我要弄个明白。"

"你喜欢他？"

"嗯。"

三河太郎推门进来，坐到椅子上，劝说道："惠子，听爸爸的，你去找份工作吧，不行，就去学校教书，校长一直在让我帮着找老师。有了事情做，也许慢慢就把他忘了。"

"找不到他，我什么也做不下去。"

三河太郎轻轻地叹了口气，看着跟自己一样倔强的女儿，灯光下，惠子清秀的面容明显带着几分憔悴。三河太郎不忍心看着女儿再这样折磨自己，说："惠子，你是个好孩子，当初爸爸让你去中国是为了报恩，想不到你受了那么多委屈，你完成了爸爸的心愿，我打心眼儿里高兴，死也能闭上眼睛了。可你不能再回去找刘毅了，现在中日之间的战争不但没有结束的迹象，还在扩大。你是被打入另册的人，这个时候去找刘毅，我和你妈妈不放心啊，万一有个好歹咋办？"惠子半天没有说话。

瞿花拉着惠子的手，说："你爸爸说的对，这些年你知道妈妈是怎么过来的吗？我天天做梦梦见你，有好几次，梦见你被老虎追赶，掉进山涧里。妈妈就你这么个女儿，听爸爸、妈妈的话，我们老了，你要是有个三长两短的，我们怎么活？"

惠子不再说话。看看天色已晚，三河太郎和瞿花回去歇息了。

这天，三河太郎和瞿花早上起来，招呼惠子吃饭，发现人不在，瞿花吃惊地发现桌子上放着一封惠子留下的信。三河太郎打开信，见上面是惠子用中文写给他和瞿花的："爸爸、妈妈，我知道你们爱我，但我真的不能忘掉刘毅，你们也许笑话我没出息，但女儿此生别无他恋。回家后的这些日子，女儿无时无刻不在回想与他在诊所、公园、饭店相聚时的往事，我愿与他相守此生，纵有千难万险，也义无反顾。我去找他了。"

惠子早在一个多月前就背着父母报名参加了去中国东北的开拓团。从熊本上了开往福冈的火车，她渐渐轻松下来。到了福冈，等了三天才得到消息，可以上船了，她不由一阵欣喜。她是用三河惠子的名字报名登记的，正当她准备登船时，来了几个开拓团头头模样的人，他们带着一伙警察，拦住了准备登船人的去路，她不由心里一惊。只见那个头头模样的人一步蹿到一个货箱上，冲着底下黑压压的人群扯开嗓子道："你们都听好了，今天男的上船，女的不要。"他的话音刚落，底下便有女人尖着嗓子大声嚷嚷起来：“我们等了三四天了，为什么不要我们？”惠子心想，是不是他们发现了自己是冒名顶替。自己已经是被记录在案的人，他们要是查出来，就会把自己抓起来，自己就会重新去坐牢，不但见不到刘毅了，还会连累父母。她转身想离开这里。这时只见那个头头模样的人不耐烦地挥了挥手，从货箱上跳下来，带着警察挨个查验了男人的名字身份后，将男人放过去，带着人呼啦啦地走了。女人们开始跺着脚大声抱怨起来。码头上乱哄哄的。惠子悬着的一颗心放下来，迎着带有腥臭味的海风站了一会儿，觉得头晕，想回旅馆歇息。走了没多远，嗓子眼儿发痒，忍不住蹲在地上大口呕吐起来。

好不容易回到住处，肚子饿得“咕咕”直叫，她到街上随便找了点吃的回来，昏沉沉地睡下了。第二天醒来，身上的骨头像被抽走了一样，软绵绵地没有了一点力气，连头都抬不起来了。她迷迷糊糊地睡了两天，旅馆的老板娘怕她死在自己这里，给惠子煮了一碗粥。她一点点喝下去，觉得有了点精神，强撑着去了码头。

码头上只有几个脚力在扛着箱子装船。她问了好几个人才知道，要两三天后，开拓团才能随着一艘邮轮去大连。

冷风中她转身要往回走的时候，一个妖艳的女人拉了拉她的衣袖。惠子站下来，扭头瞅了她一眼，只听那个女人淫荡地说：“看你模样这么俊俏，跟我去安妇团吧。”惠子厌恶地看了看她，转身想离开。那个女人并不想放弃，拦住惠子继续摇唇鼓舌道：“前线的将士在流血，我们女人为他们服务是很荣耀的事，去了还有钱赚，我不骗你，跟我走吧。”

惠子再不愿听她喋喋不休的唠叨，快步走开了。

到了第三天，她如愿登上了开往大连的邮轮。

茫茫的大海上，不时有海鸥在轮船上空盘旋，丝丝缕缕的浮云在空中不停地交织成各种各样的形状，让寂寥的天空有了一丝生气。惠子两只手扶在甲板的栏杆上，想着就要见到刘毅了，心里甜滋滋的。到时候她会喊他哥哥，再给他一个大大的吻。望着头上那一只只不停鸣叫翻飞的海鸥，她的思绪早已飞到了奉天，伫立在甲板上，任由冰凉的海风撩起她的头发，莫名的兴奋让她一点也没感觉到冷。然而，她扑了个空。

她站在熟悉的益善堂诊所门口，望着空荡荡的屋子，失神地靠在挂着铁锁的门上，泪眼婆娑。心里说，刘毅，我的好哥哥，你去哪儿了？四周没有一点声响，只有屋檐上的枯草，在风中“簌簌”地抖动着。几只鸟儿飞来，在树枝上停留了片刻，又张开翅膀飞向空中。她想，自己要是有一双鸟的翅膀该多好，翱翔着去寻找心爱的恋人。她失神地收回目光，慢慢地转身离去。而此时，刘毅和周大鹏正在去往上海的路上。

1936 年新年过后，刘毅带着周大鹏在他同学付晓丽的帮助下，在霞飞路开办了一家中医诊所。跟在奉天一样，门楣上的匾额依旧刻着三个鎏金楷书大字：益善堂。

第三十八章 一拍即合

1938 年夏天，连着下了几场雨，武烈河的水涨了起来。汹涌的激流，用力拍打着堤岸，不时发出“哗哗”的声响。一棵棵岸柳，像一对对恋人，抖动着枝条，仿佛在喁喁私语。

张延阁和妻子王小乾坐在河边的一块石头上，看着远处正在西坠的落日和箭一样从水面上掠过的水鸟，紧紧地依偎在一起。他们两个月没有见面了，几天前，正在组建战地医院的王小乾接到北方区委的通知，让她立即动身去献县、河间一带接收伤员。张延阁也被任命为冀中军区卫生部医药、医疗器械股股长，将去晋县接受任务。

张延阁深情地看着妻子，将她额头上被风吹乱的几缕头发梳理整齐，在她的脸上轻轻地吻了一下，说：“卢沟桥事变后，日本军队开始南下，国民政府却一退再退，眼下华北地区已经被日本军队攻占。”

王小乾坐直了身子，抬头望着被夕阳的余晖染成橘红色的一片片晚霞，说："我们不能让倭寇在我们的土地上横行，听军区首长说，我们已经在冀中成立了抗日队伍，还建立了多个抗日政权。"

张延阁从树上折下一根柳条，将上面的树叶一片片摘下来扔到河里，扭过头去看着妻子，说："人民自卫军与河北游击军已经合编为八路军第三纵队，吕正操任军区司令员兼纵队司令。这次上级派我去执行的任务，是为战地医院和前线的包扎所采购药品、止血纱布和手术器械。我这一走，恐怕我们再见面就难了，你要照顾好自己。"

"放心吧，我已经把孩子托付给房东刘大伯一家了，把那只玉猪龙戴在儿子身上，等打跑了鬼子，我们去找儿子也好有个信物。"

两个人紧紧地相拥在一起，张延阁动情地说："等我们儿子长大了，再不会有战争了。答应我，好好活着，等着胜利那天，我们一块把儿子接回来，让他上大学，将来好好地把我们国家建设得强大起来，再不受人欺负。"

夕阳的余晖映红了河水。一群野鸭在水面上时而把头伸进水里觅食，时而探出头来发出"嘎、嘎、嘎"的叫声。"你看，它们有多自在，多快活。"张延阁若有所思地说。

"是啊，为了将来我们的后人能幸福地生活，就是流血牺牲，我也愿意。"两个人站起来，手拉着手，并肩向村里走去。

吃过晚饭，刘毅坐在院子里，接过周大鹏递过来的茶水，吹了吹浮在上面的茶叶沫，目光投向院子外面的那株香樟树。两年了，它那浓密的枝叶像个淘气的娃娃，已经可以探头探脑儿地伸进来了。他在等一个人。

那还是两个多月前的一天上午，一个五十多岁，自称叫艾尔利特的奥地利老人来到诊所，说自己一条腿患上风湿疼得厉害，走路吃力，吃了很多药不见好，听人说益善堂是一家中国人开的中医诊所，他特意跑了很远的路，来看看能不能治他的腿疾。老人见到刘毅的第一句话，说他对中国有着特殊的感情，他的病在这里一定会治好。刘毅不知道老人为什么会这么说，给他艾灸、拔火罐，服汤药。经过两个多月的治疗，老人的腿果然不疼了。从那以后，老人再没来过。

又过去了一个月，这天下午，外面不紧不慢地飘着细雨，这位奥地利老人冒着雨来了。进了屋儿，脱去湿漉漉的雨衣，接过刘毅拿给他的毛巾，擦去脸上的雨水，说："你治好了我的腿，再没疼过，走路也轻快了，我来，是想谢谢你。还打算跟你商量一件事。"

"哦，什么事，不妨直说，能办到的，我一定鼎力相助。"

"你愿不愿意为在前线与日本人作战的八路军提供药品和手术器械？"

刘毅目不转睛地看着这位奥地利老人，问："你为什么要做这件事？"

看着窗外迷蒙的雨雾，老人喝了一口水说："我不叫艾尔利特，我真正的名字叫阿瑟·科恩伯赫，是奥地利犹太人，我的父亲早年在瑞士经商，因此我们全家都加入了瑞士籍。我父亲去世后，叔叔带着我和我的女儿一块回到了奥地利，是中国人让我们一家死里逃生。"

刘毅惊异地看着老人，不知道他这话从何说起："你是说中国人救了你们全家？"

老人挪动了一下身子，说："去年春天，德意志国野蛮地吞并了奥地利，开始疯狂地屠杀犹太人，他们想把居住在这里的犹太人关进集中营，赶尽杀绝。后来，迫于国际人道组织的压力，就做了一个规定，我们只要拿到任意一个国家的签证，就可以离开奥地利。对我们来说，离开就是生存，留下则意味着死亡，所有的人都想活命。你无法想象当时的情形，成千上万的犹太人奔走于各国领事馆。想不到的是，在奥地利的五十多个国家的领事馆在德意志国的淫威下，都以自身有困难为由，向犹太人亮了红灯。正当无数的犹太人陷入了绝望的时候，中国的外交官何凤山先生，冒着极大的风险，开始向犹太人发放前往中国上海的签证。当时我和叔叔带着我的女儿已经把除了中国以外的驻维也纳的五十多个领事馆都跑到了，却一个签证也没有拿到。当我们一家觉得死神已经站在我们面前时，何凤山不忍心看着犹太人在维也纳等死，我们意外地从中国总领事馆拿到了前往上海的签证。从那天开始，中国总领事馆门前每天从早到晚排着长龙，许多求助无门的犹太人也跟我一样，在这里拿到了‘生命签证’，从而逃离欧洲来到中国上海，有的还转道去了美国、澳大利亚。”老人哽咽着说不下去了，掏出手帕擦了擦眼角的泪水：“到上海后，叔叔带着我开了一家医药公司，我已经跟叔叔商量好了，为报答中国人让犹太人免遭杀害的义举，我们跟你们一块抗击日本法西斯的侵略，为八路军提供战地医院需要的药品和手术器械。我今天来，是你医好了我的腿，我想当面说声谢谢，也是专门为这事来找你的。”

“太好了，我愿意跟你一起来做这件事，买药品和手术器械的钱我来出。”刘毅想了想，担心地问老人：“可你不怕让日本人知道吗？他们会抓你去宪兵队的。”

“瑞士不是交战国，日本人不会难为我们这些生意人，再说日军也从我们手里购买了许多药品和战地救护器械，他们也害怕我们把事说出去，对他们不利。前些日子我女儿已经跟八路军的加拿大医疗队取得了联系，她这两天就要从前线回来了，到时候我带她过来，咱们见了面商量一下，听听我女儿有什么打算……”

敲门声打断了刘毅的回忆，周大鹏走过去打开门，科恩伯赫带着一个二十岁上下的年轻姑娘站在外面。刘毅把科恩伯赫和那个姑娘让了进来。

那个姑娘高挑的身材，宽宽的额头，坚挺的鼻梁，一双棕色的大眼睛忽闪忽闪地冲着刘毅眨了眨，按照中国人见面时的礼节，双手抱拳，用一口流利的汉语道：“刘大夫，你治好了我爸爸的腿，多谢了！”

“这是我的女儿凯瑟琳。”科恩伯赫介绍道。

几个人依次落座，周大鹏把刚刚沏好的西湖龙井茶给几个人倒上，退了出去。凯瑟琳喝了一口茶，对刘毅说："听我爸爸说，你要与我们合作，为在前线与日本人作战的八路军提供药品、止血纱布和必要的手术器械？"

"是啊。"

"我刚从冀中前线回来，见到了加拿大的白求恩大夫，他率领一个由加拿大人和美国人组成的医疗队，在山西雁北和冀中前线进行战地救治，已经为伤员做了 300 多次手术，建立了 13 处手术室和包扎所，救治了大批八路军伤员。"

"这下可以大量减少伤亡。"刘毅兴奋地说。

"可是前线的药品和手术器械远远不够，我这次去前线，冀中军区卫生部的张延阁股长正在为这件事发愁，过些日子，我就准备采购一批药品和止血纱布送过去。"

"好，让周大鹏跟你一块去，他一直想打鬼子，为他爹、妈、媳妇、孩子报仇呢。"

"好吧，等我把东西准备好了就走。"

刘毅出去把周大鹏叫进来，周大鹏听说让他为前线的八路军运送药品，毫不犹豫地答应下来。

看看时间不早了，父女俩担心路上遇到日本人盘查，告辞离去。

送走了凯瑟琳和她的父亲，刘毅抬头见一弯新月斜斜地挂在天上，暗自发誓，为了能早一天把日本强盗赶出中国去，就是倾其所有，也在所不惜。

第三十九章 界桥突围

1941年开春后，日寇发动了对冀中地区的大规模进攻，一时狼烟四起。

张延阁接到凯瑟琳的信，带领一个排的八路军战士来到界桥村。几天后，凯瑟琳和周大鹏将送来一批战地医院和包扎所急需的药品、手术器械和止血纱布。让他没想到的是，第二天军区独立团的战地医院也转移到界桥村，张延阁意外地见到了久别的妻子王小乾。

王小乾忙着照顾伤员，张延阁在一旁站了好长时间她都没有发现，还是边上的一个卫生员跟他打招呼："张股长怎么也在这儿？"王小乾闻声转过头来，见是自己的丈夫，忙跑过来，一把抱住张延阁，久久地说不出话来。张延阁用手轻轻地抚摸着已经快三年没见的妻子，说："你还好吧？"王小乾将头埋在张延阁的怀里，柔声说："还好，就是觉老是睡不够。"

张延阁心疼地抚摸着妻子的额头，说："等抗战胜利了，我做饭、洗衣服，让你睡上三天三夜。”王小乾“扑哧”乐了。这时，一个卫生员急匆匆地跑过来大声道：“快，小乾，孙连长又昏过去了。”王小乾顾不得跟张延阁再说什么，拔腿跟着那个卫生员进了旁边的一间屋子。张延阁转身向村口走去，已经两天了，凯瑟琳一点动静没有，是不是路上遇到了麻烦？敌人封锁得很严，在到处烧、杀、抢、掠，天黑前仍等不到凯瑟琳的消息，必须立即转移。排长李明亮这时快步跑了过来，急促地说：“张股长，敌人把村子包围了，放哨的两个战士牺牲了。”

张延阁听了一愣，命令道：“你去通知医院马上转移，剩下的人准备战斗。”

村外响起了密集的枪声，张延阁从腰间拔出枪来，快步朝村里跑去。

接到通知，战地医院的十几名卫生员在王小乾的带领下，开始护送伤员转移。张延阁派出去察看敌情的侯福才回来报告说：“村子东头是一条河，那里的敌人不多。”

“好，你去告诉李排长，掩护伤员从这里突围，动作要快！”

“是！”

很快，王小乾指挥卫生员抬着十几个伤员来到村口。张延阁和李明亮带着战士们趴在一间牲口棚里监视着敌人的动静。眼看着伤员全部出了村子，一伙日军和十几个伪军发现这里有人准备过河，径直冲了过来，张延阁命令战士们开火，立即枪声大作。更多的日军和伪军听到这里响枪，快速包抄过来，开始向王小乾的担架队拼命射击。张延阁和排长李明亮带着战士们出了村子向河滩冲去，双方激烈交火，原本寂静的河滩上硝烟四起，枪声炒豆般响成一片。几个战士负伤倒了下去，已经快下到河滩的王小乾见日军冲了过来，一面让跟随医院负责掩护的几名战士在张延阁的指挥下一道阻击日伪军的进攻，一面带着卫生员抬着担架不顾一切地向河对面冲去。突然一个卫生员中弹，身子一侧歪，站不起来了，王小乾上去从那个卫生员手里接过担架，这时，日伪军在张延阁和战士们的顽强阻滞下，冲击的速度迟缓下来。王小乾带领担架队眼看着就上了对岸，突然，一颗日军的手雷在王小乾身边爆炸，掀起了很高的水柱，王小乾只觉得肚子一阵剧疼，眼前一黑就什么都不知道了。张延阁和李明亮不顾一切地向日军扫射，又有几个战士负了伤。很快，担架队全部渡过河去了。李明亮跑过来大声道："张股长，医院已经突围了。""好，撤！"张延阁和李明亮带上负伤的战士，边打边从村子里退了出来。

傍晚，他们来到附近不大的一个村子，为躲避敌人，村里的人全走了。他们从早上开始就没吃东西，饥肠辘辘地找了间屋子想休息一下，天亮后再做打算。夜里，放哨的战士领进来一个老汉，说是回来取东西的。见到张延阁后，高兴地说："你们可来了，这些日子，日本鬼子到处抢东西，烧房子，杀人都杀红了眼，把大伙害苦了，我那媳妇、孙子都让小鬼子打死了。"老汉一边说，一边擦眼泪。

"大伯，我们一定给你报仇。"

"你们饿了吧，等着，我给你们做口吃的去。"

老汉说完去了牲口棚，从驴槽子底下拽出一条口袋，里面是小米。老汉担心夜里生火引来敌人，把小米用碾子碾碎，放到碗里，每个人冲了一碗小米糊糊。第二天天刚亮，张延阁就带着人出发了。

张延阁和战士们回到离界桥村不远的小王庄又等了三天，派去界桥村与凯瑟琳接头的侯福才，带着凯瑟琳、周大鹏和几车药品、止血纱布回来了。原来路上下大雨，滹沱河河水突涨，耽误了两天。张延阁把药品和止血纱布送到战地医院，接到军区卫生部部长刘鸣派人送来的信，让他立即去后马庄的军区政治部，周亮部长在等他。在后马庄一间民房里，军区政治部部长周亮心情沉痛地告诉他说：“王小乾在界桥村带领战地医院的伤员突围时，为掩护伤员不幸牺牲了。冀中军区为她追记二等功，授予烈士称号。”

张延阁眼前一黑，差点栽倒，他正了正军帽，敬了一个礼，一句话也说不说来，大颗大颗的泪珠从脸颊上滚落下来。他的眼前浮现出小乾在界桥村扑在他怀里开心的样子，心里说，小乾，这回你可以好好地睡个觉了。从屋子里出来，见一只鸡冠鸟落在不远处树枝上，他想着小乾在他怀里撒娇的样子，轻声地冲着那只小鸟喃喃地说：“看你头上的羽冠多好看啊，你能告诉我小乾在哪儿吗？”那只鸡冠鸟竖起漂亮的羽冠在树枝上跳动了几下，鸣叫着飞走了。张延阁撕心裂肺地痛哭起来。

初冬的一天上午，在永清县小方庄的一个农家院里，张延阁和几个战士在忙着把凯瑟琳、周大鹏送来的药品和手术器械装到马车上，准备送往前线的战地医院和包扎所，一名通讯员骑马送来一封信。张延阁打开一看是军区卫生部刘鸣部长签发的嘉奖令，上面还有白求恩战地医疗队全体人员的签名，表彰他和他的医药、医疗器械股的战士们，冒着生命危险，为前线的包扎所和战地医院，提供了大批救治伤员急需的药品和手术器械，挽救了无数八路军战士的生命。张延阁一下想到了妻子王小乾，她要是活着多好，看到这份嘉奖令不知道会多高兴哪，一定会孩子似的搂着他好好亲昵一番……

张延阁不敢再想下去了，默默地把信揣进怀里，招呼战士们装车，眼泪却不听话地溢满了眼眶。

第四十章 倾吐心声

1942年，日伪军对冀中地区发动了更加疯狂的“大扫荡”，要消灭八路军主力，他们在冀中平原烧杀奸淫、无恶不作。面对日军的种种残暴行径，冀中八路军在平原地区开展了艰苦卓绝的反“扫荡”，由于战斗频繁，伤亡急剧增加，急需救治伤员的药品和止血纱布。张延阁立即与上海的葛素华医药公司取得了联系。

远在上海的凯瑟琳，已经两天两夜没合眼了。周大鹏和她的几个雇员购置药品四处碰壁，日军对上海全面占领后，封锁得越来越严。她接到张延阁的信后，知道日军对冀中平原开始了以烧光、杀光、抢光为目的的疯狂进攻。根据地正处于最艰难的时期，而上海各大批发商出售的药品，必须由日本人查验。榆林一个姓韩的批发商，因为不满日军的这一粗暴行为，顶撞了日本人几句，被安上反日的罪名带走后，下落不明。无奈，凯瑟琳的叔叔去了香港，找到霍英东，才设法购进了大宗的药品和纱布。凯瑟琳接到叔叔发来的电报，总算松了一口气，估计这两天香港的货就到了。

过了三天，她接到电报，让她去码头接货。当她和周大鹏带着人把所有药品送进仓库，日军突然把仓库查封了。凯瑟琳的父亲科恩伯赫拿着自己的瑞士护照怒气冲冲地去宪兵司令部理论，日军才迫不得已给予解封。凯瑟琳和周大鹏生怕再出什么意外，带着人连夜装车赶往河北。

他们先是用汽车，半个多月后，进入河北地界，把货转到几辆雇来的马车上。他们打着瑞士上海葛素华医药公司的旗号，通过重重关卡，按照约定，来到了一个叫神树湾的村子。村里的妇救会会长马兰已经接到上级的指示，安排凯瑟琳和周大鹏住下，她给牲口添上草料，等着张延阁带着人来取药。

天刚蒙蒙亮，突然村外响起了枪声。周大鹏一骨碌爬起来跑到院子里，放哨的一个伙计慌慌张张地进来，大声道："不好了，鬼子来了！"凯瑟琳听到动静也开门出来，听伙计说鬼子进村了，吃了一惊。周大鹏拔出枪来，吩咐伙计们立即赶上大车朝村外转移。此时，十几个伪军和六七个鬼子已经开始挨家挨户地砸门，大声吆喝着让人们去村口的刘家大院门前集合。妇救会会长马兰带着几个民兵过来了，对周大鹏和凯瑟琳说："村子的各个路口都被敌人封锁了，看来一时半会儿出不去，老百姓都下了地道，你们待在院子里，我看看有多少鬼子伪军。"说完带着民兵上了房，周大鹏和伙计们关上院门，也跟着来到房顶。这时，两个伪军带着一个鬼子闯了进来，发现了院子里的几辆大车。一个伪军上前用刺刀挑开一个箱子，见里面全部是药品，那个鬼子"嘿嘿"地笑着，冲着那个伪军竖起大拇指："信季耐！（不敢相信）"马兰来到周大鹏和凯瑟琳身边低声道："敌人不多，只有六个鬼子和十多个伪军，看来他们是来搜剿八路军伤员的。"

“我们怎么办？”周大鹏急着问。

“我带人把鬼子引开，你们赶上大车出村，越快越好。”

说完马兰和几个民兵趴在房上，开枪射击，一个伪军被打倒在地，那个鬼子和几个伪军冲着房上“砰砰”地放起枪来。枪声很快引来了在村子里正在挨家搜索的几个鬼子和伪军，大声地喊叫着“八路的有”，跑过来跟着朝房上不停地胡乱地开起枪来。马兰和民兵利用房顶上的烟囱作掩护，不断地回击，吸引敌人向村子的另一头去了。周大鹏趁机和凯瑟琳带着伙计从房上下来，赶上大车出了院子。没想到一个鬼子和两个伪军发现后，又回过头朝周大鹏这边跑过来。周大鹏举枪将前面的一个伪军打倒，赶着大车快速向村外冲去，突然他觉得胳膊一震，低头一看血流了出来，他知道自己负伤了。凯瑟琳忙从挎包里掏出绷带，没等给周大鹏包扎好，一个鬼子开枪击中了她的大腿，凯瑟琳“扑通”跌倒在地。周大鹏大声吩咐伙计将凯瑟琳抱到车上，正打算继续向村外撤退，突然街上传来激烈的枪声。原来，张延阁听到村子里枪声响成一片，知道是周大鹏遇到了敌人，当即带着战士们冲进村子。马兰见是来取药的张延阁，也从房上下来，前后夹击，一个鬼子和两个伪军被打死，剩下的慌忙跑了。

张延阁率领战士们把药品送到部队，卫生部长刘鸣命令张延阁护送腿部负伤的凯瑟琳和胳膊挂彩的周大鹏回上海治疗。张延阁怕再出意外，与凯瑟琳扮作一对夫妻，在保定雇了一辆汽车，打着瑞士葛素华医药公司的名号，以去上海购置医疗用品为掩护，七八天后回到上海。刘毅检查了凯瑟琳和周大鹏的伤势，没有伤到要害，便放下心来，安排凯瑟琳在诊所住下，每天悉心为两个人敷药、疗伤。

完成护送任务的张延阁准备回部队了，晚上，刘毅在有名的浦江饭店要了几个菜，为张延阁饯行。月光悄无声息地洒在院子里，晚风从院墙外香樟树的叶子上掠过，带来阵阵凉意，深蓝色的天空仿佛悬在头顶上的一块巨大的蓝宝石。凯瑟琳端起酒杯，说："今晚的夜色真美，要是没有战争该多好。"

张延阁看着眼前这个漂亮的犹太姑娘，思绪又回到了炮火纷飞的战场，眼前浮现出王小乾抬着担架过河时的情形。他将杯里的酒一饮而尽，抬起头，说："是啊，要不是日本鬼子，我的孩子就会在我身边一点点长大，我的妻子也不会过早地离开我。"

刘毅抬头望着皎洁的月光，想起了自己的家乡，也陡生伤感，说："我们只有早一天把日本强盗赶走，才有好日子过。"他看着张延阁问道："听凯瑟琳小姐说，你爱人在战地医院做卫生员？"

"是啊，我没有保护好她，对不起校长。"说着眼眶湿润了。于是，他回忆起自己与王小乾从小在一块读书，长大后两个人相恋的经历。当他说到自己的岳父王竹坡时，刘毅一下愣住了，他站起来握住张延阁的手，激动地说："我从日本宪兵队的牢房里出来就听说了，要不是你和你岳父，'天剑一号'也许就会落入敌手，国联调查团拿不到这样一份重要的证据，在国联大会上的报告很难通过，想不到今天在这里遇到了你，来，咱们干一杯。"

凯瑟琳在一旁静静地听着张延阁的讲述，她十分同情张延阁的遭遇，对他的妻子王小乾舍生抢救八路军伤员，更是十分敬佩。回想起从冀中回上海的路上，两个人以夫妻相伴，张延阁照顾她格外周到细致，使她第一次对一个男人有了别样的一种好感。路上，她从张延阁那里得知他的妻子在冀中前线牺牲了，想安慰他几句，搜肠刮肚找不到一句让她满意的话。此刻，她见两个大男人激动的样子，知道张延阁和他的岳父做了一件很了不起的事情。要不是腿伤没有好利落，她真想过去给张延阁一个大大的拥抱。她的耳畔仿佛回响起肖邦的《英雄波兰舞曲》。这天晚上，他们都有了些许的醉意。

第二天，张延阁和刘毅早早地起来了。张延阁打扮成一个行商，一袭深灰色长衫，外罩一件咖啡色马甲，头戴一顶藏蓝色瓜皮小帽，肩上背一个藏蓝布褡裢。刘毅上下看了看，没有问题，准备送张延阁上路。凯瑟琳拄着拐杖从屋里出来，招呼张延阁道："你到我屋里来一下。"张延阁不知道凯瑟琳找他有什么事，跟着凯瑟琳进了屋子。凯瑟琳从抽屉里拿出一封信，脸一红，说："这是昨天夜里睡不着起来写的，你在路上看。"张延阁把信收起来，说："你好好养伤，根据地还需要药品，大家都等着你早一天好起来。"说完转身要走，凯瑟琳一把抓住他的胳膊，轻声说："我爱你。"张延阁一时有些不知所措，路上他听凯瑟琳说起过，她的未婚夫约瑟华在日内瓦，摇了摇头，说："这样那个小伙子会不高兴的。"凯瑟琳却在张延阁的脸上吻了一下："可我更愿意嫁给你。"

张延阁有些尴尬地摆了摆手，说："我在前线跟日军作战，生死难料，你还是去找约瑟华吧，他恐怕等不及了。"

凯瑟琳一头扑在张延阁怀里，柔声说："不，我要你娶我。"张延阁不好再说什么，轻轻地把她推开，默默地转身拉开门出去了。

上了火车，张延阁找了位子坐下，拿出凯瑟琳给他写的信，只见上面用中文写了几句话："张股长，你是个好人，我未婚夫是我母亲一个亲戚家的孩子，我母亲愿意，我跟他没有感情。答应我做你的妻子好吗？"张延阁把信一点点地撕成碎片，他无法忘掉王小乾，更不想让那个英国小伙子因为自己受到伤害。他只想尽快回到根据地，那里有很多工作在等着他。

望着外面一望无际的田野，他眼前出现了那些急等着救护的伤员……

第四十一章 狼窝救人

1944年春，日伪军纠集大量兵力，对冀中抗日根据地进行长途奔袭、合击。冀中军区部队采取“避实击虚，避强击弱”的方针，向日伪军发起了春季攻势。

这天上午，张延阁接到军区卫生部刘鸣部长的命令，称：日军1500余人“扫荡”白洋淀以南地区，军分区部队除留一部与日军周旋外，大部兵力深入敌占区，两周中作战14次，攻克据点碉堡40余处，袭击肃宁、安新两城，打死打伤日伪军70多人。第十军分区部队一部在新城东南义店村粉碎日伪军1400余人的合击，毙伤日伪军240余人。因战斗频繁，药品和手术器械极度匮乏，命你带人火速购置药品器械，送往前线包扎所和战地医院。

张延阁立即让凯瑟琳采购药品和手术器械。4月下旬的一天，张延阁按照约定带着人来到留村，第二天一早周大鹏也赶到了这里。村里的维持会会长马长仁是个汉奸，见村里来了两伙儿人，大车上拉的都是大小不一的箱子，立即去报告了驻守在县城里的日军中队长黑川，黑川带着一个小队的日军和一个中队的伪军赶了过来。张延阁和周大鹏简单吃了一口饭，赶着大车还没出村子，就被黑川拦下了。黑川盯着张延阁厉声逼问："你的八路的干活？"张延阁用力摇着头："我是做买卖的商人。"黑川看着端着枪，化装成押车伙计的八路军战士，眼里冒出凶光，上前一把抓住张延阁的衣襟："你的撒谎的有。"说着一扭头，几个伪军过来将张延阁用绳子捆了起来。周大鹏拿出瑞士葛素华医药公司的护照，黑川看也没看，就让人把张延阁的人缴了械，连同周大鹏和他的几个伙计一块儿捆上押走了。周大鹏心想，一路上这本瑞士护照都管用，怎么到这儿不灵了呢？转念一想，也许是张延阁和他带来的人让日本人产生了怀疑。排长李明亮想动手，被张延阁制止了。张延阁心里清楚，一旦交起手来，这些药品就会全部落到敌人手里。李明亮从张延阁的眼色中知道张延阁的用意，让他见机行事。

黑川将他们关到县城一户地主家用来装杂物的屋子里，几挂大车拴在院子里的两棵树上。夜里，拉车的牲口饿得"咴咴"叫起来，李明亮趴在窗户上，见门口站岗的伪军无精打采地一个劲儿地打哈欠，喊道："嘿，没听牲口叫唤吗？放我出去给牲口喂点料。"他想把两个伪军引开，那两个家伙没听见似的，不搭他的茬儿。他便用力挣断绳子，掰断窗栏杆，让个子矮小的侯福才从窗户钻了出去。见侯福才三蹿两蹿到了门口，李明亮放开嗓子喊叫起来："哎哟，快来人哪，我肚子疼死了，快来人啊！"那个伪军听到动静，忙端着枪跑过来，嘴里嘟囔道："半夜三更的叫唤个屁，一惊一乍的。"侯福才乘机溜了出去。那个伪军打开门见李明亮仍不停地喊肚子疼，去倒了一碗水过来。李明亮"咕咚咕咚"把水喝下去，估摸侯福才跑远了，把水碗递给那个伪军，坐在地上不吭声了。

军区卫生部刘鸣部长见张延阁迟迟没有消息，猜想是他们路上遇到了敌人。他正想派人去留村打探情况，侯福才回来报信。得知张延阁和药品被困在安新县城，他立即报告给军区参谋长郝胜利。第二十八团三营二连连长王来福奉命去解救张延阁。

1932年春，王来福跟春桃把“天剑一号”送到法库，回到家里，春桃就病倒了。身上发冷，头晕目眩，站立不稳。过了六七天，春桃才渐渐好起来。王来福这才去刘毅的诊所报信。进了门，发现只有周大鹏一个人在收拾东西。王来福吃惊地问周大鹏：“刘大夫呢？这是咋了，劈儿片儿的，要搬家咋的？”周大鹏眼睛湿润了，哽咽着告诉他，是他不小心连累了刘毅，日本宪兵把他抓走了。”

王来福一跺脚：“小日本，你王八蛋！”

周大鹏告诉他，刘毅留下话，让他去南关基督教青年会去找卫民。王来福安慰了周大鹏几句，气呼呼地走了。

从刘毅诊所回来的第二天，王来福发现街口有个日本浪人转来转去，像是找什么人。他想一定是日本宪兵队的暗探看他去了诊所，来盯梢的。这天上午，他躲开这个日本浪人，去了南关的基督教青年会。正巧卫民带着辛浦、商云陵、钟铭、俞广源几个人在开会。卫民听说他是王连长，向几个人作了介绍。王来福得知这几位就是刘毅跟他说起过的，不顾身家性命搜集证据的教授、学者，他向他们郑重地敬了一个礼，讲述了自己去法库送交“天剑一号”的过程。卫民告诉王来福说：“我们刚刚得到消息，姜翰东在火车上被日军抓捕。与他接头的义勇军参谋长王竹坡被日本收买的特务用药毒死，他的学生、副参谋长张延阁接替他把材料送到承德。”王来福听了松了一口气。卫民听说他去刘毅的诊所回来后，被日本暗探盯上了，说：“你要立即搬家，我们今天也是最后一次开会了。”

他从基督教青年会回来，收拾起东西，便跟春桃离开奉天回到了春桃的老家沧州府。上秋，春桃给他生了个儿子，他给孩子取名王胜日，是想早一天战胜日本强盗，老百姓能过上太平日子。

渐渐地，在春桃的精心调治下，他的伤病痊愈了，平时他靠给人打短工维持生计，一家人勉强能吃上一口饱饭，日子过得十分拮据。春桃看着儿子一天天地长大，并不觉得日子怎么苦，王来福却心生愧疚，可他除了有一把子力气，再没有什么别的手艺，干着急没办法。1937 年，中日在北平卢沟桥发生军事冲突，二十九军奋起反抗，日本以此为借口，全面进攻中国。1938 年，春桃毅然让王来福参加了八路军。王来福本来就是当兵的出身，加上作战机智、勇敢，很快被提升为连长。

王来福接到军区郝参谋长的命令，连夜带着战士们出发了。天亮前，他们来到安新县城外面，王福来让三排长刘畅进城摸摸情况。晌午的时候刘畅回来了，说城内只有鬼子的一个小队和伪军的一个中队，张股长和李明亮还都关在那家地主的大院里。王来福决定夜里带着人进去，他让一排二排对付据点里的鬼子和伪军，三排去解救张延阁和周大鹏。

黑川把张延阁带回来，立即报告给中队长北原。北原听说是上海瑞士葛素华医药公司去石家庄卖药的，怕出了问题带来国际纠纷，打算从白洋淀“清剿”回来后，看看这家医药公司到底是什么来头。

天黑后，王来福和战士们吃了一点带在身上的干粮，准备三更天动手。这时天阴了起来，大片的乌云从四面八方汇聚过来，不一会儿风也起来了，树叶被吹得发出阵阵“哗哗”的声响，很快又下起雨来。王来福带着战士们借着风声、雨声做掩护，从城墙的一个豁口处搭人梯进了城。三排长刘畅带着战士们来到那家地主大院，门口两个站岗的伪军躲进边上的耳房避雨去了。两个人怕有人来，从窗户里不时用手电筒朝外面晃几下。一个伪军嘴里骂骂咧咧道：“娘的，没事儿下的哪门子雨。”“谁说不是呢，这要是让太君知道咱哥儿俩跑屋里避雨来了，还有好儿，我看还是趁早出去浇着吧。”

刘畅做了个手势，两个战士摸进院子，一脚踹开房门，两个伪军吓得跪在地上，慌忙把枪放在一边，嘴里一连声道：“八路兄弟饶命。”

刘畅让人打开房门，把张延阁、周大鹏、李明亮和战士们放了出来，赶上马车出了院子，直奔东城门。城门口一个伪军和一个鬼子在站岗，刘畅让一班长带着人上去，那个鬼子和伪军正打算躲进岗楼里避雨，做梦也没想到八路进了城。一班长带着人两个对付一个，把鬼子和伪军“嘁里咔嚓”都解决了。出了城门，刘畅让一班长去通知连长王来福，王来福立即带着人从东门出来，与张延阁会合到一处，撤了出来。

路上，王来福在与张延阁交谈中得知，这位军区医药股的张股长原来是王竹坡的女婿。他与王竹坡只见过一面，但王竹坡作为义勇军参谋长的刚毅、机智给他留下了深刻的印象。王来福告诉张延阁："当年为了把'天剑一号'送给国联调查团，计划乘火车到北平的姜翰东，在路上被日军抓捕，如果没有你和王竹坡这一路把'天剑一号'送出去，日军发动'满洲事变'的真相，也许永远都无法被世人知晓。"

两个人谈得十分投机，分手时，张延阁让王来福看他戴在身上的那只玉猪龙，他告诉王来福，王竹坡牺牲前，给了他和妻子一对儿玉猪龙饰件，作为定情的信物。妻子上前线时，将身上的那只玉猪龙戴在了儿子身上，如今妻子不在了，如果自己一旦也倒在战场上，等战争结束，请王来福无论如何去设法找到自己的儿子。王来福拿过那只玉猪龙细细地端详了一番，突然想起来，那年日军发动"五一大扫荡"，为报复刘家河村的村民给八路军通风报信，日军的一个小队带着伪军包围了村子。当时，他正带着部队在这一带与日伪军周旋，奉命解救被围困的村民。等他带着战士们赶到刘家河时，日伪军已经撤走了，村外留下上百具尸体。他恨得咬牙切齿，带领战士们掩埋乡亲们的尸体时，突然听到不远处传来孩子时断时续的哭声。他走过去，把两个老人的尸体挪开，他们身下是一个八九岁的孩子，他把孩子抱起来，回到驻地，发现孩子的身上就戴着一个玉猪龙的饰件。孩子说他叫张布理，爸爸、妈妈都是八路军，枪一响，是两位老人用自己的身体护住了他。王来福听了，将他紧紧地搂在怀里说："从现在开始，你跟着我吧。"他想告诉张延阁，你的儿子还活着。这时，一个战士跑过来报告说："前面发现了敌人。"王来福来不及再跟张延阁多说，带着战士们冲了过去。原来是一个中队的伪军去附近的村子里搜索县大队的伤员。王来福让刘畅掩护张延阁和周大鹏转移，打了伪军一个措手不及，救出了几名伤员。从那以后，他再没见到过张延阁。他把张布理带到家里，交给了春桃。时间长了，张布理把春桃当成了自己的妈妈，王来福也把张布理视若己出，想等到战争结束了，再让张布理去找他父亲。

那天，张延阁也从王来福的神色上看出来，他似乎知道儿子的下落，本打算找机会再问问王来福，可后来在东王庄与周大鹏接头取药时，他们再次被一小队鬼子和一个中队的伪军包围了。

张延阁见寡不敌众，突围无望，他让周大鹏去与日军交涉，不料日军小队长松井并不买账，双方在村子里交上火。张延阁指挥战士们掩护周大鹏和两个伙计突围后，胸部中弹倒在地上，侯福才见张延阁身负重伤，跑过去，背起张延阁往外冲，跑了没多远，身中数弹当场牺牲了。一个日本兵上来，又朝张延阁身上砍了一刀。待张延阁苏醒过来，发现自己躺在一辆大车上。那个日军小队长松井见车上装满了各种药品，来跟他交涉的是一家瑞士医药公司的雇员，不得不让一个日本军医把张延阁的伤口包扎了一下，押着他回到县城。第二天，张延阁和被截获的药品被押送到石家庄日本宪兵队。

敌人对他进行百般拷打，张延阁一口咬定，是瑞士葛素华医药公司雇佣的保镖，专门押送药品到石家庄出售。日本宪兵队长城田看问不出他想要的东西，便将张延阁关押起来。

在石家庄等消息的凯瑟琳见周大鹏带着两个伙计回来，知道出事了。听周大鹏说药品被日军截获，张延阁身负重伤被俘，她焦急万分，决定去宪兵队要人。周大鹏担心日本人对她下毒手，再三阻拦，凯瑟琳紧紧地咬着嘴唇，说："就是死我也要把张股长救出来。"

见阻拦不住，周大鹏跟凯瑟琳一块去了日本宪兵队。城田有意将会面的地方放在审讯室，里面摆满了各种刑具，惨白的灯光下，城田那张脸看上去十分狰狞。他没有给凯瑟琳让座，而是让几个打手站在凯瑟琳和周大鹏身后，两只眼睛凶狠地在凯瑟琳身上扫了一遍，伸出手来"啪"地一拍桌子，厉声道："你的八路的干活？"凯瑟琳镇定自若地反问道："你看我像八路？"城田站起来走到凯瑟琳身边瞪圆了眼珠子："你的药品治枪伤的有，八路的大大的需要，你的明白？”凯瑟琳看着城田那副凶神恶煞的样子，依旧不慌不忙地说：“我是个商人，只管赚钱，哪个买主给的钱多，我就卖给谁，他们买了干什么用我管不着。你要是买，给的价钱合适，我照样卖给你。”

城田使用了百般刑讯，从张延阁那里没有得到任何有用的东西，面前的这个瑞士女人同样泰然自若，对答如流，一时找不出什么漏洞来，可他又不敢轻易放人，想了想，说：“瑞士不是交战国，商人我们的欢迎，你的过两天再到这里来。”凯瑟琳不放心地问道：“你要保证张的安全。”

“你的放心，我们已经在给他治伤，他不会死的。”

凯瑟琳和周大鹏从宪兵队出来，回到客栈住下，心里仍是七上八下地不落底。

城田觉得这件事很棘手，立即报告了保定的华北宪兵司令部。很快得到答复，日本政府需要中立国的支持，对中立国的商业行为不得干涉，以便有更大的回旋余地。更何况日军在侵华战争中，同样在瑞士商人手里购买了大批战场上急需的战略物资，这件事一旦从瑞士商人的嘴里说出去，日本政府和军方会很被动。

张延阁被凯瑟琳和周大鹏从宪兵队接了出来，正好赶上瑞士一家贸易公司的车去南京，凯瑟琳打发两个伙计坐火车，自己和周大鹏带着张延阁搭车回到了上海。

第四十二章 重返家乡

经过刘毅三个多月的精心治疗，张延阁伤愈准备回部队，但他发现自己经常胸闷气短，咳嗽时痰里带有血丝。凯瑟琳找了自己的一个朋友，躲开日本人的监视，带他去医院检查后发现，肺子里竟留有一个弹头。因为上海的医院被日本人全部控制，凯瑟琳和父亲决定带张延阁回日内瓦把弹头取出来，但张延阁却执意要回去，说部队需要他，就是死也要死在战场上。凯瑟琳向冀中军区卫生部刘鸣部长报告了张延阁的伤情，担心如果弹头不取出来，时间长了会危及生命。冀中军区很快便答应了凯瑟琳的请求。

阴冷潮湿的冬天过去后，1945 年的春天在纷飞的战火中降临了。凯瑟琳和周大鹏从冀中前线回来后不久，得知德国正式签署了无条件投降书。她知道，日本投降的日子也不远了。傍晚，凯瑟琳和张延阁来到黄浦江边，凯瑟琳出神地望着烟波浩渺的江水和远处的点点白帆，转过身来紧紧地依偎着张延阁说："你知道我是多么喜欢你吗？"

张延阁轻轻抚摸着凯瑟琳的额头，说：“我不值得你喜欢，我有过妻子，身上又有伤，而你的未婚夫一定是个很不错的小伙子。”

听着江面上不时传来的汽笛声，注视着夕阳在江水上洒落下金子般的斑驳光斑，凯瑟琳深情地在张延阁的脸颊上吻了一下，说：“他是我母亲远房表姑家的一个孩子，从小就失去了父母，是个孤儿，是我母亲的表姑把他抚养大的。小时候，跟他一般大的孩子看他没爹没娘，经常欺负他。去山里采蘑菇，有的孩子走累了，就拿他当马骑，还用树枝抽打他，他的脸上常常被抽打得青一道儿紫一道儿的。他采的蘑菇有时还被小伙伴们夺走，他只得空手而归。夏天去河里摸鱼，有一次几个孩子有意出他的丑，把衣服偷着拿走了，他没办法回家，在河边上坐到天黑。慢慢地，他长大了，身体强壮起来，找到一个很有名的拳师学习拳击，成了当地有名的拳击手，报纸上经常会看到他在比赛中获得冠军的消息。也许是失去父母，从小受人欺凌的缘故，他把比赛得到的奖金大部分捐给了孤儿院。那里的孩子非常喜欢他，孩子们去山坡上采来五颜六色的野花，编织成漂亮的花环戴在他的脖子上，听他讲拳击场上搏杀的故事，他觉得那是他最开心的时候。也许是儿时打下的烙印，他非常有正义感，容不得别人挨欺负。一次走在街上，一个卖唱的盲人因为挡了路，被一个年轻人把装钱的帽子踢翻了，恰巧被他看到，他拦住那个年轻人，让他给那个盲人道歉。那个年轻人毫不在乎地想把他推开，被他一拳打翻在地。这下那个年轻人认出来，面前的这个人是报纸上经常出现的拳击冠军，忙趴在地上认错，给了那个盲人一笔钱，灰溜溜地走了。”

凯瑟琳挽着张延阁的胳膊，看着远处码头上刚刚从船上下来的旅客，接着说：“我们一家从瑞士回到奥地利不久，在我母亲的撮合下我俩见了面。那时我十八九岁，对男女间的事还懵懵懂懂，又整天忙着帮父亲和叔叔做生意，相处了一段时间，我们之间只是有些好感。我和父亲、叔叔拿到签证来到了上海，约瑟华为躲避战乱去了日内瓦，后来他知道我在中国帮助八路军抗击日本法西斯，说要是有机会，也来中国，跟我一同抗日。”

张延阁看着眼前这个泼辣、直率、热情、大方的姑娘，笑了笑，直来直去道：“你就不要在我身上打主意了。那个小伙子很不错嘛，我从心里愿意你们能走到一起。”

凯瑟琳默然无语，看着夕阳不紧不慢地收拾起遗落在江面上几缕金丝般的光线，隐没在天际的尽头，带着几分不甘心问：“你为什么一定要拒绝我？”

“我们回去吧。”张延阁轻声说。

远处江面上一艘货轮打开船头的照明灯，明亮的光柱划开灰蒙蒙的雾气，照出去很远。凯瑟琳拉起张延阁的手，说：“你就是那盏灯，照亮了我的心，你知道吗？”

张延阁没再说什么，拉起凯瑟琳离开江边，招呼一辆黄包车过来，很快融入了街头来来往往的车流之中。

这天凯瑟琳意外接到约瑟华从瑞士寄来的信，信上说，不久前他被国联在日内瓦的图书馆招聘为雇员。在他负责保管的资料中，有一份是中国人提交给国联调查团的材料，里面用中英文详细列举了大量证据，证明日本 1931 年 9 月 18 日夜在中国东北发动的侵华战争是早有蓄谋的，日本军队建立的“满洲国”也是非法的。他觉得这份证据材料很有价值。作为一个有良知的英国人，无论如何要保管好这份证据材料，因为它是反法西斯国家和人民最终能够战胜法西斯侵略者，赢得世界和平与进步的一份珍贵史料。

张延阁看了这封信久久不能平静，看来在反法西斯的战场上，中国人民一直就不是孤立的。他连夜写了一封长信，将这 9 位中国爱国知识分子是如何不惧怕坐牢、杀头的危险搜集这些证据，又是怎样历尽艰辛，将这份证据材料送给国联调查团的经过叙述了一遍。他告诉约瑟华，用不了多久，他就会跟凯瑟琳一道去日内瓦，到时候，他会用中国人的最高礼节招待他。

凯瑟琳知道张延阁的岳父为此牺牲了。她在张延阁回信的末尾用英文写道："亲爱的约瑟华，我必须告诉你，为了这份材料有的人还付出了生命，你在做一件很有意义的事情，我为你祈祷，愿主与你同在。"

八月中旬，一连下了几天的雨丝毫没有冲刷掉难耐的溽热。风像从太上老君的炼丹炉里熏蒸过，从梧桐树的枝叶间扩散到院子每一个角落，热得烫手。天黑下来，张延阁和科恩伯赫做好了饭，仍不见凯瑟琳回来。科恩伯赫有些坐不住，正打算去公司看看，凯瑟琳和周大鹏兴高采烈地推门进来了。凯瑟琳抖动着手里的《中央日报》，指着上面的大字标题高声念道："中、美、英、苏同时正式公布，日本已无条件投降。"没等凯瑟琳的话音落地，张延阁一把抓过报纸，兴奋地跳了起来。凯瑟琳扑到张延阁的怀里，忍不住抽泣起来，喃喃道："我们可以回家了。"科恩伯赫进屋拿出一瓶香槟酒，朗声道："来，用你们中国人的话说，咱们喝他个一醉方休！"

这天晚上，谁都没有睡意，街上震天的锣鼓也整整敲打了一夜。

年底，凯瑟琳一家带着张延阁回到了日内瓦。凯瑟琳无论如何也没有想到，她的未婚夫约瑟华遭到日本特务暗害，十几天前已经离开了人世。跟约瑟华一同在图书馆做雇员的苏珊珊交给凯瑟琳一封约瑟华留下的信，信中讲述了约瑟华遭暗杀的经过。张延阁听了，眼里含着泪说："他保护了一份非常有价值的档案，中国人民是不会忘记他的。"凯瑟琳接过信，泪流满面。

第四十三章 英勇捐躯

远在泰国的日军第十八方面军军部是两幢高脚屋，作战室里摆放着几张藤椅，第十八方面军参谋长谷木斋藤坐在藤椅上，窗外是一株郁郁葱葱的椰树，让人如同身临海边，躺在沙滩上晒太阳一样。谷木对这一切却毫无兴致，他手里摆弄着一头精巧的木雕小象，心烦意乱地闭着眼睛。

日本战败已成定局，天皇已经让各地的日军在投降前销毁与战争相关的所有证据和档案，他怎么能不知道天皇陛下的良苦用心呢。他的思绪回到了14年前，那个夜黑风高的夜晚，在他的直接指挥下，岛本大队川岛中队的河本末守中尉，以巡视铁路为名，率领几名部下，在距离东北军北大营八百多米的地点，把骑兵用的小型炸药装置在铁轨旁，随着一声爆炸的轰响，事先让工兵经过精确技术测算的一小段铁轨被炸断。然后，他们把责任全部推到东北军身上，并以此为借口，炮轰北大营，拉开了长达

14 年侵华战争的序幕。

他将那只小象放在桌子上，站起来走到窗前，撩起纱幔，外面那棵椰树下面是一片碧绿的草坪和一个大大的水池，水池里面几朵荷花已经枯萎。作为军人出身的高级将领，他心里清楚战败意味着什么。他和本庄繁、土肥原贤二、板垣征四郎、石原莞尔将会被盟军视为战犯受到审判。而李顿调查团从刘毅几个在奉天当地颇有声望的知识分子手里拿到的那些证据材料，尤其是他一手制定实施的“天剑一号”作战计划，一旦被盟军军事法庭作为审判时的证据，他们这些人便难逃厄运。他不敢再想下去了，果断让报务员给远在奉天的特别警备队的队长高井发去一封电报，命令他立即动身去日内瓦，想尽一切办法，趁国联混乱之际，就地销毁刘毅他们 9 个中国知识分子提交给李顿调查团的、已经成为国联图书馆馆藏档案的所有证据材料。

很快，谷木斋藤通过广播听到天皇向全世界宣布日本无条件投降的终战诏书，一连几天他被无法摆脱的恐惧所笼罩，如热锅上的蚂蚁，辗转反侧，几乎天天做噩梦。梦中无数的中国人和那些被他亲手杀害的抗日志士向他索命讨债，他和土肥原贤二、板垣征四郎、石原莞尔被几个荷枪实弹的盟军士兵押向刑场，一声枪响，他从梦中惊醒，早已是一身冷汗。

他担心高井不再像过去那样对他俯首帖耳、唯命是从，又接连给高井发去几封电报，他用最能打动他的字眼儿，回忆了他们早年在奉天时，有幸于特务机关做上下级，建立起来的那种特殊的亲密关系。甚至不惜放下陆军中将的架子，带着几分乞求的口吻，让高井无论如何将证据档案和“天剑一号”拿到手，就地销毁，以减轻他们的罪责。

高井在他手下担任宪兵队长多年，对这个上司并没有多少好感，谷木斋藤性情乖戾，喜怒无常，高井曾不止一次遭到他责罚、打骂。接到谷木斋藤接二连三发来的电报，他一笑置之，并没有放在心上，不想再为他远涉重洋去销毁一份可以减轻他罪责的证据。他甚至有几分幸灾乐祸，他想看谷木的笑话，想象谷木那副骄横跋扈的嘴脸在接受审判后，被押向刑场执行枪决时该是个什么样子。

约瑟华对这些一无所知，早晨，他坐在湖边的长椅上，眺望着在云雾中时隐时现的阿尔卑斯山高耸起伏的山峦。皑皑的雪峰，倒映在烟波浩渺的莱芒湖清澈如镜的水面上，几只天鹅从树林里飞来，落到湖水里，荡起一圈儿圈儿的涟漪。近处的山坡上，一株株桦树、落叶松、七叶树错落有致，青翠欲滴。

接到张延阁和凯瑟琳的回信，他对国联“037号档案”格外用心起来，他一遍遍地告诫自己，中国人为此付出了生命，我一定要把这份档案保管好，不能让它有一点闪失。除此之外，在他的内心深处，还有一份对凯瑟琳深深的爱，他不想让凯瑟琳失望，他要让凯瑟琳知道，在反法西斯的战场上，他无时无刻不在与她共同战斗。

两天前，一个个子不高，唇上留着一撮小胡子的男人来到图书馆，说要查阅这份档案。约瑟华问他是哪个国家的人，从什么地方来，他说是中国人，从中国东北奉天来，是常理教授让他来看看这份当年他们搜集、提供的证据材料还在不在。约瑟华在档案中查到了常理的名字，是一位很有名望的医科大学教授。约瑟华想，在这样的一个动荡不定的时候，一个曾经为了搜集这些证据材料而不怕坐牢、杀头的人，担心这份档案有没有保存下来，完全是情理之中的事。于是，他对这个小个子中国人产生了几分好感，让勤杂工从库房里把“037号档案”拿来给他看，那个人看得很仔细。然而这个小个子男人根本不是受常理教授之托来查阅档案的中国人，他是谷木斋藤派来的日本特务。

高井最终还是来到了日内瓦。他亲身参与了14年前奉天那场震惊中外的事变，十分清楚这份档案的价值。如果能将其销毁，就可以给日本政府和军方保留一些脸面，到时候，盟军的军事法庭也因为少了这份证据，可以借辩护律师为军方开脱罪责。他料定，若以此为筹码去政府那里邀功，谋一份体面的差事，一定会是一件很轻松的事情。

当高井在图书馆的阅览室里看到这份保存完好的档案，坐在那里一页页地翻阅时，除了来时的打算，作为一名战败国的军人，难以言说的沮丧和屈辱，更坚定了他要把这份有损日本军人的档案拿到手的想法，他不想给世人留下让日本军人蒙羞的口实。于是，他想去试探试探这个年轻的英国人，以便相机行事。

约瑟华从这个自称为张德利的男人游移飘忽的目光中觉察出异样，这个人似乎隐藏着什么不可告人的目的。下午快下班时，透过管理员办公室玻璃隔断，他见阅览室里的张德利站起来，伸了个懒腰，把档案合上，转身走进他的办公室。他脸上堆着笑，用不容推却的口气说："今晚我请你吃牛排。"待约瑟华把档案收到柜子里锁好，他拉着约瑟华从图书馆出来，找了附近的一家不大的餐馆坐下，一边慢慢地喝着咖啡，一边看窗外莱芒湖上一只只野鸭悠闲地觅食。"你找我不只是吃牛排吧？"约瑟华问一直没有开口说话的张德利。高井把目光从窗外收回来，从兜里掏出厚厚的一摞钞票放到桌上，说："这些钱是给你的，我要没猜错的话，你还没成家吧，这笔钱足够你娶媳妇用了。"

约瑟华十分诧异，他把钱推开，说："张先生，你要我做什么，直说好了，用不着拐弯抹角。用你们中国人的话说，我不能无功受禄。"高井喝了一口咖啡，说："好，既然这样，我就不瞒你了，我想把这份档案材料带走。"

约瑟华盯着眼前的这个男人，摆着手说："你是知道的，我不过是图书馆一名普通的雇员，我的职责是保存好这些档案，不让它们遗失、损坏。请原谅，我不能满足你的要求。"

"你何必放着钱不要，为难自己呢？你恐怕还不知道吧，国联很快就要解散了，没人会关心这些档案的去留，这是个打着灯笼都难找的好机会。你一个英国人，在这种时候，为了一份中国的档案让这些钞票打了水漂，不觉得可惜吗？"

约瑟华看着那厚厚的一沓钱，问："对你来说这份档案有那么重要吗？"

这时，服务生将牛排端了上来。高井将一块牛排叉到面前的盘子上，割下一片肉放到嘴里，说："是的。"

他在和谷木斋藤审问刘毅时，已经把"天剑一号"的来龙去脉弄清楚了。他把身子朝前探了探，说："我是常理教授的学生，来的时候，常教授特意叮嘱我，如果这份档案还在，一定把它拿回去。因为这份证据是他们9个人一块冒着生命危险，搜集、整理、翻译并签上自己名字递交给国联调查团的。今天，日本已经无条件投降了，这些材料已经完成了它的使命，我把它们带回去，交给我的老师，让它证明日军发动侵华战争是蓄谋已久的，日军建立的'满洲国'也是强加给中国人民的，让世世代代的中国人永远不要忘记这屈辱的一页。同时，这也是对他们几个人的一个交代。"

高井用叉子举起一块牛排晃动了两下，用关切的口吻说："国联怎样改组，能不能存在，你我都无法预料。你看，几天前一头活生生的牛，现在已经变成了一块一块可以随意被人吃掉的盘中之物，你大可不必过于认真。再说，这份档案如果在国联改组的混乱中遗失，会非常遗憾。看得出来，你是个聪明人，我不说你也明白其中的利害。我看你最好答应我，况且你还能得到一笔丰厚的报酬，何乐而不为呢？”

约瑟华来到图书馆后，就一直在拼命学习中文，他想着有一天与凯瑟琳见面时，能跟她用中文交流，证明在反法西斯的战场上，他也在为中国人做事情，凯瑟琳一定会高兴的。高井的话他听懂了，他微微地蹙起眉头，从他的这番话里，听不出有什么不对劲的地方，也没有发现有什么漏洞。他切下一块牛排放到嘴里，慢慢咀嚼着、思索该怎样回答这个张德利。他发现面前的这个人举手投足，言谈举止间，带着几分狡诈、世故。从他的目光中，可以看出他那种不惜代价的急切，是为了达到某种目的。难道真像他说的那样，是要把这份档案拿回中国去留给后人吗？他真的是中国人吗？真的是常理教授让他来的吗？要知道，中国国内抗战刚刚结束，要做的事情很多，比这更重要的事情需要处理的也一定少不了，为什么单单赶在这样一个节骨眼儿上，跑这么远的路来取这份档案？按照这位张德利的说法，如果索取这份档案材料真的是要留给后人，大可不必这样远跨重洋急着来取。常理教授是留过学的，不会不知道，瑞士是中立国，没有被战火所袭扰。尽管国联改组是早晚的事，但并没有放弃对图书馆的管理，一切都在有条不紊地运行。他抬起头来，见张德利瞥了他一眼，目光中带着几分阴冷。他心中一动，更加确信这个人绝不是中国人，他在撒谎。他叉起一块牛排，说：“对不起，张先生，我曾听馆长讲过，这份由中国人搜集整理的证据材料，是9个人联名送交给国联调查团的，早已正式编号为037，成为国联图书馆收藏的永久档案。按照国联规定，一旦成为永久档案，所有权已经归国联图书馆所有，他们是无权索要的，我想请你回去转告你的常理老师。”

高井费尽心机编织的理由，自以为天衣无缝，足以说服约瑟华，想不到被这个英国人几句话挡了回来，一时有些恼羞成怒，“啪”地一拍桌子，瞪起眼睛，道："这么说，我白跑一趟了？"

约瑟华心里一阵冷笑，从他刚才的举动中已经猜出他是个日本人，一定是来急着销毁罪证，为自己的覆灭做最后的挣扎。他淡淡地一笑，说："急什么，我又没请你来，是你自己愿意来的。既然来了，在这里玩玩，这里有阿尔卑斯山、莱芒湖、皮埃尔大教堂……"约瑟华还想说下去，高井觉得刚才自己有些失态，担心引起约瑟华怀疑，随手拿起桌子上的餐巾擦了擦嘴角站起来，说："谢谢你的好意，抽空我一定去游览一番，今天我约了个华侨朋友，先走一步。"

看着张德利出门去了，约瑟华有一种预感，这个日本人不会就这么轻易放弃。图书馆是向公众开放的，不知道这个日本人还会打什么歪主意。他决定过两天把"037 号档案"暂时放到自己的家里藏起来，以防不测。

高井并不知道这个英国小伙子对他已经有了戒心，一连几天依旧来到图书馆，一边翻阅档案，一边想再去找约瑟华谈一次，这个英国小伙子要还是不答应，就趁他去卫生间时，将档案装到包里，立刻离开阅览室，等约瑟华回来发现时已经来不及了。

早上，他来到约瑟华每天必经的路上，躲在一棵树后，见约瑟华走近了，从树后转出来迎上去，伸出手，热情地打招呼道："对不起，那天晚上有些冲动，多有冒犯，今天是来向你道歉的。"

约瑟华看着眼前这个自称为中国人的张德利，心想，不管你再有什么花招儿，今天晚上我就把"037 号档案"拿回家，看你怎么办。他不冷不热地说："没什么，已经是过去的事了，不提它了。"

"也好、也好。"

"你来找我不单单是为这事儿吧？"

"好。我再说一遍，约瑟华先生，日本对中国犯下了累累罪行，这笔账我们要跟他们清算，是需要证据的，这一点你应该明白。”

约瑟华见他那副急迫的样子，更加证明了自己的判断没有错，显然，他准备孤注一掷了。他断然地挥了挥手，说：“那你们中国人也应该知道，送给别人的东西，就不能再随便拿回去了。”说完转身走了。

高井见这个约瑟华还是不买他的账，回去准备了一番，第二天上午，来到了图书馆。约瑟华见他进了阅览室，心说，你来晚了一步。高井按照规定，填写好借阅单交给约瑟华，心里恨恨地骂道：混蛋，你看我是怎么在你眼皮底下把它拿走的。高井在谷木斋藤手下当了多年的特务头子，训练有素，对这种鼠窃狗盗的事儿驾轻就熟。没想到约瑟华接过借阅单，冷冷地告诉他：“‘037 号档案’已经不在了。”高井听了怒不可遏。“啪”地一拍桌子，大声道：“你撒谎，我去找你们馆长。”“找谁也没用，那份档案另有他用，现在已经不在馆里了。”“你胡说！”高井怒气冲冲地拉开门走了。

闭馆后，馆长穆勒留下约瑟华，详细询问了“037 号档案”的去向。约瑟华将自己的判断如实地告诉给穆勒。穆勒也觉得这个人可疑。当穆勒得知为了“037 号档案”不出意外，约瑟华已经把它拿到自己家里藏起来，思虑再三，觉得在国联即将改组的这样一个动荡时期，什么意想不到的事情都可能发生，约瑟华的考虑是对的，于是同意了。

约瑟华从高井阴鸷的目光中觉察到，这个日本人达不到目的，一定不会善罢甘休，为了防备他下毒手，他做了最坏的打算。晚上回到家里，他铺开纸给凯瑟琳写了一封信，第二天来到图书馆交给管理员苏珊珊，在向她详细地讲述了几天来与这个日本人周旋的经过后，说：“也许我会死在他的手里，如果真的有那一天，你告诉我亲爱的琳，与法西斯而战，献出生命是崇高的。”

高井去找馆长穆勒，没能达到自己的目的。他猜想一定是那个约瑟华把“037号档案”藏了起来。经过几天的跟踪，他找到了约瑟华的家。晚上，他带上匕首和一把无声手枪，敲开了约瑟华的房门，不用约瑟华让，老熟人似的坐到椅子上。约瑟华不待他开口，已经知道了他的来意，冷冷地看着他一声不响。高井反倒是脸上挂着笑说：“你们英国人都是绅士，这么对待客人有失风度吧。”

约瑟华坐下来，说：“你不用绕圈子，我已经告诉你了，‘037号档案’不会交给你的，我还没吃饭，请你离开这里。”

高井讪讪地站起来，仍不死心，厚着脸皮道：“你口口声声说跟中国人一道反法西斯，现在我们需要这份档案，揭露日本侵略中国的战争罪行，你为什么拒绝与我们合作呢？”

约瑟华面无表情地说：“你的演技还差些火候，我早就看出来你不是中国人，你的戏该收场了。”

高井听了，愣了片刻，狂笑道：“既然是这样，那好吧，我承认我是日本人。天皇陛下不想把这份证据档案留给盟军，拿到法庭上作为侵华的证据，更不想让大日本帝国的圣战蒙辱。我来就是为了销毁这些证据材料的，你把它们交出来，我给你一大笔钱，你要是不答应，我可就要动手了。”高井心想，凭借自己多年当特务练就的徒手格斗功夫，对付这个英国年轻人应该绰绰有余。

约瑟华毫不示弱：“来吧，把你的看家本事都使出来我瞧瞧。”

高井一言不发，双拳带风冲着约瑟华闪电般击去。约瑟华用鼻子哼了一声，闪身躲开，回手就是一记“勾拳”。高井“唰”地一低头，接着便是一个“踢裆撇臂”。约瑟华见这个日本人有功夫在身，屏气提神，“啪”就是一个直拳，高井没有防备，身子一侧歪，随后伸出手臂，用了一个“跨拦”，想把约瑟华拦腰摔倒。约瑟华双腿滑动，一个拳击中的左闪步，没等高井身子站稳一记“摆拳”，冲着高井的左脸狠狠地击打过去。高井身子“唰”地往下一缩，顺势来了一招“牵羊”。约瑟华没有料到他这一手又快又狠，加上他身材高大，屋子窄小不得施展，失去重心跌坐在地上。但他毕竟是拳击场上的高手，不等高井近前，他从地上挺身而起，前直后勾，一拳正中高井面门。高井两眼冒金星，疼得用手捂着脸，“啊呀”一声大叫。高井这才发现这个英国小伙子是个拳击高手，一时难以制服。情急之下，他往后一撤身子，掏出枪来，只听“噗噗”两声低沉的声响，约瑟华身子晃动了几下，“扑通”跌倒在地上，血从他的胸口处流了出来，他张了张嘴，昏死过去。高井把枪掖起来，一跺脚，埋怨自己怎么失手击中了约瑟华的要害。他用力摇晃了约瑟华几下，见他没有反应，发疯般找遍了屋子里的每一个角落，没有发现“037 档案”的一点踪影。他走过去气急败坏地抓起约瑟华的衣襟，声嘶力竭吼道：“八嘎，你把档案放哪儿了？”约瑟华脸色苍白，一动不动，他伸手摸了摸，约瑟华已经没有了气息。他不甘心，又把所有的抽屉和几个放衣服的柜子翻了个遍，仍一无所获，他狂躁地朝地上吐了口唾沫，狠狠地踢了约瑟华两脚，仍觉得不解气，“噗、噗”又补了两枪，擦擦手，打开门逃之夭夭了。

苏珊珊见约瑟华两天没来馆里，预感他可能出事了，她报告给馆长穆勒。人们在那幢普通的住宅里，见到了约瑟华早已冰冷僵硬的尸体。

凯瑟琳听了苏珊珊的讲述，泣不成声。张延阁轻轻地将凯瑟琳揽在怀里，说：“我们要记住日本法西斯的罪恶，他们逃不掉正义的审判，我要在他的墓碑上刻上：约瑟华永远是中国人民的朋友。”

凯瑟琳抬起头来，缓缓地打开约瑟华写给他的信。只见上面用英文和不太流畅的中文写道：“亲爱的琳，我有一种不祥的预感，也许你看到这封信的时候我已经去了天国。这两天我遇到了麻烦，一个冒充中国人的日本特务（这是我的判断），来图书馆索要‘037 号档案’。我想一定是日本发动战争的这些人，在世界反法西斯战争胜利后，惧怕受到盟军的审判，有意销毁罪证。亲爱的琳，我爱你，我知道如果没有中国人的帮助，你和你的父亲、叔叔也许早就死在纳粹集中营了，德国法西斯对犹太人是要赶尽杀绝的。中国人挽救了你的生命，你要报答中国人，我也要像你那样，帮助中国人。你放心，我不会把档案交给那个日本人。我已经预料到了，他不会放过我，但为了你，为了这个世界不再有法西斯，不再有战争，为了无数的人能够呼吸自由、和平的空气，死又有什么可惧怕的呢？亲爱的琳，如果我遭遇不测，那就让阿尔卑斯山上的雄鹰把我的这颗心带去天堂，让圣明的主做证，我的爱是炽热、真挚的……爱你的华。”

从莱芒湖上吹来的风，带着一股淡淡的水腥气，远处阿尔卑斯山高耸的雪峰，时隐时现在缥缈的云雾中。凯瑟琳在山坡上采了一大捧野花，来到约瑟华的墓前，含着眼泪，说：“约瑟华，我们只见过一面，我真的不知道，你这样深深地爱着我。”她将野花轻轻地放在墓前，泪水无声地洒落在花瓣上。

“037 号档案”被约瑟华藏在了什么地方？凯瑟琳和张延阁同样找遍了家里所有的地方，一无所获。

第四十四章　终成眷属

不知不觉，1946 年的春天来了。

吃过饭，刘毅和周大鹏来到黄浦江边散步。从江面上吹来的风，已带了暖意。空中的云，也不再像棉絮那样厚重。树上泛绿的枝条，远远望去，像女人飘逸的秀发，这让刘毅情不自禁想到了惠子。

在日本宪兵队时他就知道惠子已经被遣送回国，投入了监狱。想到她身陷囹圄，备受折磨，他的心隐隐作痛。惠子来中国，本是来找自己的爹娘，替她父亲报答两位老人救命之恩的，竟喜欢上了自己。为了揭露日本关东军蓄意发动侵略战争，拼凑“满洲国”的真相，她不顾生死，跟他们几个人一道去搜集证据，在谷木手下受了那么多的委屈。他猜想，惠子早该出狱了吧？无尽的思念，潮水一般让他的内心无法平静，他一天也等不下去了，决定去日本找惠子，跟她成亲。

在准备动身的时候，他从报纸上得到消息，盟军最高统帅部根据同盟国授权，宣布成立远东国际军事法庭，在东京审判日本战犯。那天晚上，不善饮酒的他，在锦江饭店跟周大鹏喝得酩酊大醉。醒来后，他毅然决然地对周大鹏说："我要出庭做证。"

"我一家人都被日本人杀害了，我也去法庭做证。"刘毅握住周大鹏的手，好久没有松开。

第二天，刘毅给留在奉天的卫民发去一封电报，说他就要动身去日本找惠子，并准备到东京的国际军事法庭作为证人出庭做证。抗战胜利后，卫民按照党组织的指示留在奉天，以金融实业家的身份，执行搜集情报、掩护地下党员活动的任务。接到电报，卫民连夜向中共东北局做了汇报。中共东北局社会部认为，刘毅、卫民、辛浦、钟铭、田敏、常理、黎抱诗、俞广源、商云陵搜集、整理、翻译的证据材料，使日军侵华罪行大白于天下，刘毅如还能以证人的身份出庭，意义重大。

刘毅接到卫民的回电，想起在宪兵队遭受的种种非人折磨，今天要是能以证人的身份，当庭揭露日本战犯的罪行，让他们得到应有的惩罚，该是一件多么扬眉吐气的事情啊！他按捺不住内心的激动，彻夜未眠。

5 月初，刘毅和周大鹏乘船来到日本。他们在熊本县的一家旅馆住下，在当地的报纸上登了一条寻人启事：奉天刘毅急寻三河由美小姐。

早晨，三河太郎接过邮差送来的报纸，无意中看到寻人启事一栏中"奉天刘毅急寻三河由美小姐"一行字，以为看花了眼，把报纸凑到近前，一连又看了几遍，兴奋的手微微颤抖。惠子从奉天回来后，一直靠给旅店浆洗被单、床单，在餐馆洗碗刷盘子来补贴家用。她正准备出门把浆洗好的床单给旅店送去，见父亲的手瑟瑟发抖，眼睛直勾勾地盯着报纸，以为父亲病了，大声招呼道："妈，快来，我爸这是咋啦？"母女俩过去搀扶三河太郎坐下。三河太郎仰起头看着女儿，用手指着报纸上登载的那则寻人启事，嘴唇翕动着说不出话来。惠子拿过报纸，无论如何想不到竟是刘毅来日本找她了。她一头扑在三河太郎的怀里，泪水止不住打湿了眼眶。当天惠子通过报馆，把自己的住址告诉了刘毅。

第二天上午，明亮的阳光照在院子里，刘毅和周大鹏拎着箱子站在院门前。三河太郎和瞿花、惠子从屋子里迎出来，惠子快步走到刘毅跟前，从上到下一遍遍看着刘毅，生怕他跑了似的，紧紧抱住他，说："我以为这辈子再见不到你了。"话未说完，早已泪流满面。

三河太郎也孩子似的笑着，拉着刘毅的手，说："四十多年前，我走的时候，你还是个小孩子，跟着我去地里干活，划着船去河里捕鱼，晚上不睡觉，非让我给你数星星。"

瞿花拉了丈夫一把："唠叨起来就没完，别老在院子里站着了。"

晚上，三河太郎做了满满的一桌子菜，摸着光秃秃的头顶对刘毅和周大鹏说："这是溏心蛋，这是大阪烧，这是生菜鸡丝卷，这是土豆泥沙拉，这是咖喱蛋包饭。"

刘毅看着他如数家珍的样子，笑着说："看来今天晚上要大快朵颐，一饱口福了。"

吃过饭，惠子在院子里放上桌子摆上茶，一家人跟刘毅和周大鹏一边喝茶一边聊天。晚风徐徐，树上不时传来几声归巢的鸟鸣。自从父母去世后，刘毅还是第一次感受到这种家庭的温馨。想起小的时候，父亲带着他过河去村里看戏，回来时困了，趴在他的背上睡着了，醒来的时候，母亲已经做好了饭，一家人围坐在土炕上。三河太郎听了，呵呵笑着说："我一直后悔，不该走，是两位老人让我活了下来，我这个当儿子的，没能在老人床前尽孝，亏欠老人的只能下辈子偿还了。"

“不，该做的惠子已经做了，她去中国不单单替你报答了两位老人的救命之恩，还为千千万万的中国人做了非常有意义的事，是我们该谢谢你了。”

“这些年，我在学校教课，读了不少书，我一直在思考，战争的目的是什么。”

刘毅看着三河太郎，想听他说下去，惠子进屋拿了一件衣服出来给父亲披上。三河太郎思索了片刻说：“人总是无法摆脱欲望的控制，而欲望就像洪水，一旦失控会产生极强的破坏力。战争便是像希特勒、东条英机这些战争狂人，在掌握权力后，打着为国家谋取利益的幌子来满足自我私欲，所采取的一种极端手段。”

刘毅抬起头来，说：“这些人获取的利益，与战争给人们带来的灾难比起来微不足道。相反，这些发动战争的人，将被人类所唾弃，他们永远成为历史的罪人。”不知不觉天已破晓。

过不长时间，在三河太郎和瞿花的操持下，刘毅和惠子拜堂成亲了。

洞房花烛夜，两个人紧紧地依偎在一起。惠子用手轻轻地抚摸着刘毅的脸颊，向他讲述了她报名参加开拓团去奉天找他的经历。惠子将头靠在刘毅的胸脯上，说：“我从奉天到了大连后，在一家日本人开的餐馆当服务生，老板娘是个五十多岁的日本女人，看我干活舍得出力，慢慢对我有了好感。一天深夜，客人都走净了，她问我为什么来大连，我实话跟她说了，她说要回日本必须有开拓团开的证明信才能允许上船。我一听就傻眼了，回不去，在大连时间久了有人举报，就会被遣送回国关进监狱。我没敢跟她说自己曾是被打入另册的人。老板娘是个非常善良的人，过了有半年时间，她家的一个亲戚回日本，她花钱找人给我化装成一个老太婆，她家的那个亲戚私下花钱打点了船上的大副，我才重新回到家里。”刘毅听了将她紧紧地搂在怀里。”

一道流星从窗外的夜空中划过，惠子感慨地说：“人的一生就像那道流星，一闪而过，多快啊，转眼十多年过去了，你再不来找我，我就真的成了老太婆了。”说着，“咯咯”地笑了。

“我给你生个大儿子吧。”笑够了，惠子趴在刘毅的耳边悄声说。刘毅在她的鼻尖上轻轻刮了一下，说：“那敢情好了。”新婚之夜两个人对未来的生活充满了期待。

不久，刘毅在县里开办了一家中医诊所，名号仍是“益善堂”。

惠子同父异母的姐姐三河由美，丈夫被强征入伍，1940 年在中国河南境内作战时死在战场上。三河太郎和信子商量后，做主让三河由美嫁给了周大鹏。三河由美温柔、贤惠，对周大鹏体贴入微。一年后，两个人有了一个男孩，周大鹏给孩子取名天赐。孩子满月那天，周大鹏跪在院子里，冲着家乡的方向连连磕头，他流着泪对三河由美说：“我们周家有接续香火的人了！”

第四十五章 东京做证

张延阁的手术很成功，肺部的弹头被取出后，不到一个星期就能坐起来了。两天前，张延阁接到联合国日内瓦总部图书馆馆长穆勒的聘书，聘任他为图书馆管理员。晚上张延阁拉过凯瑟琳若有所思地说：“我们要尽快找到‘037号档案’，让它完璧归赵，要不，我去当这个管理员心里不踏实。”

按照医生的要求，张延阁每天在床上做些简单的康复训练，以尽快恢复体能。这天上午，张延阁双手抓住床头葫芦状的两个饰件，两腿在床上平伸，一用力，左手的饰件“咔嚓”一声意外地被拔起来，一张被卷成圆筒状的纸随即被带出来。张延阁好奇地将它抚平，刚拿起来，凯瑟琳买菜回来，忙凑过来问：“谁写信来了？”张延阁指着那张纸，说“你看，这上面画的是什么？”凯瑟琳把菜篮子放下，低头一看，纸上画了一张床，还画了一个冲下的箭头，在右下角不显眼的地方，写着几个英文字母，凯瑟琳认得，那是约瑟华的名字。他恍然大悟，惊喜地对张延阁说：“约瑟华告诉我们，那份档案藏在床下的地板底下了。”张延阁一拍脑门，“对呀，我怎么没想到。”说着，他从床上下来，两个人把床挪开，张延阁用手去按，一块地板翘了起来，凯瑟琳将它拿开，发现挨着的几块地板也是活的。把几块活动地板移开后，张延阁和凯瑟琳惊喜地发现，他们苦苦找寻的“037号档案”被油布包裹着，整整齐齐地放在下面。凯瑟琳的眼睛湿润了，轻轻叫着约瑟华的名字：“亲爱的，你是好样的。”张延阁恭恭敬敬地鞠了一躬：“好兄弟，千千万万的中国同胞不会忘记你。”凯瑟琳拉起张延阁的手，说：“我真幸运，这辈子遇到了两个好男人。咱们结婚吧。”张延阁抚摸着凯瑟琳的脸颊，说：“我愿意做你的丈夫。”

古老的皮埃尔大教堂见证了两个人幸福美好的一刻。牧师神色庄重地让凯瑟琳和张延阁双手按着《圣经》宣誓：“在以后的日子里，不论贫穷或富有，生病或健康，始终相亲相爱，直到离开这个世界。”

没想到，一语成谶。一场意外的灾难降临在张延阁头上。

七月的一天，刘毅在报纸上看到东京远东国际军事法庭寻找证人的消息，立即给东京远东国际军事法庭中国大法官梅汝璈写了一封信，信中他介绍了自己的身份，并要求出庭做证。十几天后他得到梅汝璈的回信，同意他作为证人出庭，并邀请刘毅到东京会面。

得知这个消息，三河太郎拿出珍藏了多年的一瓶白兰地，做了烤鱼片、寿司、炸猪排，一家人团团围坐。三河太郎看着自己的两个女婿，说：“为了给千千万万失去生命的受害者讨回公道，让那些发动战争的人能得到应有的审判，干杯！”说完他高高地举起酒杯一饮而尽。

悬挂在天上的月亮格外明亮，屋檐和草坪被镀上一层银辉。从山上吹来的风，带走了暑热。刘毅和周大鹏也兴奋地举起了酒杯。

刘毅将诊所交给周大鹏和惠子，动身去了东京。在帝国饭店，刘毅见到了中国大法官梅汝璈。他一张方方正正的国字脸，两道剑眉直插入鬓，目光透着洞察世事的犀利，举止倜傥，谈吐儒雅。刘毅恭恭敬敬地双手抱拳施礼道："你代表四万万中国人民和千百万死难同胞，到这侵略国的首都来惩罚元凶祸首，此乃天下之壮烈事。我身为中国人，当以此为荣。"刘毅讲述了他们9个人搜集整理证据材料的经过，梅汝璈说："我已经查阅了这份材料，尤其是'天剑一号'作战计划，为《国联调查团报告书》提供了翔实确凿的证据，揭露了日军在1931年9月18日进攻奉天完全是有计划的侵略行为，日军的'自卫'是欺世谎言。而且在此之后，日军在东北三省到处侵犯中国行政主权，残杀中国人民，'满洲国'同样是日本关东军一手制造出来的伪政权。"

"先生所言极是。"

梅汝璈站起来走到窗前，看着外面车水马龙的街道，说："土肥原贤二、板垣征四郎亲手发动了'满洲事变'，他们的双手沾满中国人民的鲜血，必须严惩。"

停顿了片刻，他拉过刘毅坐下，接着说："蒋介石政府目前正忙于内战，我们不得不利用盟军提供的一些材料进行工作。你来代表你们9个人出庭做证，在对战犯的定罪量刑上，会起到很重要的作用。这些战犯扰乱了世界，残害了中国，同时也把日本拖入战争的深渊，我受国人之托，决意勉力依法行事，断不使战争元凶逃脱法网。"

刘毅对这个中国大法官充满了敬意，抬起头来说："为防止将来再有战争狂人出现，对这些战犯必予严惩。非如此，不能稍慰千百万冤死的同胞；非如此，不能求得远东及世界和平。"梅汝璈从沙发上起身，说："言之有理，你回去等我的消息。"

第二天，结束会晤，刘毅离开东京返回了熊本县的家里。

暮秋，山坡上一棵棵银杏树，在阳光照射下金灿灿一片。头天晚上刚下过雨，刘毅深深吸了一口清新的空气，转身进屋，坐下来打开邮差刚刚送来的梅汝璈的亲笔信。只见上面写道："刘毅先生，审判于今年的5月3日开始进行，经过几个月的工作，在对日本战犯量刑问题上，各国法官的意见发生了根本分歧。庭长韦伯主张将战犯流放到荒岛上，印度法官则建议慈悲为怀，无罪开释全部日本战犯。美国法官仅仅坚持对发动太平洋战争和虐待美军俘虏的战犯处以死刑。不难看出，力主死刑的人占少数。我主张，这些对中国人民犯下严重罪行的战犯，必须严惩，请你来东京，准备出庭做证。"

刘毅即刻动身，第二天下午到了东京。战败的东京满目都是被炸毁的建筑、烧光的房屋。面对断壁残垣，十五年前那个初秋的夜晚，南满铁路的一声巨响，如此真切地在耳边回荡。四平街那个被日本兵无辜杀害的老人痛苦挣扎的样子和街头一具具横卧的尸体如在眼前。被洗劫一空的私邸民宅，遭到奸淫又被残忍杀害，女人那扭曲痛苦的一张张脸又何曾远去。记忆中的那一幅幅画面，与眼前残败不堪的景象交织重合在一起，印证了战争的野蛮残酷和它带给人们的巨大灾难。他仰起头来，看着阴霾四布的天空，在心里默默地发誓：一定用他们搜集的证据，让那些利欲熏心，发动战争的狂人，为之付出应有的代价。

他在面见梅汝璈前，专程去了远东国际军事法庭。这里曾是战前著名的日本陆军士官学校。昔日日本军国主义分子的摇篮，此时已经变成了战犯们接受审判的所在。刘毅在想，之所以选择这里做法庭，一定是想告诉人们，正义战胜邪恶是不可抗拒的，任何敢于发动战争，破坏和平的人，最终都会身败名裂，为人类社会所不齿。他注视着这幢布满了弹痕的建筑，希望它能警示世人：维护世界和平，是全人类共同担负的责任。

梅汝璈在帝国饭店自己的办公室里接见了刘毅，说："我的助手已经将国联'037号档案'整理好了。你们搜集的证据材料，特别是'天剑一号'

作战计划都是日军以己之矛攻己之盾，揭露其策划‘满洲事变’，进而发动全面侵华战争最重要的档案史料。你作为搜集、整理、提交这份档案史料的当事人出庭做证，我想一定会争取到其他国家法官的同情。但我必须告诉你，东京审判，采用的是英美法系对抗式诉讼的审判方式，法官必须保持中立，而且出庭辩护的律师提出的问题让证人也很不适应，你要做好应对准备。”

刘毅胸有成竹地说：“日本宪兵的毒刑拷打都奈何不了我，几个日本辩护律师又有何惧。况且，我们递交给国联的材料都是确凿的实证，岂是几个律师就能在法庭上轻易驳倒推翻的。”

梅汝璈握住刘毅的手：“你这样说，我就放心了。我已经下定决心，不判定东条英机、松井石根、武藤章、板垣征四郎、广田弘毅、木村兵太郎、土肥原贤二有罪，送他们上断头台，唯蹈海而死，以谢国人。”

刘毅以一名中国证人的身份,第二天站到了国际军事法庭的证人席上，这是中国人历史上第一次参与审判外国人。看着下面受审的、被远东国际军事法庭认定的日本甲级战犯,他的内心深处涌起从未有过的民族尊严感，以及由此带来的扬眉吐气的自豪感!

法庭气氛庄严，大厅四周和被告席前面站着全副武装的盟军士兵，昔日不可一世的一个个战争狂人,此时神情猥琐,脸色灰白地坐在被告席上。由同盟国共同任命的法官身穿法袍，神情庄重地坐在审判席上。几名日本辩护律师低着头，不停地翻阅着手里的辩护词。

证人席是在审判大厅中央用木板临时围建起来的，仅能供一人起坐，看起来如同囚笼般狭小的方形空间，众目睽睽之下，让坐在里面的证人感到局促、压抑。两个高大的盟军士兵站立在两侧，更增加了证人心里的恐慌、畏惧感。这样的设计也许是让证人不敢说谎吧。

庭长韦伯宣布开庭。刘毅详细陈述了他们 9 个人搜集、整理、签名后提交给国联李顿调查团的证据内容。他环视了一遍审判席上的大法官，说：“1931 年 9 月 18 日夜，发生在中国东北的‘满洲事变’是日本关东军长期预谋，精心策划的武装侵华行动，也是日本军国主义实施对外侵略扩张的大陆政策的重要步骤。”

他看了看被告席上的土肥原贤二和板垣征四郎，加重了语气说：“‘天剑一号’作战计划原定于 9 月 28 日实施，因为从日本秘密运来的两门重炮 9 月 10 日才刚刚安装完毕，炮兵还不会操作，加之地里的庄稼没有收割，不利于步兵作战。板垣征四郎与石原莞尔、谷木斋藤几个人密谋后，按捺不住，为了抢头功，决定临时改变计划，提前到 18 日行动。”说到这，刘毅提高了嗓音道：“各位大法官，这一事实，在‘天剑一号’作战计划中写得清清楚楚。”

法官们开始交头接耳，土肥原贤二和板垣征四郎的身子微微发抖。这时，一名日本辩护律师站起来，走到证人席前扶了扶眼镜：“你怎么认定那份作战计划是真的？要知道，它是绝密的，不可能到你手里。”

刘毅将面前的麦克风拉近了些，轻蔑地看了一眼那个日本律师，说道：“想必各位大法官已经拿到了‘天剑一号’。”说完，刘毅转过头去看着那个日本律师，“你怀疑这份‘天剑一号’是假的，刚才我说的你一定听到了吧，‘天剑一号’作战计划里面不但有事变发起的时间、地点，而且 18 日那天夜里，被炸毁的铁路长度只有 20 厘米，仅造成了轻微破坏。爆炸的余烟未消，从长春开来的 14 次快车就途经这里，并准时抵达奉天驿车站。请问各位大法官，如此的机缘巧合，若不是关东军事先经过精心设计，难道是可以随意编造出来的吗？”那个律师张了张嘴一句话也没有说出来。

刘毅用目光逼视着那个日本律师接着说：“1905 年日俄战争后，日本把南满铁路看作是生命线，戒备森严，不要说是军人，就是平民也无法靠近，人们视此为畏途。如果不是日本人有意制造的爆炸现场，何人可为？我要提醒检察官的是，这位律师若连这一点常识都不了解，有什么资格出庭辩护？”那个律师哑口无言，脸上红一阵白一阵，一时找不到话来反驳。

刘毅看着检察长接着说：“事变发生的第二天，美国记者乔·毕·巴鲁现场调查后，在《英文满报》刊文说，他见到的是一具没有血迹，被放置了相当长时间的尸体。时任日本驻奉天总领事林久治郎参观了现场后，9月19日上午，在发给外务大臣币原的电报中，同样提到，此次事件纯属日本军方有计划行为。这封电报我们早已经作为证据材料，提交给国联调查团，事实已经非常清楚，无须再做解释说明。”土肥原贤二和板垣征四郎低下了头。

这时，又一位日本辩护律师站了起来，看了看刘毅说：“日本和中国就像亲兄弟一样，日本作为哥哥做什么都是为了弟弟好，哥哥从来没有想过要伤害弟弟，有时为了弟弟好，用一些强硬手段，也是迫不得已。”

刘毅挥动了几下手臂，似乎在赶走一只让人生厌的苍蝇，冷笑了两声，盯着那个日本律师，道：“事实真的如你所说吗？检察官先生，各位大法官，请你们注意，‘天剑一号’制定的军事战略方针写得清清楚楚：以寡敌众，先发制人，速战速决。稍微懂得一些军事常识的人都清楚，这完全是一种不宣而战的偷袭行为。而且作为亲历者，我要问这位律师，如果像关东军说的那样，仅仅为了制止中国军人有意破坏铁路，哥哥为弟弟好，那么日军何以迅速调集各路兵力，以惊人的速度占领奉天乃至东北全境？”法官们频频点头。

刘毅挺直了身子继续大声说道：“日军占领奉天后，关东军司令官本庄繁在接下来的短短两天内，下达了四道命令，要求第二师团没收兵器及省政府、市政公署、财政厅、边业银行等官有财产，没收东北军飞机，占领市内通信设施。”

刘毅指着被告席上的日本战犯，激愤地说：“我们搜集了大量日军随军记者在现场拍摄的照片，各位法官可以看看这些写真：从 19 日开始，见到街上凡有中国人着军装者，均被拘押或枪毙，无人幸免。东北边防长官公署一地，被日军枪杀的卫兵就有 102 人。柳条湖福成窑厂七八个工人，19 日上午正在往窑顶挑水，被日本兵用刺刀全部挑死。在小西门，日军一次枪杀饥民 30 人。无故打死小北关西下洼子迫击炮厂六十多名工人。城内鼓楼、小西边门、警察分所以及各交通要道，每处都有三五具至数十具尸体横卧。到 21 日，奉天居民被杀害者，至少有 3000 人。关东军不但对城内居民进行了疯狂屠杀、奸淫，在三天之内，还洗劫了当地的军政机关、军事通信部门、金融机构、工厂、军政要人私邸。东北当局的官方财产被日军抢走了 17 亿元以上，东三省官银号库存的 66 万斤黄金和 200 万现洋也均被日军劫走。张作霖和张学良父子私邸被日军抢走的金条有 20 多箱，银圆 40 多箱，二十多年珍藏的字画、文物也被抢掠一空。请问各位法官，日军的这种野蛮杀戮抢掠行动，难道是哥哥为了弟弟好吗？完全是一派胡言。”那个律师自知理亏，为掩饰窘境摘下眼镜，不停地擦拭着镜片。

先前的那个日本律师重新站起来，说：“中日是兄弟，日本占据东北是局部冲突，目的是哥哥为了帮助弟弟维持秩序。”

刘毅站起来，环视了一下法庭上的所有人员，提高了嗓音说：“请检察官和各位大法官注意，9 月 19 日，以日本关东军司令官本庄繁名义发布的布告，全部采用石版印刷。对印刷术有所了解的人都知道，这一印刷方法，速度非常慢，若不是事先印制好了，怎么可能一夜之间便将布告张贴得到处都是？维持秩序有必要事先准备吗？”美国法官和英国法官耳语了几句，点了点头。

“诸位大法官。”刘毅放慢了语调，说：“不仅如此，布告只字未提日军采取行动是维持秩序，反而宣称因为是中国军队首先挑衅，爆炸南满铁路，袭击日本守备队，必出断然处置。字里行间充满了战争的火药味不说，接下来开始的随意枪杀平民，奸淫妇女，抢夺官方财产，劫掠张氏父子私人所藏，又怎么能用维持秩序来解释？如果这也算是维持秩序，那么请问，人类最重要的东西是生命、财产，生命和财产都可以被任意剥夺，这种由他国在一个主权国家使用武力维持秩序岂不荒唐至极，难道不是一种最无耻的行径和人类文明的耻辱吗？”那个日本律师灰溜溜地坐下来，法官们不停颔首，显然认可了他的证言。

那个一直在擦镜片的律师并不想就此罢休，戴上眼镜对检察官说：“日本只是想帮助中国，没有侵占中国的意思。”

刘毅扫视一眼土肥原贤二和板垣征四郎，向前探了探身子，看着那个律师，说：“你说得好听，但事实是，日本为达到长期占领东三省的目的，拼凑建立了所谓的‘满洲国’。更为荒唐的是，日本也说是东北居民自觉自愿的。可你们知道吗？当时的‘奉天市长’赵欣伯在南市场召开所谓的市民大会，为招引群众，预告到会者能领到一包饼干、一块大洋，最后因为没有领到饼干和大洋，有些人一直到晚上还赖着不走。我的几个患者和朋友被胁迫去参加集会游行，回来后说如果不是为了那一包饼干、一块大洋，不会有人去参加这一活动，这都是他们回来后亲口所说的。”法官们禁不住一阵哄笑，连站在法庭四周、一脸严肃的盟军士兵也忍不住乐了。

刘毅挥舞着拳头义正词严地反问那个律师道：“你们既然没有侵占中国的意思，为什么要在一个主权国家，用武力拼凑一个‘满洲国’？这难道不是对中国赤裸裸的分裂和占领吗？”那个律师想重新摘下眼镜，手有些颤抖，摘了几次都没摘下来。被告席上日本战犯板垣征四郎脸色灰白，浑身战栗。

休庭后。晚上，梅汝璈回到住处，激动地握住刘毅的手，说：“你的发言非常好，开庭以来，在法官会上，我费尽口舌，与各国法官们进行了多次磋商、争论。看来你今天的证言，已经打动了法官，也让我更有信心了。在接下来的几天里，你还要继续出庭做证，我已经让助手整理你的证言，提交给各国法官。”说着，他从抽屉里拿出几页纸，说：“我也整理了一份材料。九一八事变是日军发动侵华战争的开始，1932 年日军在抚顺平顶山、1937 年在南京，他们的暴行比德军在奥斯维辛集中营单纯用毒气屠杀更加惨绝人寰。在平顶山他们一次屠杀村民三千多人，在南京杀害我军民 30 万人：砍头、劈脑、切腹、挖心、水溺、火烧、砍去四肢、割下生殖器、刺穿阴户或肛门，等等，是人类文明史上罕见之暴行。我会用你的证言和这些材料，争取说服更多的法官同意我们的观点，处以这些日本战犯死刑，如此，方雪我心头之恨。”

刘毅紧紧握着梅汝璈的手，说：“‘自作孽，不可活。’这些战犯一定会受到正义的审判，以死抵罪。”

梅汝璈高高地举起拳头，神色庄严地说：“我发誓，元凶祸首得不到惩处，决不罢休！”

1947 年秋天，惠子生了一个儿子。孩子满月那天，三河太郎做了满满一桌子的菜，刘毅把从家乡带去的老龙口万龙泉烧锅满满地给三河太郎斟了一杯，说：“我爸爸妈妈要是知道我跟惠子有了儿子……”刘毅的眼圈儿红了，哽咽着说不下去了。三河太郎用手在孩子粉红色的脸蛋上轻轻地摸了一下，看着天际随风浮动的大片白云，说：“东北是我的第二个故乡，这酒让我尝到了家乡的味道，两位老人就是我的再生父母，要不是遇到二老我早就成了他乡野鬼。又怎能看到自己的外孙。”

孩子醒了，睁开眼睛看着惠子，呵呵地笑了。三河太郎看着小家伙胖乎乎的小手在不停地上下舞动，说：“从强征入伍那天开始，我就没想着能活着回来。奉天那一仗打得苦啊，我们 25 万人，进攻 37 万俄军，眼看着俄军防线在溃败，要不是那天下了一天一夜的雪，迷路了，也许我们不会被包围。”

“那也就不会遇到我爹和我娘了。”

三河太郎把剩下的酒一口喝干，说：“是啊，你这个小弟弟就不会是我女婿了。”两个人哈哈大笑。刘毅也把杯里的酒喝下去，重新给三河太郎把酒斟满，看着惠子怀里的孩子，说：“我这次去东京出庭做证，那个辩护律师口口声声说日本和中国就像亲兄弟一样，可他们在中国的暴行惨绝人寰，砍头、劈脑、切腹、挖心、水溺、火烧，对中国人民犯下了不可饶恕的罪行，那些战犯就是死一百个来回，也难解我心头之恨。儿子长大了，我要告诉他，他的身体里延续着中国人和日本人的血脉，他要为中日和平友好做一些事，再不要让这样的悲剧重演。”

三河太郎端起酒杯，说：“这次国际审判，一定会在人类的史册上留下重要的一笔，你在法庭上的证言，也一定会让那些战犯认罪伏法。来，在日本，用我中国家乡的酒，愿我的外孙早日长大成人。孩子的名字我已经想好了，把我们两个的名字加在一块，叫刘刚毅，让他性格刚强坚毅，将来做一个顶天立地的男子汉。”

惠子把脸贴在儿子的额头上轻声说：“宝贝，你听到了吗？你有名字了，叫刚毅。”

刘毅也举起了酒杯：“来，为了人类和平，干！”

第四十六章 罪有应得

山坡上银杏树的叶子纷纷飘落下来，1948 年冬天，刚毅蹒跚学步，已经会叫爸爸、妈妈了。晚上，刘毅和周大鹏一块回来吃饭，一进院子，惠子手里举着报纸大声道："快看，东条英机、土肥原贤二被执行绞刑。"

刘毅接过报纸，见上面刊登着一则消息："东京审判结束，七名甲级战犯被判死刑。"刘毅兴奋地一把抓住周大鹏的手，说："我们终于等到这一天了。"

周大鹏想起惨死在日本兵手下的父母、妻儿，眼里盈满了泪水，咬着牙，说："这帮家伙，害死了多少中国人，真该千刀万剐。"

刚毅蹒跚着走过来，扑在刘毅的腿上，仰起脸，"爸爸抱。"刘毅伸手把刚毅举起来："儿子，咱们胜利了。"刚毅咧开小嘴儿，呵呵地笑了。三河太郎和瞿花已经做好了饭，三河太郎打开一瓶清酒，倒进杯子里举起来，对自己的两个女婿说：“我是从死人堆里爬出来的人，是战争的受害者，这些发动战争的人也许不会想到，他们不但让中国人民蒙受了巨大的灾难，还让广岛、长崎毁于一旦，几十万人丧生。尽管这些战犯被处死，但也无法偿还他们对中国人民和日本人民所欠的血债。”刘毅走到院子里，遥望东方，将杯里的酒泼洒到地上，说：“我一直深爱的祖国，你的儿女没有让你失望。”一弯新月从远处的群山后面升了起来，高低起伏的山峦犹如用淡墨在天际勾勒出的剪影。三河太郎仰头望着满天的星斗，说：“愿这个世界永远像这样平和、安宁。”

很快，刘毅接到了梅汝璈从上海寄来的信，随信还有一张《大公报》。刘毅打开信，信上这样写道：“刘毅先生，东京审判以一票的微弱优势，判处了7名甲级战犯死刑，日本军界首脑的暴虐行为和他们对外的虚假宣传已昭然天下。但审判过程之复杂艰难超出想象，你们9个人冒死提交给国联调查团的证据材料中，以关东军司令官本庄繁名义发布的布告，九一八当天夜里率部攻进北大营的山本正二给关东军司令部写的《进攻北大营战绩报告》，寺岛写真部随军记者拍摄的现场照片等，尤其是谷木斋藤等人制定实施的‘天剑一号’作战计划，还有你的证言，都为清算日军血债，为国人讨回公道，起到了重要作用。随信寄去《大公报》一份，上面刊载有记者周东民写的一篇通讯，特此敬达。”

晚上吃过饭，三河太郎将刘毅和周大鹏两家人招呼到一块儿，对惠子说：“你来给我们读报纸上的这篇报道，看看上面是怎么写的。”

惠子打开报纸念道：“在很多人看来，日本发动侵华战争是世人皆知的事情，这还用得着证据嘛！国民政府最初也只是认为，日本侵华事实清楚，铁证如山，只要法官、检察官的金口一开，大笔一落，就能严惩战犯，所以并没有准备足够的人证、物证材料。

然而事实是，西方国家压根儿就不关心1941年太平洋战争爆发之前发生在亚洲的事情，更荒唐的是，甲级战犯土肥原贤二是发动‘满洲事变’的幕后策划人，是最早挑起日本侵华的战犯之一。可是在法庭上，包括土肥原贤二本人，还有他的辩护律师，把土肥原贤二描述成了一个‘忠厚坦诚’的老实人，这不滑天下之大稽吗！而在审判‘满洲事变’元凶之一的板垣征四郎时，板垣征四郎的第一个证人竟然是9月18日当晚，指挥日军进攻中国军队的日本陆军联队长岛本。让一个战犯给另外一个战犯当证人，岂不荒唐至极。

在这种情况下，没别的办法，就是拿证据堵他们的嘴。

中国大法官梅汝璈和国民政府派去的检察官，搜集了大量证据材料，特别是将1933年在国联大会上讨论通过的已经作为国联‘037号档案’存档的证据材料提交给审判庭后，这些法官无不对此瞠目结舌。

法庭从1946年5月3日开庭，到1948年11月12日，审讯历时两年零5个月，开庭818次，出庭证人达419名，书面证人779名，受理证据在4300件以上。长达1212页的判决书，对日本军国主义策划、准备和发动对中国、亚洲和太平洋地区战争的罪行进行了揭露，以无数铁的事实和罪证，控诉了日本法西斯在建立‘大东亚共荣圈’幌子下对中国、东南亚各国人民所实行的极其残暴的统治。对日军侵华、南京大屠杀、日军在太平洋战争、在东南亚地区犯下的罪行进行了控诉。中国法官梅汝璈始终认为，这些战犯如果不判处死刑，就对不起无数死在他们枪口下的人。最后对28名甲级战犯进行了审判，宣判25名被告有罪。东条英机、土肥原贤二、广田弘毅、板垣征四郎、木村兵太郎、松井石根、武藤章7人被判处绞刑。”

惠子一口气读下来，刘毅的眼睛模糊了，想起了搜集这些证据材料遇到的困难和危险；想起了他们9个人被日本宪兵队抓捕后，遭受的种种酷刑和非人折磨；想起了王来福、春桃；想起了为此付出生命的姜翰东、王竹坡；想起了如不清算日军血债，为国人讨回公道，唯蹈海而死的大法官梅汝璈，心绪难平。

周大鹏哽咽着说：“爹、娘、媳妇、儿子，你们在天有灵，可以瞑目了！”

三河太郎站起来握着拳头，说：“善恶终有报，天理不可违啊！将来我的两个外孙子长大了，我要告诉他们，为了能够在和平的阳光下幸福地生活，要记住他们的前辈为他的祖国和人民所做的这一切。”

刘毅望着湛蓝的夜空中，一颗颗亮晶晶的星星说：“更应该让孩子记住，驱逐战争阴霾，捍卫世界和平，到任何时候，都是人类担负的共同使命！

第四十七章 绝密行动

1949 年深秋。傍晚，下了一天的雨停了，天依旧阴沉沉的。院子里两棵高大的樟树叶子上挂满了水珠，风一吹，纷纷滚落到地上。

台湾“国防部”保密局局长毛人凤，在自己的办公室里，单独召见了一处军事情报组少校组长张海燕。与以往不同的是，他给张海燕倒了一杯水，坐下来，说：“去年底，远东国际军事法庭对 28 名日本战犯进行了审判，宣判 25 名日本战犯有罪，7 名甲级战犯被判处死刑。”

张海燕看了一眼毛人凤，说：“我已经从报纸上看到了。”

毛人凤坐直了身子：“可审判的过程并不顺利，要不是梅汝璈拼尽全力搜集证据，寻找证人，差一点儿让这些战犯成了漏网之鱼。”

“是啊，梅汝璈已经成了家喻户晓的人物。”

“蒋总统也正是看中了这一点，委任他为行政院委员兼司法部部长。”

“蒋总统没有看错人。”

“可惜，他坚辞不受，经香港去了大陆。”

“为什么不把他截住？”

“他的心已不在我们这里，就是把人留住，也是人在曹营心在汉。”

张海燕看着毛人凤不再说话。毛人凤带着几分不满，摆了摆手，说：“梅汝璈不辞而别让老头子十分恼火。你不知道，这次梅汝璈在法庭上出示的‘国联037号档案’，是共党方面组织搜集整理后提交给国联调查团的。尤其让老头子生气的是，那个日军为发动九一八事变制定的‘天剑一号’作战计划，竟然也落到了共党手里，戴老板要是不死，老头子饶不了他。”

“那怎么办？”

“老头子发下话来，一定把这份档案取回来，放到台北档案馆。”

“审判已经结束，不过一份史料罢了，放在日内瓦和放在台湾不一样吗？”张海燕不知道蒋总统为什么会对这份档案如此看重。

毛人凤脸上现出一丝苦笑，说：“这方面的事你不懂，如果这份档案放在联合国日内瓦总部图书馆任人查阅，就长了共党的脸，现了国民党的眼。”

“有那么严重吗？”

“‘037号档案’不是一般的史料。1932年李顿调查团去东北实地调查，受到日军特务的严密监视，要不是共党秘密带领几个知识分子暗中搜集证据材料和‘天剑一号’，后来的《国联调查团报告书》就不会在国联特别大会上以压倒多数的国家表决通过。当时的日本代表团在陷于极端孤立的境况下，不得不宣布退出国联，这件事举世皆知，带来的国际影响轰动一时。我们退守台湾已经让美国盟友大为失望，梅汝璈又投奔了大陆，这份档案材料如果继续留在日内瓦，不但会成为党国的又一个笑柄，也是老头子去不掉的一块心病。”

张海燕跟随毛人凤多年，向部下布置任务一向干脆利落，从来没有见毛人凤像现在这样啰啰唆唆过。她意识到这次任务非同小可，完不成任务，只有提头来见了。

张海燕出生在河北冀中地区一个叫刘家河的村子里。爷爷见她与别的女孩不同，模样讨人喜欢不说，无论学什么，一教就会，便给她取名张玉英，希望她能像玉石那样，圆润剔透，静而无躁，表里如一。

道光年间，她的祖上为了躲避战乱，从广西辗转到了河北，到张海燕父亲这一辈，张家在刘家河村已经有一百多口人了。不幸的是，张海燕的父亲四十多岁时，染上了抽大烟的恶习，家道很快败落了。在一个寒风呼啸的夜晚，他因为欠了烟馆的钱还不上，在路上被讨债的人打死了。她的母亲无依无靠，带着她和两个弟弟过日子，吃了上顿没下顿，眼看着活不下去的时候，她被一大户人家相中，做了童养媳。那家主人怕别人知道自己给儿子找了个穷人家的孩子，便供她上了几年私塾。有一天，她去镇里看到警务学校招人，偷着报了名。那年她 17 岁，因为长得清秀大气，一眼被毛人凤相中，招入军统，成了一名女特工。张海燕从小在家里帮助母亲在地里干农活，不但能吃苦，而且身手矫健，加上聪明伶俐，很快掌握了特工的全部技能。太平洋战争爆发后，她利用自己的美貌和智慧，为军统提供了大量有价值的情报，深得戴笠赏识。

1946 年，戴笠乘坐的飞机失事后，毛人凤成为军统的一把手，对张海燕愈加器重。毛人凤十分清楚，去日内瓦取回“037 号档案”很棘手，但老头子决定的事，没有转圜商量的余地。他经过深思熟虑，决定派张海燕去执行这个特殊的任务。他知道，这件事情一旦败露，同样会成为一桩丑闻，令蒋介石难堪，必须格外慎重。经过一番精心准备，张海燕打扮成富商家的阔小姐，乘船经德国去了日内瓦。

1947 年冬，张延阁跟凯瑟琳生下一个女儿。张延阁给孩子取名张一竹，期望她能做一棵挺拔的竹子，品格高洁，不惧风霜，清心少欲、节节向上。孩子百日那天，他摘下自己身上佩戴的那枚玉猪龙饰件，戴在女儿脖子上，轻声对女儿说：“你中国妈妈的那一枚给了你哥哥，爸爸的这一枚给你，不知道还能不能找到你哥哥。”一竹用肉嘟嘟的小手抓着那枚玉猪龙，塞进了嘴里，看着女儿那稚嫩天真的样子，张延阁开心地笑了。

再有一个月，张延阁在日内瓦总部图书馆当管理员已经三年半了。他将重新找到的“037号档案”交还给图书馆，穆勒馆长非常满意，特别是当他从凯瑟琳那里得知，张延阁的岳父就是为了护送这份证据材料被暗害的，更加认定自己找对了人。凯瑟琳找了个保姆带孩子，自己跟父亲和叔叔去打理公司的业务。每天晚上回到家里，三口人在一块最开心的事儿就是教一竹说话，张延阁教她说汉语，凯瑟琳教她说英语。想不到一竹的汉语学得很快，两岁时，常用的话都会说了。

1949年10月的一天，张延阁在报纸上看到，毛泽东在北平宣布中华人民共和国成立。回到家里，他兴奋地抱起女儿，举过头顶转了一圈儿又一圈儿。他让凯瑟琳做了小鸡炖土豆、麻婆豆腐、红烧牛排等几道中国菜，肺部手术后，从不饮酒的他，打开一瓶从上海带来的茅台酒，与凯瑟琳举杯相庆，说：“鸦片战争后，我们的国家内外交困，饱受帝国主义欺凌，我小的时候学都上不起。从现在开始，我们的国家和人民站起来了。”

第二天，他把这个消息告诉给了馆长穆勒，穆勒特意在图书馆前面的广场上举行了一场篝火晚会，人们尽情地跳啊，唱啊，祝愿张延阁的祖国强大昌盛。火光照亮了深邃的夜空。那天晚上，张延阁萌生了回国看看的念头，凯瑟琳听了，说：“好啊，等我把公司的事情处理一下，咱们就走。”然而，意外在没有任何征兆的情况下发生了，他们回到祖国已经是多年以后的事了。

这天上午，台湾特务张海燕来到了联合国日内瓦总部图书馆。只见她穿一件浅绿色带白花的旗袍，脚下一双淡黄色的高跟皮鞋，衬着光滑白皙的肌肤，看上去娉婷婀娜。张延阁还很少见到有中国人来图书馆，见张海燕撩旗袍坐下，便走过去问：“这位女士，你有什么要求？”

张海燕半天没有说话。她万没想到这位管理员是个中国人，暗中窃喜，心想：此乃天意也。她立刻有了主意。为了万无一失，来的时候她已经做足了功课，知道“037 号档案”当初是在中共地下组织的领导下，由奉天颇有声望的 9 个社会名流搜集、整理、翻译，并在上面签上自己的名字，送交给国联调查团的。张延阁被她看得脸红了，见她不说话，想走开。张海燕收回目光，用手拉了一下张延阁的胳膊，操着一口纯正的冀中话说：“着吗急吗，俺没想到你是个中国人，他国遇老乡，两眼泪汪汪，还不让俺多瞅你几眼。”

“你说的倒也是，我来这三年多了，你是我见到的唯一的中国人，抗战时我在河北打鬼子，一听你的口音就知道你是冀中一带的。”

“是的，我家是刘家河村的。”

张延阁听了愣住了，看着张海燕，嘴张着，半天没有说出话来。

“咋啦？你也是刘家河人？”

张延阁摇了摇头，说：“抗战爆发后，我爱人上前线时把儿子托付给刘家河村的一户姓刘的农民家里了。”

“后来呢？”

“后来我爱人在掩护战地医院的伤员转移时牺牲了,孩子也下落不明。”

张海燕用同情的目光看着张延阁，说：“现在全国解放了，你该回去找找，孩子也许还活着。”

张延阁摇了摇头：“怕是没希望了。”张海燕带着一副亲热的样子，问：“我还没问你姓什么呢？”

“我姓张，叫张延阁。”

“太巧了，我也姓张，说了半天俺们是一家子啊。”张海燕用亲热的语调说。

“是啊。你从大陆来吗？”

“没错，是党组织派我来，取走保存在这里的‘037 号档案’。张海燕扭过头去看了看几个在阅览室里查阅资料的人，压低了声音说。

“哦？”张延阁心想，我怎么不知道。负伤后，在上海时刘毅曾不止一次地跟他说起过这份证据材料和“天剑一号”是当时在中共地下组织的领导下，搜集、整理的。他来日内瓦，仍秘密保留有组织关系，而且也正是他和凯瑟琳后来在地板下面重新找到了这份档案，远东国际军事法庭审判开始前，在得到馆长穆勒批准后，梅汝璈才专门派人从日内瓦把它取走的。审判结束后，梅汝璈又派人把档案送了回来。刘毅出庭做证，也是经过中共东北局批准的，这些他是清楚的。如果面前的这个女人是党组织派来的，党组织不会不事先通知他，刘毅也不能不告诉他。那么这个女人到底是什么人呢？他想听她继续说下去。

张海燕虽然查阅了大量资料，却并不知道张延阁来日内瓦是经过党组织同意的，至今仍保留着组织关系。见张延阁半天没有说话，以为自己的这一招儿有了效果，暗自为自己的机巧善变得意起来。她妩媚地一笑，按照自己的思路继续说道：“全国即将解放，党组织考虑到这份档案有十分重要的史料价值，决定取回去放在国家档案馆里，让我们的下一代能够更好地了解日本策划九一八事变、发动侵华战争的罪恶史实，把我们的国家建设得强大起来。”张海燕凭借着在训练班练就的能言善辩的功夫，有声有色，侃侃而谈。

张延阁一边听一边思索，他来图书馆三年多了，十分清楚，“037号档案”是联合国日内瓦总部图书馆的馆藏。除了查阅，任何个人和组织都无权私自取走，即使是像她说的，国家档案馆准备收藏，也只能由国家相关部门与联合国日内瓦总部图书馆协商后，由图书馆提供一份影印件。再说，这样一件大事，党组织不会贸然派人来，这里面一定有问题。他摇了摇头，说：“这是一件好事，但我不能让你把档案取走，这是我的职责。”

“你是个老八路，我想一定也是一名党员吧，党组织决定把它取走，是经过慎重考虑的。放在这儿，关山万里，大洋阻隔，国内的人怎么来查阅？没办法查阅，又怎么能起到教育后人的作用？最终，这份档案只能在这里睡大觉，成了一份失去了使用价值、没有生命的死档案，这也背离了当初搜集这份材料的初衷。你应该明白这个道理。”

张延阁听她说得头头是道儿，知道这个女人是有备而来，说：“这是一件光明正大的事，没有必要派你单独来找我，我在没有得到馆长批准前，把这份档案就这样不清不白地私下给了你，不但没办法向馆长交代，也是失职。”

张海燕心里凉了半截，但仍不死心。她想了想，继续装模作样地说：“你要是党员，就要对组织忠诚，你这个老八路应该比我更明白，党组织交给我们任务，即使牺牲生命也必须完成。我代表党组织命令你，必须把‘037号档案’交给我。你如果没办法向馆里交代，就跟我回大陆，党组织一定会给你安排更好的工作，你不要再犹豫了。”

张延阁忍不住在心里说，不知道你代表的是哪一级党组织，不听我解释，就这样急着把档案拿走，一定是别有所图。于是说：“我现在是联合国日内瓦总部图书馆的管理员，我只对图书馆馆长负责。”

张海燕见自己的这一招儿仍不奏效，便换了一副口气，柔声说：“好吧，你我既然是一家子，我这么远来了，总不能不尽地主之谊吧。”

张延阁不愿意再跟她过多纠缠，说：“家里孩子还小，我太太每天还要打理公司的业务，你有空可以在日内瓦转转。”

张海燕十分气恼，可又不便让张延阁看出来。她压住心里的火气，平稳了一下情绪，说：“我看看这份档案总可以吧？”

张延阁没有再说什么，让她办好登记手续，由勤杂工去库房拿来档案。张海燕接过与她生死攸关的“037号档案”，心头不觉一震。她坐下来，一页一页地翻看着，心想，怪不得毛局长对这份档案如此看中，这里搜集、整理、翻译的每一桩证据可以说都是日军自己提供的，看来共党的能力确实不可小觑，放在这里，会让在抗战中同样付出了沉重代价的国民党很丢面子。如果这次自己空手而回，无疑会受到严厉的制裁，可你毛局长哪里知道，偏偏这个管理员是个中国人，根本不上我的套儿。于是她想使出女人的撒手锏，用色相使张延阁就范。翻过最后一页，已到了闭馆的时间，她把档案交还给张延阁，色眯眯地看着张延阁，低声说："这份档案的确很有价值，我一定把它看完，回国后好向党组织汇报。"

图书馆为方便读者借阅，在阅览室专门为管理员设置了一间办公室，里面有一个柜子，用来存放当天读者没有查阅完、准备接着阅读的档案资料。张延阁把档案锁进柜子里。果然，一连几天，张海燕都如期而至，张延阁没有再跟她说什么。

下午，再有一个多小时就到了闭馆的时间，阅览室里只剩下了张海燕一个人。张延阁准备收起档案回家，张海燕抬起头来，冲他浅浅一笑，抛了一个媚眼，说："明天晚上，我请你喝酒，告诉你个秘密，你一定会感兴趣。"张延阁面无表情地把档案锁进柜子里，转身走了。

几天来，张延阁发现这个女人尽管一直在安安静静地看档案材料，但她的心思并不在档案上，常常走神。这个女人身上既有知识女性的娴静，又有受过专门训练的军人特有的素质和极强的应变能力。他也想知道这个女人的来历，看看她此行的目的。凭着他多年与日伪军和汉奸周旋的经验，已经猜到了八九分，这个女人也许是台湾方面派来的特务。

第二天闭馆后，张延阁如约来到日内瓦河畔的一家酒馆。里面的客人不多，张海燕已经找了靠窗的一张桌子在等他。

张延阁走过去，张海燕站起来伸出手道："咱们既是一家子，我该叫你哥哥，来，坐吧。"

待张延阁坐下，张海燕脱掉外衣，露出一件乳白色带暗花的紧身旗袍，身子一动，周身的曲线尽显无遗。不一会儿，服务生将张海燕要的土豆煎饼、苏黎世小牛肉和一瓶瑞士格纳兰红酒端了上来。张海燕用手一指桌上的菜肴："来，很高兴在这样一个风景如画的地方与你共进晚餐。"张延阁隔着窗户向外望去，只见清澈的河水上洒满了夕阳金子般的余晖，几艘帆船犁开波浪从远处驶来，一群水鸟在船头上下翻飞。张延阁回过头来看了张海燕一眼，说："这里的确很美。"

张海燕有意挺了挺高耸的乳房，"你看我不像共产党吗？"

张延阁心里说，共产党员绝不会像你这样，在一个陌生男人面前卖弄风骚。张海燕见张延阁沉默不语，带着几分尴尬妩媚地说："你不说，我也知道你心里在想什么。"

张海燕给张延阁和自己的酒杯里斟上酒，端起来，自我解嘲地说："瑞士酿造葡萄酒的历史，可以追溯到古罗马时代，这是瑞士上等的格纳兰红酒。古人说，浮生若梦，为欢几何，今天晚上，你我也像李白那样，飞羽觞而醉月，饮美酒而解忧，怎么样？"

张延阁不等她把话说完，把酒杯推开道："我多年当兵打仗，没有你那么浪漫。"

"也好，可你是不是想知道我从哪里来？取走这份档案想干什么？"不等张延阁回答，张海燕接着说："实话告诉你，我从台湾来，是蒋总统派我来的。我想，你听了一定很惊讶吧。"

张延阁心说，我早就看出你不是从大陆来的。他坐直了身子看着面前的女人问道："这么说，你是领命而来的了？"

"是的，我是立了军令状的。"

"这份档案对你们的蒋总统有那么重要吗？"

张海燕跷起白皙的大腿，轻轻晃动了几下，说："国民党在大陆吃了败仗，退守台湾，已经很没面子了，想不到东京审判日本战犯这样一件轰动世界的事件，国民党政府派去的法官和检察官使用的证据中，起了重要作用的'037 号档案'都是在共党领导下搜集、整理的。"

"这就是你来取走这份档案的理由？"

张海燕扭过头去，看着窗外逐渐暗淡下去的天色和岸边亮起的灯光，回过头来，说："你也许并不知道，国民党政府委派的大法官梅汝璈，在东京审判结束后，拒绝了国民党政府行政院委员兼司法部部长的委任，在南京、上海相继解放后，他从东京返回香港，与共党在香港的代表取得了联系，秘密去了北京。这件事让蒋总统大为恼火，这份档案要是再放在这里供世人查阅，国民党岂不更为人耻笑。所以，我这次到日内瓦，就是要把这份档案取回去，放到台北档案馆，这样至少可以为国民党挽回一些脸面。”

张海燕已经准备好了麻醉药，她想好了，张延阁再不答应，趁他不注意，将他麻醉后，把他身上的钥匙拿走。她知道，她所要的材料，就放在张延阁办公室的柜子里。她端起酒杯，说：“你这辈子就想在图书馆当个小小的管理员吗？”

张延阁不假思索地说：“这里有我的家，有我的女儿，有美丽的阿尔卑斯山，我喜欢这里。”

张海燕摇着头，嫣然一笑，说：“你跟我去台湾吧。”

张延阁觉得好笑，说：“要不是负了伤，我就参加解放战争去打老蒋了，我怎么能跟你去台湾？”

张海燕不死心，道：“毛局长已经答应了，你去台湾做台北档案馆的馆长，俸禄优厚，何苦在这里低三下四，辛辛苦苦当个不起眼的管理员呢。常言说，人往高处走，水往低处流，良禽择佳木而栖，人生就这么几十年，转瞬即逝，哪个人不想做官发财。再说了，还有我呢，你要是寂寞了，我可以让你开心呦，你一个男人，回家有娇妻相伴，出门有美女销魂，何乐不为，干吗一个心眼儿在这里虚掷时光，终老他乡呢？让我说，你还是好好想想，坐失良机，后悔就来不及了啊。”说着，她从挎包里掏出一块手表，举到张延阁跟前，柔声说：“这是我给你买的英纳格手表，送给你，到什么时候，你看到这块表，就会想起我这个本家妹妹。”说着她有意撩起旗袍，露出白皙的大腿。

“这里是酒馆，不是妓院。收起你的手表，我不稀罕。”

张海燕不情愿地整理了一下衣裙，脸微微一红，说：“看得出来，你还颇有几分芥千金而不眄，屣万乘其如脱的君子之风。”

张延阁却像没听到一样，看着张海燕说：“连梅汝璈这样的高官都弃暗投明了，你干吗还抱着蒋介石的大腿不放？”

张海燕咬着嘴唇没有说话。张延阁的问话让她的心像被针扎了一下。但她很快恢复了常态，说：“你最好还是答应我，咱们一块去台湾享福去，别再执迷不悟了。”

张延阁知道面前的这个女人不达目的不肯罢休，不想再跟她绕来绕去，断然地说：“既然你把话都说明白了，我也告诉你，当初那些爱国的知识分子冒着随时会失去生命的危险，去搜集、整理这份证据材料，还为此遭受了日军各种酷刑的折磨，在送交和保护这份档案时，又有人为此献出了生命。放在这里，会永远公正地再现中国人民在共产党的领导下，勇敢地站出来，揭露日本法西斯暴行的历史，放在台北，我就成了历史的罪人，又有何脸面去见为此遭受刑罚、付出生命的人。我还要告诉你的是，蒋介石倒是不想再丢脸，我不能为了当官，为了金钱，为了一个女人，去给蒋介石涂脂抹粉。在这里，只要还有一口气，我就要向来这里的人讲述这份档案的来历，让他们了解日军侵略中国的暴行，让世人知晓中国共产党带领中国人民为抵御侵略进行的不屈抗争。”

张海燕一时哑口无言，心里恨恨地骂道，真是花岗岩脑袋。见劝说无用，她决定使出最后一招儿，她喊来服务生，又要了一道阿尔卑斯山通心粉。待服务生将菜端上来，张海燕举起酒杯，说：“咱们不谈这些了，喝杯酒总可以吧。”张延阁再不愿意跟她多说一句话，站起来道：“恕不奉陪。”张海燕伸手拿过张延阁的酒杯，笑着对张延阁说：“男人我见多了，像你这样一身正气的男人还真不多见。既然你不愿意去台湾当这个馆长，我也不好强求。”说着给张延阁的杯里斟上酒，趁机将藏在指甲里的麻醉药放了进去，把酒杯放在张延阁跟前，拉着他重新坐下，用十分诚恳的口气说：“你的气节让我敬重、钦佩。我远涉重洋，与你相识，你我又是本家，可以说是他乡遇故知，人生一大喜事。很遗憾你我不能共事，请你无论如何喝下这杯酒，咱们后会有期。”说完，将杯里的酒仰头喝了下去。张延阁见天色已经不早了，担心凯瑟琳在家里等的时间长了着急，把杯里的酒喝下去，打算赶紧离开这里。张海燕有意慢腾腾地穿衣服，确信药力开始发作了，与张延阁握了握手，说：“哥哥保重。”张延阁不知道她在酒里做了手脚，刚一迈步，突然觉得头重脚轻，天旋地转，不由自主地“扑腾”跌坐到椅子上，头一低，昏睡过去。

张海燕迅速从张延阁的腰间解下钥匙，结过账，快步离开了酒馆。

凌晨，张延阁被服务生叫醒，他用力揉了揉眼睛，慢慢地站起来，脚步踉跄地从酒馆出来，朝家里走去。从河面上吹来的风，带着凉意，让张延阁顿时清醒了许多。他想，一定是那个女特务在酒里下了麻醉药，后悔不该喝那杯酒。这时迎面开来一辆汽车，车灯晃眼，看不清路面，张延阁一只脚不小心绊在路边裸露的树根上，一下失去重心，跌倒在地，头“砰”地磕在路边的一块石头上，当即晕了过去。等他醒来，天已大亮，人们以为他喝多了酒，把他抬到路边椅子上。他坐起来，竟怎么也想不起家在什么地方了。

一夜未眠的凯瑟琳见张延阁天亮了还没有回来，找遍了附近一个又一个的大小酒馆。太阳已经高高地升了起来，日内瓦河上，大群的天鹅落在水面上发出欢快的鸣叫，凯瑟琳的心境却低落到极点。张延阁去了哪里？她心急如焚。快中午的时候，她沿着岸边往回走，突然，远远地看到椅子上半卧着一个人，她加快脚步走过去，竟是张延阁呆呆地坐在那里。她一把将他搂在怀里，轻声道：“你不回家，坐在这里干什么？”张延阁愣愣地看着她，一句话也不说。凯瑟琳见丈夫一夜之间变成了这个样子，摇晃着张延阁的肩膀：“延阁，我是凯瑟琳，你怎么了？”张延阁目光空洞地望着远处的树林，摇了摇头。他已经失去了所有的记忆。她搀扶着丈夫回到家里。吃过饭，打电话找来家庭医生。医生诊断的结果，张延阁因服用了镇静类药物后，大脑遭受创伤造成了失忆。除了药物治疗，最好的方法是跟病人多交谈，共同回忆他印象深刻的一些往事。凯瑟琳送走了医生，放弃了公司的业务，每天陪伴在张延阁身边寸步不离，她相信，自己的丈夫有一天会恢复记忆。他们的生活刚刚开始，她需要他，3 岁的女儿一竹更离不开他。

张海燕拿到钥匙，离开酒馆，走在大街上，看着从身旁不时驶过的汽车和擦肩而过的行人，眼前出现的不是大笔的金钱和阶衔上新增的那颗花，而是毛人凤那张阴森的脸。她是立下军令状的，她告诉自己决不能失手。

她暗自庆幸自己在军统女特工训练班，不但娴熟地掌握了化装、点穴、格斗、刺杀等技能，还学会了英语。戴笠陪同美国海军情报署梅乐斯少将视察训练班，张海燕出尽了风头。想不到这次来日内瓦执行任务，她的英语会再次派上用场。毛人凤派她来日内瓦，也许看中她的也是这一点。她摸了摸放在包里的钥匙，转过一条街，可以看到不远处日内瓦河面上跳动的灯光。她不敢多想，加快了脚步。

第二天一早，她身着一件白色小翻领长袖衫，脖子上系一条白地黑边印花丝巾，下身穿一条咖啡色紧身长裤，打扮成一名工作人员的模样，走进图书馆。她推开张延阁管理的那间阅览室的门，坐下来，朝周围看了一下，见又有两个管理员从外面进来，她知道，一旦有读者来借阅材料就会被察觉。她站起来，掏出钥匙，打开张延阁办公室的门和存放档案的柜子，将“037 号档案”拿出来放进事先准备好的旅行包里，背在身上，朝四周扫了一眼，见没有人注意她，打开门，不慌不忙地离开了阅览室。

来到大门口，眼看着再有几步就出去了，她似乎看到了毛人凤脸上露出的笑容。突然，一个身材高大的白人警卫出现在她的面前，伸出毛茸茸的胳膊将她迎头拦住了。

“对不起，女士，请你把包打开。”

张海燕知道，凭借自己练就的格斗功夫，真的动起手来，在这个高大的男人面前，也只有招架之功，难以脱身。再说只要一动手，就会招来更多的人，自己就会成为瓮中之鳖。她只得顺从地将背包从肩上拿下来，那个警卫接过去拉开拉链，发现里面是带有图书馆编号 037 和大红印章的馆藏档案，抬起头来直视着张海燕，厉声问道："你是什么人，这些资料要拿到什么地方去？"

张海燕毕竟受过专门训练，脸上看不出一点慌乱，镇定自若地用娴熟的英语回答道："张先生病了，他的一个朋友从中国来，要查阅这份档案，让我取回去给他的朋友看。"

"你是他什么人？"

"家庭保姆。"说着她故意在他眼前晃了晃手里的钥匙。

那个警卫没有再问什么，转身拎着背包进了值班室，拿起了电话。张海燕知道他在给馆长打电话，她失望地看着那个铁塔般粗壮的男人在电话里说着什么，心想，一切都完了。她清楚，不能再等下去了，必须马上离开，否则一旦暴露，难逃一劫。她不再犹豫，快步出了大门，招手要了一辆等在那里的计程车，回了旅馆。

进了房间，锁上门，她有些后怕，一旦被识破，她就很可能以盗窃嫌疑犯的名义被送上国际法庭，到那个时候，身受缧绁之苦不说，再被记者捅到报纸上，就会成为轰动世界的一大丑闻，让国民党和蒋总统丢人现眼，自己就是死也难抵其罪。

张海燕不想再多耽搁，当晚买了去德国的火车票，准备转道坐船去香港。当火车吐着浓烟驶离了车站，她才如释重负地松了一口气。这些年，她有多少次陷入困境，甚至从死亡的边缘擦身而过，也从没有像现在这样因为束手无策而陷入绝望，就像失足掉进一条壁仞千丈的山涧里，四周乱石林立，深不见底。没人能救她，唯有摔得粉身碎骨。她跟随毛人凤多年，知道他一定不会再让她活着。她越想越怕，掏出手绢擦了擦额头上沁出的冷汗，转而想，以蒋介石的全套美式装备和占优势的兵力，何以节节败退，短短三年时间，便龟缩到一个岛子上。她从张延阁的身上看到的不仅是一个男人的血性、坚毅、担当，更让她不解的是他在权势、金钱、女人面前不为所动。到底是什么力量在支撑着他这么做？她苦苦地想寻找到答案。

车窗外黑漆漆的夜色浓得像一锅糨糊，星星点点的灯光，流星般一闪而过。她理不出头绪，慢慢地闭上了眼睛。恍惚中，她面前站了一个人，那个人浑身是血，头颅高昂着。是毛人凤歇斯底里在咆哮：“你说出地下党员的名字我就放了你。”那个人冷笑着回答：“你不要用死来吓唬我，为了千千万万穷苦百姓有好日子过，我从来就没怕过死。”“拉出去枪毙！”那个人被一群荷枪实弹的士兵押解着走向刑场，一声枪响，鲜血四溅。她一下从昏睡中惊醒过来，望着没有几个旅客、空荡荡的车厢，回想起那是 1947 年周养浩抓获了一批重庆的地下党员，她参加了对几个女共产党员的审讯，她们视死如归的凛然正气，曾经不止一次地让她暗生敬佩。

天渐渐地亮了，看着天际泛出的一缕微明，她似乎找到了答案，这些共产党人将为天下的民众谋取利益为己任，他们有理想有信念。而国民党却只为少数人牟利，贪污腐化、拉帮结派、营私舞弊，快速溃败是必然的事。张延阁说的不是没有道理，梅汝璈要不是对国民党政府失望透顶，绝不会放着高官不做，投奔了大陆。这几天，她从张延阁身上仿佛又看到了那些共产党员的影子。她暗自决定，再不给国民党做事了，从此隐姓埋名，回家乡刘家河了此一生。她扭头透过车窗望去，天已经大亮了，地平线上，一轮朝阳喷射出金灿灿的光芒，正在缓缓升起。

经过两三个月的治疗，张延阁的目光不再像先前那样呆滞、空洞，凯瑟琳每天晚上吃过饭，就坐下来给他讲述他们在冀中地区经历过的一件件往事。

这天已经是深夜了，凯瑟琳见张延阁仍毫无睡意，眼睛睁得大大的。当他听到凯瑟琳说起 1944 年夏天，他带着战士们在东王庄取药，被日伪军围困被俘后，凯瑟琳带着周大鹏冒死去石家庄日本宪兵队要人的往事时，张延阁的眼里流出了大颗的泪珠。

“你怎么啦？”这些天来，凯瑟琳还是第一次看到张延阁听她的讲述有了反应。

“你负了重伤，又受了刑，把我吓坏了，以为你活不成了。”凯瑟琳动情地回忆说。张延阁突然翻身在床上坐起来，目不转睛地盯着凯瑟琳看了好久，张开双臂将她抱住，嘴角翕动着，说：“那次要不是你救我出来，我怕是活不到今天了。”凯瑟琳“哇”的一声大哭起来。“亲爱的，你病了多久，知道吗？”张延阁擦掉凯瑟琳脸上的泪水，像是从遥远的地方走来，缓缓地说：“琳，我想起来了，你是我媳妇。”

凯瑟琳指了指已经熟睡的一竹，问：“你想起她是谁了吗？”

张延阁看了好半天，说：“我不认识，这是谁家的孩子？”

“她是你的女儿一竹啊。”

张延阁怎么也想不起自己还有这样一个女儿了。不久，张延阁再次失去了全部记忆，目光依旧恢复了往日的茫然、空洞。但凯瑟琳看到了希望，每天晚上仍不厌其烦地在丈夫面前继续讲述着昨天的故事。

第四十八章 玉英被捕

张海燕站在村口桥头上，儿时的记忆，像河里氤氲茫茫的水汽，一团团地在她面前铺散开来。

刘家河在冀中平原上算是一个不大不小的村子。南边的这条河，水面不宽，两岸长着十几棵三四个人搂抱不过来的粗大柳树，听爷爷说，这些树是秦始皇巡游时栽下的。小的时候她喜欢爬到树上去看村子里家家户户烟囱里升起的炊烟，听鸡鸣狗叫。她记得各家的院子里种着枣树、梨树、杏树。一到秋天，瓜果成熟后散发出的芬馨，混合着收割前庄稼的清香，吸上一口，让人从胸脯里感到舒畅、爽快。孩子们去河里洗澡，光着腚湿漉漉跑回来，院子里女人的骂声也带了几分温软。

浓浓的乡土气息包裹着她，像母亲的手在她身上摩挲，她有了些许的微醺。

回到自己的老屋前，仍是几年前她回来时看到的被烧焦的房梁和一堆堆残砖断瓦，只是院子里的荒草又长高了许多。一只猫从瓦砾后面钻出来，冲她“喵喵”地叫了两声，又溜走了。

抗战胜利后，她去石家庄执行任务，顺道回来过一次，村子里冷冷清清没几个人，满目的残垣断壁。日军1942年“五一大扫荡”时，实行杀光、烧光、抢光政策，进行了灭绝人性的大屠杀，村子里只有不多的人活了下来，她的母亲和两个弟弟也死在日军枪口下。如今家家盖了新房，从乡亲们脸上看得出来，他们在享受着分得土地后的喜悦。

人们听说她回来了，跑来看她。记得她的人依旧叫她的乳名：英子，她的三婶儿、隔壁刘二家的大娘、豆腐坊的刘奶奶争着拉她到家里去住。人们知道她出去上学有了出息，问她还走不走，她说再不走了，半年后，她三婶张罗着帮她重新把房子翻盖起来。

村里刘福旺的儿子刘壮飞，十几岁就给几十里外的大东庄的地主扛长活，日军进村“扫荡”时，躲过了那场屠戮，如今分了土地，修葺了祖屋，一个人过日子。村里几个女人觉得两人挺合适，一撮合，1951年夏天，张玉英跟刘壮飞成了亲。转过年的秋天，他们有了一个儿子，张玉英给孩子取名刘承嗣，希望刘家子嗣兴旺。

世事难料，一家人平稳的日子没过多久，张玉英就病了，开始的时候，干活一累了就不停地咳嗽。看丈夫从早到晚在地里忙，她不想让他看出她有病来，每天还是不声不响地做饭、喂猪、推碾子磨面，时间一长，病就耽误了。一天夜里，刘壮飞听妻子咳得厉害，爬起来见她发着高烧，痰里有血，天没亮就带她去了县里的卫生院。

大夫诊断她得的是肺结核，张玉英去日内瓦时，想着回台湾，带在身上的钱不多，去掉翻盖房子，就所剩无几了。无奈只好回家将养。说心里话，尽管日子过得拮据，她对现在的生活仍十分知足。在军统的这些年，虽说纸醉金迷、挥金如土，他总觉得自己像是在走夜路，每天提心吊胆，说不上什么时候，前面就是个深不见底的坑，掉下去就没命了。回到家乡，她成了地地道道的农妇，她再不用担惊受怕了。那天，一伙男人来给她盖房子，累得满身是汗，她过意不去，留他们吃饭，男人们笑笑，说："你这没锅没灶儿的，等你成了家，我们再来你这儿喝酒。"她去打草喂猪，手上磨出了泡，第二天发现门口放着好几筐带着露水的猪草。这是看她离家久了，冷不丁地干这种活吃不消，王家五婶儿起了大早帮她打来的。日子虽说苦了点，但安定平稳的生活和乡亲们带给她的温暖，让她觉得踏实，生活也有了盼头。如今自己病了，刘壮飞执意要卖了她刚刚翻盖的老屋治她的病，她本想把房子留下给儿子，拗不过丈夫，只好答应了。

经过治疗，张海燕的病一点点地好起来。有时干活累了，坐在院子里，看着鸡鸭觅食，听着圈里那两口猪的哼哼声，她心里便甜滋滋的。最初报考警务学校，是她不想给那个流着鼻涕、口水，说话大舌头，比他小十几岁的男人当童养媳，也想有了钱供两个弟弟读书。当了特工后，她抱着报效国家的想法，以过人的胆量和心智，搜集到大量日军情报，得到了戴笠的多次嘉奖。抗战胜利后，国民党违背民众意愿，撕毁"双十协定"，置民生倒悬于不顾，公然挑起内战，她十分失望，她不知道自己在这条路上还要走多远。毛人凤派她去日内瓦，是把她当成了心腹，但她却背弃了组织，半路开了小差，她觉得有愧于毛人凤的栽培，但转念想想，自己回台湾必死无疑。而眼下刘壮飞对她十分疼爱，自打知道她病了，就再不让她干重活了，儿子也十分的乖巧，只要她不说，没有人知道她出去这些年都干了什么。她十分珍惜现在的生活，想等着自己的病好了，多养上几头猪和羊，拿到集市上卖了，再盖间房留给儿子娶媳妇用。

来年开春，她的病又犯了，夜里咳嗽得睡不着觉，不到半个月，人瘦下去一圈儿。刘壮飞去城里郎中那开药煎给她喝，还是不见好。

这天，下了一夜的雪，刘壮飞起来准备去城里给玉英抓药。打开门，外面站着一个女人，这个人身上落满了雪花，他问："你找谁？"那女人直盯盯地看着他："我叫王小乾。这是刘福旺家吗？"他认了出来，这个人是当年八路军战地医院的那个卫生员。他十分惊讶，兴奋地拉她进了院子，进屋拿出笤帚，把她身上的雪打扫干净，问："你怎么来了？我爸妈说你死了。"那年他14岁，清楚地记得，王小乾和张延阁把自己4岁的儿子托付给他的父母，便上前线了。

王小乾见那时只有十多岁的刘壮飞如今成了家，有了自己的孩子，十分高兴，说："要不是那天被一个去河里拾野鸭蛋的老乡发现，我今天就见不到你了。"

王小乾是来下河村找儿子的。她曾听卫生部长刘鸣说，日军那天把全村的人都杀光了。这次来刘家河，她不知道能不能找到儿子，儿子也许在那次日军的大屠杀中死了，可当母亲的，她无论如何也要回来看看，即使儿子不在了，她也了却了一份心愿。刘壮飞的意外出现，像在平静的水面上投下一颗石子，溅起层层波纹，她再无法平静。1941年在界桥村突围时的情形，又清晰地浮现在她的面前。

当时，战地医院突然被日伪军包围，王小乾来不及多想，只有一个念头，冲破敌人的拦截，把伤员转移到安全地带。张延阁带着战士们在村口的一间牲口棚里掩护他们过河，她和十几个卫生员抬着担架，刚下到河里，敌人追了过来，身后传来密集的枪声。她拼命往前跑，子弹"噗噗"地不断落到水里，她顾不得这些，大声喊着："快！跟上！"河里的淤泥陷住了他们的脚，速度慢了下来。突然，一颗日军的手雷在她身边爆炸了，溅起了很高的水柱，她感到胳膊一阵钻心的疼痛，知道自己负伤了，她用另一只手紧紧地握住担架，继续向河对岸冲去。眼看着就过河了，又一颗手雷"轰"的一声在她身边爆炸了，她浑身一震，就什么都不知道了。

黄昏时，村里的王小儿划着小船去河边的苇趟子里捡野鸭蛋，一抬头发现一个人躺在那里，赶紧把船划过去，见是一个负了重伤的女八路。晌午时，他听见村子东边一直不停地响枪，知道是八路军和"扫荡"的日伪军交上了火。他顾不上再捡野鸭蛋，将这个女人抱到船上，带回家里。第二天早上，见这个女人醒过来，王小儿媳妇问她叫什么名字，她睁开眼，记起昨天她抬着伤员过河时被炸伤了，慢慢地抬起头，感激地看着面前的这个农家妇女，声音微弱地说：“谢谢你们救了我，我叫王小乾。”

王小儿媳妇端起熬好的小米粥，说：“你伤得不轻，俺那口子去城里给你请郎中了。”

半年后，她伤愈回到部队，再没有见到张延阁。抗战胜利后，她听说张延阁跟凯瑟琳为了取出肺子里的弹头，去了日内瓦，她也跟随部队参加了辽沈、平津战役。在解放天津抢救伤员时，她因腿部负伤离开部队。1950 年被东北人民政府卫生部任命为沈阳市卫生局防疫科长。

刘壮飞听了王小乾的讲述，抬起头来看着王小乾，说：“我爸、妈和布理都在那次大屠杀中死了，我回来连尸首都没见到。”王小乾听了并没有感到意外，她听说那天日军先是用机枪扫射，接着用刺刀挑，只有不多的几个孩子被大人压在身下，活了下来。她眼里盈满了泪水：“你不说我也知道，我只是回来看看，去坟上给大伯、大娘烧点纸。”

张玉英坐在炕上听两个人说话，怎么也想不到坐在凳子上的这个清秀羸弱的女人是张延阁的妻子。她记得，在图书馆那间明亮的阅览室里，当张延阁听说她是刘家河人时那副吃惊的样子，莫非世上真有这么巧的事儿，张延阁和面前的这个女人，当初把儿子托付给了自己的公公、婆婆？她下地，做了饭给她吃，带着几分歉疚，说：“乡下比不得城里，没什么好吃的。”她用手指了指炒鸡蛋和盘子里的咸菜。

王小乾听张玉英在不停地咳嗽，看她的脸色，知道她得了肺结核。她转过头去对刘壮飞说：“你媳妇病了，咋不去找大夫看看？”

“去了，先前治好了，不知道咋回事，开春又犯病了，卖房子的钱花光了，这些日子去县城找郎中吃了药，还是好几天坏几天。”

王小乾看着张玉英怀里的孩子，对刘壮飞说：“你去外面找地方睡，我住你这儿，给玉英治病。”

刘壮飞站起来，搓着两只大手，把饭碗朝王小乾跟前推了推，憨声道："多吃点儿。"

到王小乾该走的时候，张玉英的病也好得差不多了。一早起来，刘壮飞去集上买了肉回来，进了屋子，兴冲冲地说："小乾后儿个就回沈阳了，今儿晚做红烧肉，包饺子，算是给她送行了。"

吃过饭，孩子睡了，几个人坐下聊天，张玉英心里充满了感激。这些天，她看王小乾用自己的钱抓药给她治病，十分愧疚。她用麻醉药让张延阁陷入昏睡，偷走了他身上的钥匙，如果不是王小乾的出现，这件事她也许就烂在心里带进棺材里了。她几次想告诉王小乾，她是国民党特务，话到嘴边又咽了回去，她怕丈夫知道了，恨她没有跟他说实话，再传到村干部那里，会抓她去坐牢。她看着桌子上那盏飘忽不定的油灯，心想，要不是王小乾治好了她的病，自己不跟这盏灯一样吗？用不了多久，就会油枯灯灭，离开这个世界。可孩子还小，刘壮飞还要她照顾，她舍不下这个家啊。她拔下头上的簪子挑了挑灯芯，屋子里比先前亮堂了些。她不再想瞒下去，伸出手去一边轻轻拍打着熟睡的儿子，一边抬起头来看着自己的丈夫，说："你不是一直想知道我去外面干了些什么吗？"

刘壮飞不知道玉英怎么冒出这么一句话，一时没有转过向来，诧异地看着妻子，说："你不是说去南方的工厂做工了吗？"

张玉英轻轻摇了摇头，说："我去了重庆，做了国民党的特务。"

刘壮飞吃惊地睁大了眼睛，摇着头，以为听错了。村里干部开会时经常让村民们提高警惕，防止潜伏下来的国民党特务破坏新生的人民政权。哪次他都是这个耳朵听那个耳朵冒，从未往心里去，他做梦也不会想到，与自己朝夕相伴、同床共枕、生活了快三年的女人会是一个国民党特务。他不相信这是真的，站起来走过去，摸了摸自己女人的头，说："你怕是又发烧了？"

张玉英推开丈夫的手，从炕上下来，听着外面的风吹得窗户纸发出"沙沙”的响声，“扑通”跪在王小乾面前，说：“你救了我，我不想再瞒你，我在日内瓦见到了你丈夫。”

“真的吗？”王小乾听了又惊又喜，伸手把张玉英从地上扶起来。

“他在联合国日内瓦总部图书馆当管理员，他以为你在那次突围中牺牲了，跟一个瑞士姑娘组建了新的家庭，生了一个女儿，算起来今年有6岁了。”

“你是怎么见到他的？我知道他去治伤了。”

张玉英坐到炕沿上，讲述了自己受毛人凤派遣，去日内瓦执行特殊任务，见到张延阁的经过。

刘壮飞呆愣愣地坐在那，一声不响，王小乾心里隐隐作痛，张延阁有了新家，这一生也许再见不到他了。张玉英用手拍打着孩子，听着外面呼呼的风声，对王小乾说：“我没想到你们把孩子托付给了我公公、婆婆，也想不到会遇到你，要不是你治好了我的病，我不会说的，我对不起你，你去村长那告发我吧。这样我的心里会好受些。”

刘壮飞听到这儿，过来一把抓住王小乾的手，“扑通”跪在地上，大声道：“不行啊，把她抓起来孩子就没娘了，这个家也散了，日子还咋过？”

王小乾把刘壮飞从地上拉起来，沉吟了半晌，说：“我是党员，又是国家干部，不能为了一己私情，罔顾国法。今晚我去村长家住，你们好好说说话吧。”

说完，王小乾拿过自己的背包，又摸了摸熟睡中的孩子，叹了一口气，转身拉开门走了。

第二天下午，王小乾和村长带着几名公安人员来到刘壮飞的家里，张玉英给孩子喂过奶，下地看了丈夫一眼，默默地伸出手来，公安人员给她戴上手铐，带到外面的吉普车上。刘壮飞眼睁睁地看着自己的妻子被押走了，转过身来，一把拉住王小乾，眼里满是绝望地喊叫道：“你还我老婆，还我老婆！”

村长想说什么，被王小乾摆摆手制止住了。村长又看了看刘壮飞，拉开院门走了。

回到屋子里，王小乾抱起孩子，在他的脸蛋上轻轻地亲了一下，说：“承嗣，乖。”

刘壮飞一把从王小乾手里夺过孩子，喘着粗气，说：“你恩将仇报还是人吗？”

“我知道，你这会儿心里恨我，可我不得不这么做。”

“要是我爸妈还活着，你儿子还活着，你还会这么绝情吗？”

“会。”

“你撒谎，摸摸你的心口窝，你的良心哪去了？是我爸妈带大了你的儿子，难道你忘了吗？”

“我永远都不会忘了两位老人，两个老人要是还在，也会让我这么做。”

“不，他们绝不会让你把这个家拆散了！”刘壮飞几乎歇斯底里了。

王小乾拿出一个纸包放到桌子上：“这点儿钱给你过日子用吧。”

刘壮飞挥手把钱推落到地上，粗着嗓子道：“谁要你的钱？我要我媳妇！”

王小乾把钱从地上拾起来，看着刘壮飞因为愤怒而涨红的脸，说：“我回去找人了解一下玉英的情况，你照顾好自己。”

“用不着你发慈悲！”

村长和村长媳妇这时推门进来了，村长的媳妇是一个三十多岁的女人，中等个头，一张瓜子脸，一双眼睛看人时笑眯眯的。她从刘壮飞手里接过孩子，用手轻轻拍打着，说：“我把孩子抱回去，你一个人不愿意做饭，就去我那吃一口。”

村长看着刘壮飞气哼哼的样子，板起脸，说：“你小子犯什么浑，跟头倔驴似的，我告诉你，现在是新社会了，国家已经制定了法律，知情不报，也是犯罪。我知道英子在外面谋个差事不易，这孩子从小就懂事儿，我合计她不会干什么伤天害理的事儿。过些日子，我去县上开会，顺便打听打听，要是没什么大事儿，在里头关个一年半载的也就放回来了，你们也好踏踏实实地接着过日子。”说着，他用手一指王小乾：“人家这个女同志替你想得周全着呢，留下钱给你嫂子抚养孩子，往后你就安下心来去互助组，给我好好到地里干活去。”

刘壮飞一屁股坐到凳子上，木然地用两只手抓着头发，呜咽起来。

王小乾和村长、村长媳妇来到院子里，刘壮飞随后发疯般拉开门冲出来吼道：“王小乾，你昧良心哪！”

王小乾心中不忍，想回去劝说他几句，村长拉了她一把：“咱们走，甭理他。”

王小乾用手摸了摸村长媳妇怀里的孩子，决定回到沈阳立即去找一个人。

第四十九章 意外认子

回到沈阳已经是半夜了。第二天天没亮，王小乾就起来，草草吃点东西去了铁路机车厂。她急着去见一个人，这个人叫王来福，是维修工段的党支部书记。

王小乾认识王来福是在 1952 年年初。美国为挽回战场上的颓势，在朝鲜悍然发动了细菌战，朝鲜志愿军驻地发现大量美军撒布的毒虫。接着，从 2 月 29 日开始，连续 3 天，美军飞机侵入辽东地区上空，很多人、畜患急症死亡，东北成为紧急防疫区。

东北人民政府、东北军区在沈阳组成东北防疫总队，王小乾被任命为沈阳防疫队队长。为了保证抗美援朝钢铁运输线安全畅通，面对繁重的铁路防疫任务，王小乾每天吃住在机车厂，组织防疫人员按照铁路部门的要求，对从朝鲜回来的车辆进行消毒灭虫。维修工段负责对被美军炸坏的车辆进行修复，王来福是工段的党支部书记，王小乾几乎每天都要跟他打交道。

1948年，沈阳解放后，机车厂急需大批干部。已经是副营长的王来福带领部队正准备进关作战，突然接到命令，让他到机车厂担任维修工段的党支部书记。王来福来机车厂不久，便把春桃和两个孩子也接到沈阳安下家来。

军人出身的王来福，做事向来风风火火，看到朝鲜前线急需大批弹药、物资要运送，他带领工人们加班加点，吃住在工段。经常有被炸坏的几乎无法修复的车辆，在王来福的带领下，工人和技术人员硬是啃下一块块硬骨头，在很短的时间里就奇迹般完成了修复任务。美军发动了细菌战，市里派来了防疫队，队长偏偏是个女的，他急她不急，对车辆按部就班进行严格的灭虫消毒，从来不让步。两个人经常为这件事争得面红耳赤，不可开交，谁也不让谁。气头上，王来福常常冲着她吼："你要是个男的，我非给你两巴掌！"

到了夏季，美军出动了更多的飞机，对我铁路运输线进行狂轰滥炸，大批车辆遭到破坏。眼看着大量的物资运不出去，王来福恨不得不吃饭不睡觉，想尽快把车辆修复，以保证前线运输需要。但到了王队长那里，对入境的车辆从不放行，用消毒架反复消毒后才能上线维修。王来福急得直跺脚，更要命的是，王小乾还四平八稳地拿出《反细菌战指示》的规定，一条一条地念给他听，让他知道防疫消毒的重要性。

由于采取了及时有效的防疫消毒应对措施，1952年下半年，东北军民彻底粉碎了美军对东北地区实施的细菌战。从那以后，他再没见到过这个做事认真，在他看来甚至有些刻板的防疫队的女队长。

早上，王来福来厂里上班，远远地就看见那个快半年不见的防疫队的女队长，站在厂门口。他从自行车上一骗腿下来，紧走了几步，热情地与王小乾打招呼："王队长，来这么早，有事吗？"

"我来找你。"

王来福愣了一下，心想，怕是又有情况了？转念一想，要是有疫情，我怎么没接到通知。他冲王小乾挥挥手，说："好，有话到我办公室说吧。"

进了屋，王小乾搓了搓冻得通红的手，说：“我去了趟河北，昨天夜里才回来。”

王来福拿过暖壶，给她倒了一杯水：“来，喝口热水，暖暖身子。”

“去河北干啥？”不待坐下，王来福便急着问。

“找我儿子。”

“找到了吗？”

王小乾摇了摇头，一脸失望地说：“他死了。”

“咋死的？”

王小乾慢慢地端起印有“赠给最可爱的人”的搪瓷茶缸，说：“我来是想求你帮我办一件事儿。”

王来福往前探了探身子，爽快地说：“啥事儿？说吧。”

“我打听过了，抗战那会儿，你在冀中多年，解放后有没有你熟悉的人去了地方法院？”

“有啊，我们团长吴连义1950年去石家庄法院当了副院长，你问这个干啥？”

“‘七七卢沟桥事变’全国抗战爆发后，我被分配去了冀中军区战地医院，临走时，把孩子托付给刘家河村一户姓刘的村民。我这次回去才知道，儿子在1942年日军‘大扫荡’时被日军杀害了。但我这次见到了刘家的儿子，他已经娶妻生子。他妻子得了肺结核，我给治好了，我无论如何没想到，她是个军统特务，我去公安局告发了她，我想让你帮我去法院问问，看看她在军统都干了什么。她孩子还小，如果罪行严重，我想把她儿子接到沈阳供他读书，抚养他长大成人。”

王来福听了，吃惊地看着王小乾，问：“王队长，我一直还不知道你叫什么呢。”

“我叫王小乾，怎么了？”

“当年冀中军区卫生部医药股有一个叫张延阁的人你认识吗？”

王小乾瞪大了眼睛，带着几分疑惑，问：“你认识他？”

"1944年，他带着人去留村取药被日伪军包围，连人带药品被日军押到安新县城，我奉命带着人把他们解救了出来。路上，他说他叫张延阁，是医药股股长。"

王小乾"腾"一下站起来，一把拉住王来福的手，说："他是我丈夫啊。"

"你就是那个王小乾？"

"是啊。"

"你咋不早说？"

"整天忙着消灭毒虫，就一直没来得及告诉你。再说，你也没问过我呀。"

"那些日子积压了大批运往前线的物资，我一心想着抢修车辆，哪还有别的心思。"

王来福看着面容清癯的王小乾问："王竹坡是你父亲？"

"是啊。"王来福让王小乾坐下，说："你儿子还活着。"

"你是说我儿子没死？"王小乾咬了一下舌头，晃了晃头，以为是在做梦。

"是的。"

"他在哪？"王小乾简直不敢相信自己的耳朵，她的脸由于兴奋涨得通红。

"在我家。"

"真的？"

"1942年日军在刘家河一次就打死了一百多口子人，是刘家夫妇用自己的身体护住了你儿子，他才活了下来。"

王小乾像是在茫茫的黑夜中，寻找一样对她来说极为珍贵的东西，突然，天光大亮，发现她梦寐以求寻找的那样东西就在眼前。刹那间，兴奋、激动、惊喜，如汹涌的潮水倾泻而下，要不是在王来福的办公室，她真想给这个男人一个大大的拥抱。

"你能带我去见见他吗？"

“今晚你就去我家里，我让春桃做几个菜，母子相认，得好好庆贺一下。”王小乾站起来，握住王来福的手，一时忘记了松开。

下了班，王小乾兴冲冲地来到机车厂职工宿舍。王来福住的是一幢红砖到顶的三层小楼，他住在一楼，两居室。迎门是一间小客厅，摆放着一张餐桌和几把椅子，墙上挂着一张抗美援朝、保家卫国的宣传画。东面是王来福和春桃的卧室，床头支起的一个铁架子上摆着一对木箱，上面整整齐齐叠放着王来福穿过的军装。西边是王胜日和张布理住的屋子，除了一张双人床，靠窗摆着一张桌子，是两个孩子平时学习、写作业的地方。东边墙上是在一块铁板上焊了挂钩，钉在墙上的衣帽挂，西边墙上是一个铁制书架。王小乾见屋子收拾得干净整洁，高兴地说：“布理在你们身边，错不了。”春桃和王来福被她说笑了。

“孩子们还要等一会儿才能放学回来，先喝点水。”

王小乾脱下大衣，坐下来，说：“真不知道该怎么谢谢你们两口子。”

王来福正正身子，摇动着水杯，仿佛又回到了那个战火纷飞、山河动荡的年代，说：“你该谢的是刘家夫妇，是他们用自己的性命保护了孩子。”

“是啊，你抽空给你们的老团长写封信，问问玉英的情况，这两天我再寄点钱给刘壮飞。”

“今天晚上我就给吴团长写信，明天就寄过去。”

几个人又说了一会儿话，王小乾带着几分疑惑问王来福：“你怎么断定那个孩子是我儿子？”

“那天我把孩子从死人堆里带回来，给他洗澡时，发现他身上戴着一个玉猪龙的饰件，我觉得好奇，拿在手里一看那雕功，就知道这个东西年代久远，不是一般的饰物。1944 年，我奉命带着弟兄们去安新县城救出了被俘的张股长，我问他哪年参军的，他说 1931 年就参加了蒙边抗日义勇军，我问他参谋长是不是王竹坡，他说是他岳父，我说我认识你岳父，他说王竹坡牺牲前，送给你们俩一对玉猪龙饰件作为定情的信物，你的那一枚给了你儿子，他拿出他戴在身上的那一枚让我看，我一看，跟我从刘家河救出来的那个孩子戴的玉猪龙是一对，本想告诉他，布理还活着。想不到遇到一伙伪军，我让三排长掩护他们转移，带着人跟那伙伪军交上了火，战斗结束后，就再没见过你丈夫。”

“我这次去河北，听玉英说，他去了日内瓦，以为我不在了，和一个瑞士姑娘重新组建了家庭，还有了一个女儿。”

这时门一开，王胜日和张布理从外面进来，见家里来了客人，俩人与王小乾打过招呼准备回自己的屋里写作业。王来福站起来拉过张布理，说：“孩子，你不是一直想找你妈妈吗？”

张布理看着面前的女人，说：“是啊，做梦我都想找妈妈。”王来福用手指了指王小乾，说：“这就是你要找的妈妈。”

王小乾看着已经出落成半大小伙子的儿子，泪水再也止不住了。张布理呆愣愣地站在那，不相信面前的这个女人就是自己日思夜想的母亲。“还愣着干啥，叫妈妈呀！”春桃拿过张布理手里的书包催促道。张布理呢喃着：“妈妈，妈妈。”一头扑到王小乾的怀里。王小乾轻轻抚摸着儿子的头，哽咽着说：“布理，妈妈天天想你啊。”

张布理从记事开始，刘家的爷爷奶奶就告诉他，他的爸爸、妈妈都是八路军，去前线打鬼子了。那次能死里逃生，是爷爷、奶奶在倒下的那一刻，用自己的身体挡住了子弹。他被压在下面想哭又不敢哭，把头挤在两位老人的缝隙间才勉强喘口气，要不是王伯伯带着人把他救出来，憋也憋死了。

在王伯伯的家里，他和胜日哥哥一块儿慢慢长大了，他早已经把春桃当成了自己的妈妈，但随着年龄的增长，对亲生母亲的思念，就像村外小河里的流水，再没有断过。当梦里无数次见到的母亲活生生地站在他面前时，他像一只孤雁回到了温暖的巢穴，他想立刻告诉他所有的老师、同学：“我找到妈妈了！”

春桃把做好的饭菜端上来。吃过饭，王小乾把儿子拉到身边，说：“布理，你的命是刘家河你爷爷奶奶给的，抚养你长大的是你王伯伯和你大娘，你到什么时候都不能忘了他们。从今往后，这里和妈妈那都是你的家，胜日就是你的亲哥哥。”

张布理站起来给王来福和春桃深深地鞠了一躬，说：“大伯，大娘，我就是你们的亲生儿子，不管到什么时候，我都不会忘记你们二老的养育之恩。”

王小乾拉过儿子坐在身边，问：“你马上就要高中毕业了，告诉妈妈，你有什么打算。”

张布理思索了一会儿，说：“我想去当老师。”

王小乾拉着儿子的手，指了指春桃和王来福，说：“你去考大学，读历史专业吧。你大爷、大娘，你爸爸、妈妈、姥爷，还有许许多多的人，为了揭露日本发动侵华战争的真相，做出了牺牲，你将来用史实告诉人们，弱小就要被人欺辱，只有我们强大了，才能让历史的悲剧不再重演，才能维护人类和平。”

张布理想了想，抬起头来，说：“我听妈妈的。”这天晚上，他们睡下时，天已经快亮了。

时间不长，王来福收到吴团长的回信，说经过审问、调查，张玉英在军统并没有大的罪恶，她在抗战期间获取的情报，对我们有利。同时鉴于张玉英的病情，决定判处 3 年有期徒刑。

王小乾决定每个月从自己的工资里拿出一部分钱寄给刘壮飞和刘家河村的村长。张玉英刑满出狱后，王小乾仍每个月寄钱给刘壮飞，鼓励刘壮飞坚持供孩子读书，后来承嗣考上了大学。毕业后，专门从事玉米品种改良，成了一名颇有建树的农业专家，还被邀请去参加过国庆庆典。晚年，张玉英和刘壮飞离开刘家河，去北京跟儿子一块生活了。

第五十章 前事勿忘

深秋，山坡上一派金黄，一片片柳杉的叶子，无声地飘落到地上。看来，没有什么可以阻挡大自然向前迈动的脚步。

此时，三河太郎也进入了弥留之际，他不时把头转过去，向门外看上两眼，似乎在等待着什么。

早上，邮差照例送来了报纸，惠子接过来，上面刊载的一则消息立刻吸引住她的目光，“美国总统尼克松访华给我国政坛带来极大震动，在朝野各界强烈要求下，日中正式建交。”

她举着报纸兴奋地来到父亲床前，在三河太郎的耳边大声道：“爸爸，日中建交了！”三河太郎一下睁大了眼睛，哆嗦着拿过报纸，喉咙里发出“咕噜、咕噜”的响声，却说不出话来。瞿花扶他半坐起来，三河太郎已经浑浊的眼里放出光来。晚上，已经大学毕业，在《日日新闻》做了记者的刘刚毅和父亲刘毅一块儿从外面进来，惠子从刘毅的脸上看得出来，儿子已经把这个消息告诉给了他。

吃过饭，一家人围坐在三河太郎床前，刘刚毅给三河太郎读报纸上的新闻：

“9 月 25 日至 29 日，首相田中角荣访华。日中双方签署建立外交关系的《联合声明》，宣告日中之间长期不正常的敌对状态已结束，打开了两国睦邻友好的新局面。”

三河太郎脸上露出了多日来少有的笑容。他拉着瞿花的手，目光中闪动着兴奋的光芒，断断续续地说：“中日和、和平，友、友好，永不再战。”

刘毅听了不断地点着头：“你说的对。”三河太郎的脸上露出孩子般的笑容。过了一会儿，他拉着瞿花的手一点点地松开来，慢慢地闭上了眼睛。日本的三河太郎、中国的刘刚安详地走了。

新年过后，刘毅关掉诊所，他决定和惠子带着瞿花回国定居。

他们先是乘飞机到了广州，瞿花想去江边走走。傍晚，惠子和刘毅陪瞿花来到珠江岸边，这里早已经不是原来的样子。不远处的珠江桥上车来人往，熙熙攘攘，一派大都市的繁华，两岸到处是耸立的高楼，临街是一家家鳞次栉比的商铺，街路上一辆辆公交车不停地穿梭往来，代替了昔日的洋车夫，人们的脚步欢快而匆忙。瞿花回想起六十年前与三河太郎在这里相遇的往事，仿佛回到了少女时代。她对自己的女儿、女婿说：“你看，这和平安宁的生活多好啊，战争给你父亲心里留下了抹不去的阴影，中日友好是他一生最大的愿望。”

“是啊，历史上的每次战争，都把人类拖入苦难的深渊，和平是人类的需要，也是人类共有的愿望。”刘毅感慨地说。

离开江边，瞿花带着惠子和刘毅去了当年那家旅馆，这里已经矗立起一幢高楼，变成了一座富丽堂皇的大酒店。瞿花在这里站了好久，生活总是以它固有的模式，证明着自己的变化和存在。这座城市如今到处花团锦簇，人们在尽情享受着和平生活带来的美好和欢愉。

在广州待了一个多月，刘毅和惠子带着瞿花回到了阔别已久的故乡沈阳，这里的一切让他们感到熟悉而陌生。

安顿下来，刘毅和惠子去了北陵。修葺一新的公园里，随处可见的一棵棵参天古松，像从远古走来的高大威猛的武士，守卫着这座静谧肃穆的陵园。与他们擦肩而过的游人，一口浓浓的乡音，听起来格外亲切。惠子扭过头去问刘毅："你还记得当年你给我讲这座陵园的由来吗？"

"怎么不记得。那时你还是个小丫头。"

"你说这座陵墓是清初关外陵寝中最有代表性、保存最完整的一座帝王陵墓建筑，陵墓的主人叫皇太极，是个很了不起的开国皇帝。"

刘毅仰起头，望着瓦蓝的天空，想起当年日军种种残暴的行径，说："是啊，皇太极不会想到，几百年后，这座皇家都城被日军的铁蹄践踏了14年之久。这几天我一直在想，历史就像一驾马车，车轮碾轧过的地方，或平坦，或崎岖，或泥泞，或坎坷，尽管它留下的辙印深浅不一，而正是它们的存在，抵抗着人们的遗忘。我们应该不断去清理、挖掘，否则就会被历史的泥土所掩埋，我们的后代就很难再找寻到它的踪迹。古人说，后人哀之而不鉴之，亦使后人而复哀后人也。我已经给市里写了信，打算把我们几个人如何冒险搜集、整理、翻译日军发动九一八事变的证据，又是如何获取关东军'天剑一号'作战计划的经历写下来，激励后人知耻后勇，知弱图强。"

惠子静静地听着，不知不觉，他们漫步来到公园的湖畔。碧波荡漾的湖水，倒映着蓝天白云。望着散落水面上的点点游船，惠子想起四十多年前他们在湖边救下姜翰东的往事，说："姜大哥要是活着，知道我们回来，该多高兴。"

刘毅的眼睛湿润了，说："日本在中国犯下的罪行罄竹难书，每一个中国人，都要记住这段悲惨的历史。"

"我们去看看姜大哥？"

"好，我们去给他烧点纸吧。"

第二天上午，他们坐上开往郊区的公交车，来到了柳条湖村。这里依旧还是他们走时的样子，村口日军当年修筑的碉堡还在。两个人走进村子，遇到一个胡子花白、头发稀疏的老汉赶着一群羊正往村外走。刘毅觉得这个人面熟，上前打招呼道："老哥，向你打听个人。"

老汉用手将耳朵拢起来，大声问："找谁呀？"

"柳明良还在不在？"

那个人听了，停住脚步，把羊赶到村头的一块草地上，回过身来，上上下下地打量了刘毅一番，眯起眼睛："你是城里益善堂的刘大夫吧？"

"你是……"

"你不认识我了？"

刘毅摇了摇头，惠子扑哧乐了："人家都认出你来了，你咋还把人家忘了呢？"

老汉听了，弯下腰做出拉车的样子，大声说："我是拉黄包车的赵明安啊。"

刘毅这才想起来。当年那个年轻力壮的黄包车夫已经须鬓斑白、满脸风霜了。他上前紧紧地抓住赵明安的手，亲热地说："你不说，我真就认不出来了。你这是去放羊？"

"嗨，人老了，土埋半截儿不中用了，生产队让我当了羊倌儿，吃饭不愁。走，家里去。"

赵明安让羊在地里吃草，带着刘毅和惠子来到他的家里。房子是新翻盖过的，进了门是灶间，赵明安住东屋，西屋堆放着粮食和一些杂物。赵明安搬了凳子让两个人坐下，倒上水，说："我那老蒯三年前走了，儿子在兵工厂上班，娶了媳妇生下孩子去城里住了，家里就剩我一个老眉咔嚓眼的混吃等死了。这些年咋老没见你过来？”

“我先去了上海，后来又去了日本。”说着刘毅用手指了指惠子，说：“这是我媳妇。”惠子站起来，说：“刘毅一回来就张罗着过来看你们，他一直惦记着你们这些老哥们儿。”

“这么多年了，真没想到你还能回来看看我们。”

赵明安掏出烟口袋，由于兴奋，手抖抖地卷了一支烟，点着抽了一口，说：“你不是问柳明良吗？他死在小鬼子手里了。”

“咋回事儿？”刘毅急着问。

“嗨，别提了。光复的头一年，驻扎在村里的日本铁道守备队吃的供不上溜儿了，几个日本兵拉了他家的骡子想杀了吃肉。他哀求了半天，抓着缰绳不松手，被他妈的小鬼子一刀砍死了。他老伴急了，上去跟小鬼子拼命，也被他们开枪打死了。”

“这帮畜生！”

刘毅喝了一口水，抬起头冲着赵明安说：“你带我去姜翰东的坟上看看吧。”

赵明安把抽剩下的半截儿烟扔到地上，用脚踩灭，抓起帽子，带着刘毅和惠子来到村西头的土岗子上。姜翰东的坟头已经长满了一人多高的荒草，刘毅和惠子费了好大劲儿将草拔干净。惠子从包里拿出一瓶老龙口的纯粮烧锅，一盒老刀牌香烟，两个苹果，一包点心，一捆烧纸。刘毅把酒打开倒在杯子里，从烟盒里抽出三支烟，一一点燃。惠子把点心和苹果放在坟前的一块石板上。两个人恭恭敬敬地给姜翰东磕了三个头。划火点燃了烧纸，一缕青烟袅袅地升起来。刘毅轻声道：“姜大哥，我和惠子看你来了，日本鬼子被我们打跑了，人们过上了安稳日子，你可以瞑目了。”他把酒泼洒到地上，说：“你没能送出去的证据材料，王连长替你送到了。日本人在国联丢尽了脸面，日本战犯也得到了应有的惩罚，东北的父老乡亲不会忘记你。我这次回来，给你申报烈士，你安息吧。”

烧纸的余烬，像一只只黑色的“精灵”在风中飞舞，刘毅深情地说：“姜大哥，过些日子，我和惠子再过来看你。”

几个人从土岗上下来，穿过村子东头的一块高粱地，爬上一个土坡。站在这里，可以看到长大铁路从远处延伸过来，阳光照射在铁轨上，一闪一闪地发出耀眼的光亮。刘毅转过头去看着惠子和赵明安，说：“在我们自己的地盘上，日军竟凭空制造事端，借机发动了战争，这是血的教训啊。应该在这里建造一个纪念馆，纪念千千万万为了抗击日军牺牲的军人和那些仁人志士，让人们到任何时候都不要忘记历史上那最黑暗的一夜，不要忘记九一八事变给中华民族带来的耻辱，给民众带来的苦难。我想好了，我死了，把我的骨灰撒在这里，我要陪着姜大哥，守护着这条铁路，让战争的阴霾世世代代远离这片土地。”

一列火车轰鸣着驶来，从他们身边呼啸而过，刘毅看着远去的列车，心潮起伏，感慨地说：“这里应该悬挂一口警钟，让来这里的人知道，战争与和平曾在这里交汇，弱小和强盛又在这里重叠，警示与未来也将在这里延伸……”

第五十一章 兄妹相认

清晨，刚刚升起的太阳，给汝拉山脉白雪皑皑的群峰涂上一层金色。终年蓄满了雪水的莱芒湖，烟波浩渺。一群天鹅扇动着翅膀，在水面嬉戏。记不清有多少个清晨了，凯瑟琳带着张延阁来湖边散步，享受第一缕阳光带来的温暖和生气。张延阁挽着凯瑟琳的手，说："这儿的景色真美。"

"你还记得刚来日内瓦，我们坐着游艇在湖里看雪峰吗？"

张延阁摇了摇头："不记得了。"二十多年了，张延阁的记忆一直没有完全恢复。

中日建交是张延阁从报纸上得到的消息，那天他兴奋地扭起了家乡的大秧歌，拉着凯瑟琳的手，说："咱们回家吧。"凯瑟琳泪流满面，这一天他们等得太久了。

1973 年春天，凯瑟琳接到刘毅的来信，得知他和惠子已关掉日本的诊所，回到了祖国家乡。信中说，国内发生了很大变化，期待着他们也回去看看。凯瑟琳把信拿给张延阁看，他看过后抬起头来说："是那个台湾来的女特务害了我，1949 年我就想回国了。”

凯瑟琳惊喜地看着丈夫，问：“你想起来了？”

“我怎么能忘呢，那天晚上，我们点燃了篝火，跳啊，唱啊。”凯瑟琳扑到张延阁的怀里，高兴得一边抹眼泪一边笑：“亲爱的，我终于等到这一天了。”

中日建交，也让在中国社科院任研究员的王胜日萌生了去日内瓦总部图书馆查阅“真相”材料和“天剑一号”的念头。他多次听父亲讲过，当年刘毅叔叔和辛浦、田敏、常理、黎抱诗、俞广源、商云陵几位教授、学者、社会活动家在中共地下党员卫民领导下，搜集、整理、翻译了日军发动九一八事变和建立伪满洲国的罪证材料，汇编成册后，命名为“TRUTH”（真相），向国际社会揭穿了日本的欺世谎言。作为《国联调查团报告书》的附件“天剑一号”作战计划，是当年父亲和母亲怀着自己的时候，在日本特务的眼皮底下，冒死送出去的。它不该被尘封在日内瓦总部图书馆，应该让它回归故土，让国人了解这一史实，警惕日本军国主义死灰复燃。于是，他给沈阳档案馆专门研究民国历史的弟弟张布理写了一封信。张布理也正打算去日内瓦总部图书馆，去影印这份“真相”和“天剑一号”。近年来，他时常想，“真相”和“天剑一号”，是外祖父和父辈们用性命和鲜血换来的，日军攻占沈阳后，一天之内略地千余里，作为一名学者，有责任让中国人民铭记九一八事变的耻辱，懂得落后就要挨打的道理。王胜日的想法与他不谋而合。

跟王胜日不同的是，他去日内瓦还有另外的打算，他想找到自己的父亲和妹妹。妈妈口中的父亲疾恶如仇，小的时候从不让她挨欺负。参加义勇军后，父亲作战勇敢，跟随外祖父打鬼子，总是冲在前面。他决定去日内瓦，也是想见到自己景仰的父亲。

对于妹妹，他只能凭借想象了。闲下来的时候，他曾不止一次地在脑海中勾画出妹妹的样子：金发，黑黑的一双大眼睛，白皙的皮肤，高高的个子，说流利的英语和汉语，聪明、温柔、俊俏。二十多年了，他无时不期待着见到妹妹。

很快，两个人就办好了出国手续。王胜日没有告诉爸爸、妈妈，想给他们一份惊喜。张布理跟王小乾说去出差，他担心找不到父亲和妹妹会让她失望。

1973 年初秋，王胜日和张布理来到了他们渴望已久的日内瓦。尽管秋日的日内瓦风景如画，但他们顾不上游玩，直接就去了联合国日内瓦总部图书馆。

接待他们的是一个二十多岁的管理员，一头金色的头发瀑布般倾泻而下，两只黑色的眼睛，像一湾湖水一样清澈见底。她热情地问两个人："你们要查阅什么资料？"

张布理用流利的英语回答道："我们想查阅'037 号档案'影印件。"

女管理员脸上现出惊喜的样子，说："你们是中国恢复联合国合法席位后，最早来查阅这份档案的中国人。"她拿出登记表，让两个人办好查阅手续，让勤杂工去库房取来档案，王胜日和张布理立刻埋头翻阅起来。

张布理和王胜日都是颇有建树的学者、研究员，对这段历史了如指掌：九一八事变发生后，李顿调查团在调查期间，多次会见日方代表和伪满洲国的人员，都受到日本关东军特务的严密监视。勘察北大营现场，所闻所见都是在本庄繁和土肥原贤二的授意下，日方事先摆布的假象，就连调查团会见伪满洲国的皇帝溥仪时，关东军的桥本虎之助和板垣征四郎都在场监听，无奈之下，溥仪不得不违心地念了几句日本人预先给他写好的台词："我是由满洲人民推戴才来的，'满洲国'是满洲人民自愿建立的。"调查团无法得到事件的任何真相。而"037 号档案"搜集到的日军侵华证据，真实还原了当时事件发生的时间、地点、人物、场景，孰是孰非一目了然。

阅读完全部档案材料，张布理提出，将"037 号档案"翻拍下来带回国内，存放到九一八事件发生地沈阳的档案馆。那个女管理员在得到老馆长穆勒的允许后，为方便两个人翻拍，专门去找来一张长条桌，放在屋子里光线明亮的地方，供他们使用。

这天下午，天气热起来，两个人又不停地寻找各种角度拍照，张布理忙得满头大汗，他放下照相机，脱去外衣想歇一会儿。管理员端了一杯水递给张布理："来，喝口水吧。"张布理伸手接水时，管理员意外地发现他胸前戴着一枚玉猪龙饰件，她张大了嘴巴，两只眼睛一动不动地看着张布理。张布理见她身子在轻轻颤抖，直勾勾地看着自己，惊异地问："你怎么了？"

那个女管理员并未答话，又仔仔细细从上到下打量了张布理半天，转身去了管理员办公室。她坐到椅子上，拿出自己身上的那枚玉猪龙饰件，屏住呼吸仔细端详起来。这些天，她围前围后地帮助他们俩拍照，知道他们来自中国大陆，有好几次想问他们为什么要翻拍这份档案。但图书馆的工作守则上规定，管理员除了提供读者所需查阅的资料，不该问的，不问。那个叫张布理的人，言谈举止很像自己的父亲。刚才无意中看到他身上佩戴的那枚玉猪龙，她的心几乎跳到了嗓子眼儿，心想，难道这个人就是父亲在记忆恢复的时候，跟她提起过的哥哥？她是多么想有一天找到自己的哥哥呀。她不止一次在梦中梦见，哥哥带着她去山上捉虫子，去逛街、吃家乡的白肉血肠。妈妈曾告诉她，父亲和她的中国妈妈各有一枚玉猪龙饰件，是外祖父送给他们的定情信物。爸爸清醒时也曾说过，她的中国妈妈为了掩护伤员牺牲了，哥哥也被日本人杀害了。这个人真的是自己的哥哥吗？她按捺住内心的兴奋，一遍遍地看着手里那枚玉猪龙，不敢相信这样巧的事儿会发生在自己身上。冷静下来后，她忽然想起来，妈妈曾经说过，自己的这枚玉猪龙呈墨绿色，哥哥的那枚是浅绿色。自己的这枚吻部前伸，略向上弯曲，嘴紧闭，双眼突起呈菱形。哥哥那枚嘴是半张开的，双眼突起呈圆形。她眼前一亮，拿着自己的那枚玉猪龙来到张布理面前，轻声说："先生，能不能把你身上的那枚饰件拿给我看看？"张布理放下手里的照相机，从脖子上把那枚玉猪龙摘下来递给了她。她低头仔细看过后，吃惊地发现，两枚饰件的颜色果然一枚呈墨绿色，一枚呈浅绿色，刚拿到手的那枚嘴半张开，双眼突起呈圆形。她的心"嗵嗵"地跳起来，莫非这个人真的是自己的哥哥？她将两枚玉猪龙饰件放在手里，让张布理看，张布理看到面前的这个女管理员拿在手里的那两枚玉猪龙，突如其来的意外惊喜，像一块石头扔到水面上，溅起了很大的浪花，他呼吸急促，心跳加快，上前一把拉住女管理员的手，用汉语问："你叫什么名字？"

"你是我的哥哥？"此时女管理员的目光中充满了期待。

张布理听她说一口流利的汉语，急不可待地问："你父亲是不是叫张延阁？"

那个女管理员没等张布理的话说完，扑到他怀里："哥哥，我是你妹妹一竹啊。"

张布理从来到日内瓦的那一刻起，就想着怎样去找寻自己的父亲和妹妹，完全出乎他的意料，妹妹此刻竟活生生地站在自己面前。不是在梦里吧？他看着王胜日，王胜日的脸上早已笑开了花儿。张一竹擦去眼角的泪水，收拾起桌子上的材料，说："走，咱们回家。"

张一竹在日内瓦大学毕业后，供职于联合国经济及社会理事会。有一天，她休假回来看望父母，张延阁目不转睛地看着她，突然问她："你是一竹？"张一竹大声应道："我是你的宝贝女儿啊！"

张延阁拉过女儿的手，上上下下一遍遍地看着她，问："你在图书馆当管理员？"

张一竹摇着头，说："我在联合国经济社会理事部。"

张延阁脸上立刻现出不悦的神色，自言自语道："我去找你们馆长，'037 号档案'不能落到特务手里，你去给我看住了。"

"爸爸，你放心好了，我明天就去图书馆上班。"张一竹为了不让爸爸生气，只好哄父亲说道。

"这才是我的好女儿。"

凯瑟琳和张一竹都没有想到，第二天张延阁真的去找了老馆长。穆勒被他的举动深深地打动了，恭恭敬敬地给张延阁鞠了一躬，满口应承下来。张一竹只好辞去原来的工作，来到联合国日内瓦总部图书馆做起了管理员。

其实，她并不喜欢这份工作，要不是为了让父亲高兴，她会一直留在联合国经济社会理事会，不仅因为她丈夫也在那里工作，那里还有她得以施展抱负的平台。但让她惊喜的是，她在这里见到了日夜想念的哥哥。

她带着张布理和王胜日进了院子，张延阁正在修剪草坪，凯瑟琳在屋里忙着做晚饭。张延阁抬头见女儿带着两个男人从外面进来，直起腰来，看着来人。张一竹跑过去拉起爸爸的手，指着张布理："你看他是谁？"

张延阁摇着头，说："不认识。"

听到外面有人说话，凯瑟琳扎着围裙从屋里出来，见是一竹带着两个男人在跟丈夫说话，笑着对女儿道："有话进屋说吧。"

几个人进屋在客厅坐下。张一竹拉过张布理，问凯瑟琳："妈妈，你看他像谁？"凯瑟琳一时被问住了。

"像不像爸爸？"

凯瑟琳仔细地端详面前的这个男人，他举手投足的确像自己的丈夫。心里想，不对啊，张布理明明已经在那次日军"大扫荡"时被鬼子杀害了。张一竹让张布理摘下身上的那枚玉猪龙，又把自己的也摘下来，一同放在手里，凯瑟琳惊奇地看着这一对玉猪龙饰件，她的手由于兴奋而有些发抖，她抬起头来，问："你真的是布理？"

"是我。"

"那次鬼子'扫荡'你没死？"

张布理用手指指坐在边上的王胜日，"是他爸爸救了我。"

张布理讲述了当年死里逃生的经过。凯瑟琳听了，站起来拉住张布理的手，声音颤抖地说："你爸爸以为你不在了，没有失忆的时候，他常常说起你小时候的样子，老是偷偷地掉眼泪。"

一直在默默地听张布理说话的张延阁，两只眼睛渐渐地湿润了，他慢慢地站起来，用手摩挲着张布理，迟疑地问："你是我儿子？"

"爸爸，我是你儿子布理呀！"他张开双臂抱住父亲，泪水止不住地滚落下来。

片刻，张延阁推开张布理，摇着头，说：“不，你不是我儿子，我去找过，他死在日本人手里了。”

张布理转过头对凯瑟琳说：“我妈妈还活着。”

凯瑟琳惊讶地瞪大了眼睛：“军区说她在掩护伤员转移时牺牲了，还追认她为烈士。”

“是的，当时她负了重伤，被当地一个老乡救了。”

凯瑟琳沉默了好一会儿，目光中带着几分失落，她拉起张延阁的手，轻声说：“你是该回家了。”

“凯瑟琳妈妈，你跟妹妹带着爸爸回国吧，爸爸见了妈妈，他的失忆症也许会好的。”

“你爸爸早就想回去了，等我把公司的事情处理一下，马上就动身。”

晚上吃过饭，他们来到湖边散步，阿尔卑斯山在云雾中时而露出被夕阳染成酡红色的雪峰，像一位耄耋老人，慈爱地注视着这一家人。王胜日动情地说：“这真是一个难忘的夜晚，我的弟弟找到了自己的父亲和妹妹，又有了一个瑞士妈妈，你们看，阿尔卑斯山也在为我们高兴。”

迎着湖面上吹来的风，每个人心里都是说不出的畅快。

第五十二章 老友重逢

入冬的第一场雪急匆匆地把厂区覆盖起来。

已经从机车车辆厂革委会副主任的岗位上退下来的王来福，每天仍习惯来厂里转转。他抖去身上的雪花，走进维修工段专门留给他的办公室，随手拿起刚刚送来的《辽沈晨报》，一篇题为“‘真相’背后的真实故事”的长篇通讯，引起了他的注意。看到记者刘娜采访时的现场照片，他一眼就认了出来，被采访的那个人不是别人，正是当年城里大南关益善堂的刘毅大夫。他顾不上脱去大衣，坐在椅子上埋头读起来。

记者在文章中详细记述了1931年九一八事变后，刘毅、卫民、商云陵、钟铭等9个爱国知识分子在随时可能被日本宪兵、暗探抓捕的情况下，搜集证据材料的曲折过程。用大量事实告诉读者，这些证据揭露了日军炸毁南满铁路，袭击北大营，是蓄谋已久，有计划的侵略行径，揭穿了关东军“自卫”的欺世谎言，证明日军建立“满洲国”，是企图霸占中国东北。

记者还披露了大和旅馆服务生三河惠子，在关东军作战参谋谷木斋藤和旅馆经理长谷川身上找到缺口，冒险获取日军“天剑一号”作战计划的详情。并专门提到他和春桃带着这份材料去法库大教堂，在爱尔兰传教士倪建德的掩护下，与蒙边抗日义勇军参谋长王竹坡接头，最终将这份证据材料送到北平，交给国联调查团的经过。他越看越兴奋，放下报纸，当即拨通了晨报编辑部的电话。接电话的是一个女同志，没等王来福的话说完，电话的另一端说：“你找对人了，我就是你要找的记者刘娜。”王来福听了，兴奋地说：“我想见见刘毅，我们已经分开四十年了。”

“好呀，你明天下午到报社来吧。”刘娜热情地邀请说。

第二天下午，王来福如约来到报社编辑部，刘娜带王来福来到办公室。没等坐下，刘毅便从外面走了进来。王来福定睛看去，眼前这个头发已经花白，依然精神矍铄的人，正是当年益善堂的刘大夫，他上前紧紧握住刘毅的手，动情地说：“自打1932年春天我从法库回来就再没见到你，一晃儿四十多年了，真没想到，我们又见面了。”

“我从牢里出来，听卫民说你跟春桃回了河北老家？”

“可不是咋的，从法库回来，春桃就病得起不来炕了，等她好了，我去你那儿，想告诉你一声，材料送到了。你又被抓起来了。从诊所回来，日本特务到我家盯梢，我到南关基督教青年会找到卫民，卫民怕日本人抓我去宪兵队，让我搬家。我跟春桃一合计，就回了沧州府。七七事变后的第二年，我参加了八路军。抗战胜利后，从山东跟随部队来到东北。辽沈战役结束后，本想进关打天津，地方上缺人手，我转业到了机车厂，春桃也跟我一块回来了。”

“我来的时候惠子说了，有空去看看春桃呢。”

“要不是惠子，春桃也活不到今天。”

王来福拉着刘毅坐下，摘掉帽子，解开衣服扣子：“当年蒙边抗日义勇军的参谋长王竹坡你还记得不？”

“怎么不记得，他受中共北方区委的指派，专门到法库跟你接头取材料。”

“他有个女儿叫王小乾。”

“我知道这个人，她丈夫叫张延阁，王竹坡的学生，九一八事变后，他跟王竹坡一块儿参加了蒙边抗日义勇军，是王竹坡的副参谋长。”

“你认识张延阁？”

“我从日本宪兵队的牢里出来后，去了上海，抗战全面爆发后，瑞士葛素华在上海的医药公司经理科恩伯赫找到我，要为八路军提供药品和手术器械。他的女儿凯瑟琳与负责接收药品的冀中军区医药股股长张延阁相识。在一次突围时，张延阁负了重伤，凯瑟琳带他到上海去找我治伤，我们彼此很熟悉。”

“王小乾还活着。”

“真的吗？我从日本回到沈阳后，给张延阁和凯瑟琳写过信，不知道他们收到没有。在日本的时候，我们常有书信往来，张延阁和王小乾有一个儿子在日军‘大扫荡’时，死在日军手里了，张延阁和凯瑟琳婚后又生了一个女儿。1949 年，张延阁被台湾派去的女特务在酒里下了麻醉药，又跌了一跤，已经失忆好多年了。他们要是能回来，见到王小乾，他的失忆症也许会好起来的。”

王来福一拍大腿，道：“1953 年开春的时候王小乾去河北找孩子，见到了那个女特务。”

“这么说王小乾知道张延阁有了新的家庭？”

“是的，那个女特务跟王小乾说了实话，王小乾不得不告发了她。想不到那个女特务的公公、婆婆在日军大屠杀时，救下了王小乾的儿子，被我从死人堆里扒了出来。她从河北回来找我，想找人打听一下那个女特务的情况，才知道她儿子一直跟着我生活。几个月前，她儿子和我家那小子去了日内瓦，把‘037’号档案的影印件拿了回来，还意外见到了张延阁、凯瑟琳和他们的女儿张一竹。张延阁的失忆症还没有好利索，他们大概快回来了，王小乾也非常想见到张延阁。”

刘毅百感交集，张延阁在他诊所治伤的往事，又清晰地浮现在他眼前。他慢慢地站起来，说：“太好了，回来的这些日子，我老是在想，把“真相”和‘天剑一号’取回来，没想到孩子们走到我们前头了。我再去给张延阁拍封电报，让他们早点回来。”

“那敢情好了。”王来福拉着刘毅的手，说：“一晃儿，我们都老了，再过几年也许就不在了，等张延阁和凯瑟琳回来，咱们凑在一块儿好好聚聚。把我们的经历写下来，我想，一定是一部留给后代的好教材。”

坐在旁边的刘娜，放下手里的笔和照相机，站起来，说：“你们刚才说的话，我都记下来了，我会把你们的故事写出来，你们是我们这座城市的英雄。为了人类和平，为了伸张正义和公理，为了揭露日本帝国主义的侵略暴行，你们不怕坐牢、受刑，宁愿搭上性命。我们不该忘记你们的付出和大无畏牺牲精神。中日应该友好，世界各国更要和平相处，你们这些从战火硝烟中九死一生走过来的前辈，比任何人都清楚，战争给世界带来的是痛苦、灾难、家庭的破碎和无数无辜生命的死亡。文章的题目我都想好了，《为了和平不该忘却的昨天》。”

王来福和刘毅回想起那个龙血玄黄、烽火连天的年代，内心波涛翻滚，难以平静。

第五十三章 亲人团聚

下了整整一夜的雪，早上停了。头一天，刘毅接到凯瑟琳发来的电报，说他们已经到了北京，今天下午乘火车到沈阳，刘毅要去车站接张延阁和凯瑟琳。惠子有些不放心，说：“下这么大的雪，路不好走，你也是七十岁的人了，在家里等他们吧。”

刘毅摇了摇头，说：“你不用拦我。”

惠子拗不过，两个人下了公共汽车，踏着厚厚的积雪来到站前广场，惠子不禁回想起当年她来中国寻找刘毅的父母，就是从这里下的火车。那时的青春少女，如今已经是年过花甲、满头银丝的老人。她抬头看着候车室半圆形的屋顶，在白雪覆盖下颇似半个硕大的馒头，不禁哑然失笑，觉得有几分滑稽，自己怎么会不由自主地想到吃的上去了。转念又一想，四十多年前的中日之战，仿佛昨天发生的一样。在这个世界上，战争的目的就是为了掠夺更多的资源，满足自己生存的需要，但却吞噬掉了无数人的生命，完全背离了人类生存的法则。

惠子慢慢地收回目光，去买了站台票跟刘毅来到月台上。王来福和春桃夫妇已经先他们到了，正在跟一个头发花白的女人和一个三十多岁的男人说话。王来福回头看到刘毅和惠子，快走了几步迎过来，说："下这么大的雪，道儿不好走，就没告诉你们。"

"下再大的雪，我也会来。"

"昨天接到电报，一夜都没怎么睡。"惠子对王来福说。

春桃和王来福已经去看过刘毅和惠子，因为忙着查找资料准备给报社写一篇回忆录，刘毅还一直没来得及跟王小乾见面。王来福指了指边上站着的女人说："我来介绍你们认识一下，这是王小乾，这是她的儿子张布理。"

刘毅和惠子与王小乾和张布理寒暄过后没说上几句话，从北京开来的列车就徐徐驶进了站台。张延阁和凯瑟琳随着人流从车上下来，虽然已经三十多年没见面，王小乾仍一眼就从人群中认出了张延阁。她抑制不住内心的兴奋和激动，走过去，一把拉住张延阁，呆愣愣地看着他，一句话也说不出来。张延阁放下手里的皮箱，目不转睛地端详着站在自己面前的这个女人，怎么看怎么像是在哪儿见过……倏忽间，如一道闪电撕开厚重的云层。他仿佛看到王竹坡正大步向他走来，从怀里掏出一对玉猪龙交给他，说："我把女儿交给你了。"他和那个从小跟他一块读书，早已长成大姑娘的女孩儿双双跪在王竹坡面前。他眼前分明又出现了一条波涛翻滚的大河，他跟自己的妻子王小乾坐在河边的石头上，依依惜别。突然，他的耳边又响起激烈的枪炮声，端着上了刺刀步枪的鬼子和伪军从村子的一头冲过来，他眼看着妻子抬着担架，再有几步就冲过河去了，一颗炸弹在她身边爆炸了……

有如一股炽热的岩浆在他胸中升腾翻滚，他嘴唇翕动着，眼里放出异样的光芒，抓住王小乾的手，迟疑着问："你是小乾？"

王小乾不顾一切地扑在他的怀里泣不成声："延阁，我是你媳妇啊。"

"你、你还活着？"

"爸爸，妈妈活着，她来接你来了。"张布理大声说。

"你是布理？"

"他是你儿子呀！"王来福高兴地大声说。

"我儿子不是死在鬼子手里了吗？"

"我把他救了。"

"你是那个王连长？"

"对呀。我是王来福，1944年在安新县城救你们出来，要不是意外碰到一伙儿伪军，我就想告诉你，布理没死。"

张延阁用手不停摩挲着张布理的头，心中掀起的波澜飞泻而下，撞开了他心中一直紧锁着的记忆闸门，他将王小乾和张布理紧紧地揽在怀里，泪如雨下，喃喃地说："我的媳妇，我的儿子啊。"

刘毅走过去，握着张延阁的手，问："你还记得我吗？"

张延阁思索了一会儿："你是给我治伤的刘大夫？"

"是我啊。"

两个人孩子似的大笑起来。凯瑟琳看到自己的丈夫在这一瞬间完全恢复了常人的记忆，眼泪大颗大颗地滚落下来。

惠子和春桃招呼大家，说："这里风大，有话咱们回家说吧。"

一行人出了站台，晨报的刘娜听说刘毅去火车站接张延阁和凯瑟琳，特意从报社要了车，已经等在外面了。

西斜的太阳照在雪地上，仍明晃晃地耀眼。张延阁看着外面一闪而过的街道、房屋，呢喃道："我回家了……"

春天，像一个高明的画家，将天柱山涂抹得五颜六色、姹紫嫣红。柳树、杨树、槐树的枝条上，一片片嫩绿的叶子在暖暖的阳光下，忘情地向空中伸展着自己的叶脉，布谷鸟在树林深处不时发出清脆的叫声。透过树木的缝隙，可以看到沿着山势逶迤起伏的红墙和高大的碑楼上，闪闪发光的琉璃瓦。

在东陵公园后山一处向阳的山坡上，张延阁、凯瑟琳、刘毅、惠子、王来福、春桃、王小乾围坐在一起，地上摆着水果和各式吃食。王来福和春桃把大家召集到一块，是因为凯瑟琳过两天要回日内瓦了。

自从见到王小乾，凯瑟琳的内心就再没有平静过。回到沈阳已经四五个月了，回忆起跟张延阁从相识到相爱的经历，她自己也说不清楚，为什么从见到他的那天起，自己就深深地喜欢上了这个男人。父亲曾经问过她，你真的心甘情愿把自己的一生托付给他？这个男人曾经有过妻子和孩子，而约瑟华是个很不错的小伙子。

父亲说的没错，可生命中总是有人匆匆而来，却留下许多让你忘不掉的东西。张延阁勇敢、坚韧、正直，为了自己的国家和民族的解放不惜舍弃一切，在她的心目中，张延阁像山一样值得依靠。两个人到一块儿，又总是有说不完的话。张延阁热爱生活，让她像在山巅眺望遥远的天际，那里除了缥缈的云霭，还有一抹让她心动的霞光。

听说张延阁被抓进了宪兵队，她急了，明知道那是狼窝虎穴，她宁愿跟他一块儿去面对杀人不眨眼的日军，哪怕跟他一块儿去死，也心甘情愿。刑讯室里那些让人看了毛骨悚然的刑具，她看了，没有畏惧，她不想失去他，她要跟他相伴终生。

他们终于迎来了抗战胜利的那一天。回到日内瓦，她义无反顾地嫁给了这个可以为她遮风挡雨的男人。他们有了自己的女儿，她享受着岁月的明媚，幸福而满足。后来，张延阁意外患上了失忆症，但她从未想到过放弃，有他在自己身边，心里就踏实。

造化弄人，王小乾还活着，在她看来遥遥无期的分离，变得近在眼前。人无法选择命运，往昔的时光虽然美好，却犹如清晨从叶尖上滑落的露水，散落在地上，留下的欢乐和笑靥将成为泥土中的一粒粒沙石。难道生命里的那些风景，注定匆匆而来，又匆匆离去？选择是痛苦的，但站在命运的十字路口，唯有顺从命运的安排。她提出离婚，张延阁像个孩子似的大哭起来，她哄他，她比他哭得还厉害。张延阁紧紧地将她搂在怀里，问她："你为什么要离开我？"

该怎样回答他？她有充足的理由跟张延阁继续生活，但爱如果是自私的，就会变成箭矢，给爱他的另一个人带来伤害。王小乾和张延阁青梅竹马，他们已经分离得太久。生活中有许多温暖不期而至，又悄然而走，离开他也是另一种爱，天地无私才会那样高远、辽阔。她跟张延阁办好了离婚手续，打算过几天就回日内瓦。

王来福给每个人的杯子里斟满酒，说："凯瑟琳就要回去了，这杯酒是为她饯行，也为我们的张股长和王小乾卫生员重聚贺喜。"大家都兴奋地举起杯来。

王小乾望着山坡上一簇簇盛开的野花，愧疚和喜悦掺杂在一起，她内心难以平静，多少个日日夜夜，她盼望着有一天见到张延阁，问问他日子过得咋样，如同在爬一座山，她一心想看到山那边的风景。

她忘不了二十年前那个夜晚，呼呼刮着北风，在刘壮飞家里，张玉英跪在她面前，告诉她张延阁有了新家，生了一个女儿。她听了，像被利器刺到了要害，疼痛万分，很长时间无法释怀。但她必须接受这个事实，俩人从小一块长大，她知道张延阁绝不会抛弃她，一定是以为她不在了，张延阁才会答应凯瑟琳的。都说时间是治疗思念最好的良药，她每天读书看报，整理防疫学上最新的一些资料，打算着手写一部指导防疫的教科书，以此把那份思念深深地埋藏起来。不想儿子从日内瓦回来告诉她，爸爸患上了失忆症，她的心不由自主地飞到了那个遥远的国度。她想去看他，陪他说说话。夜深人静的时候，她睁开眼，张延阁分明站在她面前，细数别后的风尘。她这才发现，多少年过去了，那份爱恋，依然鲜活，没有因为时光的磨砺而有丝毫的减退。

几个月过去了，她去辽宁宾馆看过张延阁和凯瑟琳几次，张延阁和凯瑟琳热情地接待她，看得出来，他们是发自内心的，但她不想让张延阁为难，不想再打扰他们的生活。让她意外的是，那天凯瑟琳跟她说，她已经想好了，跟张延阁离婚。她看着眼前这个女人，不知道该说什么好。过了好长时间，她笑着对她说："分开这么久了，我一个人生活已经习惯了。"凯瑟琳轻轻摇了摇头，说："我知道你们从小一块儿长大，延阁无数次地跟我讲起过那对儿玉猪龙的来历，他能陪伴我这么多年，我知足了。你们能够再次相遇，是主的意愿，只要能走得动，我会来看你们的。"

王小乾拉着凯瑟琳的手，眼泪像不听话的孩子噼里啪啦地滚落下来。她问："你跟延阁商量了吗？"凯瑟琳说："我们已经商量好了，我知道他从见到你，再放不下你了，有你照顾他，我放心。"

王小乾紧紧地与凯瑟琳相拥在一起，泣不成声："好妹妹。"

凯瑟琳端起酒杯，在众人的注视下，仰起头把杯里的酒喝下去，在草地上跳起爱尔兰流行的乡村舞蹈，张延阁给凯瑟琳打着拍子。他从心里不愿意让凯瑟琳走，他们在一起生活快三十年了。凯瑟琳热情奔放，天性善良，身上充满了活力，家里家外料理得井井有条，洗衣服做饭，从不让他插手。他伤得那么重，要不是凯瑟琳救了他，他也许早就死在日军宪兵队了。婚后，凯瑟琳把全部心思都用在他和孩子身上，他患上了失忆症，凯瑟琳陪在他身边，不厌其烦地给他讲过去的那些陈年旧事，在他恢复了部分记忆的那天晚上，凯瑟琳高兴地喝多了酒，也像今天这样跳着爱尔兰乡村舞蹈。这几年他感到老了，做起事情来，常常力不从心，他想与凯瑟琳相依为命，走完余生旅途。但有些事总是让人始料不及。在火车站的站台上，他在见到了王小乾的那一刻，竟一下恢复了全部的记忆。回想起来，当他从军区卫生部的首长那里得知爱妻为抢救伤员牺牲了，他的心仿佛被摘走了一样疼，跑到没人的地方，跪在地上，喊着王小乾的名字，捶打着自己胸脯，觉得老校长就站在他面前，问他，我的女儿呢？那些日子，无论是在行军的路上，还是在战斗的间隙，他都会想起王小乾。难以想象，如果没有失忆，对王小乾的那种思念会伴随着他度过多少个不眠的夜晚。当凯瑟琳提出要跟他办理离婚手续时，他呆住了，好像面前是一片浩瀚的沙漠，不知道该往哪里走。凯瑟琳看出了他的彷徨和无助，问：“你爱我吗？”他用力地点着头，说：“是的，我爱你。”“你爱小乾姐姐吗？”张延阁不知道该怎样回答妻子。凯瑟琳依偎在他的怀里，说：“要不是小乾姐姐‘牺牲’了，我就不会走进你的生活。她去冀中找孩子，知道我们回到了日内瓦，却一个人默默地忍受孤独、寂寞，让我们一块平静地生活了这么多年。她是无私的，我没有理由再去让她独自承担一个人生活的孤独、寂寞。你放心，回去后，有一竹陪着我，我会生活得很好。”

妻子说的话让他没有办法再去与她争辩，他只有顺从凯瑟琳，跟她去办理了离婚手续。拿在手里的那张薄薄的离婚证，像一块沉甸甸的石头，他内心充满了不舍和依恋。从此之后，他们将天各一方。他举起酒杯，眼睛湿润了。

刘毅站起来，说：“来福选这里聚会，看来别有深意啊，它勾起了我们许多回忆。”他说着拉过惠子：“四十年前，我跟惠子来这里游玩，要不是姜翰东大哥带着奉天武馆的拳师武占天出手相助，惠子就被那个日本浪人占便宜了。”

春桃站起来，走过来拉起惠子的手，说：“她带我来这里，我以为要枪毙我，哪里想到，她是咱们的人。”

惠子指着王来福，说：“要不是我，王连长也不能英雄救美了。”几个人被她的话逗笑了。

刘毅看着一只松鼠从树上蹿到草地上，说：“当年搜集那些证据材料不容易，送交给国联调查团更是历尽艰辛，后来约瑟华为保护这份材料献出了生命，张延阁也吃尽了苦头。我打算写一部回忆录，你们帮我起个名字好不好？”

王来福思考了片刻，说：“我一辈子舞刀弄枪的，咬文嚼字是门外汉，依我说，就叫《昨天的故事》吧。”

春桃连连摆手说：“这名字太俗，再说让人看了云里雾里，不知道你说的是哪朝哪代的事儿。”

张延阁想了想，说：“这份证据材料取名‘真相’，我看叫《‘真相’背后的真相》怎么样？”

众人听了十分赞同，惠子想了想，说：“这个名字好是好，还是没有把事情说全，我想要是再加上‘真相’和‘天剑一号’的搜集、保护与回归就一目了然了。”

刘毅看着大伙儿，说：“好，就这么定了。这本回忆录得我们几个人一块儿写，咱们在场的每个人都是当年的亲历者，更是有功之臣。回去后，都仔细地回忆一下，别漏掉什么，让这部回忆录能经得起历史的检验才行。”

王来福再次给每个人的杯子里斟满酒，举起来，说：“看来咱们不光是为凯瑟琳送行，为延阁和小乾重聚贺喜，还要预祝咱们的回忆录载入史册，永远流传下去。来，干杯！”

“干杯！”

他们仿佛都回到了自己年轻的时代。浩荡的春风，带着漫山遍野的花香，将他们的欢声笑语，送出去很远、很远……

第五十四章 外国间谍

初夏的一天下午，刘毅睡过午觉起来，洗了一把脸，听外面有人敲门。惠子过去打开门，见门口站着两个身穿制服的警察。

“你们找谁？”惠子问。

“这是刘毅的家吗？”

刘毅走过去：“我就是，你们找我有什么事儿吗？”

“我们抓到一个外国间谍，他说认识你，你跟我们到派出所去一趟。”

刘毅十分诧异，心里想，哪来的外国间谍？他穿上衣服，满腹狐疑地跟着两个警察来到柳条湖村派出所。进了门，一个二十多岁的警察搬了凳子让他坐下，不大一会儿，两个警察带进来一个三十多岁的外国男人。

“这个人你认识吗？”带刘毅来的那个有些谢顶的老警察问。

刘毅仔细地打量着面前的这个男人，摇了摇头，说：“不认识。”

那个年轻的警察听了，立刻瞪起眼睛，冲着那个外国男人厉声道：“你敢跟我们撒谎！”

外国男人一点也没有惊慌害怕的样子，他用流利的汉语说：“干吗这么凶？”

老警察用手一指刘毅：“你没长耳朵吗？他说了，不认识你。说，你是哪国人，跑这儿来刺探什么情报？”

年轻警察用手指着贴在墙上的“坦白从宽，抗拒从严”的标语，严厉地说：“你老实交代，可以得到宽大处理；你要不老实，就让你尝尝无产阶级专政铁拳的厉害！”

外国男人不但没有惧怕，反而看着刘毅，问：“你是奉天益善堂的刘大夫？”

刘毅看着这个外国男人，不知道该如何回答，点点头，说：“我是。”

“我叫沃克·奥尼尔，是法库爱尔兰传教士倪建德的孙子呀。”

刘毅不等他的话说完，“腾”地从凳子上站起来，上前一把抓住他的手，问：“你是倪建德的孙子？”

男人打开挎包，从里面一个笔记本里拿出一张已经发黄的照片，刘毅当即认了出来，照片上那个温文尔雅、一脸慈祥、面带微笑的老人正是法库大教堂的传教士倪建德。他转过身去问那个头发稀疏的老警察：“你们怎么知道他是间谍？”

老警察用眼角白了一下刘毅：“嘿，你问我？真邪门儿了，看来你们是一伙儿的了。”

站在边上一直没有吭声的另一个身材瘦削的警察，指着刘毅大声道：“我们查过了，你是从日本回来的。”

“没错，我是从日本回来的，怎么了？”

“从外国回来的，都是来破坏社会主义建设的敌特分子。”

“无稽之谈，把你们所长找来，我有话跟他讲。”

“你是干吗的？有什么资格找我们所长。”

“不见你们所长也好，这儿的电话我可以用一下吗？”

几个警察面面相觑，不知道这个老人有什么来头。不得已，老警察带着刘毅来到另一间屋子。刘毅操起电话给《辽沈晨报》的刘娜打了一个电话，刘娜一听就急了，放下电话，很快就来到派出所。她来之前，给沈东区公安分局局长吴强打了电话，把事情简单说了一下。她前脚进了派出所，跟着，吴强从一辆吉普车上跳下来，进了屋热情地跟刘娜握手寒暄道：“什么事儿惊动了你这个大记者？还特意跑一趟。”

刘娜见到刘毅，顾不得跟吴强搭话，急着问：“怎么回事儿？他们为什么带你来派出所？”

刘毅指着边上站的那个身材瘦削的警察，道：“他说我是敌特分子。”

刘娜听了，气不打一处来，上前质问那个警察道：“你凭什么说他是敌特分子？胡来！你知道吗？他是抗日英雄！”

吴强脸沉下来，问那个老警察：“你们马所长呢？”

老警察认识吴强，忙回答道：“三二一二工厂旁边的菜地里，发现了一具女尸，他去现场了。”

“你坐我的车，把他给我找回来，越快越好。”

老警察去了时间不长，马所长风风火火地回来了，进门给吴强敬了一个礼，问：“吴局长找我？”

吴强指着沃克，问：“怎么搞的？把事儿都闹到人家报社去了。”

马所长不满地看了身边几个警察一眼，挥挥手让他们出去了。他让刘毅和刘娜坐下来，原原本本地讲述了事情的经过。

原来，十几天前，几个巡逻的民兵发现有个外国人天天在柳条湖村附近转悠，还经常找人问这问那，更可疑的是，他身上还带着一架十分罕见的小型照相机，一会儿东边一会儿西边不时地跑来跑去地拍照。后来，又窜到村子东边的长大线上，把镜头对着几根光秃秃的铁轨照来照去。这有什么好拍的？几个民兵看这个外国人来路不明，形迹可疑，立刻报告给了派出所。马所长是老公安，破案经验丰富，怀疑他是外国特务机关派来的间谍，要破坏铁路运输。而且做了进一步判断：暗中一定还有其他的特务与他接头，搞破坏绝不会是他一个人来，就像电影《秘密图纸》那样，这个人的背后，很可能隐藏有一个特务组织。他让几个民兵先不要打草惊蛇，暗中跟踪，像电影中那个机智的公安人员石云那样，他要将敌特一网打尽，让他们死了心，再不敢来搞破坏。

奇怪的是，过了几天，那个外国人坐火车到了铁岭，下火车又乘长途汽车去了法库。马所长把几个得力的民警找到一块分析案情。头发稀疏的老警察挠着脑袋，说："这个家伙肯定是勘察好了地形，去法库找人接头了。"年轻的民警更是言之凿凿地说："他一准儿是去取藏在那里的炸药了。"这下所有的人都紧张起来，马所长认为他们的分析有道理，指示几个民兵，继续严密监视这个外国人的行踪，一旦他要动手，立即逮捕。

几个民兵不敢疏忽大意。但出乎所料，这个外国人先是去了法库大教堂，在那里一待就是一天，后来，陆陆续续地有人来看他，跟他亲热地交谈，一点也不像电影里特务接头时那样鬼鬼祟祟，弄得几个民兵云里雾里，不知该如何下手。又过了几天，外国男人去了当地的医院和学校。医院里的医生、护士出来迎接他，给他献花。几个民兵更奇怪了，这些大夫和护士怎么看，怎么不像准备要炸铁路，破坏运输的特务。更无法解释的是，这个家伙去学校，学生和老师都来到操场上，在老师和学生面前，校长将一份大红封皮的证书交给这个外国人，他接过证书，大家起劲地为他鼓掌，老师站成一排给他鞠躬。几个民兵搜肠刮肚地回想着电影里出现过的镜头，没有看到特务像他这样，明目张胆大白天就跑到学校接头的呀，再说那些老师哪能放着学生不教，去炸铁路？

几个民兵被搞糊涂了，赶紧派人去请示马所长。马所长尽管破案经验丰富，但经手的都是盗窃、杀人、强奸的案子，这种间谍案他也是头一抹遇到。他想去分局请示吴局长，因为还只是怀疑，没有拿到确凿的证据，怕说不清道不明地挨顿批评。想来想去，实在拿不出更好的办法，又担心放跑了这个外国人，出了问题不好交代。一不做二不休，干脆把他抓起来再说。要是没有问题，再放人也不迟。

吴局长听了马所长的汇报，说："你们的警惕性要表扬，但不能随便抓人。"

马所长摘下帽子，对沃克说："实在对不起，让你受惊了。你知道，让我当一天这个所长，我就要对党、对国家和人民负一天的责任。"

沃克站起来，说："没关系，我是来这里考察的，你们做得没错。"

吴强让沃克坐下，说："看来这是一场误会。常言说得好，不打不相识。不过我倒想问问，你去铁道线上拍那么多照片干什么用？"

马所长接过吴局长的话说："是啊，我也正想问呢。我看这样吧，刚才那几个民兵跟我去了现场，把他们几个和参与破案的民警都找来，一块听听，要不，他们还会一直蒙在鼓里。"

吴强答应道："好啊，既然事情已经水落石出了，这宗间谍案今天就算结案了，听听沃克先生怎么说，对我们今后破案，也许会有帮助呢。"

工夫不大，几个民兵和警察从外面进来，找了地方坐下。马所长指了指沃克，说："你们都听好了，吴局长说了，这个案子到此结案。你们不是有这样那样的疑问吗？今天当着吴局长的面，咱们来个'三堂会审'。"说完他看着沃克说："刚才吴局长问你，你去铁道线儿上'咔嚓咔嚓'拍那么多照片干啥，说给我们大伙儿听听吧。"

沃克看着窗外一棵棵挺拔的白杨树，操着一口纯正的东北话说："七十多年前，我爷爷倪建德从北爱尔兰的首府贝尔法斯特来到中国法库传教。1931年'满洲事变'后，一群中国绅士不顾被杀头的危险，搜集证据，证明日本军队发动事变不是自卫是侵略，建立'满洲国'是想把中国东北变成殖民地。我爷爷冒死帮助他们把证据材料提交给国联调查团。他回国后，经常说起奉天有个叫柳条湖的村子，是日本关东军挑起事端的地方，让我有机会去中国到那看看。我是一名作家，准备写一部传记小说《一个西方传教士的东方五十年》。我拍的这些照片，是为了小说出版后，办一个展览，提醒人们不忘过去，珍惜和平。”

刘毅站起来，激动地说：“那群绅士中有我一个，我可以告诉你们，当年要是没有他爷爷，日军的侵华罪行就不能公之于世，到任何时候，我们都不该忘记这位老人。”

“这么说你去法库也是为了你爷爷了？”头发稀疏的老警察满腹疑虑地问。

“是的，我爷爷出生的贝尔法斯特，那里是全欧洲最繁华的一座城市。爷爷告诉我，当时的法库全部是土道，没有自来水，没有电，没有路灯和电话，更没有邮局，到处是随便丢弃的生活垃圾，道路两边还常常能看到被野狗撕咬过婴孩的尸体。我曾问过爷爷，为什么放弃家乡安逸的生活，选择了生活条件艰苦、土匪横行、充满危险的这样一个穷乡僻壤，一去就是五十年不归。我去法库，到爷爷传经布道的教堂就是想寻找答案。”

屋子里鸦雀无声，看得出来，所有人的内心都受到了触动。他们将目光投向沃克，年轻的警察问：“那天我看你去了学校，本以为是找人接头，看到的是老师给你鞠躬敬礼，是怎么回事？”

“要是有那么多老师和学生都是特务，你们能抓过来吗？我爷爷来到法库后，在教区开办了小学和教会中学，1909 年开办女校，使女孩有机会与男孩平等接受教育。他们尊敬我爷爷，怀念他在这里推行的新式教育。”

几个民兵说，“怪不得他们对你那么恭敬。”

马所长站起来，问：“你没病没灾的跑医院去干啥，把我们几个民兵都搞糊涂了，那些医生、护士都出来迎接你，手里还拿着鲜花儿，我们以为那里面藏着炸药，可又不像。”

沃克忍不住笑了，说：“爱尔兰长老会认为，当人们从医生那里获得治疗，自然愿意接近教会。在爷爷的主持下，1909 年，在法库建立了第一所女施医院，医生上门行医不分昼夜，风雨无阻。1910 年和 1911 年冬天东北暴发鼠疫，爷爷用西医很快平息了瘟疫，在这之后，东北首次诞生了现代意义上的公共卫生服务。”

刘娜看着吴强和马所长，说：“今天的‘三堂会审’让我们认识了一位值得尊敬的爱尔兰老人，他从繁华的大洋彼岸来到荒凉的中国东北小镇，在这里扎根生活了半个世纪，始终和中国人民一道抵御战乱，维护当地人民的生命、财产安全，他不仅弘扬了人道主义精神，更有国际主义情怀。”

沃克动情地说：“爷爷从内心生发出的对中国人民的情感，支撑着他一直留在那里五十年之久。爷爷最后离开法库，也并非出自他的真实意愿，太平洋战争爆发后，他身不由己，被迫返乡。他的成年时光都是在法库度过的，他生活的痕迹深深烙印在法库这片土地上，到了晚年，他仍然惦念着这个偏远的小镇。有一天下午，他穿着套装，戴着帽子，拎着手提箱走出家门，家里人在去火车站的路上找到他，问他去哪里，他说要去法库。爷爷留恋那块土地，也想念那里的人。爷爷不止一次地告诉我，他走的那天，教堂外面站满了来送他的人，有的是听到信儿，特意从开原、铁岭赶来的。他从屋里出来，大家跪在地上给他磕头，爷爷搀扶他们起来，他们抱着爷爷的腿不肯松手，眼里含着泪，一遍遍地喊着爷爷的名字，叫他倪菩萨，哭声一片。人们从家里拿来花生、红薯干、山楂放到爷爷的车上，送了一程又一程。爷爷说，走了很远，他回过头去，想最后看一眼自己生活了五十多年的大教堂，见十字架上，两只喜鹊抖动着翅膀，翻飞着不肯离去。”

阳光透过窗户照进来，屋子里十分明亮。看得出来，所有的人都被打动了，刘毅的眼里闪动着泪花，说：“这位老人在漫长的岁月中，赢得了法库人民的尊敬和爱戴。”

说着刘毅转过头去，不解地问带他来的两个警察：“你们是怎么找到我的？”

没等警察开口说话，沃克从背包里拿出一个笔记本，说："半个多月前，我去图书馆查找资料，无意中看到《辽沈晨报》上登载采访你的文章。我爷爷活着的时候，常提起你们几个人，说你们是尽责的中国绅士。我被带到派出所，他们怀疑我是外国间谍，我立刻想到了你。"

"巧的是，你的户籍恰好在沈东区，我们很快就找到了你。"年轻警察解释说。

刘毅站起来，神情庄重地说："沃克的祖父是一位非常了不起的传教士，当年如果没有这位英国友人的帮助，我们搜集的证据材料无论如何难以递交成功。"

吴强摘下帽子，说："我曾经听我父亲讲过这段历史，今天见到你们二位，让我对那段史实又有了新的了解。从现在开始，沃克就是我们公安局的客人，有什么要求只管说，我们会全力帮助。"

马所长也转过头去热情地对沃克道："从今往后，柳条湖派出所的大门随时为你敞开着，你的书写好了，别忘了送我一本。"

"还有我呢。"吴强大声道，一屋子的人都笑了。

从派出所出来，沃克去了刘毅的家。他们谈到很晚，约定将来把他们写的书都捐献给沈阳档案馆。尽管夜已经深了，两个人仍毫无睡意，他们来到院子里。新月如钩，微风习习。宁静的夜空下，刘毅仿佛看到那位爱尔兰老人，手里拄着拐杖，脸上带着慈祥的微笑，正慢慢地一步一步朝他走来……

第五十五章 抢救挖掘

刚过了清明，街头的桃花、梨花、杏花就争相绽放了。

张延阁这几天的心情，也像外面明媚的春色一样舒畅。由刘毅主笔，他们几个人共同撰写的回忆录《“真相”背后的真相》已经定稿付梓。儿子布理和王胜日也将“037号档案”影印件整理成册，填补了辽宁地区和中国抗战史上的一个空白。妻子王小乾编写的《防疫学指南》由南方出版社出版，成为国内防疫医学的正式教材。清明的时候，他跟王小乾回了建平老家，去王竹坡坟上祭拜，讲述了这些年他们悲欢离合的经历，了却了两个人长久以来对父亲的一份思念。

这天晚上，吃过饭，他们去河边散步回来，远远地看见门口站着一个人。待走近了，那个人迎上前来，张延阁发现是自己两年未见的女儿一竹。

“你怎么来了，也不吱一声，我好去车站接你。”

“我利手利脚的，哪能劳您大驾。”张一竹半开玩笑地拉着父亲的手亲昵地说。

“有话进去说吧。”王小乾打开门，三个人进了屋子。张一竹脱掉风衣，张延阁指着王小乾，说：“这是你小乾妈妈。”

张一竹恭恭敬敬地给王小乾鞠了一躬道：“妈妈回去跟我说过了，爸爸身体这么好，多亏了有您照顾。”

“快别说这些了，照顾不好你爸爸，你妈妈也不放心哪。这些日子你爸爸想你，老是念叨你，你怎么有空来了？”

“你该事先拍封电报，弄得我们措手不及。”张延阁话里带着对女儿的慈爱。

张一竹眼圈儿红了，说：“妈妈不让我来，是我自己要来的，就没告诉你们。”

“你妈妈还好吗？”一晃儿快一年没有凯瑟琳的消息了，王小乾急着问。

张一竹打开随身带的箱子，从里面拿出一封信，交给张延阁，说：“妈妈走了。她怕打扰你们的生活，一直不让我跟你们联系，说有小乾妈妈和哥哥在您身边，她就放心了。这是她写给您和小乾妈妈的信。”

张延阁吃惊地睁大了眼睛，盯着自己的女儿，好半天才回过神儿来，颤声问：“怎么，她去了天堂？”

张一竹掏出手帕擦去眼角的泪水，说：“一年前开始，妈妈吃不下饭，去医院检查，医生说是食道瘤，她走得很安详。”

张延阁呆呆地看着窗外漆黑的夜空，再也控制不住自己，转过身捂着脸，孩子似的“呜呜”地哭起来：“我不该让她走啊。”张一竹走过去，用手轻轻抚着父亲的背，说：“爸爸，我知道你爱妈妈，本想写信告诉你，怕你接受不了这个事实，才决定来看你的。你已经是上了年岁的人，生死是人生无法逃避的，你哭坏了身子，妈妈在天堂会埋怨我的。”

王小乾拿过手巾，倒了一杯水递给丈夫，说：“人已经不在了，无论用什么办法也挽回不了她的生命，我们还是看看她写的信吧。”

张延阁慢慢地擦去眼角的泪水，王小乾展开信纸，读了起来：“亲爱的延阁，小乾姐姐，我没有想到，主会这么早来接我。也好，去了天堂就不会像现在这样痛苦了。这几天觉得精神好些了，拿起笔给你们写这封信，也算是最后的道别。人生到这个时候，总是有些遗憾，可我没有。是中国人让我活了下来，主又让我遇到了延阁。那战火硝烟中的爱，让我无法忘怀，日内瓦莱芒湖畔晚风晓月中的陪伴，给我以慰藉，我们乖巧的女儿，又给了我一个母亲该有的快乐和满足。人的生命到这个时候，才觉得短暂，当我不得不告别这个世界的时候，我想告诉你，亲爱的延阁，不要因为我的离开而悲伤，毕竟我们曾经拥有过一段值得回忆的时光，我想小乾姐姐会陪伴你度过余生的岁月。忘记我吧，生活毕竟要继续，想我的时候，去遥望星空，我会在那里看着你。爱你们的凯瑟琳。”

张延阁默默地把信仔细地收起来，问：“你妈妈生前有什么愿望吗？”

张一竹看着王小乾，说：“妈妈说她要跟约瑟华葬在一起，墓碑上刻上我戴的那只玉猪龙。”

“你照妈妈说的做了吗？”

“是的，你看，这是我拍的照片。”

张延阁拿过照片，王小乾给他拿来花镜，他一一看过，抬起头来，拉着张一竹的手：“我的好女儿。”

王小乾站起来，问：“还没吃饭吧？”

“在火车上吃过了。”

“你来得正好，我们打算把你刘毅伯伯、我和你王伯伯写的回忆录，还有你两个哥哥从你那影印回来的‘037 号档案’一块儿捐赠给沈阳档案馆。你把我们写的回忆录带回去，也让你妈妈看看。”

“妈妈要是知道我来看你，把你们写的书带回去给她看，她在天堂一定会高兴的。”

这天夜里，他们聊了很久。睡下时，窗棂间已经有了微明的一缕曙色。

巧的是，刘毅的儿子刘刚毅这天晚上也不期而至。刘毅见到儿子那一刻，愣住了，问：“你小子怎么回来了？连声招呼都不打。”

刘刚毅呵呵笑着说：“打仗这叫突然袭击，用我的话说呢，是想给你们二老一个意外惊喜。”

“你回来恐怕不是单单为了看我们吧？”刘毅猜想他回来一定是有什么事儿，盯着儿子问。

刘刚毅摘掉帽子，说：“最近，日本右翼势力为了逃避战争责任，不承认《国联调查报告书》的表决结果，否认南京大屠杀。我这次来，是想搜集一些当年事发现场的资料，寻找当年仍健在的亲历者，用事实来证明右翼势力是对历史的歪曲，更是对历史的不负责任。”

“好啊，儿子，你做得对。当年爸爸在东京审判现场，那些日本律师有意歪曲事实，为那些战犯涂脂抹粉，想减轻他们的罪责，你爸爸用铁证让他们灰溜溜地败下阵去。你的想法没错，只有用事实才能戳穿他们的诡辩，绝不能让日本军国主义势力抬头。爸爸支持你，你有什么打算？”

“我想先去柳条湖村，再去北大营、东大营，多找一些证人，拍一些当年事发现场的照片，回去写一篇通讯，在《日日新闻》上连载。”

“我赞同。”惠子看着儿子，仿佛又看到了年轻时的丈夫。

第二天，吃过早饭，刘刚毅带上照相机、采访本，去了城北的柳条湖村。

已是耄耋之年的赵明安，这几年明显觉得自己老了。儿子接他去城里住，待了几天他说住不惯，闹着要回来住他的老房子。他养了十几只鸡、几只鹅和一条大黄狗。平时大黄狗帮他照看那些鸡、鹅，下的蛋常有城里人过来买，他不再抽自己卷的旱烟，卖鸡蛋、鹅蛋的钱就够他抽现成的烟卷儿了。没事儿的时候，他便跟大黄狗说说话。在他看来，现在的日子比他年轻时拉黄包车，走街串巷累个半死，碰上兵痞恶少还要挨骂受气，简直就是一个天上，一个地下。他听说要不了多久，柳条湖村就划为城市的一部分了，他也跟儿子一样，吃供应粮了。也许是老了，他对这些并没有多少兴趣，让他放不下的是村子没了，村儿里的老人也越来越少。他一直在想，要是有人能把他过去经历的那些事儿写下来，也了却了他一份心事。

一早，大黄狗把鸡、鹅从栏里赶出来，去北边林子里吃食儿去了。他坐在院子门口的一块石头上，点上一支烟才抽了两口，见从远处走过来两个人。到了他跟前，年岁大些的人开口问："大爷，赵明安是住这儿吧？"

他眯缝起眼睛，上下打量了那个人半天，摇了摇头，说："我就是赵明安，我咋不认识你们？"他把抽剩下的半截儿烟卷掐灭，夹到耳朵上，说："外面风大，有什么事儿进屋说吧。"

两个人跟着赵明安进了屋子，赵明安指了指凳子："坐吧。"

他骗腿儿坐到炕沿上，问："你们这是打哪来，找我啥事？"

年岁大些的那个人用手指了指自己，又指了指站在边上的那个人，说："老人家，我叫王胜日，从北京来，他叫张布理，是你们沈阳人。我们来了解一些当年九一八事变的事儿，想写本书。"

赵明安听明白了，从耳朵上把那半截儿烟拿下来，划火点着，眼睛看着院子里那棵桃树，说："这是40年前，为了早一天逃离苦难，我特意栽下的桃（逃）树。"他将烟蒂扔到地上，用脚踬灭，正想接着往下说，听院门一响，进来两个人。走在前头的是一个年逾古稀的老人，头戴一顶鸭舌帽，身穿一件对襟蓝布褂子。跟在他后面的那个人二十多岁，戴一副金丝边眼镜，穿一件黑色风衣，脖子上挎着一台照相机，斜背着一个深灰色的帆布包。两个人径直进了屋子，赵明安站起来，与来人热情地打招呼道："哟，老肖哇，咋有日子没见你了。"

"我去闺女那儿住了几天，这不，听说咱村儿要划给城里了，回来收拾收拾东西。"说着，他用手一指跟在后面的那个男人问赵明安："当年城里益善堂的刘大夫你还记得不？"

"嗨，头年他从日本回来，到我这儿来过，我领着他还去了村西头老姜的坟上看了看呢。"

"这是他儿子，在村口碰上我了，打听你，我就领着他来了。"

王胜日和张布理早就听说刘刚毅在日本《日日新闻》报社做记者，没想到在这儿意外地见到了他。王胜日上前拉着刘刚毅的手，说："我叫王胜日，他叫张布理，真是巧了，我们俩想找时间去日本看你呢，想不到在这儿见面了。"

“我爸妈写信多次提到两位哥哥和一竹姐姐，我也一直想见你们，你们俩怎么也在这儿？”

“我和布理去了趟日内瓦，把‘037 号档案’影印后带回来，已经整理成册。前些日子，我俩从报纸上看到，日本的一些右翼势力蠢蠢欲动，煽动修改教科书，否认九一八事变是侵略，不承认强征慰安妇，我们想写一部书，记述九一八事变后国难下的沈阳。到这儿来是想找这里的老人，请他们回忆一下当年的那段历史，用他们亲口所说的事实，还历史以本来面目，提醒世人，不要让日本军国主义死灰复燃。”

“看来我们想到一块儿了。我这次回来，一是看望父母，再就是想写一篇通讯，在我们的报纸上连载，揭露日本军国主义给中国人民和日本人民带来的巨大灾难，让日本读者了解当年关东军悍然发动‘满洲事变’的真相。让那些右翼势力明白，否认当年发动侵略战争的史实是可耻的，是中国人民不能容忍、无法原谅的。”

赵明安和肖阳听了，说：“既然是这样，那我们老哥俩儿就给你们说说当年那些事儿？”

“好啊。”

几个人坐下，刘刚毅和张布理拿出了采访本和照相机。赵明安点上一支烟，抽了两口，说：“我那个时候拉黄包车，我清清楚楚地记得，1931 年 9 月 18 号那天晚上，东北军那些个开飞机的小伙子，都跑到春日町的饭馆、妓院吃喝玩乐去了。临了，我一打听，你猜怎么着？是他娘的小鬼子下的套儿，怕他们开飞机去天上扔炸弹炸他们，让这些小伙子一个大子儿不花，吃喝嫖赌折腾了大半宿。我回来的时候，天都快亮了。走在道儿上，就见天上一颗接一颗的炮弹‘嗖嗖’地往北大营飞，‘咣咣’的响动老大了，震得耳朵嗡嗡山响，半拉儿天都红了。等天亮了才知道，姜大哥和村里好几家的房子都他娘的给震趴架了。村里一个在北大营当兵的跑回来说，好好的一座军营说毁就给毁了，那些当兵的还睡着觉，被小鬼子就给开枪打死了。第二天下晌，我去城里，小北门、大北门，城门口都有小鬼子在那把守着，挨个儿搜身，我眼瞅着城楼子底下，躺着好几个死人，都是刺刀攮的，血淌得可哪都是。后来听说关东军炮轰北大营，占了城是‘自卫’，这不纯粹扯犊子吗？动枪动炮地占了人家地盘，还遥哪杀人抓人，糟蹋大闺女小媳妇，有他娘的这么‘自卫’的吗？这不瞪眼儿扒瞎吗？多少年了，我一闭上眼睛，就是咱村儿的老姜被烧剩下的那堆黑骨头渣子，那可是活生生的人啊，人家招你惹你了？你‘自卫’把人家活啦啦地烧死干啥？这口气窝在我心里，一直出不来。这不，眼瞅着咱这村子就划到城里去了，再不把这些话说出来，死我都闭不上眼睛。”

张布理和刘刚毅一边记，一边拍照。肖阳从兜里掏出烟口袋，卷了一支烟点着抽了一口吐出来，淡淡的烟雾，仿佛又让他回到了那个雾气蒙蒙的早晨，他愤愤地说：“‘九一八’的第二天，天刚亮关东军便闯入东三省兵工厂，好多平时跟我在一起干活的工友，被日军不问青红皂白就开枪打死了。跟我在车间画图的一个技术员叫蔡洪义，才娶了媳妇没几天，被一个日本兵连捅了三刀，哼都没哼一声就死了。他老娘从关里来看儿子，哪承想看到的是儿子的尸首。到什么时候，想起来我就想骂娘。仓库里的枪械子弹更是海了去了，我算了算，足足能装备好几个军，都他娘的让关东军给倒腾走了，你们说说，这些个枪炮子弹用在战场上，我们得死多少人。强占了人家兵工厂，生咔活啦地又把枪炮子弹都抢走了，这不是强盗是什么？还觍着脸说是自卫，这不胡说八道嘛。”

张布理站起来，说：“你们说的我都记下了，当年关东军混淆视听、欺骗世人，今天仍有些日本的右翼势力妄图抵赖他们的侵略罪行。我这次来，听你们讲的这些史实，十分难得，很有价值，我会整理出来，写进书里，无论世事怎样变化，到任何时候，是非公理只有事实才是最好的证明。”

赵明安用手拍着桌子气愤地说：“小日本说少帅维持不了治安，没人听他的了，建立‘满洲国’是咱们‘自愿’要求的，压根儿就没那八宗事儿。那些日子，我拉着人没少往南市场和同泽女中跑，日本人可哪儿圈拢人，说只要去开会，就发大洋、送戏票。闹了一溜十三招，净他娘的忽悠人，毛儿都没给。我一个在洗澡堂里当伙计的哥们儿，说了几句不满的话，被打了个头破血流，这都是我亲眼看到亲耳听到的。”

刘刚毅给两位老人拍了几张照片，放下照相机，说：“我从小在日本长大，你们说的这些，有的听我父母说过。今天见到你们，能够在‘九一八’发生地，听你们两位老人讲述当年发生的这些史实，让我对日本军人在中国东北地区烧杀掳掠的暴行有了切身的感受，并且得到了第一手材料。我为那些极端的右翼分子，用不实之词掩盖日本军国主义的罪行，混淆视听，感到羞耻和愤慨。我会将你们讲的这些话一字不落地写进我的通讯报道里，回击那些极端右翼分子的谬论。”

王胜日拿起桌子上的暖壶给两位老人倒了杯水，说：“这是一次抢救性挖掘，再过几年，你们这些当事人不在了，将会留下无法弥补的缺憾。我问过父亲，他告诉我，当年关东军三天两头在柳条湖村一带搞演习，那天夜里他们挑起事端，完全是有预谋的行动。今天听了你们两位老人的讲述，证实了我父亲的话。我们写的这部书，将作为‘037号档案’的补充材料，交给档案馆，留给后人。”

“走，我带你们到当年事发地看看去！”赵明安去掉了多年的一块心病，仿佛一下子年轻了好几岁。

“我也正想拍些照片带回去。”三个人跟随赵明安和肖阳出了院子，穿过村子东边的一片杨树林，经过一段坡路，来到长大线的路基上。肖阳用手一指不远处的铁道，说：“这就是当年九一八事变关东军炸铁轨的地方。”几个人端起相机“咔嚓咔嚓”按下了快门。

放下照相机，张布理举目眺望着面前的铁轨，像从地平线上延伸到近前的两条扯不断的线，说：“历史就像这铁轨，任何时候都是无法割断的，它总是会按照自己固有的轨迹向前延伸。九一八事变当时作为重大议题，进入国联讨论的日程，日本代表尽管百般狡辩，最终还是在中国代表强烈要求公断的情况下，国联组成了调查团来到现场勘察、走访，收到了数千件书信。这些信函从不同侧面真实反映了日本侵华的本质和中国人民不甘当亡国奴的态度。”

刘刚毅又拍了几张照片，直起身子，说：“布理哥哥说的对，当年父亲和其他几位有社会责任感的爱国知识分子，非常清楚第一手材料对于国联仲裁的意义，决意搜集日军的侵略罪证。整个过程都在与日本宪兵、警察、特务斗智斗勇，可以说惊心动魄。”

赵明安用拐杖在地上“砰砰”戳了几下，说：“日本的铁路警备队就驻扎在村子里，不分黑天白天在铁道线上巡逻，柳明良家的羊也不怎么没看住，跑到铁道上去了，他想赶回来，小鬼子说啥不让。你们合计合计，他们看得这么严，连只鸟都飞不进去，说铁道是咱们北大营的兵给炸的，这不糊弄鬼呢吗？没有你父亲他们这些人干这件事儿，小鬼子还不说瓢是瓢、说葫芦是葫芦啊！”

路基两旁一排排杨树、柳树的枝条上，冒出点点嫩绿的叶芽，回应着阳光带来的暖意。王胜日感慨万端地说：“冬天的阴霾，终归遮不住春日的阳光。刘毅叔叔他们历时四十多天完成了铁证文件《真相》的搜集、整理、翻译，在国际友人的帮助下递交给国联调查团，国联特别大会最终以压倒多数的赞成票通过了调查团的报告书。接着，国联特别大会顾问委员会还通过了《不承认满洲国的决议》，这是中国外交一次了不起的胜利。”

“过几天，档案馆准备在大和旅馆的旧址辽宁宾馆举行一个捐赠仪式，专家们还要在会上讨论‘037号档案’的史料价值，到时候，把你们想说的都说出来。我想，这将是一次载入史册的特别捐赠。”张布理收起相机说。

“好啊！”看看起风了，几个人搀扶着赵明安和肖阳从路基上下来，穿过已是满眼新绿的田野，朝着前面那个必将载入史册、又即将消失在历史长河中的村落走去。

第五十六章　特别捐赠

阳光在树叶上欢快地跳动着。辽宁宾馆迎门的廊柱上方悬挂着一条横幅，上面写着：欢迎参加捐赠仪式的专家、学者、记者。

宾馆一楼的会议厅里，主席台上方悬挂的会标上面醒目地写着：“国联 037 号档案”史料捐赠仪式。主席台前面的一张桌子上，摆放着一个蓝布包，上面用红色丝线绣着英文“TRUTH”。刘毅和张延阁、王来福共同撰写的回忆录也摆放在那里，桌子前面是一排盛开的郁金香。档案馆馆长沈明，为准备这次特殊的捐赠仪式，已经忙了十多天。

张布理从日内瓦回来，将“037 号档案”影印件拿给他看，他心里难以平静，既有对当年那些爱国知识分子的崇敬，也觉得肩上有一份沉甸甸的责任。尤其当他听说那个英国小伙子为保护这份档案献出了年轻的生命，张布理的父亲不为高官、厚禄、美女所动，遭到台湾国民党派遣特务的暗害，失忆多年，更加让他感到收藏、保护、利用好这份档案材料意义重大。值得欣慰的是，当年在秘密状态下，冒死搜集、整理、翻译，送交这份档案的当事人仍健在，并专门撰写了一部回忆录，为这次捐赠活动增加了鲜活的内容。

多年从事档案管理工作的经验告诉他，这次捐赠活动一定会载入档案馆的史册，“真相”和“天剑一号”，也必将成为一份特殊档案，向人们讲述这座英雄城市不屈的抗争精神。为了这次不同寻常的捐赠仪式，他颇费了一番心思，专门去沈阳鲁迅美术学院，找到油画系的主任冯波，请他画了一幅油画。画面上，一脸书卷气的九位教授、学者、社会活动家在一间屋子里或站，或坐，围在一起，神情刚毅、无畏，目光中充满了勇担民族大任，视死如归的浩然正气。屋子中间炭盆中的火焰熊熊燃烧，映红了每个人的脸庞。画面的背景，是乌云密布，狂风肆虐的殷红天空，展示了中华民族和中国爱国知识分子不惧强暴、敢于抗争的无畏气概。

中国近现代史史料学学会副会长王鉴、辽宁省抗战文化研究会副主任杜婕、辽宁宾馆副经理王瑞斌从外面进来，打断了他的思绪，他站起来与几个人握手寒暄。接着，当年搜集“真相”材料的刘毅和夫人——五十年前大和旅馆的服务生领班、冒险翻拍“天剑一号”的三河惠子；去法库跟蒙边抗日义勇军参谋长王竹坡接头、送交“天剑一号”的王来福与他的爱人——智取日军进攻北大营战事报告的春桃；为保护“037号档案”遭到国民党派遣特务暗算的张延阁与他的妻子——王竹坡的女儿王小乾先后走了进来。沈明安排他们一一落座后，张一竹、王胜日、张布理、刘刚毅也来到了会场。档案馆还出面邀请了中央、省、市电台电视台以及《辽沈晨报》的记者，三十几名大中小学的学生。十几位来自不同行业的工人和普通市民也应邀来到现场。当激昂的《义勇军进行曲》响彻会议厅时，那幅油画被缓缓推到主席台上，人们仿佛又被带到了那个被日寇任意蹂躏、宰割的黑暗年代，共同见证那些为伸张正义，舍生忘死的知识分子的爱国情怀。

王鉴教授扶了扶眼镜，站起来，走到那个蓝布包前，看着会场上的人，说：“回望中国近代史，先后出现了以变法图强、挽救国家命运，不惜用他们的生命唤醒中华民族救亡意识的戊戌六君子。有胸怀国家存亡得失，不计个人安危，知难而上，拼死进谏，推动了抗日救国运动的救国会七君子。”

说着，他举起那个蓝布包：“1931 年，日本发动九一八事变，诡称是中国军队破坏南满铁路有意制造事端，东北地方政府不能维持秩序，成立‘满洲国’是东北人民地方自治，以此来掩盖真相，欺骗国际舆论。沈阳知识界的 9 位教授、学者、社会活动家在我党的领导下，冲破日伪军警、特务严密监视，将生死置之度外，搜集、整理反映九一八事变实况的材料，向国联调查团上书，第一次在国际上为中国争得了话语权，伸张了正义。”会场上响起了经久不息的掌声。

杜婕走到台前，接着王鉴教授的话说：“这 9 位爱国知识分子搜集整理的‘真相’和‘天剑一号’提交给国联调查团后，通过国联仲裁，中国获得了近代百年来国际社会第一次相对客观公正的评判，赢得了世界的同情和支持，为中国抗战开辟了没有硝烟的战场，打赢了九一八事变后第一场话语权战役的胜利。”

在暴风雨般的掌声中，刘毅站起来走到前面，解开衣服扣子，撩开衣襟，露出身上的道道伤疤，说：“你们看，这是日本人打的。国联调查团的报告在国联大会上通过后，日本人恼羞成怒，因为送交给调查团的证据材料上，有我们 9 个人的签名，日本宪兵把我们都抓了起来。他们不但对我们严刑拷打，还动用了灌辣椒水、上老虎凳各种酷刑，想让我们屈服。但我们下定了决心，就是死也不能给中国人丢脸。”掌声再次浪涛般在会议大厅里回荡开来。两个女中学生来到刘毅跟前，献上鲜花，向他深鞠一躬，表达对他的敬意。

坐在下面的惠了眼睛模糊了，往事像天边的云霭，原以为被风吹散了，待走近了，发现淹没在里面的山山水水、沟沟壑壑又重新显露出来。她熟悉这座宾馆如同熟悉她手上的纹路，谷木斋藤那张让人捉摸不透的脸慢慢地浮现在她眼前，是那样萎靡、颓丧。“天剑一号”成为关东军发动侵华战争无法诡辩的罪证，让全世界的人看到了日本军国主义独霸中国东北的狂妄图谋。

历史总是有很多惊人的巧合，多年后，这个战争狂人被苏联红军逮捕，1956 年，在他发动“满洲事变”的沈阳，他作为战犯受到审判。他不敢面对前来做证，曾经被他伤害的民众，无法推卸罪责，没有勇气去直面这座曾经以为可以永久占领，现在已经回到中国人民手中的城市，他对法官说，就是杀我一万遍，也不能洗清我的罪孽。最后，经过法官评议，判处他有期徒刑 18 年。

后来，惠子在报纸上看到他对自己罪行的忏悔，他这样写道：“对于自己的残暴行为，起初曾企图隐瞒，但在中国人民对我人道主义待遇的感召下，我进行了反省，从内心认识到，我是一个公然违反国际法和人道原则，对中国人民犯下了重大罪行的战争犯罪分子，我真心地向中国人民谢罪。对中国进行的残暴侵略战争，不仅对中国人民犯下了滔天罪行，同时，也给日本人民带来了空前灾难。我不知道怎样来感激中国人民，只有通过代表中国人民意志的法庭，向中国人民，特别是受害者表示痛改前非，做一个和平使者。”

此时，惠子看着被学生们簇拥着的丈夫，觉得他是那样的高大。

随后，王来福迈着军人的步伐，走到主席台上，他挥动着手臂，说：“我们应该记住一个人，他是蒙边抗日义勇军参谋长王竹坡。当年，被日本收买的特务要从他手里拿过‘天剑一号’，去日本人那里邀功领赏，他不答应，被那个败类下药毒死了。今天他的女儿和女婿也来了。”

掌声中，王小乾和张延阁被十几个中学生簇拥着来到主席台上，会场上所有的人都站了起来。王小乾激动地说：“我父亲看到这一幕会含笑九泉了。”说着她用手指着身边的丈夫：“和我父亲一样，我先生在日内瓦为保护‘037 号档案’遭到台湾国民党特务暗害，失去记忆多年。我和我的先生会记住今天这个日子，祈愿这个世界不再有战争，让和平的花朵永远开放。”

几名中学生展开一面鲜艳的五星红旗，举起拳头，高声道：“勿忘国耻，强国有我！”学生们发出的誓言引起所有人的共鸣，“勿忘国耻”的呐喊声响彻会议大厅。

刘刚毅眼里闪动着泪光，他走到麦克风前面，说：“我是刘毅的儿子，日本《日日新闻》的记者。在这里我想说，‘037 号档案’是捍卫人类文明和公义的文本，是国际社会在和平与发展主题下的共同记忆，必将成为世界历史记忆遗产。因为它的目标不仅仅是惩治日本侵略，更重要的是追求国际和平与公平正义。我为沈阳档案馆收藏我两位哥哥捐赠的‘037 号档案’影印件而高兴，毋庸置疑，它是国际正义力量共同捍卫人类和平的伟大见证。”

辽宁宾馆副经理王瑞斌心潮难平，他曾查阅了大量史料，这座由日本人建造的宾馆，曾隐藏着太多不可告人的秘密。在日本东京受审的土肥原贤二、板垣征四郎、石原莞尔，在沈阳受审的谷木斋藤，就是在这里策划了震惊世界、把中国人民和日本人民拖入深渊的九一八事变。他站在话筒前，激动地说：“沈阳档案馆把这样一个有特殊历史意义的捐赠仪式放在这里举办，让我们更深切地感受到我们的历史使命，以及我们肩上的责任。40 多年前，这里是只有日本关东军军官才能出入的大和旅馆，密谋实施九一八事变的计划就是在这里完成的。后来的历史证明，九一八事变是人类历史上最残酷、最野蛮的法西斯侵略战争的开端，我们必须保护好这里的一砖一瓦，因为历史并未远去。前事不忘，后事之师。在全球一体化已经成为必然趋势的大背景下，国际社会应当吸取经验教训，强化合作共赢，避免世界出现新的战争隐患，让和平永远成为这个世界的主旋律。”

一个个子高高的、戴着一副宽边眼镜、穿一件长衫的男生和穿一件蓝布旗袍、围着一条白色丝巾的女孩子，手里分别拿着写着“还我河山”“全面抗战”的小旗从后面走出来。他们用悲愤低沉的声音唱道：“我的家在东北松花江上，那里有森林煤矿，还有那漫山遍野的大豆高粱。”

泪光中，人们情不自禁地跟着唱了起来：“哪年哪月，才能回到我那可爱的家乡；哪年哪月，才能收回我那无尽的宝藏……”歌声仿佛穿越半个世纪的战火硝烟，在每个人心中掀起狂波巨澜。

沈明馆长站起来，走到那幅油画前，说：“我们将把‘真相’和‘天剑一号’作为镇馆之宝，供世人查阅、研究。它是日军发动侵华战争的原始证据，真实地记录和反映了日本侵略中国东北，拼凑伪满洲国的全部过程。为此，我们专门制作了捐赠证书。”说着，他将红色封皮，印有“真相”和“天剑一号”英文字母和中文“真相”两个大字的证书高高地举过头顶。会场上再次响起了雷鸣般的掌声和高亢雄壮的《义勇军进行曲》。

刘毅、王来福、张延阁、三河惠子、王小乾、春桃、刘刚毅、王胜日、张布理、张一竹在记者们的注视和频频的闪光灯下，郑重地接过证书，向油画中的9位爱国知识分子深深鞠躬，仿佛看到他们正从画面里大步走来。

张布理和王胜日挥舞着手臂，充满激情地高声吟诵道：

你们是民族的英雄，
你们铁骨铮铮。
你们冒死揭穿谎言，
这座城市会记住你们，
你们永远不会走远，
像天上明亮的星辰
与我们同在，
伴我们同行！
……

记者们用手中的笔和相机，将这一刻永久定格在了浩瀚的历史时空中……

故事从1904年日俄战争起笔至1975年结束。时间跨度71年。